新时代文学批评丛书

吴义勤　主编

时代及其文学的纵深

王金胜　著

山东文艺出版社

图书在版编目（CIP）数据

时代及其文学的纵深 / 王金胜著 . -- 济南 : 山东文艺出版社 , 2024.3

（新时代文学批评丛书 / 吴义勤主编）

ISBN 978-7-5329-7093-3

Ⅰ . ①时… Ⅱ . ①王… Ⅲ . ①中国文学—当代文学—文学评论—文集 Ⅳ . ① I206.7-53

中国国家版本馆 CIP 数据核字（2024）第 034262 号

时代及其文学的纵深
SHIDAI JIQI WENXUE DE ZONGSHEN

王金胜　著

主管单位	山东出版传媒股份有限公司
出版发行	山东文艺出版社
社　　址	山东省济南市英雄山路 189 号
邮　　编	250002
网　　址	www.sdwypress.com
读者服务	0531-82098776（总编室）
	0531-82098775（市场营销部）
电子邮箱	sdwy@sdpress.com.cn
印　　刷	山东华立印务有限公司
开　　本	710 毫米 ×1000 毫米　1/16
印　　张	17
字　　数	238 千
版　　次	2024 年 3 月第 1 版
印　　次	2024 年 3 月第 1 次印刷
书　　号	ISBN 978-7-5329-7093-3
定　　价	68.00 元

版权专有，侵权必究。如有图书质量问题，请与出版社联系调换。

开辟文学批评的新时代
——"新时代文学批评丛书"总序

吴义勤

党的十八大以来，中国特色社会主义进入新时代，中国文学也翻开了崭新的一页。置身新时代新征程，面对丰富的史诗性伟大实践，广大作家胸怀"国之大者"，牢记初心使命，深入生活，扎根人民，与时代共振，与人民共情，用心用情用功书写新时代的中国故事，展现中国人民昂扬的精神风貌，谱写了新时代文学的辉煌篇章。

文学批评与文学创作是文学发展的车之两轮、鸟之两翼，一个时代的文学发展既需要广大作家的笔耕不辍、创新创造，也需要批评家的积极呼应、理论引领。在新时代文学不断攀登高峰的历史进程中，新时代文学批评也发挥了至关重要的作用，取得了丰硕的发展成果，形成了独特的新时代文学批评景观。习近平总书记高度重视文学批评工作，近年来就繁荣新时代文学批评发表了一系列重要讲话，做出了一系列重要指示批示。我们策划这套"新时代文学批评丛书"，就是要全面学习贯彻落实总书记关于文学批评的讲话与指示批示精神，一方面旨在呈现新时代文学批评的基本样貌、发展成果，另一方面也希望从中获得推动文学批评发展的经验和启示，为推动新时代文学理论批评建设和新时代文学繁荣提供有益的镜鉴。

本丛书遴选的作者都是长期持续坚守在新时代文学批评现场并卓有成就的优秀批评家。从年龄结构上，他们涵盖了"60后""70后""80后"，这也是当下文学批评的主力军；从批评对象的文学门类上，覆盖了小说、诗歌、散文等多个当下最具影响力的艺术门类，可以说是对新时代文学的全面阐释和研究。通过这套批评丛书，读者一方面可以深入了解新时代文学批评的丰富实践，同时可以通过文学批评了解新时代文学发展的基本风貌和历史特征。

在内容上，本丛书侧重于遴选研究新时代文学的评论文章，以对新时代十年来具有代表性的作家作品、有广泛影响的新文学现象、引人关注的文学热点事件以及文学发展中存在的症候性问题为主要研究对象，是对围绕新时代文学展开的文学批评成果的一次全面梳理和集中展示。我们希望以出版批评丛书的方式，深入总结文学批评发展的历史经验，同时吸引更多研究力量来增强对新时代文学研究的力度和深度。

本丛书的出版要感谢山东出版传媒股份有限公司副总经理李运才、山东文艺出版社社长徐迪南，他们提供了非常多的支持和帮助，也提出了许多富有建设性的意见和建议。新世纪之初，我曾和山东文艺出版社共同策划出版了一套"e批评丛书"，在学术界产生了良好的反响。今年，又再次在山东文艺出版社出版这套"新时代文学批评丛书"，可谓是一种极为特殊也极为难得的缘分，也体现了山东文艺出版社多年来一直积极参与、支持中国当代文学批评事业发展的出版精神。在此，我代表丛书编委会向山东文艺出版社表示衷心的感谢并致以崇高的敬意。

两套丛书虽然出版时间不同，但在内容上又有着一种延续性和整体性。"e批评丛书"着力呈现的是二十世纪九十年代文学批评的发展成果，也是当时年轻的"60后"批评家的一次集体亮相。"新时代文学批评丛书"更侧重于展现新世纪尤其是新时代以来的文学批评成果，参与作者既包括了"e 批评丛书"中的部分作者，又吸纳了"70 后""80 后"等新生批评力量。两套丛书虽然侧重点不同，但形成了一种巧妙的呼应，构成了一种互补关系，具有了批评史意义上的"整体性"，某种意义上，它们就是一种特殊形态的近三十年来中国文学批评的发展史。

当然，对于新时代文学批评成果的总结展示并不意味着我们回避当下文学批评存在的问题。新时代以来，随着时代语境和文学生态的不断变化，文学批评面临着更为复杂严峻的形势和挑战，文学批评如何更好地发挥作用，真正成为助推文学发展的"磨刀石"和"利器"？这是所有文学批评者面临的共同课题和任务。出版这套丛书，我们一方面意在梳理总结这一时段文学批评发展的成果和经验，同时也希望能够从中析出当下文学批评发展存在的一些问题，以史为镜，为未来更好地推动中国文学批评发展，更好地发挥文学批评引导创作、推出精品、提高审美、引领风尚的作用提供启示和帮助。

新征程是充满光荣与梦想的远征，新时代文学正在我们面前浩浩荡荡地展开，作为文学发展的重要一翼，中国文学批评也正在砥砺前行，积极开辟一个文学批评的新时代。

是为序。

目录

001　重写百年中国史：脉络、路径与可能
　　　　——《有生》与先锋小说及新历史小说之关联

017　韩少功与后现代
　　　　——论作为一种精神与美学现象的《修改过程》

034　生活、历史与文学的辩证法
　　　　——论刘庆邦《女工绘》的现实主义新质

050　总体性的现实主义文学镜像
　　　　——由《经山海》看新时代小说的若干问题

068　现实主义视域中的政治性写作
　　　　——以张平《生死守护》《重新生活》为中心

084　总体性的生命质询与伦理重构
　　　　——论邓一光《人，或所有的士兵》

101　故事、小说与中国经验书写
　　　　——由《喜剧》《主角》论陈彦小说的文化政治意涵

129　当代历史的现实主义美学重构
　　　　——《长安》与当代中国文学的现实主义问题

| 151 | 文学的事件与作为事件的小说 |
| | ——以孙甘露《千里江山图》为例 |

| 170 | 先锋性/大众性：新的革命历史叙事如何可能 |
| | ——孙甘露《千里江山图》的叙事美学及其历史生成 |

| 186 | 重建宏大叙事：一种可能性的探索 |
| | ——论厚圃的长篇小说《拖神》并以之为方法的思考 |

| 215 | "总体性"困境与宏大叙事的可能 |
| | ——论《猎舌师》兼谈当代小说的相关问题 |

| 237 | 历史小说的现实主义文学力量 |
| | ——论房伟"抗战历史"小说兼及当代文学的相关问题 |

| 260 | 后　记 |

重写百年中国史：脉络、路径与可能

——《有生》与先锋小说及新历史小说之关联

20世纪90年代的文学，无论是新历史小说、新生代小说还是女性写作，都是以个人性的经验和个体记忆为叙事立足点和价值立场的，注重表现公共经验和集体经验刻写在个体身上的历史创伤和印记，总体上体现出对于公共性历史的放逐和质疑。21世纪以来，历史逐渐成为小说中被反复言说的对象，被赋予了不同的象征内涵和隐喻意味。胡学文的长篇小说《有生》在此历史叙事脉络中具有标本性意义。

本义从历史叙事入手，以先锋小说与新历史小说为具体观照点，体现出《有生》与先锋小说和新历史小说的历史叙事之关联。这一关联隐含自80年代中期至今，中国文学历史叙事的某些症候性问题。由此入手，可在特定视角下窥见中国文学在近几十年间的转换与调适、赓续与更新，亦可见带有后现代意蕴的中国现代主义文学本土化、民族化的历程、路径和方式。

一、个人化思考与叙事的自由

《有生》的历史叙事具有鲜明的个人化和叙事性特征。《有生》具有质朴的现实主义风格，小说塑造了众多个性鲜明、栩栩如生的人物形象，如如花、毛根、喜鹊、麦香、宋慧、白礼成等，尤其是具有人性深度和精神高度的女性形象祖奶，表达了作家对个人和对女性生活、情感、心灵及命运的深切关注与思考。

《有生》虽涉及百年的历史背景，但小说中没有重大历史事件和重要历史人物，其着力探寻和表现的并非历史脉络、趋势和规律。作家以历史（因小说中的当下生活与历史的密切相关性，也因小说对历史／现实的整体性观照，故可统称为"历史"）为叙事背景和人物生活、命运转换的线索，自觉放弃对历史的社会性史料的关注，以敏感的心灵进入人物日常生活和个体生命，通过其生命体验来感受、认知和描绘个人的历史。同样，《有生》虽注重历史与现实的相关性，但实质上却是对历史、人的生存状态和生命本相，以及不可预料、不可逆转的命运的描述。

小说写及战争、革命，也勾连政治和经济，但没有历史的风云变幻、政治的波谲云诡、时代的沧桑变迁和当下现实生活的绚烂多彩。小说着墨于个人／女性的"生""活"和"命"，她们的生活和生命流程。与历史相比，《有生》更在意对历史氛围和历史体验的叙述，更突出历史叙事和历史叙事中的主体——个体／女性意义上的双重主体。小说中的历史，是通过祖奶自身的历史经验和个人感性生命体验讲述出来的，换句话说，是作家借助祖奶形象想象和幻化出来的。因此，与一般的历史叙事相比，《有生》更具想象性、叙述性和文本性。在文学的想象、叙述、文本与历史的历史、事实及史料之间，作家更多地体现出了对前者的青睐。《有生》中的历史呈现为个人化、感觉化的回忆和体验。如此做法，不仅提供了在个人、女性、民间、底层等维度上对历史进行把握和阐释的另一种可能，提供了另一种历史真实，勾画出了被忽视、被遮蔽的历史本相，其意义也在于小说以近六十万字的篇幅持之以恒地扩展了历史叙事的审美空间。

在放逐了历史的公共权威之后，《有生》没有被动记录历史的轨迹和烙印，作家获得了以更为灵活独特的个人化方式重写历史的自由。作为小说人物，祖奶的个人史与中国近代史、现代史、当代史纠缠在一起；作为主要叙述者，祖奶是一位饱经沧桑的百岁老人，其讲述通过不时被现实打断的回忆展开，在历史与现实交错的非线性叙述中，历史呈现出片段化和不确定性。

《有生》中的历史并非客观的、外在于主体的规律性存在，毋宁说，历史是祖奶这一叙述者建构的，是通过叙事生成的。"历史学的目的是'复活'……复活意味着洞悉过去生命内在的最深处以便在它们完全的新奇性与神秘性中把它们重构为先前的生命力,以此提警人们人类生活的不可化简的多样性,从而鼓励人们过一种先前正当谦卑的生活,并且对其先辈们表示敬意。"①海登·怀特认同柯林伍德的看法,认为"复活"历史靠的是"建构的想象力",历史学家的讲故事能力,即如何敏感地从不完整的、支离破碎的材料中制造出一个完整的故事的能力,"这种想象力帮助历史学家——如同想象力帮助能干的侦探一样——利用现有的事实和提出正确的问题,来找出'到底发生了什么'"②。从写法和价值取向上看,《有生》属于新历史小说的范畴,体现了从历史材料和事实中发现故事的敏感性和讲故事的能力,以及作家在当下"复活"历史的价值取向和"建构的想象力"。在谈到历史的叙事性时,海登·怀特认为:"对于历史学家来说,历史事件只是故事的因素。事件通过压制和贬低一些因素,以及抬高和重视别的因素,通过个性塑造、主题的重复、声音和观点的变化、可供选择的描写策略,等等——总而言之,通过所有我们一般在小说或戏剧中的情节编织的技巧——才变成了故事。"③《有生》中情节结构的组织,人物个性的塑造,对某些因素的抬高或贬低,对叙事声音和叙事策略的选择,对历史事件做的悲剧、喜剧、传奇或讽喻处理,包括对意义和价值的理解与赋予,较之具有事实性和公共性品质的历史,更具审美想象和艺术创造空间上的个人性、自由度。因此,即便新历史主义者再怎么强调历史学家借鉴小说或戏剧等的手法、技巧,也并不否认历史与文学的区别,"'历史'也可以同'文学'相对立,因为'历史'对具体事物而不是对'可能性'感兴趣,而'可能性'则是'文学'著作所表述的对象"④。这实际上是

---

① 〔美〕海登·怀特:《解码福柯:地下笔记》,载《新历史主义与文学批评》,北京大学出版社1993年版,第139页。

② 〔美〕海登·怀特:《作为文学虚构的历史本文》,载《新历史主义与文学批评》,北京大学出版社1993年版,第163页。

③ 〔美〕海登·怀特:《作为文学虚构的历史本文》,载《新历史主义与文学批评》,北京大学出版社1993年版,第163页。

④ 〔美〕海登·怀特:《作为文学虚构的历史本文》,载《新历史主义与文学批评》,北京大学出版社1993年版,第168页。

对亚里士多德的史与诗、历史与文学的辩证关系的延续。如果说历史叙事是"扩展了的隐喻",是一个象征结构,它"不'再现'其所形容的事件;它只告诉我们对这些事件应该朝什么方向去思考,并在我们的思想里充入不同的感情价值"①,那么文学本身就是一个巨大的隐喻,一个巨大的象征结构,它更具有表现的可能性和自由的表意方式与价值空间。在《有生》借由想象构筑和"复活"的历史中,我们感受到了以往少为人知的个体的生命体验和被人们长久忽略的普通民众的历史——生活史、情感史和心灵史,触摸到了在历史长河中饱受苦难的麻木的灵魂。这种历史是从日常生活和个体感性的生命中生长出来的,它虽由虚构和想象生成,却更有朴素而刻骨的真实。

《有生》体现出散文化、片段化的历史叙事美学。小说中既有鲜明的史诗性宏大叙事,又有突出的生活化叙事风格;在人物、环境、故事情节、细节等方面,具有现实主义典型化特征,又有明显的散文化结构和片段化形态。

一方面,《有生》塑造的人物心理、性格,描述的其遭遇和命运,不乏戏剧性和偶然性因素。毛根、如花、北风、喜鹊等主要人物,乃至花丰收、钱宝、麦香、黄板、乔秋、乔冬等次要人物都有程度不同、性质也不尽相同的"执"性特征。毛根性格执拗,他认定在宋庄只有宋慧能理解和包容他,并帮他照顾患饥饿综合征的儿子毛小根。小说着力揭示其内心的孤独和亲子之爱,对宋慧的爱及不得不压抑这一情感的焦虑,以及其缓解焦虑的方式。再如神秘的养蜂女,她究竟来自何处,是自杀还是他杀,因何而死,她与杨一凡经常收到的神秘短信究竟有何关系,小说并未提供关于这些的确切信息和答案。最引人注目的是,命运多舛的祖奶先后经历过三次婚姻,生育了九个儿女。其漫长的人生中充满难以言明的偶然性因素和突如其来的戏剧性事件。首任丈夫李大旺死于猛兽之口;第二任丈夫白礼成趁回老家之际带着幼女白花莫名消失,音信皆无;第三任丈夫于宝山实为土匪,被发现后执行了枪决。九位子女中,李春以日伪军高官侍卫的身份死于枪弹;为躲避抓壮丁,无奈之下做起拉骆驼生意的李夏却死于

---

① 〔美〕海登·怀特:《作为文学虚构的历史本文》,载《新历史主义与文学批评》,北京大学出版社1993年版,第170页。

大哥投身的高粱军的枪下；白杏死于神秘的病症；白果夭折于祖奶接生的过程中；于秋因过量食用土豆被撑死；于冬死于修水库时雷管爆炸；于枝因爱情无望自杀身亡。《有生》中的历史充满不期而至的偶然与巧合，它们常会改变人的生活道路，使其命运飘忽不定。这与先锋小说、新历史小说极为相似，甚至心神相通。

另一方面，小说在叙事结构和形态上却又偏离情节型、戏剧型的小说模式，总体上采用历史与现实、回忆往昔与描述当下彼此交错的结构，有意识地打破连贯的情节线索，破坏故事的连贯性。在叙述方式上，时常在讲述故事的过程中，加入风景习俗描写和人物的思想、情感描述，叙述者也不时将当下的认知、情感渗入到历史中，这进一步消解了叙事构成的有机性，强化了散文化、片段化和弥散性。《有生》的这一叙事美学特征，解构了现实主义叙事之整体性、总体性和有机性，由此亦可见其与先锋小说、新历史小说的另一关联。

那么，《有生》形构这一叙事美学，原因何在，有何症候性意义？

其一，小说以个人化、民间化的立场和视点，解构国族性、政治性的立场和视点及叙事范式，凸显个人世界和民间社会的丰富驳杂和自由精神。作家走入个人的生活、情感和心灵深处，以民间记忆的方式，借助小人物的日常生活，书写"小历史"。更进一步说，与其说《有生》讲的是曾经被"大历史"压抑的"小历史"，不如说它讲的是"小故事"。小说以回忆的方式、散文的笔调，在舒缓、怀旧的幽情中，讲述祖奶、亲人和周围那些祖奶接生过的人的情感和命运故事。比如，如花的故事，毛根的故事，罗包的故事，喜鹊的故事，诗人北风的故事，等等。这些故事的主人公之间的联系颇为松散，他们是以"祖奶接生的孩子"的身份，在作家有意识地设置的伞状结构中建立联系的。与 20 世纪中国长篇小说中常见的家族模式相比，《有生》的伞状结构使作家获得了更多的想象空间和言说的自由度。如果说巴金的《家》、陈忠实的《白鹿原》、莫言的《丰乳肥臀》等家族小说属于叙述，那么《有生》则更具描写的特质。[①] 小说有

[①] "叙述"与"描写"的说法及二者的区别，参见卢卡契：《叙述与描写》，载《卢卡契文学论文集》，中国社会科学出版社1980年版，第38—86页。

意放弃历史的宏大、壮阔、厚重和建立在历史行程与规律之上的整体感,而专注于祖奶等人物琐细的人生经验铺展而成的生活流程和生命轨迹。这些裂解了宏大历史的偶然、具体、个别因素和精细、别致的碎片,建构了别样的历史叙事诗学,悠长、细腻、舒缓是基本叙事语调,伤感、凄凉、幽婉、苦痛是叙事情感基质。

其二,增加历史叙事的技术含量,追求文本化、审美化的叙事策略,让历史和生命通过文本自身得到更内在、更具普遍性的表达。在这一点上,《有生》的新历史小说气质,使之游离于经典现实主义叙事美学原则和主流历史叙事话语范式。散文化、片段化可以看作是小说由历史性(时间性)向共时性的转换,由历史的仿真性、模拟性向虚拟性、虚构性的偏移,由历史向文本的倾斜。作家的想象力、叙述能力、修辞能力和语言表达能力得到了充分的表现,叙事更精细,文本更精致,技术含量和艺术纯度更高。这并不是说,《有生》中没有对乡土中国历史与现实经验的客观描写和作家对乡村生活经验的熟稔,以及对历史的理性认知,而是说,相比之下,小说的想象性、主观性更为突出,作家赋予人物及其所处的自然和社会环境更多的感性生命色彩。换句话说,作家更多地是以感性的方式呈现未经聚合的自然、生活和人,赋予其根本性的生命认知。因此,有评论家认为:"胡学文一旦写到故乡,那里作为一个完整的图景和世界就会显现出来,人、风景、营生、表情乃至气息,用他的话说:几乎不需要想象,是自然而然的呈现。正是这样一种最朴素、本真的'自动''自然',让《有生》的乡土世界真正触及了坝上、北中国的'根',也给读者带来了一个长篇小说独有的真实、丰富又浩瀚无边的文学世界。"① 实质上,这种"自动""自然"的呈现固然说明了作家细腻真切的情感和扎实的写实能力,但也离不开先锋小说和新历史小说的风潮过后留下的文学遗产的催化和淬炼,离不开作家个人主体性和纯文学意识的确立,以及对自我、"内面"生命隐秘的青睐。《有生》赓续了以先锋小说和新历史小说为代表的80年代中期文学与自我、文学主体与本体相互作用、彼

---

① 何同彬:《〈有生〉与长篇小说的文体"尊严"》,《扬子江文学评论》2021年第1期。

此"发明"的运作机制。

《有生》展现了作家娴熟的讲故事的能力，大大小小的故事被讲得扑朔迷离、凄婉伤感、鲜活轻巧、细腻曲折，许多带有还原性的场景、细节，逼真到可听可嗅、可感可触的程度。可以说，《有生》继承了先锋小说的文体实验和新写实小说的手法，展示了小说艺术上的成熟和审美品位。

80年代中后期以来，伴随着侧重个体、内向和文学本体论的现代主义文学的兴起，经典现实主义及其依附的现代历史主义哲学和宏大史诗美学面临着前所未有的挑战。尤其是进入90年代之后，历史与现实的迅速转换，使生活、世界的复杂性和不可预知性超出了主体的理解和控制。先锋小说、新写实小说及其后的新历史小说对不确定性、偶然性、荒诞性的浓厚兴趣，便是文学丧失了观照现实的整体视野和历史纵深感的典型特征。但是对于另一些作家来说，历史并未终结，终结的只是已经固化、僵化的历史叙事模式和方式。胡学文便是其中的一位。历史整体性的消失，释放了生活和生命空间，也释放了文学的想象空间。问题的关键在于，如何处理"大叙事"解体后四处弥散的"小叙事"，如何在"小叙事"之间建立一种新的联系，使之超越碎片化、无机性存在，重建文学的超越性、理想性维度。《有生》对历史的个人化、片段化处理，既是对"小叙事"的合理性和必然性的认同，也是其重建历史叙事的合法性前提。作家以"小叙事"为基础，尝试在历史与现实、过往与当下的关联中有所寄寓。这是小说立足当下、个体，重返历史及超越个体的价值选择和美学呈现路径。

二、文本性的解构与真实性的重构

因其个人化叙事的基点和路径，想象力、技术性与故事性的调和及野史、秘史的写法，将《有生》划归为新历史小说，自有其合理性。但同时也应看到二者之间亦有不可忽视的差异。

首先，与新历史小说的解构性价值取向相比，《有生》有着突出的建构性品格。新历史小说的文学史意义主要在于其对"大历史"及正史化叙事的解构和颠覆。作为一种挑战中心的边缘化写作，它以历史叙事革命者的身份自居，挑战特定的正统意识形态，对革命、启蒙等宏大命题之合法性提出质疑。其质疑和挑战的方式是，在人物塑造上，以抽象的人性认知将人物质化、欲望化，彻底反叛传统及正统历史叙事的精神升华和转换机制。历史在此成为基于人性本能的暴力史和钩心斗角、争权夺利的物欲史、权欲史。解读新历史小说无法脱离其与传统及正统历史小说的结构性关系，后者是进入前者的隐秘世界的密钥。

对于《有生》来说，新历史小说及其反叛的对象是一个坐标，却不是唯一的坐标，也就是说，《有生》并不处于与二者的结构性关系中。从建构性维度上看，小说具有传统及正统历史小说的基因。从解构性取向上看，亦不乏新历史小说的遗传。但从整体品质和内在精神向度上看，《有生》是一部诞生于21世纪的再构性或重构性历史叙事。

从小说主人公的形象上看，祖奶这一人物饱含作家的深情与真情，小说笔法庄严正大，代表了一种穿越历史苦难和时代风云的生生不息的力量。在这一点上，祖奶与莫言的《丰乳肥臀》中的主人公上官鲁氏有极大的相通之处。祖奶和"母亲"都是小说叙事的中心人物，她们都与历史、暴力、战争、饥饿、苦难、生育、土地等相关。其苦难贯穿小说始终，她们都在多灾多难的历史与生命历程中，表现出坚忍、顽强、超拔、伟岸的意志品质，都能从容自若，坦然面对各种突如其来的灾难，拥有宽容、包容的大地品格。祖奶和"母亲"都是历史与现实中女性和母性的象征，她们在各自的生命历程中都生育了九个儿女，祖奶更是以接生婆的身份将万余条生命引领到这个世界上。同时，她们也都是历经苦难和磨难的底层民众的象征，体现着作家对自我、人民和民族认同的深切思考。

将《丰乳肥臀》看作新历史（主义）小说，是对莫言思想和文本的有启示的发现，同时尚需看到，莫言小说的意义未尝不可在其与新历史小说思潮的关系的辨析中得到更深入的发掘。① 《丰乳肥臀》以重塑历史的形式，与陈忠实的《白鹿原》共同提升了新历史小说的思想深度、精神境界和美学高度。在此脉络中，《有生》可看作是对《丰乳肥臀》及《白鹿原》的承续和转换，也是作家胡学文摆脱前辈作家"影响的焦虑"的实践。

---

① 关于莫言与新历史（主义）小说之关系的阐述，参见张清华：《十年新历史主义文学思潮回顾》，《钟山》1998年第4期。

但祖奶和"母亲"的形象在人性的复杂性及由此引发的阅读效果上的确有不小的差异。"母亲"的九个儿女，都是其与丈夫之外的其他男性生的。这种结果主要是被迫、被骗或为了生儿子而造成的。她与姑父乱伦，被败兵轮奸，生下了七个女儿；后与瑞典牧师马洛亚发生关系，生下了龙凤胎。只有最后一次才是爱情的结晶。莫言赋予了"母亲"强烈的野性和反叛性格，其生育也带有突出的反叛和复仇意味。或因此，"母亲"和《丰乳肥臀》遭受了强烈的道德化指责和非议。

相比之下，祖奶的形象是在母亲和接生婆两个层面上塑造的。作为母亲，祖奶的九个儿女，除了长子李春是被歹人强暴后所生，其余子女都是常态感情和婚姻的自然产儿。最小的三个儿女于秋、于冬和于枝，本是她与隐匿身份的土匪于宝山所生，但在于宝山身份暴露被枪决之后，三个孩子改随母姓，"那一页翻过去了。至少暂时翻过去了"。祖奶的生育，是女性之本、人性之常，不像《丰乳肥臀》中的"母亲"，与"性"关联。在祖奶漫长的生育过程中，唯一的也是最为强烈的生育欲望出现在死神夺走了其五个孩子之后，"生育欲望强烈而又疯狂"，她"只在乎他壮实的身体"。但这显然也是在"我要生更多的孩子"的意义上，而不是在"性"的意义上。作为接生婆，无论是在接生技艺还是在医德方面，祖奶是一个近乎完美的神圣的形象。如果说"母亲"上官鲁氏兼具解构性和建构性，那么祖奶乔大梅更直接、更完整地体现了小说正向的建构性品质。

其次，文本性与真实性。新历史小说中的历史呈现出明显的叙述性、文本性，历史成为文本，历史事件和历史人物不是作为事实，而是作为语言的编织物和叙事的后果或效果存在的，因而其意义和价值也处于不断的重构中，呈现出不稳定、不确定的状态。这既与后现代历史哲学的兴起有关，也从结构主义语言学理论和叙事学理论中获取了动力，后者恰恰是达到当代中国纯文学想象巅峰的先锋小说及作为其遗绪的新历史小说的重要资源。在这个意义上，新历史小说可称为"叙述主义的历史小说"。

海登·怀特指出："所有的诗歌中都含有历史的因素，每一个世界历史叙事中也都含有诗歌的因素。我们在叙述历史时依靠比喻的语言来界定我们叙事表达的对象，并把过去事件转变为我们叙事的策略。历史不具备特有的主题；历史总是我们猜测过去也许是某种样子而使用的诗歌构筑的一部分。""所有的开头与结尾都无一例外地是诗歌构筑,依靠使其和谐的比喻语言。"①一向严肃的历史叙事尚且被视为"实在"或"真实"阙如的小说家或诗人式的基于某种叙事模式的编码,是一种关于过去的诗性想象,更何况以个人化想象和虚构扬名立身的文学?从深层看,新历史小说的叙事实验、文本革命与"放逐历史"之间构成了无法剥离的形神关系。"'历史'固然是新潮作家逃离现实的一种表现,但也更是他们的创作自由得以充分发挥的温床。在'历史'的庇护下,新潮作家可以不顾一切既成的文化和文学规范的制约,对于整个世界(包括历史和现实)进行'纯审美化'的自由建构与创造。正因为此,在新潮小说中'历史'的本来面目已经被新潮作家彻底消解了,经由新潮作家的误读与改写,历史最终只成了一种特殊的精神活动的思维载体和媒介。"②叙事形式和语言的游戏化,是历史的空洞化和时空结构的非理性化与非逻辑化的美学表征。新历史小说的历史文本化和语言的自我指涉性,并未否定真实问题,它对真实的淡化、质疑和放逐,是其作为一种非现实主义写作,不再将真实作为一个主要的文艺范畴的表现。其目的或结果是解构现实主义传统真实观。作为一种文化诗学,新历史主义同样强调文本生产、接受的历史性、文化性和意识形态性。其新正体现在对传统历史观和真实观的颠覆,对历史和真实之性质的重新认识。新历史小说提供了不同于权力话语操控、修饰和叙述出来的历史与真实的另一种历史和真实,这一真实往往是在个人、民间、性别等价值维度上建构的,与偶然、具体、个别、零散及历史之无常、暴力和人性之恶等因素有关。

《有生》在叙事结构、叙事视角和人称等方面多具有先锋性:历史与现实交错叙事;以个人化、边缘化视角呈现多样化历史图景,凸显个人和民间叙事立场;以当下叙事者回忆的方式,建立后设式叙事视角,强调故事讲述的年代与讲述故事的年代之间的距离,使叙述者自由出入历史与现

---

① 〔美〕海登·怀特:《作为文学虚构的历史本文》,载《新历史主义与文学批评》,北京大学出版社1993年版,第177—178页。

② 吴义勤:《中国当代新潮小说论》(修订版),中国人民大学出版社2018年版,第91—92页。

实的不同时空中，完成历史与现实的对接和勾连。同时，叙述者祖奶在讲述自身经历和过去的故事时，也站在此时此境中对彼时彼境中自己的言行和心理做出了评价。

以上种种，在某种程度上昭示了《有生》的具有先锋性或后现代性因素的文本特征。但这只是《有生》使历史陌生化、获得新的文学性的艺术手法和技术手段，《有生》借此重新释放出历史与文学的双重能量。

《有生》具有朴素的温和的现实主义风格，用细密的写实的文字营造出的宋庄和祖奶等人物具有现实主义文学的典型性。在《我和祖奶——后记》中，作家写到的自己返乡看望祖奶的行程和场景，村庄的风景、氛围，我的感受，祖奶与我交谈、喝酒、聊天时的情景和细节，以及对祖奶生平行状的简略介绍，无不具有细腻入微、亲切动人的真实感。但随后作家却告诉我们，这一切包括祖奶都是虚构和臆想出来的。胡学文在《我和祖奶——后记》中以虚构和臆想的形式抵达真实。接下来，他写道："我一直想写一部家族百年的长篇小说。写家族的鸿篇巨制甚多，此等写作是冒险的，但怀揣痴梦，难以割舍。就想，换个形式，既有历史叙述，又有当下呈现，互为映照。"[1]进而是伞状结构和围绕祖奶及其他几个人物设置的叙述视角——作家不以祖奶一个人物的回忆做叙述视角，亦是出于作家个人的叙述趣味，"省劲是好，只是可能会使叙述的激情和乐趣完全丧失"[2]。《我和祖奶——后记》涉及的核心问题是叙述：虚构与真实，叙述形式、叙述结构与叙述视角。而"家族百年""长篇小说"则体现了作家关于宏大叙事的欲望。将祖奶视为"宋庄的祖奶""塞外的祖奶"，亦情词恳切，寄托遥深。可以说，《有生》有效地实践了作家的这一构想，充分体现了叙述与形式自觉。

值得注意的是，这既是为了突破既有的家族史叙事模式，亦是为了展现历史与现实的多元景观。这些目的是通过主叙述者祖奶和如花、毛根、

---

[1] 胡学文：《我和祖奶——后记》，载《有生》，江苏凤凰文艺出版社2021年版，第941页。

[2] 胡学文：《我和祖奶——后记》，载《有生》，江苏凤凰文艺出版社2021年版，第942页。

罗包、北风及喜鹊等人物达到的。小说以多个小说人物的视角，以个人化的、零散的方式，散点透视历史与现实的广度、深度、复杂、斑驳。但小说中多种声音的混杂、故事的片段化和场景的驳杂，并未使其陷入疏离和弥散状态，原因有四。一是作家有意设定了祖奶与视角人物之间接生与被接生的"拟家族"关系。二是所谓"视角人物"的本质是小说人物，由其观照和讲述的不同现实之间并不存在矛盾和背离关系，不同的现实之间构成互补关系，不同的现实连成一体，形成整体性事实。三是小说中虽有五个视角人物，但五个人物的现实讲述并非以第一人称而是以第三人称进行的。这与新历史小说的解构性多视角设置有根本不同。二者虽均以个人化视角来呈现多样化历史图景，但后者意在通过个体和边缘视角所内蕴的价值取向消解宏大叙事的同质性。"在历史的边界上，年轻的写作者讲述关于他者的历史故事时，'自我'不只是遭致怀疑和批判，而是被彻底遗忘，这就不得不留下一个同样可怕的副产品：那就是'寓言性'的丧失。因此，先锋小说本来可能在'话语讲述的年代'中隐含更为明确的历史理性的批判力量；然而，事实上，'讲述话语的年代'是以'遗忘'的方式缝合进这个'话语讲述的年代'，并且其语言功能也是在无意识水平上完成。历史/现实在多大程度上可以置换同样值得怀疑。其寓言式的书写仅仅是在对自我及其现实的'遗忘'意义上才能读出'讲述话语的年代'的隐涵。"① 苏童的《罂粟之家》《妻妾成群》、格非的《敌人》等小说皆是如此。《有生》以第三人称建立的个人化多元视角，具有建构性和互补性，其目的不在于提供神秘隐晦、真假难辨的现实和历史颓败寓言，相反，其现实是稳定的，是可做出理性认知和判断的。尽管小说有意识地以祖奶的听觉、嗅觉和意识流动进入历史与现实，但第三人称的智性介入，不仅使历史和现实具有了可触摸的质感和可辨识的实感支持，且使历史（"话语讲述的年代"）与现实（"讲述话语的年代"）直接通过祖奶的感觉、认知相联系，产生了可信和真实的效果。四是作为强大坚韧的历史与生命喻像，祖奶不仅是宋庄的、塞外的，也是人性、生命和人类意义上的，其世俗性、现实性和

---

① 陈晓明：《无边的挑战：中国先锋文学的后现代性》，中国人民大学出版社2015年版，第270页。

超世俗性、超现实性，以及人性与神性兼具的品质，在根本上奠定了《有生》中历史与现实的真实性。

自80年代中期以来，真实成为叙述问题，成为一种意识形态的实践，特定时代的认识范式和文化语境决定了人们对真实的理解和想象。如何辨识当下文学中的真实，是当下难以完成的任务。就《有生》来看，一方面，作家认同作为语言事实和文化事实的真实，将之视为一种话语建构或理论预设，体现着语言的某种功能。因此，他自觉地借助叙述和语言营造自己的真实。这在很大程度上体现了《有生》对历史与现实之认知及其表意形式的先锋性，凸显了语言的本体意义。另一方面，对先锋小说和新历史小说混淆历史与小说的界限，放逐、解构真实的激烈举措，作家持有所保留的态度，未必完全认同如下观点："历史作为一种虚构形式，与小说作为历史真实的再现，可以说是半斤八两，大同小异。"①《有生》采取折中方案，既有对历史情景、社会生活和民俗世情的写实性、客观性呈现，又以个人化、体验性、先锋性重构了历史与现实的真实。

三、"小历史"与"大叙事"

《有生》书写普通个人、乡间生活和中国民间的"小历史"。此处所谓的"小历史"包括两层含义。首先，小说中的历史是由祖奶通过回忆讲述出来的，这实则是一部类似于余华的《活着》的"口述史"。此时的叙述者仿佛一位深入田野进行调查研究的人类学者，他来到宋庄，在祖奶的院子里闲坐，喝茶，与她聊天，听她讲自己的经历见闻和村庄轶事。这幅场景正如《我和祖奶——后记》中所呈现的。小说中的历史呈现为祖奶过去的基于个体经验和体验、感悟和认知的记忆，既是个人化的，也具有人类学蕴涵和意义。小说中以宋庄为原点的现实，主要由两种方式得以表现，一是以第三人称全知视角，围绕如花、毛根、罗包、喜鹊、北风等人物，做自然客观的写实性描述；二是通过其他人物如宋慧、麦香、乔石头等，

---

① 〔美〕海登·怀特：《"描绘逝去时代的性质"：文学理论与历史写作》，载《文学理论的未来》，中国社会科学出版社1993年版，第48页。

对祖奶的讲述和祖奶倾听后的感受间接写及。

其次,无论是展现历史还是现实,都以小人物的人生故事描述乡间人物的日常生活和生命情态及其家族的延续、繁衍。小说借用"大历史"的框架,并将之推远,成为朦胧的背景,使"大历史"转化为民间的日常生活史、情感史。"对生活的丰富性与复杂性的充分呈现,成了当代小说生活化叙事的内在伦理。小说具有自身难以取代的内质,那就是通过叙事所呈现出来的,与我们的生活必然有所不同,这是小说存在的价值。"①将无名的乡间百姓作为叙述主体,让原本沉默无言的小人物发声,讲述他们的故事,作家化身乡间一员,细致观察、描摹乡间生活和乡间人物,展现出生活和生命的鲜活颜色及丰富层次。

历史不是抽象的、观念化的存在,它由无数个体的生活组成,历史的生命力便来源于此。可以说,《有生》是一部家庭史、家族史、村落史,也是民族史,但更是个人生活史和个体生命史。在小说中,除了作为标题出现的祖奶、如花、毛根、罗包、北风、喜鹊等六位人物,"历史部分"出现的祖奶的父亲乔全喜、公爹李富、小姑子李二妮及祖奶的儿女李春、李夏、白杏、白果、白花、乔秋、乔冬、乔枝等,"现实部分"出现的宋慧、麦香、安敏、乔石头、黄板等,都呈现出了个人的心灵史、情感史和命运史。"在伊格尔顿看来,文学的存在不是为了证实或者证伪某些抽象的道德法则,而是肯定人的个体经验感知,展示人类生存状态和具体行动。"②小说将普通人作为叙述主体,意味着他们既是生活主体和感性生命主体,也是作家眼里的历史主体。小说由对他们的外在观照进入内在发掘,使历史展现出自身的生机与活力,小说也展现了在"大历史"的冲击和裹挟下个体生命的沉陷与挣扎、困顿与贫乏、困境与危机,以及个体生命应对苦难与困境时的调适与坚持。

《有生》的结构和写法,颇有意味。首先,借鉴"口述史"的写法,将人类学方法带入文学之中,使历史具有当下的现场感,同时,将当下感

---

① 曾攀:《当代中国小说的生活化叙事——以黄咏梅为中心的讨论》,《中国当代文学研究》2021年第2期。

② 郭玉生:《伊格尔顿的"文学与道德"观》,《东方论坛》2021年第2期。

受和当代意识也融入历史,用当下的体悟和问题来丰富和重塑历史。现实中时时浮现出历史的影子,其中体现着祖奶的人世感悟和民族的集体无意识,这一点在"蚂蚁"意象中体现得尤为明显。"蚂蚁"既出现于祖奶的记忆中,又出现在祖奶当下的感觉或幻觉中;既出现于祖奶的母亲、父亲、儿女死亡的时刻,也出现于当下祖奶焦虑不安的时刻。值得注意的是,当下情境中"蚂蚁"的出现,始于祖奶唯一的孙子乔石头的出场,乔石头与喜鹊终于在暗含危机的夜间相见。无论是作为个人或民族的"历史创伤记忆",还是作为死亡意识的表征,"蚂蚁"意象和"蚂蚁在窜"的幻觉、感受出现多达数百次,更在深层有效地连接了历史与现实、历史记忆和当下体验。在此意义上,暴力、苦难、死亡等构成了中国百年历史的本然状态,而与其相关联的创伤、痛苦、压抑、烦闷等构成了当下创作主体对历史与现实的根本体验和认知。在小说中,这一体验和认知是通过形形色色的小人物的故事和"蚂蚁"等细节来加以把握的。也就是说,《有生》的百年历史叙事是充分文学化、艺术化的。

《有生》是一部"大叙事"作品。"大叙事"未必直接对应于"大历史",由小见大、由小及大需要大情怀、大境界。《有生》超越常见的新历史小说之处,首先表现在小说并未刻意设置"小历史"与"大历史"的对立。小说将历史由国家、民族层面向个体、民间层面推进,具有反思传统和正统历史叙事及新历史小说的双重意义:尊重个体生命,关怀底层民众,描绘底层民众的琐细卑微、喜怒哀痛,表现旺盛的生命活力;同时,不对"大历史"进行刻意解构,不将"小历史"置于与"大历史"的二元对立结构中加以处理,不过分渲染、美化底层民众的社会生活。因此,《有生》并不以土匪娼妓、草莽流寇、帝王后妃等常占据新历史小说主角位置的角色为主要人物,小说以常性写"生"、写人,在这一过程中照亮幽暗,迸发微光。

在以感性个体生命探究人的生存之真和生命之真方面,《有生》与众多新历史小说颇为相似,甚至有某种存在主义的意味,但其差异也是明显的。新历史小说对人的生命化处理往往依靠本能和欲望,人之恶、人性的贪婪自私、心理的扭曲变异,往往是被凸显的因素,由这样的人构成的历史便成为个人的复仇史、暴力史、压抑无望的生存史,难脱钩心斗角、争权夺利的窠臼。这种历史虚无的写作，放逐了历史理性和现实主体。《有生》召回历史理性与现实主体，并以人文主义为价值基底，借由生命之径加以重构。小说中尽管有战争、杀戮，如祖奶的父母和两个儿子李春、李夏皆死于战争及其引发的动荡、离乱，也写到人性之自私偏狭，人性之恶，人性之软弱怯懦，但并未将之视为人性的本质与真相，而是将其作为历史与现实中的经验性事实做客观的描述。许子东认为余华"《活着》的特点不仅是多厄运，少恶行，而且多美德，少英雄"[①]。《有生》与此相似。小说中不仅祖奶这一人物身上体现了生生不息的民族精神，黄师傅、祖奶的父母、李富、宋慧、喜鹊、如花等人物身上，同样展现了人性伦理和道德魅力。

　　自清末历经现代、当代，直至当下，对充满波折动荡的历史与时代变迁的整体观照，对历史的生命的认知，奠定了《有生》的史诗性品质。从小说将祖奶设定为主人公和主叙述者，并以其作为伞状结构的核心来看，《有生》未尝不是一部"女性命运的史诗"或"个体生命的史诗"。将祖奶作为轴心，由其牵出众多人物，以个体生活、生命和命运的特殊性勾连起族群共同体的生活、生命和命运的普遍性。《有生》是人性的悲歌，也是生命活性与原力的颂歌。小说反映着作家的现实思考，体现着作家想让"现在与过去"对话的强烈愿望。这一对话既发生在思想文化层面，又发生在历史叙事美学层面。从某种意义上说，民族文化复兴和共同体重建的历史诉求，召唤出《有生》的生命史诗式写作，这便是这部小说的历史性。《有生》借此建立了与传统和正统宏大叙事及新历史小说的复杂联系。因此，从历史与现实的对话和历史与文学的关联中，可窥见《有生》的重大意义。

---

① 许子东：《重读余华长篇小说〈活着〉》，《中国当代文学研究》2021年第2期。

韩少功与后现代

——论作为一种精神与美学现象的《修改过程》

批评家经常在中外文学视野中把韩少功与米兰·昆德拉、佩索阿等作家联系在一起研讨,主要原因是韩少功不仅翻译过他们的作品,也在写作立场、批判精神和文体形式等方面受其影响。但韩少功的观念和方法所受的后现代主义的影响或者说与后现代哲学的相通性,却很少被谈及。事实上,韩少功曾多次谈到罗兰·巴特、德里达、利奥塔等后现代主义大师,并对其思想有所评述。当然,作为一个思想成熟、精神个性突出的作家,韩少功并不是被动地接受后现代,更不会把小说变成哲学观念的演绎。《修改过程》之所以被一些批评家认为是没有目的、没有结论、意义游移的"不确定"文本,与小说的后现代性有一定关系。那么,《修改过程》与后现代究竟有何关联及如何相通,韩少功的后现代有着怎样的精神实质和叙事形态,如何认识和评价小说内容、思想与后现代的关系,是本文要探讨的问题。

一、总体性溃败后的反宏大叙事

提起后现代,利奥塔的《后现代状况》是不得不提的一本书。他在这本薄薄的小册子中对宏大叙事的解构,在国内影响甚巨。这一理论与20世纪90年代以后中国文学创作和理论批评中的反崇高、反深度、平面化、世俗化潮流颇有呼应。在利奥塔看来,科学和文学、艺术都是遵循一定游戏规则的话语活动,这些话语活动受包括政治的解放叙事和哲学的思辨叙事在内的宏大叙事的制约而营造起一套元话语，一种文化或群体通过这两种叙事来压制和排斥微小叙事以获得自身的合理性确证。利奥塔所要做的并非肯定宏大叙事，而是要宣告宏大叙事的消失。这一观点契合了20世纪80年代中期尤其是90年代以后中国的思想和文化趋向。此时的中国文学界在告别革命年代之后，正处在告别启蒙年代的时刻，中国人的生活世界已不复革命年代和启蒙年代，置身于这个世界的人再也无法进入并体验那个看似无序实则有序的世界和混沌中充满生机的世界。80年代，不用说伤痕小说、反思小说、改革小说的伦理化架构、道德化控诉和二元性认知，以及寻根小说反现代的现代性寓言，即便是先锋小说激进的后现代性叙事实验背后那种历史与人性的虚无，也让人在反历史化情绪中感到震惊。但时至90年代，这些情绪和体验都在"历史终结"的气息中消失得无影无踪。在此情境中诞生了一种日后占据主流的日常化、世俗化审美。这一审美以破解现实主义叙事成规（尤其是典型化、历史化叙事）为首要目的，即便是被称为"现实主义冲击波"的小说，也显示出其以"主旋律"为总体性美学意识形态依据，却仍然无法摆脱将分裂的中国现实纳入一个有机整体模式的困境。分裂破碎的现实仍需借助传统道德主义资源呼吁"分享艰难"，得以象征性弥合。"分享艰难"作为这一写作的道德理念，显示出总体性已经无法承担"分享艰难"的美学使命。21世纪以来，出现了一股以民族历史文化为根基和依据，立足本土重构史诗的长篇小说热潮，显示出"民族文化伟大复兴"语境下总体性的再度回归。

在此脉络中考察《修改过程》，会发现其耐人寻味之处。一方面，是向社会性、历史性、情节性和写实性的回归。小说以"文革"结束后第一届以知青为主体的大学生三十年间的学习、生活历程及其在时代历史发展中的命运遭际为主线，通过较为完整、连续的情节线索和性格迥异、个性鲜明的人物，以及调侃、戏谑的鲜活语言，有意走出碎片化叙事，赋予历史与现实以饱满生动的在场感，避免因历史逻辑的梳理而丧失其原生形态。他们的理想、激情，他们对文学、艺术的热爱和购书、读书的热情，他们的青春冲动等，都通过回忆性书写得到饱满展现。另一方面，面对革命、历史退场后的带有浓郁终结气息的生活场景，韩少功并不试图从历史、现实的碎片中拼凑出一个时代的整体，或者说他放弃了借助总体性哲学将遍地碎片弥合为一个有机整体的尝试。同时,也放弃了对讲述一个有头有尾、首尾连贯、严丝合缝的故事,塑造具有总体社会认知深度的典型的尝试。小说对90年代以来中国令人目眩神迷的现实生活,对肖鹏、马湘南、楼开富、史纤等人物的心理、情感、精神状态、家庭及其命运、结局的展示,颇合那一代人从理想世界进入世俗社会之后的体验。他们生活在一个经历着令人始料不及的变化和有着狂乱节奏的世界中,他们沉浸其中的文化为对新奇、刺激、欲望的要求所驱动,也为挥之不去的虚无和颓败所纠缠。他们感念80年代却回不去,他们回首青春和理想却无法挽回,如扉页题词所写,一切都已成为回忆和感念的对象,是"我们在"和"曾在"的证明和依据。吊诡的是,原本属于个体自发心理现象的怀旧,却与90年代风行的"怀旧热"纠缠在一起,成为一种自我身份/身价的文化炫示,甚至革命也成为一种具有市场优势和风格优势的描写对象。如小说中所写的酒吧成为爱国主义教育基地,里面有装扮时尚的青年歌手演唱怀旧版《打靶归来》,马湘南以公司版"三大纪律八项注意"管理公司员工,让他们按军队列队行操。人物谈话中出现了大量的对革命文艺和政治话语的调笑戏谑性使用。在小说中描述的90年代以后的现实中,人们进入了一种毫无诗意的非史诗的散文化状态。

在某种意义上,《修改过程》是《暗示》与《日夜书》在思想立场、思维方式、书写方式、人物身份、生活和精神气质等方面的糅合:片段式、随笔式结构,对知青大学生的生活的书写,对青春史的反顾与省思,对当代生活与文化的批评性描述等。但《修改过程》与它们相比也有明显不同,尤其是对元小说、纪实与虚构结合等手法的运用,使之更具先锋小说的叙事实验性。碎片化叙事是宏大叙事遭受质疑的产物和表征,小说"解总体性"面貌和与之相伴的碎片化思辨气质,拒绝把变幻无常的人事、生活和情感硬生生地塞进某种思想和意义秩序中的做法,在文学总体上呈现出庄严恢宏的本土化总体性面貌时,在时代潮流中,以另类的滞后性而颇显尖锐和不合潮流。

对总体性的放弃,使小说在某种程度上具有"非历史主义"气质。小说描述了人物三十年的生活史,却并不着意于正面叙述这三十年的中国史,且对八九十年代的叙述是在小说人物肖鹏的当下小说创作中被间接呈现出来的。也即历史是当下叙事的结果，是被现实生产出来的。另外，颇具症候性的是小说中所写的毕业后的三次同学聚会。第一次是只有林欣赴约的毕业十周年聚会，写出了市场经济初起时人心的离散。第二次是毕业将近三十年时的"重新开篇"，从人物回忆青春史及将自我与时代襟连的角度看，这次聚会可看作是对下次聚会的预演。第三次是入学三十周年的班会。虽然三次聚会在时间和内容上具有一定的连续性，但首次聚会因未能如愿而描写阙如，第二次聚会只有少数人参加且描述并不突出，最后一次虽浓墨重彩却未做正面描述，只是以脚本形式在附录中出现。从效果上说，小说有意识地打破了叙述的连续性和均质化，造成了一种不和谐、不圆满，揭示了时间和历史作为一种意识形态的非平滑、非客观、非均质分布状态。与前两次聚会的个人自发性相比，第三次以班会形式出现，具有更突出的群体性、公共性和历史总结意义。它以将个人纳入群体、将自我置于宏大历史进程中的方式敞开自我，打开个体的历史语义空间。

同时，作为一种宏大叙事，附录一在将自我纳入群体中时，又是以淡化、取消个体的差异性，使多样性隶属于统一性这一历史、时代背后的主导价值观念为前提的。因此，借助班会形式，以年级、班级为叙事和抒情主体的言说方式，是一种关于自我与历史的神话及其仪式。作为一种神话及其仪式，它是在当代历史文化中不断积淀、蜕变而成的一种稳定性极强的模式，因其统一性价值观念诉求和固定的模式化取向而具有封闭性和排斥性，不可能在扩展或增大的意义上言说自我和意义。在压抑自我的同时，意义也成为某种群体身份和地位（时代和历史意义上的）的能指。

现实主义是这种同质化、统一性意识形态现身的常见形式。它以生活的自然化营造真实感，创作出对外部现实世界的模拟性文本，借以掩饰和消除自身的建构性。现实主义小说被当作认识现实的工具和手段，而不是被视为某种文化和意识形态选择的结果。现实主义或传统文学体式并不仅仅是手法、技巧，也不仅仅是某种审美规范，其或隐或显地包含着某种意识形态内容和目的，并且其叙述内部隐藏着一种牵引性、强制性的力量。关键是在意识形态获得对现实主义的控制权之后，其强制性也就被自然化了，这就是诺曼·布列逊所谓的"自然态度"。"它是对历史的抑制，对变化之可能性的抑制，对表征之所由产生和消费的特定文化语境的抑制。

这一态度必须受到质疑，因为'现实不应被理解为先验的、不变的、给定的事实，而应理解为人类在特定的文化限制中的活动的产物'。"①《修改过程》中显而易见的叙事性和对小说文体的本体性的讨论，以"反宏大叙事性"避免读者将其误认为现实主义。

《修改过程》思考文学与现实的关系，揭示了文学表现现实的可能性及方法等问题。首先，运用元小说等方法，反驳把小说看作是对现实的模仿的传统观念，以文本的虚构性质疑文本的指涉性，提出文本与现实的非对应性甚至文本自身的生产性。通过把肖鹏创作小说作为叙述的内容、对象，引出其创作的引起他人普遍关注甚至差点儿引发官司的小说，究其实质不过是一种符合文学基本原理的创作，即便是作为班会脚本的颇为感人的部分，也不过是移花接木式的改造。小说专门为楼开富、史纤设计出A/B两种不同的生活、命运，直接打破了生活中只有一种现实的幻觉。有趣的是，小说在讲述楼开富的第二种生活面目时，以超级叙述者的身份提醒读者可以在自相矛盾的两章中自行选择和编辑。这就有明显的"作者已死"的意味，文本仿佛是一个无核心的开放式语词编织物。小说讲述史纤的故事时，说"史纤被肖鹏改写过好几次"，本来只有一种事实和真相的人物在创作者那里却有多种事实和可能。在构思其中一个颇具"乡土气味和神秘感"的史纤的农村老家的故事时，小说中说"某些西方人士也可从中猎奇，一见异国情调便眉飞色舞"，这既隐含着拒绝凝视的后殖民主义视角，又包含着韩少功对某些当代现实症状的反讽性判断。另外，小说广泛运用互文的手法，如正文与附录一之间，肖鹏创作的《修改过程》与本小说之间，作者与叙述者之间，肖鹏小说中的陆一尘、马湘南、楼开富与韩少功的《修改过程》中的同名人物之间等均存在着叙述视角、声音和结构上的互文。这一手法的运用，打开了被一元化全知视角封闭起来的"现实"和"意义"，使之获得了一个充满多义性、矛盾性和悖论性的语义空间，但这也增加了文本的不确定性。

---

① 〔英〕丹尼·卡瓦拉罗：《文化理论关键词》，张卫东等译，江苏人民出版社2006年版，第45页。

二、拒绝总体性与寻找差异性

在后现代视野中，总体性话语具有僵化、绝对化、整合、一劳永逸等特点，被认为是一种僵化、不复活力、停滞不前的观念。在80年代中后期的中国语境中，启蒙话语之所以遭受质疑并在90年代分化为众话语中的一支，与其精英主义姿态、绝对化倾向、整合性诉求及其与主流话语之间的隐秘关联有直接关系。启蒙话语虽然与以绝对化、僵化和专制取消人性和个性的政治解放叙事不同，但与后者在内涵、形式上一脉相通：以全知视角进行叙述，强调意识形态，将群体抽象化并以之为教谕对象，以特定社会意识和历史意识为叙事目的和规范，侧重表现普遍性和共识。韩少功看到急功近利的社会变革者，更愿意谈制度和主义，更注重观点和立场，更愿意用"阶级""民族""宗教""文化认同"等大标签在人群中进行分门别类，"在这样的历史文本里，人只是政治和经济的符号，伟业的工具，他或者她是否'刚愎自用'的问题，几乎就像一个人是否牙痛和便秘的闲话，必须被'历史'视而不见"。[①]韩少功看到不论是在文学还是在科学领域里，共识常常源于异议，真知常常启于偏见，文学监护着人类认识的多样性，是天生的异议专家和偏见专家，虽然也常犯下错误，但可以避免最大的错误——平庸。[②]

与德里达一样，韩少功认为思想与言语、言语与文字之间存在着非纯净、非透明的关系。历史和现实是不会被轻易地还原的。它们不是确定的或既定的事实，总有没被说出的部分和大量未被照亮的事实等待着文学的言说和发现。人们会从时代、知识、文化、价值立场、情感态度、意识形态等方面去理解它们。但历史和现实只能以语词、文本、叙述为中介去展现，而这些中介正如《马桥词典》《暗示》等所揭示的那样，并不能不偏不倚、客观透明地反映和还原历史与现实。事实上，它们只是在特定

[①] 韩少功：《熟悉的陌生人》，载《在后台的后台》，人民文学出版社2008年版，第100页。

[②] 韩少功：《写作三题》，载《在后台的后台》，人民文学出版社2008年版，第350页。

文化和意义秩序中做出描述。

《修改过程》将这一思想认识引入了小说，除附录一以外，其他两处体现得也很明显：一是肖鹏与古人惠施在虚拟场景中的名实之辩；二是肖鹏的创作体会。以后者为例，肖鹏"发现小说其实常有自己的惯性"。"到底是人写小说，还是小说写人，这事并不是很清楚。两种机制的暗中交错也十分复杂。"肖鹏感到"完全被自己的小说套住了，准确地说，是被前面已有的部分拿定了。他的自由早已不多"。韩少功早在十多年前就表达过同样的观点："焦点结构……在众多历史现象中筛选出一个线索，筛选出一个主题，然后在这样的框架里演绎历史。也许我比较低能，经常觉得这种框架特别拘束、僵硬、封闭、不顺手，有些想写的东西装不进去，有些能装进去的我又不想要。……情节主线之外的很多东西，顶多就只能作为'闲笔'，点缀一下，没办法展开。这样，实际是小说在控制你，而不是你在控制小说。故事有它本身的逻辑，顺着这个逻辑往下滚，很可能构成一种起承转合模式。"① 这里涉及的不仅是小说与现实的关系等问题，在思想层面和文化层面上还隐含着对强调统一性、拒绝差异性的宏大叙事的不满。他说："好像是利奥塔说过：后现代主义就是培养一种对差异的敏感。这一点我深为赞赏。用这一思想方法反观后现代主义本身，应该说，后现代主义不是一个统一的什么主义。"② 从拆穿神话表征的意义上说，附录二的出现绝非偶然，它也不是可有可无的，它不应被看作单纯的叙述花招，而是韩少功反宏大叙事的合乎逻辑的设计安排。整部小说都致力于揭穿某种僵化、充满暴力和压抑的统一性和总体性神话。这种神话一直排斥和拒绝接受真正的差异，并通过压抑和排斥制造一种幸福、团圆、发展的幻象，而真正的差异在无形的暴力的压抑中无声无息地生存或死灭。

由于意识到现实认知及其表述的难度，其写作就多了一份犹疑，少了一份决断；多了一份宽容，少了一份专断。他可以用平常心去包容生活中

---

① 韩少功：《穿行在海岛和山乡之间——答记者、评论家王樽》，《时代文学》2008年第1期。

② 韩少功、王尧：《韩少功王尧对话录》，苏州大学出版社2003年版，第98页。

的庸常之人，但对其心中隐伏的暴力、野蛮、私欲，亦有一份不安和警觉。对于平庸者的非创造性，他理解却也不满："平庸者充其量是一些披着人皮的芯片，可以做一些事情，做很多事情，但与创造不会有什么关系。"①他反思启蒙、革命，也反思世俗、个人，对其提出批评却也为之辩护。从小说人物看，史纤和毛小武就是时代、历史的统一性规范中的差异性因素。他们出身于偏僻落后的农村或城市的贫困家庭，乡土、田园、封建或民间、草莽气息，是其被压抑、被拒绝的根本原因。作为个体，他们虽不为舍友和同学所充分了解，但也并未遭其排斥，拒绝接纳他们的是热衷于统一性，以科学知识、现代理性、精英文化乃至文明、自由等面目出现的意识形态神话。

由此，韩少功强调文学的个体立场、个人视角和叙述的个人化就顺理成章。"中国式的'宏大叙事'产生了很多'历史规律'，制造了阶级神话和国家神话。苏联文学还多少保留了一点人情味，中国文学到后来连这一点都越来越少。""先锋文学""小女人散文""私人写作"等"在'文革'以后纷纷冒出来，作为对'宏大叙事'的矫枉过正，是有积极意义的，起码促进了文学生态的平衡，使个人的视角得到恢复。在个人视角之下也可能写出糟糕的东西，但没有个人的视角本身就糟糕，是更大的糟糕"②。《修改过程》透视出人物在思想观念和行为方式上的分歧，写出了不同时代及同一时代内部存在的矛盾、冲突，甚至对人物的生活状态和命运轨迹也做出了完全不同的描述。加之元小说等手法的运用，挑战了启蒙与革命、崇高与世俗、虚构与真实、随笔与小说、现实主义与后现代主义之间的合理性原则，暴露了其难以超越的局限，以多元美学景观挑战了统一性、总体性，突出了差异性、不协调性，喻示了元话语的衰落和一个更丰裕、更多产的思想、艺术、语言世界的创生。

但需注意，韩少功抓住这些催生了差异性思想和美学世界的分歧和矛盾，并不意味着他以差异性为目的。差异固然无处不在，但停留于此却注定只能是一个无家可归的浪子，彻底沉沦于无所建树的虚无。基于此，韩

---

① 韩少功：《写作三题》，载《在后台的后台》，人民文学出版社2008年版，第350页。
② 韩少功、王尧：《韩少功王尧对话录》，苏州大学出版社2003年版，第51页。

少功辩证了个人与整体的关系：人的差别"不是整体解散的结果，恰恰相反，是整体组合的产物，是整体充满活力的证明"。"事实上，对个人差别的尊重和保护……明白无误地受动于社会并且反过来参与社会的行为，甚至不过是出演着一个无形社会自我调节时所设定的角色。在这个意义上，整体性意味着关系的真实，这种真实不仅仅可以表现为旗帜和队列及其某些集体目标，更重要的，它只有通过造就个体差异才得以体现；个别性是实体的真实，这种真实不仅仅可以表现为有些人的遗世独立，或者悲泪独饮，或者玄机独悟……，更重要的，它的全部内涵只有随着人们从中破译出种种社会密码，才可能一步步相对显现出来。"① 在道德意义上，个人主义不等于利己主义；在文学意义上，将自我封闭于弗洛伊德的精神学之中亦不可取。一方面，因总体性的专制叙事对个人的压迫、盘剥，文学应有一种个人主义的立场和姿态。个人总是关联着整体，故总体性专制叙事实质上也是对整体的戕害。无论从个人还是整体意义上都需有一种个人主义的精神立场，以挑战和批判专制性与总体性叙事。另一方面，个体若无整体关怀，缺乏独立的批判性思想和精神立场，亦会缺乏反思和解构总体性压制的内在力量。"以前有一段时间，文学成了政治宣传和道德宣传，是文学的自杀。现在有些作家自诩'纯文学'，好像遗世独立，与政治和道德了无干系，其实也很可疑。"② 宏大叙事与个人化叙事看似水火不容，但如若沦入自我封闭的观念性和政治正确性中，何尝不是对自我生命的毁灭？尽管在《修改过程》中肖鹏自诩"史家笔法""秉笔直书"，不也遭到众人的抗议？《修改过程》在"理想的修辞"之后加以"世俗的语法"，如何不可看作是对80年代浪漫化想象的反驳？小说可使现实可见、可知，但若将"可知现实"升华为真相或宣称为真理，也就走向了构造新总体性宏大叙事的极端。如此说来，韩少功将小说命名为《修改过程》不无德里达所阐述的"延异"的开放性、包容性含义。

---

① 韩少功：《熟悉的陌生人》，载《在后台的后台》，人民文学出版社2008年版，第104页。

② 韩少功、王尧：《韩少功王尧对话录》，苏州大学出版社2003年版，第235页。

三、作为思想者自反性实践的文学

问题在于,韩少功并不能从根本上认同德里达将真理、本质、本体等全盘化为"差异的踪迹"的做法,也不能接受德里达将自我或主体看作是不断地被构成和解构的符号,从而不具备稳定性和可靠性的观点。

如果说林欣是韩少功理想、情怀的代言者,那么身为高校教师、知识分子和小说作者的肖鹏则是他思想的传达者。除了小说学问题,肖鹏在与古人惠施的拟想对话中谈到了文学对世界和人类的意义,"文学并不能改变世界,但文学能改变人们对世界的看法,而看法也是世界的一部分"。文学的意义就是使"事实"成为"更有意义的'可知事实'","若不借助后者,前者再大也是一片无谓和无效的黑暗"。"作为一种把'事实'转化为'可知事实'的基本工具,文字以及文学——就是番人那个广义的literature,便为人类的立身之本了。用番邦的方式说,名也就是实的敞开,是实的到场,是另有硬度和温度的实呀。"小说、随笔是韩少功基于名实之辩,以个人的思想和文学之光亮使"事实"成为"可知事实",改变人们的世界观的文体形式。在他那里,文体、修辞不是形式主义文论意义上的文学,它们是思想的载体,是思想者的表情。《修改过程》强烈的解构性,恰恰是作者强烈的主体自反性和内省性的表征。

韩少功对中国式宏大叙事的反思,同样适用于他对"小说与人"关系的思考。尽管受到小说情节和规则的限制,但现实还是能够通过书写得以揭示,而且肖鹏言说未尽之处或错谬之处,亦可通过林欣等人的书写,加以补充、修正。现实会通过持续的书写,通过不同的人物视角被发掘出来。附录二中小莲的反应,暴露了作为本质性规定的宏大话语与生活现实状态之间的矛盾和裂隙,现实从意识形态和生活两个方面打破了所谓的"真理"元话语生产的幻象。这个典型细节体现了韩少功的反本质倾向,他挑战事物存在永恒不变的普遍本质这一观点,否定以"中心"和"终极"自命名的超级话语。《修改过程》运用崇高/世俗、A/B 等叙述策略,可看作是对德里达的"文本之外无他物"的回应:符号、书写的意义不在能指与所指的区分中,而是由无数符号的对立和差异显示出来。应该看到,反本质主义具有鲜明、突出的针对性和批判性,揭示与批判是其重要意义。但彻底驱逐本质并无益于真正的反抗,反倒可能陷入根本的空洞和虚无。从精神气质和价值取向上看,《修改过程》与其说是反本质主义的,毋宁说它更接近于斯皮瓦克提出的"策略性本质主义"。

从小说文体层面看,传统小说尤其是笔记体小说讲究散点透视,结构随性自由,多以闲笔点染意趣传达情思,这与承接西方传统的以人物、情节、主题为要素的现代小说有根本不同,后者围绕主人公展开起承转合的模式化叙事,给作家闲笔闲趣的表达以结构性限制。在现代小说面前,中国古典小说已失去了言说自身的主体地位,而在现代小说的闲笔、意趣与情节、人物的关系中,也丧失了发言权。韩少功多次谈到"小说与人"的关系,在《修改过程》中再次借助肖鹏之口说了出来。原因就在于现代小说的文体、结构、形式,事实上已经使我们对小说本质有了根深蒂固的认知,其宏大叙事性已成谈论小说的前提。"散文化小说""诗化小说""抒情小说"之称,即以现代意义上的小说为"逻各斯中心"。以笔记体、随笔体、片段体等命名韩少功的长篇小说,亦属此理。韩少功的这部最新长篇小说《修改过程》如同《马桥词典》一样,蕴含着长篇小说文体创造的"策略性本质主义"意味。

关于《马桥词典》《暗示》采用片段体的原因,韩少功认为除了自己尚未具备建构新的逻辑框架的能力之外,"这里也隐含着宁可犹豫、不可独断的一种态度",认为"历史可能就是这样的,整合,破碎,再整合,再破碎,交替着向前发展",自己的创作"可能也不会永远停留在某一种叙事方法上"。[①]对情节、人物、故事和宏大叙事的反抗,不能也无法摆脱已经成为其历史前提甚至已经具有某种元话语性质的现代小说文体和意识形态。新的更为理想化的小说不能也无法另起炉灶、白手起家,而是需要在一定程度上利用它们,需要以之为前提并进入其内部加以解构。没有这种利用,我们就无法谈论事物,也就失去了反抗的根基和可能性。因此,作为反抗实践策略与形式的小说,在一定程度上保留情节、人物、

---

① 韩少功:《穿行在海岛和山乡之间——答记者、评论家王樽》,《时代文学》2008年第1期。

故事及宏大叙事的作用，有充分的必要性。《马桥词典》《暗示》《日夜书》《修改过程》有意识地借鉴散文、随笔和笔记体形式，将作者对社会、历史、文化的思考成果以零散的"闲笔"渗透进情节、人物和故事中，探讨言、象、义与人的关系。《暗示》以"人—符号（象+言）"为框架，将在现实生活中捕捉和澄清"言（语言）"与"象（具象）"之间相互"激发""控制"和"蕴含"的关系①。相比之下，《修改过程》延续了对"言"与"象"关系的思考，并延伸至叙述—人—历史之关系。"千言万语"与"词不达意"之间耐人寻味的关系，并不只是从个体言说或个体间交流的意义上说的，而是构成了更高的"在"。历史、现实言说是否达义，义是否捕捉和澄清了历史、现实，是否是本真性、真理性言说？与历史、现实相关的叙述的方式、困境和揭示"真"与"实"的可能性等，更为《修改过程》所关注。

斯皮瓦克提出"策略性本质主义"是为反思片面谈论反本质主义可能导致的危险：在极端反本质的过程中，那些原本在旧有秩序中处于被压制的弱势一方，将会进一步丧失其言说反抗的主体性，从而导致实质上维护了旧秩序的后果——所谓的"新秩序"复制生产了旧秩序的结构。策略性本质主义更重要的内涵是社会性和政治性的议题，如种族、民族、阶级、性别等。从思想层面看，《修改过程》对历史与现实的真相、本质乃至真理、理想的思考同样不是建立在先验本质性的终极意义上的，而主要是从差异和策略的角度进行思考、辩证的。肖鹏的小说是一个处于写作和过程中的文本，且因其小说人物和故事与作为原型的同学关联密切而"没法被大家回避"，不仅肖鹏因"恣意丑化"同学而遭受指责，甚至连他的妻子"都看不下去，一再要他笔下留人"。这究竟是"小说写人"之传统造成的结果，还是肖鹏"在齐太史简，在晋董狐笔，改写的我还是不会放过"的"写史"态度使然？这里涉及"言""义"和"现实"之间的关系。

从叙事学角度看，《修改过程》可理解为韩少功通过元小说进入后台，把小说叙述、修改人生的过程揭示了出来。但若停留于此，则是浅尝辄止。毕竟马原早在三十多年前就以《虚构》揭穿了小说的拟真把戏和虚构本质。肖鹏有秉笔直书的写史意向，这一点通过林欣抽烟、图书馆偷书、

---

① 韩少功、王尧：《韩少功王尧对话录》，苏州大学出版社2003年版，第171页。

拒绝"奶油,没苦难感"的研究生求爱等内容体现了出来。他之所以被陆一尘等人诟病,主要是因为"恣意丑化"了同学,也即没有如实再现现实。事实上,无论怎么写,肖鹏也只能写出局部的、暂时的现实,关于现实的文本注定是一个其他人"也可以写"的"临时性"文本。任何时候、任何人都有书写的权利。关于现实的叙述,是结构性场域中的存在,也是各种零散的思想和书写经验的积累,在此基础上形成临时性的共识和真理。"现代知识既是废墟也是圣殿,更准确地说,是一些随时需要搭建也随时需要拆除的临时建筑。知识之间的交流,是各种临时知识建制之间的一种心向真理的智慧对接。"①这种临时性、局部性的言说,或许没有本质、中心话语和宏大叙事那么强势,但如果没有它,历史和人就会继续处于自娱自闭、一盘散沙的无力状态。当然,这只是一种临时性、策略性的本质,它需要持续、深入地具体化、历史情境化,从而反思和超越自身的临时性与局部性。在这一过程中,它所留下的痕迹都值得追寻,这不仅证明了思想者主体的存在,也是达成新的共识和通向彼岸真理的艰辛求索的历程。这或许是《修改过程》隐而不彰的文化政治意涵。

四、理想者的历史与现实

罗兰·巴特的结构主义和后结构主义、福柯的知识考古学和话语理论、利奥塔的"后现代状况"、德里达的"延异"与"踪迹"等后现代主义理论,为韩少功提供了方法论启示和批判视野,契合了其反普遍主义、绝对主义、独断论的个人化批判性态度。但后现代对主体、整体、理性、本源、本质、真理、客观性、深度模式等的彻底怀疑和颠覆,显然也不能被韩少功完全接受。20世纪60年代法国结构主义的"人之死"、福柯的"人之死""作者之死"、德里达的"人之终结"等命题,宣告了人道主义意识形态的终结。作为主体的人、人性、人道主义情感、人文主义情怀等被视为过时的宏大叙事,不再具有合法性基础。这显然又是韩少功所不能认同的。他是追求

---

① 韩少功:《公因数、临时建筑以及兔子》,载《在后台的后台》,人民文学出版社2008年版,第122—123页。

思想深度和精神高度的作家,这种思想和精神又密切关联着中国的历史与现实,而不是纯粹哲学思辨。他博览西方哲学、思想和文学著作,在中西古今的视野中,将目光聚焦于中国本土问题。对中国／世界、历史／现实之复杂性的认识,对事物之个体性、具体性和复杂性的思考,增加了韩少功小说的思想密度,也提高了创作的难度。对于韩少功来说,长篇小说是一种高密度和高难度的文体,难度和高度主要体现在思想、思辨、思维,以及对思想认知的表达方面。

韩少功是一位捍卫弱者权利的战士而非浪子,一位有个人立场的知识分子作家,"放弃宏大叙事,只是放弃普遍主义和绝对主义的思想方法,并不是意味着人们不再想大事,不再关注大问题。这就是'游击战'和'游乐场'的区别"①。"个人"定位的背后是"人",是一个"广义的个人主义者"。"作家不是记者、法官、教长、社区工作者等等,不能不顽强坚持个人的视角,不能不是广义的个人主义者。但个人视角是为了更真切地洞察社会与历史,不是时时对准自己的超大豪华肖像。"②《修改过程》内含作者的切身经历和体验,作家与文本具有较明显的互文性,但小说更关注一个群体、一代人乃至一个民族与三十年中国政治、经济、历史之间的命运牵连。小说激进的叙事性没有湮没自我、主体和人的杂糅感伤情绪和严肃思索的热情。在结构主义那里,人被巨大而无情的语言和结构吞没;在后现代主义那里,人作为一种元话语或神话被消解,熟悉这些哲学原理的韩少功却反其道而行之,执着于自己的思想和精神立场、伦理和道德立场、知识和文化立场。他曾将吉拉斯、鲁迅、白求恩、谭嗣同、列夫·托尔斯泰等差异甚大却"呈现出同一种血质"的人物归入同一个"理想者"谱系,"他们的理想超越着具体的目的,而是一个过程;不再是名词,更像一个动词"③。他将责任、愧疚、恨、爱、善、恶等道德内容作为人的书写中心。无论是小说还是散文、随笔的书写,都可以看作一个理想者对

---

① 韩少功、王尧:《韩少功王尧对话录》,苏州大学出版社2003年版,第137页。
② 韩少功:《写作三题》,载《在后台的后台》,人民文学出版社2008年版,第346页。
③ 韩少功:《完美的假定》,载《在后台的后台》,人民文学出版社2008年版,第139页。

现实和人的差异性发现和共识性思考。

韩少功曾以描述一个茶杯为例，阐述陷入概念本身的无限思辨可能导致的问题，"只能在语义'延异'（différance，德里达的自造词）的无限长链和无限网络里，才能加以有效——然而最终几乎是徒劳——的说明和再说明和再再说明"。他反问："如果这种精确而深刻的语义清理，最终带来一种使人寸步难行的精确肥肿和深刻超重，带给我们无所不有的一无所有，那么我们是否还有信心在喝完一杯茶以后再来斗胆谈谈其他更大的题目？比如改革？比如历史？比如现代性？"① 无限的言说会带来虚无及其所反对的专断，不存在无遮蔽的言说可能。韩少功相信真理的存在，只是它是各种知识话语在反独断论的过程中，提取出来的一个为各种知识型所共享的"公因数""共约"，"在差异和交锋中建立共约，在共约中又保持对差异的敏感和容忍"。"这种共约当然意味着，所涉语义只是暂时的、局部的、有条件的，并不像传统独断论那样许诺终极和绝对……它赞同对'本质'和'普遍'的扬弃，但明白需要约定一些临时的'本质'和'普遍'……它当然也赞同对'客观真实'的怀疑，但并不愿意天真浪漫地时时消这一认识彼岸——因为一旦没有这一彼岸，一旦没有这一彼岸的导向和感召，认识就失去了公共价值标尺，不再有任何意义。"② "一些临时的决定论，或者局部的决定论，也许是必不可少的。""目的并不体现价值，过程才体现价值。追求真理的意义不在于你求得了什么，而在于追求的心智过程。"③ 韩少功称之为"过程价值论"，这种思想在《修改过程》中得到了艺术展现。

真理和理想是存在的，但也是有局限性且可质疑的，尤其是当真理以客观性和普遍有效性的面目出现时，其与权力之间的共谋共生，以及由此

---

① 韩少功：《公因数、临时建筑以及兔子》，载《在后台的后台》，人民文学出版社2008年版，第120—121页。

② 韩少功：《公因数、临时建筑以及兔子》，载《在后台的后台》，人民文学出版社2008年版，第122页。

③ 韩少功：《世俗化及其他与萧元的对话》，载《大题小作》，人民文学出版社2008年版，第124页。

导致的选择性、排斥性和压制性就被掩饰起来，"自然化"为主导特定时期知识生产和话语形式的"认知暴力"。真理不需要通过垄断者现身以言说自己。揭示历史与现实的多层面的立体的真实并非《修改过程》的唯一目的，重要的是这种真实既是韩少功个人经验和认知的真实，也是一种叙述出来的真实。一代人生活、情感、心灵和精神的真实通过人物、情节和时代背景得以表现，这是其价值，但正如作者所说"过程才体现价值"，追求真理的意义在于"追求的心智过程"。小说进行的多重叙述实验，以肖鹏为叙述者的主叙述层及其上的超级叙述层的设置、元小说、A/B 线等，把过程而非结论的价值凸显了出来。这意味着历史维度在韩少功思想中有着无可替代的重要性。《修改过程》梳理了 20 世纪 70 年代末至 21 世纪初的历史关联性和历史与话语之关系，发掘了不同阶段历史发展和延续的内在脉络和文化逻辑。小说对知青大学生三十年的生活现实的表现，是在历史发展的深层脉络中，通过历史的具体形态和变化得以实现的。作家刻画人物，表达对时代的认识和评价，不是空洞地将其理想化或污名化，而是始终关联历史情境，通过历史细节对历史复杂性进行考察，使马湘南父子、楼开富、陆一尘等都具有个性之外的文化心理区分度和某种症候性深度。

　　《修改过程》的后现代气质、技巧、历史感与现实感究竟处于何种关系之中？我们可以从正文、附录及其关系中得到解答。如下问题至关重要：附录一第二三篇，后者是否解构了前者？附录二是否解构了附录一？元小说等是否以虚构性叙事解构了真实性神话？事实上，"世俗的语法"并不构成对"崇高的修辞"的消解，二者共同构成了 20 世纪 80 年代的复杂性、混沌性。附录二延续了正文的情节内容和自反性元小说的写法，它出现在小说最后，似乎强化了现实的叙事性、修辞性，令人真幻难分。但肖鹏所谓的"移花换木"只是托词：脚本的内容与正文叙事之间具有明显的互文性和互补性；楼开富和史纤的 A/B 两种命运，与其说是先锋技巧，毋宁说是充满不确定性、偶然性的历史与现实对传统小说封闭性情节观念的破解。作者确定的历史意识和稳定的价值根基，使《修改过程》以后现代的形式、方法言说历史与现实，却避免了叙事空转和意义空虚。用罗兰·巴特的说法，这是一部以"文本"形态出现的具有一定"文本"色彩的作品。繁复交错的叙事操作显示了话语运动的存在和运行,"修改过程"也近似巴特的能指的自由嬉戏或德里达的"延异"、拉康的"漂浮的能指"。在能指无限制的发散中,意义繁复而不确定,仿佛一个洋葱头,剥到最后没有一个坚实的意义内核,自我不再是一个统一、稳定的实体,"作者已死"。但在实质上,《修改过程》还是一部借助"文本"的生产性模式敞开意义的作品。其所指联系着当代中国历史与现实,与作家的历史和现实体验密切关联;其能指则是获取意义的入口和物质性载体,其意义虽非单一固定,却并未弥散,读者虽然获得更多参与作品意义生产的权利,但意义本身却自由穿行于各叙事层面的作者生产。作者不仅"未死",在对真理、理想的反思性持守,对历史与现实的在场性、复杂性的思考辩证和文学功能、本质及文体形态等方面,韩少功更显示出人文主义思想者的精神面目。"文学历史主义者无论新旧所给予文学的正是历史主义理论,(特别是新历史主义理论,它强调历史读者的建构性存在)对任何明显的文化形式所不应给予的东西:即形式主义理论所主张的文学力量,即通过'伟大作家'和经典作品这个中介把我们同真实的事物联系在一起那种无与伦比的特殊能力。"[①]作为汲取启蒙主义营养成长起来的作家,韩少功进入20世纪90年代后一直以坚韧而灵活的个体立场反思80年代的启蒙主义,并延续了在个体立场上对启蒙的坚持。个体立场、人文主义立场和对历史主义反思基础的坚持,决定了韩少功在文学中的历史主义者身份。

[①] 〔美〕弗兰克·林特利查:《福柯的遗产:一种新历史主义?》,载《新历史主义与文学批评》,北京大学出版社1993年版,第146—147页。

生活、历史与文学的辩证法
——论刘庆邦《女工绘》的现实主义新质

刘庆邦的《女工绘》是对 20 世纪 70 年代煤矿青年工人尤其是青年女矿工的生活、情感经历和遭遇的讲述、铭刻和感念。小说在"大历史"中描述"小历史",以"小历史"的云岚穿透"大历史"的暮霭,以细腻温和的写实文字和沉静舒缓的笔调,对政治与生活、历史与人生的深刻牵连,做出了极富耐心与智慧的梳理和表现。

一、情与性:从政治世界回归生活世界

小说是形象的艺术,历史与现实、情感与思想以形象的方式产生审美效应。一般来说,"好的小说家,要能对某种固定概念下的人,写出他的非概念性理解,并给读者增添新的审美经验,成为独特的'这一个'的作家"[①]。所谓的"固定概念下的人"只是某种观念话语的寄寓或产物,按照某种观念、理念进行的写作通常被认为是"观念先行"或"席勒化"。与此相对的是通过形象以审美的方式表达作家思想的"莎士比亚化"。具体到《女工绘》,作者借助回归生活世界的方式摆脱话语规限,写出了 20 世纪 70 年代中国的现实人生。

所谓的"生活世界"不能简单地从字面上理解。按照现代哲学家胡塞尔的现象学理论,人与世界是统一的,在人之外,并不存在一个独立的、

---

① 张大海:《大历史中的〈受戒〉》,《中国当代文学研究》2020 年第 4 期。

作为生活世界之本源和本质的理念世界或科学世界。人本身的生活是衡定人的价值、意义和认识世界的最终依据，人的活动的价值和意义只能在现世中或经由现世的历史来说明。从现实的人或现实生活出发是"生活世界观"的旨归。① 在研究者看来，"回归生活世界是现代哲学的基本趋向。现代的每一位哲学家，不论是否明确使用过生活世界这一概念，但只要是现代的（指思维情趣而非时间上的），他的哲学就必然在向生活世界回归"②。胡塞尔首倡的"生活世界"理论和他的现象学"先验自我"相似，他试图排除任何外在之物，还原一个未被理性规划和把握的、前科学的、非主题化的、经验的、直观的实在世界。他认为，不是科学（不限于自然科学，而是指对事物本身之真理的认识）构成生活的真理，生活世界才是真理的源泉和一切科学的出发点。"生活世界的主要规定在于它是'活的'世界，不是观念或符号所建构的'死的'世界，是根源性的直接性的存在，不是反思规定和建构的间接存在；是未分化的统一的人类生活的意义整体，不是分化的、专门的文化样式和生存样式。"③ 生活世界是一个超历史或非历史的实际经验着的世界，是一个现象学意义上的世界，"不受外在世界污染的、无意义的、孤独的语言——这一观念是现象学本身的极为合适的形象"④。如果说西方现代哲学有着从科学世界向生活世界回归的趋向，那么在20世纪的中国语境中，中西方却在根本区别之外又有着相似之处。区别是现代中国有着持续强劲的历史—政治传统而缺乏西方那样强大的科学传统。相似之处在于，一是现代中国同样有着一个胡塞尔意义上的科学世界，20世纪中国文学既秉信现代历史主义哲学，又在长时间内被既是科学世界观又是意识形态话语的马克思主义哲学深刻影响；二是当西方哲学向生活世界转型时，中国文学同样经历了从历史—政治世

---

① 李文阁：《生成性思维：现代哲学的思维方式》，《中国社会科学》2000年第6期。
② 李文阁、于召平：《生活世界：人的自我生成之域》，《求是学刊》2000年第1期。
③ 高清海、孙利天：《论20世纪西方哲学变革的主题与当代中国哲学的走向——转向现实生活世界的哲学变革》，《江海学刊》1994年第1期。
④〔英〕特雷·伊格尔顿：《二十世纪西方文学理论》，伍晓明译，陕西师范大学出版社1987年版，第68页。

界向生活世界的转型。

伴随着20世纪70年代的逝去，一个政治时代/世界也逐渐隐退，一个生活世界展现了出来。在20世纪80年代以来的中国文学中，生活感和以个人为核心的情感结构逐渐成为一种主导美学感觉。刘庆邦对80年代以来文学的情感结构应该有自觉的意识。《女工绘》塑造了华春堂的形象，突出的是政治化时代日常的生存方式和生存智慧。"华春堂的心是日常的心，世俗的心，也是懂事的心。"在魏正方的眼里，"华春堂是个眼里有活儿的人，是个爱干活儿的人，还是个有家常心的人。有家常心，对于一个女孩子来说，是重要的。有家常心意味着有责任心，有持久的能量，将来会过日子。"小说借助回忆叙述历史，讲述一个带有永恒意味的人的故事。《女工绘》塑造的生活世界是与人、个人和女性乃至本能、欲望联系在一起的。小说对生活世界的瞩目，意味着对矿工的日常工作和生活的回归。

从内容上看，可以说《女工绘》讲述的是革命时期的爱情。从某种意义上看，小说重写"革命与情爱"主题，在一定程度上体现了21世纪中国作家想象历史、重构革命与情爱之关系的路径、方式，以及历史叙述主体的位置。

需要注意的是，尽管《女工绘》写到情爱与革命、政治之间的矛盾和冲突，但并不以情爱作为解构革命、颠覆政治的工具。这说明《女工绘》并非重读、重写革命历史的解构性写作。刘庆邦对历史的重述是在个人生活和情感史的维度上展开的，他并不着意于文学形式和语言的先锋性，也没有站在历史幸存者的优势位置上指点、臧否历史。他最为关注的是爱、美和人性在政治化历史中的存亡断续及其具体形态，思考和发掘社会、时代与美、人性之关系。一方面，小说讽刺、幽默地揭示了时代的荒谬、荒诞；另一方面，也写出了荒诞、荒谬时代中的真诚、良善和风云激变中的不变与恒常。

政治话语及在其裹挟下的道德话语交互作用，双管齐下，给女性贴上种种政治标签或生活标签，强加给她们沉重的生活和精神负担，造成其身体和心灵的创伤。但她们的内心和本性并未完全被革命话语和道德话语所限定，正如煤矿政工组郭组长公权私用，挟私报复，故意阻挠和诬陷魏正方之恶德丑行，不能由政治化道德或道德化政治负责一样。在 20 世纪 70 年代的政治世界里，人性呈现出善与恶、美与丑较为自然均衡分布的状态，人性之恶固然会被激发、被利用，但对人性之善与美的追求亦未曾消失。也就是说，《女工绘》对人性的表现，固然写出了存在于政治世界/时代里的其所不能避免和彻底摆脱的困厄（如女性的择偶标准、人际交往中的小心与谨慎等），但同样突出了人性在生活世界里的恒常、朴素与绵远。长期的政治化生活使人们习以为常，对此并不关心，"'革命'二字，对他们来说好像是一个虚的东西，既看不见，也抓不着，革命不知怎么个革法儿，反革命也不知怎么个反法儿。……革命的说法比较宏大，不够日常，和生活离得远一些"。小说写华春堂的感受："别看一开会就嚷嚷着'斗私批修'，私心谁能没有呢？私心总是美好的。""李玉清给她留下的印象不错，她对李玉清已经有了一些私心。""私"意味着既在政治世界之中，又游离于政治话语之外的生活世界和个人世界。《女工绘》对此多有展现。首先，在家庭伦理方面，华春堂和她的妈妈、姐姐、弟弟组成了既有小矛盾、小冲突又彼此体谅、关爱的一家；魏正方、刘德玉、张建中、张志国组成了"口琴吹奏四人组"，四个年轻人甚至因此建立了深厚的友情，等等。

生活世界在《女工绘》中是以"日子"的面貌出现的。与浩浩荡荡、顺生逆亡的历史相比，与壁垒分明、相互制约的政治相比，日复一日、年复一年生活在其中的人都不知道，怎样的"日子"才是实在的、切己的、贴心的。在华春堂准备把李玉清带回家过除夕时，李玉清却死于偶发的"零星事故"。除夕之夜，华春堂一家人聚在一起，满心苍凉和凄惶。小说接下来写道："把日子过下去，恋爱还是要谈，对象还是要找。日子，包括在日子里面的吃喝拉撒睡、油盐酱醋茶，是人生的细节；谈恋爱，找对象，结婚，是人生的情节。人一辈子细节多，情节少。有些情节是不可绕过的，还得拾起来，并发展下去。""情节"和"细节"都是属于人生和生活的，"细节多，情节少"是生活世界的形态，也是其真谛或本真。人们无法选择历史大叙事，但可以在历史列车上选择"过日子"，设计自己的生活情节，按部就班地铺设生活细节。这些当代中国百姓的生活情态和蕴藏其中的生活智慧，构成了《女工绘》叙事的着眼点和基本美学形态。

小说对生活和情爱的叙述集中于个人生活、个人经验和主观情感层面。

《女工绘》中的个人并不完全附属于其所处的时代与政治,同样,也不完全游离于时代、政治和国家之外。小说中的生活世界既承受着政治世界的挤压,与后者相纠缠,又有自己延伸和生长的逻辑与方式。在历史给定的被动情势下,个人有着自在乃至自为的一面。

《女工绘》对爱情、性欲和美的表现,有着挑战彼时代政治话语的意图,在威权的控制之下,情、爱、性和美等都可能蕴含着弘扬个性、人性和寻找自我的渠道。但这种逆反式的挑战性书写,并不构成《女工绘》的根本气质。毋宁说,情、欲、美等因素更多的是作为一种人性、一种生活世界的本然的构成元素而存在的,小说的挑战意味更多的是基于天然和自然。

《女工绘》就此显示出其在文学史上的独特性。小说不像20世纪80年代初刘心武的《爱情的位置》、张洁的《爱,是不能忘记的》那样,具有"突破禁区"的意义和"人性"政治无意识,对性和力比多能量进行不无夸张的激情描述,最终达成精神性乃至意识形态化的升华。刘庆邦在小说中回到个人空间和个人主体位置,以对个人经验的回忆与反思进入90年代个体意识形态为中国文学指定的个人主体位置,但同样是个体本位的个性化历史想象,刘庆邦又与莫言、刘恒、苏童等作家不同,后者以性、欲望为叙事策略,以肉身生命为介质和爆发点,解构革命历史、民族神话和经典现实主义范式。在刘庆邦的小说中,性和欲望展示了它们跟权力的关系,具有某种程度的解构性,却又不占据革命性欲望主体的位置,它们更多的是作为历史、生活、生命中不可或缺的元素存在而已。《女工绘》与90年代以性解构经典现实主义革命史叙述、重构民族文化史诗的《白鹿原》不同,也与以"虐恋美学"展现革命权力与身体权利之嬉戏的王小波的小说不同,它也不同于通过怀旧展示革命时代杂糅浪漫、无聊和狂暴兽性的现实的王朔的《动物凶猛》。从总体上看,《女工绘》不是注重人性之善与美的象征意义的写作,也非"反正统"的政治寓言。小说将历史、政治之暴力性,性、权力之结构性和解构性关系,话语与生存之间的疏离与悖谬,纳入更宽广的生活和人性视野之中。作为其构成性因素而非本体,带着一种充满同情的理解态度,以宽广平和的心态和朴素沉静的笔法加以表现,既不刻意解构、颠覆,不刻意强调史诗架构和文化意蕴,又不陷入狂欢或怀旧的窠臼,而失以生活本然和人性、生命的本色。作者并不翻转历史，不以颠倒的形式获得真实、真相或真理。"真"存在于某些视野融合产生的复杂性中。这种写法或可称为"朴素现实主义的写法"，体现着作家对历史、生活和人性的信心和作家进入历史及人性深处时的自信。①

二、"硬词"与"文词"：生活世界里的政治

刘庆邦感慨于当下现实对历史的遗忘："遗忘不可太快，保存记忆是必要的，也是作家的责任。"所谓的记忆，既是个人对矿工生活的记忆、男女矿工的群体记忆，又是一代人的记忆、民族的记忆和历史的记忆。"我相信，这些经过审美处理的形象化、细节化的记忆，对我们的后人仍有警示意义和认知价值。"②一方面，生活本身成为《女工绘》的主要表现内容，生活的完整性和活性及其自身逻辑得到充分尊重，现实生活变得具体可感，同时，个人也得到具有自洽性和可感性的表现。另一方面，《女工绘》并不简单地把生活作为批判政治、反思历史的手段和工具。作者在生活世界和政治世界的互通互渗中，展现生活和作为个人表征的女工们的生活状态、心理感受与生命体验。爱情、友谊和亲情无疑是《女工绘》中日常生活的重要构成内容。如上所述，日常生活既被动地接受政治话语的规训，也是游离者和带有反讽表情及批判意味的审视者。

《女工绘》中出现了大量的时代政治话语，如"斗私批修""抓革命促生产""早请示晚汇报表忠心""狠斗私字一闪念"等。借此还原了特定历史情境：政治对生活的规约和钳制无处不在，甚至影响到爱情等私人领域。

首先，对情感表达的钳制。政治话语对阶级、斗争、批判、打倒、革

---

① 刘庆邦自述，他将煤矿作为自己的文学富矿，近半个世纪以来一直持续发掘而渐至于深。"据说煤埋藏得越深，杂质就越少，煤质就越纯粹，发热量和光明度就越高。我希望这部小说也是这样。"参见刘庆邦：《〈女工绘〉后记——我写她们，因为爱她们》，载《女工绘》，作家出版社2020年版，第313页。

② 刘庆邦：《〈女工绘〉后记——我写她们，因为爱她们》，载《女工绘》，作家出版社2020年版，第313页。

命等"硬词"的灌输,让人陷入表达的尴尬境地,"这些词儿和句儿,一个比一个硬,一个比一个烙心,倘若给李玉清写信,恐怕一个都用不上啊"。其次,对生命原欲的钳制及其变异。"硬词"喜欢给人贴标签,一为政治标签,二为生活作风标签。前者指阶级身份、家庭成分等,涉及政治地位。后者则直接关涉"身体"。王秋云、杨海平是"生活作风标签"的受害者。就前者来说,家庭出身没任何问题,政治上可靠,但因为所谓的"生活作风"问题,王秋云饱受歧视,她为此感到困惑和茫然,"人们对身体上的事怎么那样看重呢,怎么看得跟政治问题一样严重呢,难道每个人的身体跟政治也有关联吗?"这是政治道德化和道德政治化的典型个案。唐慧芳和师傅褚桂英的同性行为源自"硬词"的性压抑,她们只能以私密的形式获得"隐秘的互动与欢愉"。最后,对生活的全方位渗透和改造。这在传统端阳节和 20 世纪 70 年代"革命化、战斗化的春节"中体现了出来。又如,郑大姐和丈夫的婚礼,"按照当时提倡的结婚标准衡量,他们达到了'革命化'的标准"。

《女工绘》中的个人只能生活在那个时代的国家和政治中,这是一个不可规避的事实,但其欢乐与痛苦、希望与绝望并不只由国家获得,个人与国家、生活与政治之间并不具有内在的一致性和同构性。个人的情感、思想和具体的生活并不总由国家和政治意志决定。一方面,个人的生活世界并非一个超验的、超历史的场域,它必然接受 70 年代政治世界的规约;另一方面,个人的情感、生活又渗透到了特定时代的政治、经济和文化结构中,以及受此结构规约的人际关系和交往中。个人穿行、游走于政治—历史错动、变易所形成的空隙中和政治—历史话语所不能完全覆盖的狭窄逼仄的空间中。小说写道:"现实的环境就是这样子,人与人之间不许走得近,不许交朋友,朋友更不能形成团体。一旦有形成团体的迹象,人家就如临大敌,启动调查。"魏正方、刘德玉等人组成的"四人反革命小集团"便是政治训诫和惩戒的典型案例。小说还写到矿工内部存在的郑州知青、开封知青、矿区知青和从农村招来的工人之间的微妙关系,虽然不是拉帮结伙搞帮派,但其间的区分和等级关系还是客观存在的。阶级话语的戒律无法从根本上取消生活中绵远流长的"物以类聚,人以群分"。

作家用写实的笔法对政治世界对生活世界的挤压和控制,也对人的被压抑、被扭曲的欲望、力比多和无意识进行了笔墨简洁却不无戏谑和嘲讽意味的刻画。小说在《下淋冰》一章中写到，为了收获新的"成果"，有人告发刘德玉、魏正方等人组成的"口琴四人组"不仅不分白天黑夜地四处活动，而且不再吹口哨，而是听收音机，还一块儿发"有可能是反动的"议论，种种迹象表明其"可能是新的反革命小集团"。矿上政工组郭组长向革委会汇报，革委会抽调精干力量组成调查组，对四人轮番调查。虽因没有证据，"反革命小集团"的罪名没有成立，但此事具有莫须有的性质，调查组的成员竟然是对魏正方"早就有些嫉妒"，文化程度不高，且经过"解放军革命洪炉的锻炼"的所谓"精干力量"。调查过程荒唐可笑，虽然调查无果而终，但魏正方却因此而被迫写检讨和从事惩罚性劳动。

《女工绘》对女性矿工的处境、命运的描述，主要是通过王秋云、张丽之、唐慧芳、褚桂英、傻明的遭遇，在生活世界和政治世界两个层面上，表达了政治激进时代的性别关系和无所不在的性别权力。无论其品性、智力如何，她们在政治与性别交织的权力结构中始终处于被歧视、被侮辱、被伤害的地位。作为"私密事"和"丑事"的受害者，杨海平不仅没得到任何同情，而且更被人看不起，"过的是屈辱的日子，在人前抬不起头的日子"。宣传队解散后，陈秀明只好再次回到食堂，不甘心的她只能"自宽"，即不断地自我贬低，"把自己贬低，再贬低"。还是小学生的王秋云，在个别老师的"启发"下揭发了班主任，却遭到了人们的无情伤害，人们用鄙视、猥琐的眼光看她，"在心理上虐待她"。"当一个女孩子太难了，从小就难，长大还是难。人要是有下一辈子的话，她再也不托生成女的了。"杨海平受到自私而不检点的妈妈的伤害，"名声扫地"，"糟糕的名声"使人们肆无忌惮地围观她、猥亵她。并无绯闻且相貌平平的华春堂甚至也"觉察到矿工们的欲望和饥渴"及"潜在的危险"。

男女平等、"妇女能顶半边天"的当代政治，使女性的政治地位得到了意义深远的提高。但在参与社会公共事务的过程中，在传统男权思想占据高位的情况下，在充满有形和隐性暴力的现实生活中，她们是否能从思想观念和社会建制的束缚中解脱出来？《女工绘》给出了形象化、审美化的思考。

"男女关系"的案件同样是那个时代的重大案件，排在"反革命"案件之后。以阶级斗争的眼光看,"男女关系"并不是孤立的、简单的男女关系,"往往与美蒋特务之类的案子相联系。一联想到美蒋特务,问题就严重了,比反革命还要反革命"。围绕"一桩奇怪的案子",调查组派女工追踪褚桂英到女厕所,暗中观察其是否跟别的女人一样,又让医生对其做性别鉴定。不仅如此,还要鉴定其是否为双性人。政治世界公权力对生活世界私人领域的入侵既可怕又荒诞,但在话语掌权者看来却是极其严肃庄重的。"专案组的组长特别向女院长交代,对褚桂英的检查和鉴定不是一般的任务,而是一项严肃的政治任务,要求女院长一定要认真对待。"调查组用"办学习班"的胁迫和"吸收共青团员"的诱惑双管齐下的手段,迫使唐慧芳做卧底,将褚桂英"人赃俱获"。调查的结果却是,褚桂英的同性行为纯粹出于个人的性生活的需要,而与"美蒋特务""反革命"无关。更有意味的是,调查组成员之所以热衷于"男女关系"案并乐于对案情做进一步核实,也是出于性压抑。通过让涉事女工讲情节、讲细节、谈感受,从中套出一些"富有刺激性的隐秘的话","至少可以过一过精神上的瘾"。更出乎意料也更荒谬可笑的是,因矿上尚无此先例,这桩"奇怪的案子"只能先挂起来;已解散的专案组成员之一"张摄影"竟因看过唐慧芳的裸体而不能自持,主动去找唐慧芳"好一好",最后因通奸被抓,身败名裂。

《女工绘》分别通过华春堂和唐慧芳写出了革命与情爱、性的关系。一方面,情爱、性和本能原欲被阶级、政治话语引导着向更高层次的精神和信仰转化、升华;另一方面,性意识、生命本能冲动能否超越自身而达到更高层次,使人获得更高程度的满足。褚桂英、唐慧芳和那些"男女关系"审查官的生理压抑和心理变异,以及审查官们对唐慧芳的无可奈何,是否说明政治、阶级话语试图将性作为一种积极的文化建构力量的失效?专案组成员对"案件"之细节的窥视,以及主流政治话语强行将"生理事件"与政治事件关联起来的思维,能否说明性的泛化与政治世界之间存在着某种隐秘的联系?

通过细节、情节、场景和故事,《女工绘》写出了被宏大叙事遮掩和篡改的生活真相。这些真相不只关乎人情、人性,同样关乎历史本身,即话语与现实之间错位的虚假性和虚伪性。

政治"硬词"的暴力性、虚假性和空洞性,是被现实戳穿的。由"萝卜案"

写出城乡差别和工农差别,以及煤矿与当地农村、农民之间的关系并非"工农团结"所能表达的,"这里的工农关系,不是联盟的关系、友好的关系,而是分裂的关系、对抗的关系"。在农民看来,二者之间的关系是不公平的,这导致其心理不平衡。而在矿工眼里,农民比他们更有"优势","'七级工,八级工,所挣的工资,买不下农民种的一沟葱。'这是生活资料严重匮乏时期煤矿所流传的顺口溜"。

话语在传播、实践的过程中,也会遭遇意想不到的扭曲或歪曲。小说借话语的落地形态,完成了对其虚构、虚假和空洞的"戏弄"和解构。如关于没文化不识字、只能听话听音的老矿工路师傅的两个场面和细节:一是在批判"接班人"滔天罪行大会上的"忆苦",在这次批判会上,他将"死有余辜"误认为"他死了也不行,死了还有骨头哩!还有骨头哩!"呼吁大家对"骨头"穷追猛打,决不轻饶,这让人困惑、茫然,继而哑然失笑;二是对最高指示"广积粮"的颇为通俗、生动的误读,这种误读自然并非有意为之,却在深层次反映了话语与现实的悖谬关系。

《女工绘》是为青春作证,为历史留一份个人化、审美化的记忆的文字。有学者指出:"对人的同情,对生活的热爱,都来自于作家的心理结构的柔软部分。内心有这样一个柔软的部分,一个作家才能深刻地感受自己和别人的欢乐和幸福,才能更深刻地感受自己和别人的痛苦和不幸。"① 刘庆邦以回忆的方式抒写青年矿工的工作、生活、青春和爱情在特殊历史情境下的状态,以赞美的抒情笔调描绘了"美"——这一生活世界的构成要件和活性因素。

与日常生活的命运和功能相似,基于人情和人性的"美"在经历了20世纪50年代至70年代的压抑之后,在80年代的文学中得到回归,其生产机制和美学功能也颇具意识形态性,它与诗意等共同构成对政治时代和政治世界的批判和审判。《女工绘》浓墨重彩地写"美",具有类似的政治性生产功能和价值取向。通过对女工们之"美"及其青春浪漫气息的描绘,也通过对"美"的不可战胜和压抑不住的描述,小说显露出对激进、

---

① 李建军:《论路遥小说叙事中的悲剧性问题》,《中国当代文学研究》2020年第5期。

空洞的政治话语的质疑。但《女工绘》似乎不愿对时代和政治世界做简单、直接、斩钉截铁的审判。比如，小说对死亡的描述。华春堂的父亲死于锅炉爆炸，唐慧芳的父亲被矿上冒顶的石头砸死，都属于工亡事故。其他主要人物如李玉清、华春堂，尤其是前者之死，虽不能说与政治全然无关，但主要是因为一场偶然的事故，这具有超历史、超"人"的命运悲剧意味。死亡是对青春、生命的残酷剥夺，但在主人公之死中，谁是剥夺者却是没有答案的。或者说，一种历史、政治和人之外的不可预测、不可掌控的神秘力量，填补了剥夺者的空位和缺席。华春堂生命的戛然而止，不是对历史、政治的控诉，而是对"美"之毁灭的意味深长的伤痛和慨叹。

《女工绘》中的"美"，既是一种象征，一种与历史相关的青春与生命的象征，有爱青春、爱生命的蕴涵，又是一种生命的物质性、经验性存在，是非主题、非先验性的生活世界的一部分，代表着一种普遍而宝贵的生活感、人生感和生命感。

三、历史记忆的现实感：当代中国文学的生活政治

自 20 世纪 80 年代开始，随着中国社会从政治世界向以现代化形象为基础的生活世界的转型，一种以切实的生活感受为构成基质的现实感成为文学书写的主导情感结构。个体从原有的总体性哲学中被拯救出来，历史则在其中担当了拯救者的角色。日常生活及与其相关联的人性、人道主义在新启蒙和现代化意识形态中，成为反思 70 年代激进政治写作的重要依据。70 年代末的历史打破了封闭自足的思辨性结构，拯救了"人"和"自我"。"但现代社会，是以个体生命为本位，日常生活的意义就凸显出来。"[①]
90 年代，新时期的历史催生的对经验性生活的热情，进一步击碎了与政治话语密切相关的总体性话语。与此同时，个人化、私人化写作则使书写生活世界达到了极致。人性、欲望占据了生活世界，生活世界与政治世界由最初的疏离和相互质疑，走向彻底的分裂和断裂，文学的历史意识和政治性日趋淡化乃至缺失。如果说，70 年代的文学是政治世界挤压和放逐

[①] 傅书华：《女性对爱的神性情怀》，《中国当代文学研究》2020 年第 2 期。

了生活世界，那么90年代以来的文学则又以个人、欲望的合法性，宣告了政治世界的暴力性和非法性。在这一历史翻转的过程中，现实通过与历史的决裂，使自身和它的对立面同时陷入了本质化和空洞化的误区。21世纪的文学呼应新的"时代精神"，对20世纪90年代大众市场文化生产出来的个人、私人的经验性话语，进行了再反思和重构。21世纪的文学延续了20世纪90年代的文学平实朴素地展示日常生活的手法和格调，又通过对个人、私人的反思，重新将现实感作为叙述的追求目标。

刘庆邦显然不满于20世纪90年代以来文学的"过度的个体化"和"处处设防的小我"倾向。他既要避免创作主体及笔下人物与政治世界的完全分离，又要避免完全排斥"话语讲述的年代"对生活世界和个人世界严加限制的政治。刘庆邦一直注重文学的现实感，他希望在日渐空洞化、符号化的政治空间和时间中，寻找到未曾坍塌的空间和未曾断裂的时间——在与此前时空相异质的另一时空里，人有着酸甜苦辣的切实生活体验和喜怒哀乐的切身情感。

作为建立在刘庆邦个人生活经历和生命体验基础上的回忆之作，《女工绘》亦是关于女性矿工群体的青春、生命、爱情的记忆的文本。按照作者的说法，《女工绘》也是工人阶级的记忆、历史的记忆和民族的记忆。回忆与记忆不同。阿斯曼将人类拥有的回忆，区分为"回忆"和"记忆"，前者指个人的回忆，后者指集体对于过去的回忆。他认为，"记忆中的历史是极其不稳定的"。"记忆中的历史就像那些从不明确表达自己的价值、观念和回忆的人一样飘忽不定。"原因是"时代精神"的差异，阿斯曼援引瓦尔泽的话："每十年都存在另一种为时代精神所推崇，与时代精神相符合的对待德国过去的方式。60年代没有人愿意提及，因为时机还不对。每十年都变得越来越敏感，越来越苛求。"对此，阿斯曼评述道："瓦尔泽在其'时代精神'概念中将批评指向大众媒体及其舆论导向作用，他鼓励有行动力的作家始终保持自己的真诚情感并不断逆时代潮流而创作。只是他没有提及，这将在一定程度上改变他们和过去的关系……"[①] 按照

[①]〔德〕阿莱达·阿斯曼：《记忆中的历史：从个人经历到公共演示》（前言），南京大学出版社2017年版，第2—3页。

后现代历史叙述学的看法,回忆中的过去或记忆中的历史都不是对过去、历史的还原,它是当下言说主体建构的产物,甚至是纯粹的虚构和幻象。当然,这种幻象相对于经验性的过去或历史来说,是未曾存在和发生的,因而是虚假的、编造的,但它往往又被人直觉地体验为"真实"。这一点在文学叙述中体现得尤其明显,且并不被认为是有违叙事伦理之举。关键在于被叙述出来的历史的意义,而这种意义则是处于时间此岸的现代、当代的人所赋予的,或者说现代和当代的意义,才是历史的意义。按照瓦尔泽的说法,赋予历史意义的,是大众传媒及其舆论引导和生产出来的、处于周期(每十年为一周期)性变动中的"时代精神"。可以说,大众传媒及其舆论是"时代精神"的直接的、可见的生产者,但"时代精神"更关键的深层生产主体可能更为复杂、含混。社会和现实生活的变化,道德观、价值观的调整,主流话语的建构,以及各种话语之间的对话和博弈,文化、知识、教育机制的建构与生产,等等,都是"时代精神"的塑造者。每个作家对"时代精神"的理解和把握必然存在个体差异,这种差异也是必要的。瓦尔泽认为,作家面对"时代精神"应该保持其主体的能动实践性,"真诚情感"和"逆时代潮流"是作家处理个体与时代精神之关系的关键。

现实感并非仅指文本产生的修辞(审美)效果,其更重要的象征意义或意味在于,在政治世界业已分裂崩塌的旧址上重建真实的现实生活,恢复生活和人的感性生命维度。因此,21世纪以来,文学重建现实感,既非重返原有现实主义文学,将现实作为被拥戴或被反对、被称道或被否定的意识形态象征物(在这里,文学只是转述对现实的总体认知的材料),又非重回20世纪90年代那种对日常生活的琐细的经验化写实。21世纪以来的中国文学的重要隐脉之一是要在现实与写实、现实与历史、现实与文学之间重建一个处于个体与总体之间的充满张力的可能性空间。因此,21世纪以来的中国文学中的个人往往承载着超出自我本身的宏大意味。这一点在莫言的《生死疲劳》《蛙》、徐怀中的《牵风记》、陈彦的《主角》、徐则臣的《北上》,以及王蒙的《笑的风》、贾平凹的《暂坐》、张平的《生死守护》、赵德发的《经山海》、付秀莹的《他乡》等新近长篇小说中有着明显体现,刘庆邦的《女工绘》也在此列。这些作品都是以个人故事讲述民族、国家、历史和时代的故事。

以现实感为内核的情感结构和叙事美学在《女工绘》中得到了成熟而精粹的表现。作者在历史和时代的深层，找到了一个具有连续性和广延性的时空，一个与传统、伦理和人性有关的生活世界。这个世界里的人虽然难以彻底摆脱被政治标签化的处境，但他们自有其智慧和良心，自有其认真度日的韧劲。那个时空和世界里的青春，或者说"故事讲述的年代"里的青春，自然不同于当下"讲述故事的年代"里的青春，但它同样浪漫新鲜，充满激情和梦想，同样是历史大潮中独特精神世界的闪光。"故事讲述的年代"里的青春，单纯与世故交杂，明亮与暗淡共在，昂扬与伤感并存。

《女工绘》的现实感的获得，呈现出与革命年代、政治世界无声的抗争和博弈。小说的现实感源自扎实切近的生活感和深挚动人的个人情感，但这种生活感和个人情感没有脱离20世纪70年代中国政治化的历史，而是呈现为现实与历史的沟通，来自个人与时代、生活与政治、情感与政治的多重交融和辩证。

小说的诗意之美在根本上代表着一种合乎天然和人性的本真。不论从"美"作为一种象征，一个以人性、人情、人道主义或"美好的心灵"为修辞的所指来看，还是从"美"作为一种生活世界中现象学式的直观性经验之物来看，《女工绘》都蕴含着一种写意式的"温情政治"。这种"温情政治"不同于小说中所描述的那个时代的"解放政治"，而是作家所处的后革命时代的"生活政治"的特殊表意形式。或者说，"温情政治"本身就是"生活政治"的一个构成部分，它是一种充满诗意温情、生命激情与感伤的"诗意政治"。安东尼·吉登斯对"解放政治"和"生活政治"进行了区分，他认为"生活政治"是高度现代性稳定之后才出现的议题。他把"解放政治"定义为一种力图将个体和群体从对其生活机遇具有不良影响的束缚中解放出来的政治。[1]这实质上是一种"他人的政治学"的观点，在马克思那里，是以阶级为解放的代理人和历史推动力的。安东尼·吉

---

[1] [英]安东尼·吉登斯：《现代性与自我认同》，赵旭东、方文译，生活·读书·新知三联书店1998年版，第247—248页。

登斯指出，"解放政治是凭借权力的等级概念来运作的"①。它试图通过反抗和克服剥削、压迫及不平等的社会关系，以实现正义、平等和民主的理想，但其实质却是"没有什么情欲，它把拯救看作是个体或群体在共同束缚的限定框架内发展他们潜能的一种能力"②。而新兴的"生活政治"则属于高度现代性系统，是对现代性秩序的反思，是一种"自我实现的政治"。在"生活政治"视域中，权力是一种生产性的关系力量，而不是等级式的。③"生活政治"是一种自我实现和自我决策的政治，安东尼·吉登斯给出的定义是其"关涉的是来自于后传统背景下，在自我实现过程中所引发的政治问题，在那里全球化的影响深深地侵入到自我的反思性投射中，反过来自我实现的过程又会影响到全球化的策略"。本土文化主体建构、个体自我认同与"性别政治"等都是"生活政治"的表现。"生活政治"是对"解放政治"的反思，它"重新给那些受现代性的核心制度所压制的道德和存在问题赋予重要性"④；"解放政治"构成"生活政治"的基础，但前者不会消失，其生命力会在后者的持续推进中得到延续，而前者存在的诸如阶级（阶层）分化和不平等问题同样存在于后者中。但"生活政治"的兴起无疑对"解放政治"的重构起着积极作用。

个体认同的建构，与"性别政治"关联紧密。20世纪90年代的中国文学中同时出现"女性写作""个人化写作""私人化写作"及"身体写作"绝非偶然。它们作为"生活政治"内涵和议题，都体现着对"解放政治"的反思。将这一系列现象联系起来的因素是倾向于内在自我的个人。这个"自我"并非空洞的、抽象的存在，它存在于历史之中，与变化着的

---

①〔英〕安东尼·吉登斯：《现代性与自我认同》，赵旭东、方文译，生活·读书·新知三联书店1998年版，第248页。

②〔英〕安东尼·吉登斯：《现代性与自我认同》，赵旭东、方文译，生活·读书·新知三联书店1998年版，第250页。

③〔英〕安东尼·吉登斯：《现代性与自我认同》，赵旭东、方文译，生活·读书·新知三联书店1998年版，第252页。

④〔英〕安东尼·吉登斯：《现代性与自我认同》，赵旭东、方文译，生活·读书·新知三联书店1998年版，第262页。

社会情境关联紧密，并由后者塑形。"个体必须要以一种合理而又连贯的方式把对未来的设想与过去的经验联结起来，以便能够促使把被传递的经验的差异性中所产生的信息与当地性的生活整合起来。只有当个体能够发展出一种内在的可信性时，这种整合才可能获得。"①《女工绘》的写作源于作者不能忘却的个体记忆，作者关注"解放政治"时代女性矿工的生活与情感、奋斗与挣扎，在对这一特定群体形象的塑造中，作者用简洁而有力的笔法突出每个人物不可替代的鲜明个性，赋予每个个体以"内在的可信性"。

《女工绘》中的"情感政治""诗意政治"和"生活政治"关涉"我们有过怎样的生活""我们应该怎样生活"和"我们如何回忆和书写这段生命记忆"等事关生活伦理、生命伦理的问题。《女工绘》在此意义上塑造了其真挚而朴素、细腻且庄严的现实主义文学品性。

---

① 〔英〕安东尼·吉登斯：《现代性与自我认同》，赵旭东、方文译，生活·读书·新知三联书店1998年版，第253页。

总体性的现实主义文学镜像

——由《经山海》看新时代小说的若干问题

新中国成立以来的现实主义小说，始终是当代史的见证者和反映者，始终是当代中国历史变革的重要精神力量，同时，它也在不停地探索着中国文学的新道路。在剧烈变革的历史进程中，注重时代性、社会性、现实性品质的现实主义文学，反映出了历史阶段性的深刻改变。同时，其本身是否也在经历着具有某种历史阶段性特征的变革？进入新时代之后，我们的现实主义文学呈现出何种样貌？铸造了何种新的品质？它以何种方式、形态，在多大程度上丰富和拓展了中国文学的版图和疆域？这些问题无疑是值得探究的。作为《人民文学》约写之作、2018年中国作协重点扶持项目、中宣部第十五届精神文明建设"五个一工程"优秀作品奖获奖之作、"新中国70年百种译介图书推荐目录"的入选作品，赵德发的《经山海》是值得辨析和评判的个案文本。

一、新时代"新人"的成长：重构个人与时代的关系

20世纪中国现实主义文学往往具有明显的时代性、历史性品格。21世纪以降，时代性更被视为文学的重要品质。"我们应该看到，文艺典型就是一种时代现象。任何一个有社会责任感的作家，都要自觉地意识到我们每一个个体都是'社会存在物'，把创造时代的典型作为自己追求的目标之一。这不仅是文艺本身的要求，也是社会主义文艺的内在审美要求。因此，作家在创造典型时，必须走出自我封闭的'象牙之塔'，将时代的

使命、时代的特征和时代的审美意识渗入到有'自我'影子的典型人物中去。"① 置身于大时代的中国作家，更为自觉地将艺术与社会密切关联起来，将文学的社会效应与新时代话语诉求关联起来，将自己的美学冲动纳入新时代的历史表述欲望和话语规范中，《经山海》就是这样一部典型的新时代现实主义长篇小说。

小说主要写"基层政治中的女性在新时代的表现"②，主人公被设定为"一地乡村振兴的扛鼎人物"③。吴小蒿是体现新时代精神的基层女性干部和改革者典型。小说多方描述了其学习和工作经历、生活状态，着重体现了其独特的新型精神气质、磊落坦荡的胸怀、勇于担当的魄力和做事风格，尤其是通过她在楷坡镇的作为，突显了一个新时代基层女性干部的工作作风和工作能力。作为新时代的"新人"典型，吴小蒿可以看作是梁生宝（柳青《创业史》）、乔光朴（蒋子龙《乔厂长上任记》）、李向南（柯云路《新星》）等"新人"在新时代的延伸和发展。但作为诞生于新时代并以新时代作为主题的小说，《经山海》与农村社会主义革命时期和改革开放初期的写作不同，也与市场化时代现实主义文学书写改革陷入艰难、基层干部陷入困境不同，新时代的中国赋予了吴小蒿成长的空间和更大的可能性。《经山海》对人物的表现强调其内在的生长性，在人物刻画、社会现实环境的塑造和情节的编排设置上，强调其动态性、发展性和整体性——或者说"成长性"。这是一部表现新时代"成长"的小说。这一说法包括三层内涵：一是吴小蒿不甘于蒿草般低贱的命运，突破个人家庭生活和情感的束缚，在痛苦煎熬中经受多番历练，成长为具有独立意识和地位的女性/个体。这可从主人公决意与投机钻营、不断实施家庭暴力的由浩亮离婚，千方百计改善与女儿点点的母女关系，以及妥善处理与贺成收、刘经济等人的情感纠葛得到证明。二是新时代基层干部的成长史。从初到

---

① 胡百顺：《文艺典型论的新发展——学习习近平关于文艺的系列论述》，《中国当代文学研究》2019 年第 2 期。

② 赵德发：《后记 写一部有历史感的小说》，载《经山海》，安徽文艺出版社 2019 年版，第 331 页。

③ 赵德发：《经山历海 深入生活》，《人民日报文艺》2019 年 10 月 21 日。

乡镇工作时对基层工作方式和处世之道的不适应，到经过多次碰壁最终融入乡镇工作，主人公的坚韧意志、诚恳态度、清白人格和勤勉作风，在一系列乡村振兴行动中得以充分展现。三是新时代的"成长"，即中国历史进入新时代、新阶段。

大学时代的吴小蒿在学习历史学专业的过程中，就开始确立自我与人类、时代、历史的关系。工作十年后不甘平庸的她通过干部招考被录用，她"要让自己迅速适应，要让自己快快成长"[①]。小说通过时任副镇长的吴小蒿与其大学老师的一番颇有意味的对话，界定了其历史创造者的身份，从根本上触及了个人与历史的关系。只要"拥有了历史眼光"，个人生活中的不幸福感和工作中的苦恼，"会在一定程度上消解"。在这里，历史超越了个人的悲欢，超越性的个人找到了自己在历史中的主体位置。"回顾人类历史，想一想前辈经历的那些苦难与困厄，就会庄严接受命运的挑战！"个体只有将自我融入历史才能超越生命局限，收获莫大的幸福感。这种神圣庄严的成长体验，是《经山海》要表达的核心生命体验，也是其与杨沫的《青春之歌》共同着力表现和渲染的部分。除此之外，两部小说在关键问题上也颇为相似：处理的都是个体与历史的关系，注重主人公"历史中的成长"或大时代中历史主体的最终生成。更微妙的是，在女性主人公的成长过程中，男性人物都扮演了不可或缺的重要角色，如《青春之歌》中的余永泽、卢嘉川、江华，《经山海》中的由浩亮、贺成收、刘经济、辛运开等，吴小蒿的大学老师方治铭也担任了精神导师的角色。余永泽对无路可走的林道静的拯救，与由浩亮对家境贫困的吴小蒿的"帮助"相对应；相比于觉悟后的林道静对余永泽的厌弃和对"北戴河记忆"的"修改"，吴小蒿对由浩亮道德低下、品性恶劣的认识更早，告别历史的态度更坚定、决绝。显然，这一形象更体现了历史的新时代性质。历史提供了主体生成的可能性空间，正如林道静不同于子君（鲁迅《伤逝》）的关键之处在于，20世纪30年代的历史已迥异于20年代的历史；吴小蒿与林道静的不同也在于"历史成长"构成"主体成长"的关键话语情境。卢嘉川的被捕使小说避免了革命与道德相纠缠的难题，并使江华作为林道

[①] 赵德发：《经山海》，安徽文艺出版社2019年版，第31页。

静成长的最终领导者成为可能；而贺成收之死不仅使吴小嵩得以摆脱情感纠缠，更以镇长的"缺位"，使主人公进入历史设定的这一"空位"成为现实。《经山海》中的最后两个情境和细节，颇有意味。一是吴小嵩在"深海一号"上的梦境。她梦见自己与刘经济并坐相拥，"感受着幸福，却又担忧着灾祸"，这跟林道静与卢嘉川相处时的心理颇为相似。林道静与余永泽分手之前，曾做过一个类似的梦，梦中"小眼睛"的余永泽变成了一个见死不救、落井下石的人。二是吴小嵩落水的危急时刻辛总的解救。这个细节兼具写实性和象征性，可以想象，吴小嵩将会与这位同样具有社会责任感和历史眼光的新时代民营企业家建立婚恋关系。辛总在这里承担了与江华近似的叙事功能。

另外，值得一说的是余永泽和方治铭两位知识分子的形象。在小说中，他们都是专治中国历史和传统文化的学者。于1958年出版的《青春之歌》用彼时的历史政治观念，塑造了余永泽这一因远离抗日历史诉求、信仰"整理国故"而必须和必然被"超克"的漫画化的反面旧式学者形象，他狭隘、保守、自私。而《经山海》中的方治铭不仅是一个潜心于古籍的书斋型学者，一个亲临历史现场、注重田野作业的考古学家，更扮演着主人公的专业老师和精神导师的双重角色。他不仅自称"历史的研究者"，也是吴小嵩式的有着强烈现实关怀、家国情怀和人类眼光的人文知识分子和历史的创造者。吴小嵩在聆听方治铭教诲之后产生的幸福感和庄严感，与林道静成长过程中屡次出现的崇高体验极为相似。从1958年到2019年，个人进入历史指定的主体位置的方式、路径，个人成长为历史主体的情境、场景甚至细节，以及在此过程中所获得的崇高、神圣、庄严的心理与精神体验，其相似之处耐人寻味。

质言之，在叙事模式和范型上，《青春之歌》与《经山海》同属巴赫金所说的"第五类成长小说"。在这类小说中，"人的成长带有另一种性质。这已不是他的私事。他与世界一同成长，他自身反映着世界本身的历史成长。他已不在一个时代的内部，而处在两个时代的交叉处，处在一个时代向另一个时代的转折点上。这一转折（是）寓于他身上，通过他完成的。他不得不成为前所未有的新型的人"。巴赫金特别指出："这里所谈的正是新人的成长问题。所以，未来在这里所起的组织作用是十分巨大的，而且这个未来当然不是私人传记中的未来,而是历史的未来。"① 历史的创造者接受命运的挑战隐藏着历史的未来向度;而历史眼光对个人生活和工作中苦恼的消解,也即"成长中的人的形象开始克服自身的私人性质(当然是在一定的范围内),并进入完全另一种十分广阔的历史存在的领域"②。《经山海》对吴小嵩的个人生活(爱情、婚姻、亲情、家庭等)与在其之上的历史时间(民族、国家、人类等)的关系的处理,体现着"现代历史小说的基本任务,就是克服这一两重性:作家们努力要为私人生活找出历史的侧面,而表现历史则努力采用'家庭的方式'"③。从这个意义上看,《经山海》中"历史上的今天"结构和"新时代的历程与个人的历程,都处在人类历史的大背景之下"的构思,就耐人寻味了。④

新时代是小说表现的主题,也是作者深入生活、体验生活和梳理、透视材料的思想观念依据。赵德发是一位有着强烈新时代意识的作家,在接受《人民文学》约写"反映新时代的长篇小说"的任务后,"经山历海,深入生活,我对身处的新时代有了更深的体认,也感受到推动时代前进的那种排山倒海的力量,熟悉了乡村振兴中干部群众的精神风貌"⑤。他还通过平时对新生事物和生活观念、生活方式的观察,增强了对生活的时代性体验。相应地,小说对当下现实生活进行了颇具写实性和真实性的观照,如黑恶势力团伙欺行霸市,处置鞭炮爆炸事件,低保发放不公,高铁征地拆迁引发群体事件,推广农村电子商务,实施城乡环卫一体化,"精准"扶贫,扫黑除恶,做海洋经略,建"农家书屋",实施"楷坡记忆"工程等。更重要的是,吴小嵩到孔林求得楷树种子复植,建成楷园广场,让"学楷模,做楷模"之风吹遍每个角落。这就是《经山海》呈现出来的新时

---

① 〔俄〕巴赫金:《小说理论》,白春仁等译,河北教育出版社1998年版,第232—233页。
② 〔俄〕巴赫金:《小说理论》,白春仁等译,河北教育出版社1998年版,第233页。
③ 〔俄〕巴赫金:《小说理论》,白春仁等译,河北教育出版社1998年版,第416页。
④ 赵德发:《后记 写一部有历史感的小说》,载《经山海》,安徽文艺出版社2019年版,第332页。
⑤ 赵德发:《经山历海 深入生活》,《人民日报文艺》2019年10月21日。

代的中国社会现实：既有面临的切实问题，又有实施乡村振兴战略的举措和成就；既有主人公成长过程中需要面对的困难和克服的障碍，又借助主人公的成长，展现乡村振兴的美好现实和乡村秩序重建的前景。主人公的成长和新时代的中国的成长彼此映照，融为一体。

吴小蒿作为"时代新人"的显在标志是超越性眼光的获得，这一点在小说的最后部分通过叙述者的直接介入得以表现："她想……我吴小蒿，虽然只是挂心橛下的一个小小镇长，但也经山历海，成为这个伟大时代的建设者之一，可谓幸甚至哉！"① 这段糅合了叙述、描写、抒情和议论诸种手法的文字，将"扶栏远眺，心潮澎湃"的吴小蒿对自己的历史的参与者和创造者的身份的认同感，以及自己作为一个"新人"获得新时代历史本质的豪迈感宣抒得淋漓尽致。将个体的生活故事、情感故事和乡村故事，讲述并深化为"中国故事""时代心声"和"历史宣言"，是《经山海》作为"书写新时代中国乡村振兴伟业的现实主义小说力作"的叙事逻辑和叙事鹄的。只有获得了历史主体身份，面对"深海一号"时，吴小蒿"才真正明白了国之重器的含义"，才会欣喜不已地对船上的工作人员表示——"等待着你们向全世界宣布发生在这里的奇迹"②。

通过描写典型环境，塑造典型人物，表现、揭示运动和发展着的现实，以及已经改变并将继续改变现实的强大的历史规律和历史意志，是《经山海》写作的信念和目的。如果说柳青的《创业史》通过"草棚院里的故事"讲述中国农村乃至中国未来历史发展的方向和出路，那么《经山海》则是借楷坡镇这一典型环境和吴小蒿这一典型"时代新人"，展现新时代乡村振兴战略，讲述"实现中华民族伟大复兴中国梦"的故事。讲述新时代中国故事，就是讲述自我——一个更高、更完善的自我，一个崭新的历史主体。通过讲述故事，将个体自我及其生活中熟悉的、具体的、普遍的事物，编织进一种洋溢着理想主义和浪漫主义的美学世界，使"我""人""事""物"超脱有限的经验性存在，获得一种具有更高意义和尊严的无限感。讲述新时代中国故事需要一个超脱了自然状态的超级历史主体，只有这样的主

---

① 赵德发：《经山海》，安徽文艺出版社2019年版，第325页。
② 赵德发：《经山海》，安徽文艺出版社2019年版，第325、326页。

体，才能具备总体性的眼光，才有讲好宏阔壮丽的中国故事的能力，才能感受到和发掘出推动时代前行的伟大力量。

二、如何讲述中国故事：经验性描述与总体性观照

赵德发强调作家的时代书记员职责，认为一个作家要记录自己对时代的观察、体验，以文学细节捕捉和留存时代影像。这是 19 世纪现实主义文学的经典理念。同时，他还强调文学对"时代精神"的传达。这又是带有明显的马克思主义现实主义特征和当代中国现实主义文学经验的言说，体现着新时代现实主义文学的总体性诉求。恩格斯对现实主义的"典型化"定义，包含着内在的总体性和历史化维度，是一个建立在对"未来社会发展的规律和前景的理解"之上的命题，它使现实主义"变成了一种有原则、有组织的选择"①。佛克马认为："马克思主义文学批评的决定性的关键，总是受时兴的对马克思主义的理论的解释方式的制约，这种解释可以因解说者的气质、性格和学识而有不同，但它绝大部分还是决定于政治机遇。"②如果不把"政治机遇"局限于特定的政治形势或某种政治政策话语，而将之视为某种特定历史情境或某种时代性话语情势，那么在阐释某些当代现实主义文本时，那种存在于现实生活现象和历史发展规律（现实本质）、时代话语和美学创造、"现象和本质、主观体验的现实和客观存在的现实、表面的解释和'被掩盖的原因'之间的区别"③，以及建立在这些区别之上或存在于区别之中的矛盾性张力，还是或多或少存在的，有时甚至是一种不可忽视的本质性存在。

---

① 〔英〕雷蒙德·威廉斯：《漫长的革命》，倪伟译，上海人民出版社 2013 年版，第 293 页。
② 〔荷〕佛克马、易布思：《二十世纪文艺理论》，林书武等译，生活·读书·新知三联书店 1988 年版，第 134 页。
③ 〔荷〕佛克马、易布思：《二十世纪文艺理论》，林书武等译，生活·读书·新知三联书店 1988 年版，第 134 页。

《经山海》不是孤立地、静止地在客观意义上表现新时代中国现实，而是在历史与现实的动态发展中，对其做整体性的、融入强烈主观情感色调的观照。因此，仅从反映论、写实性层面理解这部小说的新时代现实主义品格是不够的。不可否认，《经山海》以现在进行时的"追踪"方式，在"生活再现"层面有着作者对当下时代生活的观察和体验，并用朴素的写实手法做了忠实的记录，留下了新时代新人新事的新图景。但这只是在现实主义文学的社会生活经验性层面，是作者所观察体验到的事实借助我们对现实主义的传统"迷信"而产生的特定叙事效果。看似是事实对叙事的"自然移入"，但这种写实手法所造成的叙述效果是，叙述者的信念、意识与作者的思想意图、价值判断等相一致，带来的是布斯所说的"可信的"叙述。但相应的问题是，一则"对现实的精确复制，并非必然产生具有任何真正的真实性和持久文学价值的作品"[1]；二则这与经典现实主义文学精神，尤其是作为中国文学主潮的现实主义的叙事功能和目标设计相距甚远。此时的现实主义文学作品的作者通过强调生活对自身的资源或素材意义，告知读者自己所叙述的正是现实和时代生活本身。现实主义借助自己在语言、形式上的透明性、客观性和非中介性，生产出其作为特定话语或话语寄寓物的透明性、客观性和非中介性。与反映现实、描摹人生、勾画世间百态、体察世道人心相比，揭发真相、揭示本质、阐述真理更能体现现实主义的精髓和目的。这也是现代文学由带有经验主义色彩的写实发展到现实甚至是现实主义的重要动因。也因此，作为现代文学之重要门类的现实主义小说，更在写作的积极介入性、能动生产性和意识形态等方面显露出其现代性品质，"当'写实'主义在左翼论述里被正名为'现实'主义之际，一种迫切的时间感和意识形态召唤更呼之欲出"[2]。从叙事意图和文本—精神实质方面说，《经山海》依靠更欲超越经验性写实，从而进入更高层次的"现实主义"。

---

[1]〔美〕W·C·布斯：《小说修辞学》，华明等译，北京大学出版社1987年版，第45页。

[2]〔美〕王德威：《写实主义小说的虚构：茅盾，老舍，沈从文》，复旦大学出版社2011年版。

施战军如此谈论《经山海》的写作："这是一条必须实实在在进入新时代内部细部，有无穷发现并有无尽感触才可能摸索出来的创作之路；这是一条必须真真切切理解新时代广度深度，有天地格局并有天下情怀才可能行走出来的创作之路。"① 只有"进入新时代内部细部"方有现实生活的实感和质感，但仅此恐怕不能达成新时代书写的历史愿望和要求，关键还在于真切"理解新时代广度深度"。新时代话语，标志着中国历史发展的新高度和新型历史品格。《经山海》刻画了个性鲜明的乡镇干部群像，如镇委书记周斌、继任的镇委书记房宗岳、社区书记张尊良、村支书解洪峰等，写他们迎难而上和清廉正派的品质。更为根本和重要的是，要将"新时代中国"放在中国历史文化和文明的内在脉络中，发掘其内在的生命、生机和活力，并使之获得自古代至现代、当代乃至新时代的总体感。

从根本上说，《经山海》是对新时代精神的反应和回应。"每当一个事实、一番叙述概括、一段描写，必须或甚至可能，成为对我们理解人物而提供的线索时，它就会大大失去其作为事实、概括或描写的某些身份。"② 小说描述乡村振兴，运用的是某种总体性经验，以此来表现21世纪中国经济、政治、社会和文化的错综复杂的关系。通过对21世纪中国的经验性现实的描述性和展望性书写，弥合了"发展主义"的现代化目标、新时代乡村振兴规划、中国历史文化资源和社会主义文化遗产之间的裂痕，提供了百转千回、绵延不绝的完整历史脉络，将当下的个体置于充满起承转合的民族奋斗史和民族复兴史中。从某种意义上说，这是主流话语以"乡村"代"农村"的深层动因之一，也是《经山海》可被称为"乡村（振兴）小说"而不太适合以"农村小说""乡土小说"著称的原因（尽管它具有后两者的某些元素，甚至可放在广义的"农村小说""乡土小说"的范畴内加以观照）。由此，在20世纪50年代至60年代被塑造，在80年代曾遭受某种程度的离弃的现实主义在小说中被召回，既作为解救文学疲软、衰退的药剂，又作为整合现实、重构中国总体性景观的文学力量。

---

① 《人民文学·卷首语》，《人民文学》2019年第3期。
② 〔美〕W·C·布斯：《小说修辞学》，华明等译，北京大学出版社1987年版，第196—197页。

在马克思主义历史哲学中，辩证总体的联系包含纵横两个向度，纵即历史发展变迁的整个过程，横则指包括整个过程中的政治、经济、社会、文化等各种因素在内的空间—世界维度，"它是许多规定的综合，因而是多样性的统一"①。《经山海》的总体性重构即在这两个维度上展开。

在时间—历史维度上，小说将时代、现实与人物、历史相联系，有意识地塑造一种历史感。小说中反复出现的历史感，即总体性诉求的显在话语形态。作者在小说中让就读于山东大学历史文化学院的吴小嵩阅读被称为"当代中国三次思想解放实录"的《跃升》，使主人公获得历史感及历史创造者的责任感和自觉意识。《历史上的今天》带给了她别样的历史认知。此外，小说在叙述中还大量涉及与历史感有关的情节，如主人公组织建立"石屋记忆"档案、口述村史、撰写历史随笔等。《经山海》在空间上横向展开，主要是将楷坡镇放在新时代中国的整体现实和总体形势中加以观照。小说非常注重在细节上和微观层面上透视和折射宏观场景，如由司机小王的经历引出"部队反腐"，由吴小嵩因感情问题对镜自伤联想到"墨子号"量子科学卫星的发射等。小说的题目几经更改，最后定为《经山海》。对于小说的定名，作者认为，"太好了，把小说的境界提升了。山海，是主人公工作的环境，也是时代的隐喻"②。作者将环境/时代并置，透露出将空间历史化，对生活、现实做总体性观照的意图。《经山海》中"主人公工作的环境"并不局限于可见的楷坡，也不限于中国；中国故事既是中国的，也是世界的；讲述对象既在中国，也在中国所在的世界；中国故事不再停留于"讲述老百姓自己的故事"，而是面向世界大声讲述中国和人类的故事。由此，《经山海》中的故事不再是分裂、弥散的"第三世界的民族国家寓言"，而是完整、圆满的命运共同体的象征。这是有气魄和境界的写作，而不再是就事论事的写实。丹墟遗址的发掘、"深海一号"的建成下水等，都是建立在中国/世界视野中的新时代叙述。

---

① 〔匈〕卢卡奇（契）：《历史与阶级意识》，杜章智等译，商务印书馆2017年版。
② 赵德发、张丽军：《从山岭到海洋：文学创作的精神地理对话》，《百家评论》2019年第3期。

巴赫金曾阐述历史诗学："文学把握现实的历史时间与空间，把握展现在时空中的现实的历史的人——这个过程是十分复杂、若断若续的。……在文学艺术的时空体中，空间和时间的标志融合在一个被谨慎构思出来的具体的整体之中。"①一直伴随着吴小蒿的《历史上的今天》一书，是解读小说历史哲学和总体性话语的重要入口。通过主人公在大学时期阅读此书揭示"历史的另一种面貌"：非线性，带有魔幻色彩，"给人一种沉重的沧桑感"②。《经山海》在结构上对它的借鉴表现在：一是将个人的历程纳入新时代乃至人类历史的大背景下，从而表达出"人类史是由个人史组成"的观念，并使个人获得超越自身的历史意义或历史感；二是在有限的写作时间和篇幅内，尽量容纳那些无法纳入正文叙述的内容，避免"就事论事，失之肤浅"；三是给叙述增加一种斑驳陆离的魔幻色彩和"沉重的沧桑感"。从叙述编排上看，每章前的书中所记、"小蒿记"、"点点记"，看上去是特定时间点上的空间聚合，将时间空间化（非线性）了，但在作为"日期的标志"的时间的内部仍然遵循着线性时间逻辑，并按照宏大叙述、个人叙述和代际叙述（先母后女）的顺序、逻辑加以设定。无论是在每部分之间，还是在每部分内部，其深层同样隐含着作者意图破除的线性史观，仍有大事件、大人物等难以回避的存在。在很大程度上，小说追求的"沉重的沧桑感"或历史感仍然是从历史—现实—未来的线性发展和对照中获得的。

这并不奇怪。作为一部传统现实主义小说，《经山海》中斑驳陆离的魔幻色彩来自个人的现实感受，而非历史哲学的根本变更或魔幻现实主义的美学创造。事实上，《经山海》着重表达的并不是它所明言的作为"日期的标志"的"今天"，而是"正在进行的'今天'"。正如"小蒿记""点点记"被置于宏大历史叙述之后，并以宏大叙述的"日期的标志"为依据一样，这里的"今天"并非私人时间，而是正在展开的现实——本质上的历史时间。按照巴赫金的说法，未来在这里起着巨大的组织作用，

①〔俄〕巴赫金：《小说理论》，白春仁等译，河北教育出版社1998年版，第274—275页。

②赵德发：《经山海》，安徽文艺出版社2019年版，第31页。

而且这个未来是"历史的未来"。吴小蒿的成长是一个事件,她所在的世界及其中的一切事物,从社会、生活到个人的思想、道德和情感,甚至是那些通过各级干部之口提到的,对于普通人来说显得陌生、抽象的名词和概念,都隐含着"历史的未来"。在"未来"的巨大组织作用下,世界呈现为整体性空间,这个空间不是固定的而是运动的,不是空洞的而是充实的,其整体性来自总体性"历史眼光"的塑造。正如巴赫金所说:"善于在世界的空间整体中看到时间、读出时间,另一方面又能不把充实的空间视作静止的背景和一劳永逸地定型的实体,而是看作成长着的整体,看作事件——这就意味着在一切事物之中,从自然界到人的道德和思想(直至抽象的概念),都善于看出时间前进的征兆。"[①]最能体现历史时空感的是关于吴小蒿登船离岸参观"深海一号"的长段叙述。小说先写沿海防护林带、渔业博物馆、安澜港的景观,再写她忆及十多年前阅读史料时的"痛心疾首,感慨万千";继而由对百年历史巨变的感慨,再写到改革开放至今安澜港的历史与现状,其吞吐量在全世界港口中位居二十名左右,开通了"多条国际班列",将一车车集装箱运到了中亚和欧洲,"为'一带一路'建设增砖添瓦";最后写奥林匹克公园的目标塔、世界帆船赛基地,并记述了与此有关的青年航海家环球航海创造中国纪录的故事。这一段典型的"时空体"叙述,有着清晰的空间(楷坡、安澜港)——时间(近代史)——空间(东亚和欧洲等)的轨迹。叙述从空间出发,经历时间后再次回到空间。主人公从空间中发现和读出时间,这自然需要历史感,当充满历史感的主人公再度返回空间,此时的空间已不再是前一个空间,而是一个世界空间。此空间既是历史感的产物,也承载着历史。主人公被赋予了历史时空的自觉:从以挂心橛、灯塔、目标塔为标志的楷坡镇到家,再到国,并最终抵达世界,这是"时代",也是"历史"。"个人"创造并代言历史,历史就是"今天","今天"就是历史。

[①] 〔俄〕巴赫金:《小说理论》,白春仁等译,河北教育出版社1998年版,第234—235页。

三、秩序的重建：总体性与史诗美学

《经山海》试图以多种方式写出人性的复杂；如塑造了贺成收、郭默等有复杂特质的多面孔人物，写出了其党员干部身份之外作为人的幽微的一面。再如，描写由浩亮之恶时，也描述了其对女儿的宽容和爱。当然，最主要的还是小说对家庭与事业、工作与感情、母女之间相互依存且有冲突的关系的处理。这是作者力求避免将小说人物写成江水英式的样板英雄的重要举措。在写出"凡人俗举、七情六欲"的人性内容的同时，小说更赋予了主人公新时代思想践行者的身份。这是小说的核心叙事价值。

对于吴小蒿他们来说，新时代是一个充满价值判断和历史蕴含的历史新坐标。同时，作为新时代政治—美学理想的寄托，主人公始终与新型"人民共同体"及其话语形式紧密关联。新时代和共同体意识为主人公成长过程中必然遭遇的个体意识，也为其提供了更有价值归属感的精神依托和意识高度。"严格地说来，史诗中的英雄绝不是一个个人。这一点自古以来就被看作为史诗的本质标志，以致史诗的对象并不是个人的命运，而是共同体的命运。"[①] 作为一种总体性表意形式，共同体是主人公处理现实问题、积累现实工作经验和生活经验的观念依据，它不仅为主人公的行动提供了直接的政策依据和话语资源，更为其提供了历史感和稳定的价值感、意义感。

因此，我们需要特别注意小说中的"口述史"和"共同体"叙述。尽管它们分别是在时空维度上建立总体性和历史感的重要方式，但其叙事效用却不止于此。《经山海》将"口述史"作为重要叙事方式，目的是塑造一个"经验统一体"（共同体），这个统一体就是"集体记忆"或"传统"。正是在故事的讲述和整理的过程中，传统得以保存和延续，个人故事汇成民族故事、中国故事，个人记忆成为族群记忆、人民记忆。汇集、整理的

[①]〔匈〕卢卡奇（契）：《小说理论》，燕宏远、李怀涛译，商务印书馆2012年版，第59页。

口述史,既是"故事"又是"史诗"。那些由老人口述的个体经验和吴小蒿的个人经历,超越个人层面,包含着更高的思想和智慧。共同体是建立在有关理性和普遍人性观念基础上的,是所有民族、种族、国家所共享的,包含道德规范和义务、文明、发展等普遍法则、普遍陈述。这一点早在主人公奔赴孔林移植楷树时就有表述:"如果没有老子、孔子、释迦牟尼他们,这个世界上的黑暗会持续更久。两千多年过去,人类社会无论有多大进步,然而细究世道人心,先哲们的话语还是没有过时。"[①] 楷园广场建成后,晶晶和吴小蒿对童谣的修改,则可看作是新时代对传统的承续、发展和重释。

如果说楷园广场和渔业博物馆是有形的历史,那么"口述史"和《斤求两》则是有声的历史。它们共同构成和展现着新时代历史的形态、内涵和功能。再进一步,亦可由此窥见"口述史"和"共同体"叙述传达的普遍性的另一内涵:传统社会和现代社会在道德、文明、文化上具有连续性,其核心部分在人性、人心方面有某些一以贯之的成分。正是借助它们,《经山海》得以将个人与社会、个体与共同体、人性与人民性关联在一个总体性视域中。

作为新时代"新人",吴小蒿是一个具有总体性眼光的历史—话语主体。当《经山海》以其为主人公并让全知叙述者贴近乃至附身其上时,小说的主题、内容、艺术和美学问题,就在这个主体与其所要赋意和赋形的对象之间的关系中得到理解。文本自身的秩序,也需要在这一关系中重建。

《经山海》叙述了新时代的乡村振兴,在内容上体现为对乡村秩序的全方位重建。与此相应,小说提供了一种规范化的总体性,或者说,体现了一种卢卡契早年所信仰的形式主义的整体观——这种整体观有黑格尔的历史哲学和辩证法的影子,在叙事上体现为一种建立完整、圆满的秩序的诉求。《经山海》中历史感和意义感的获得,意味着包括社会秩序、政治秩序、经济秩序、文化秩序等在内的秩序的重建。这包括正面写到的扫黑除恶,整治社会秩序、市场秩序;依法处理违纪违法干部,抓捕给黑恶

[①] 赵德发:《经山海》,安徽文艺出版社2019年版,第225页。

势力当保护伞的司法干部,整顿政治秩序;选派"第一书记"驻村帮扶,推广农村电子商务,重开经济新局面等。同时,小说还用大量笔墨叙述了文化秩序的重建。这是一项与现实秩序重建同步进行的重要工作,包括策划"楷坡春晚""楷坡祭海节",《斤求两》申遗,举办广场舞大赛,建文化活动室、文化广场等。此外,由浩亮被刑拘,使家庭婚姻等伦理道德秩序的重建成为可能,这一重建紧密关系着国家宏观秩序的重建。

秩序的重建说明曾经存在局部混乱和失序,但生活在整体上并不呈现为无序、破碎、骚乱及不可控状态。在小说描述的现实中,个人生活、社会生活、政治活动和商业行为,在总体性话语的统领下逐渐走向规范,在正常轨道上平稳运行。每个人都可以在通过秩序的重建而形成的共同体中找到自己的位置和价值归宿,破碎的走向圆满,毁败的得到重生,匮乏的得到补偿,恶行被制止,违法乱纪者被依法处理……丹墟遗址隐藏的文明基因和文化血脉将被发掘,"展示在世人面前"。即便是违法乱纪的原镇长贺成收也以死完成了自我救赎。借助总体性话语,人与世界之间的矛盾和分裂不复存在,总体性与现实和谐相融,人不仅看到了生活的意义,更是生活与历史的创造者和意义、秩序的生产者。与这个整体性世界相匹配的美学形式,必然是一种完整宏大的叙事形式——史诗。史诗才是表征总体性意义、传达总体性意志的最佳形式。

需要注意的是,现时代的总体性意义,并不存在于"香山遗美"、渔业博物馆及丹墟遗址等"过去"中(如果将"过去"视为一个无法返回的彼岸的话)。《经山海》将"过去""历史"看作是一个无法也不能与"今天""现在"相割裂的时间—历史—文化统一体,建构了总体性历史。小说建构叙事的关键在于"今天"。只有把握住这一点,才会明白主人公何以念念不忘"历史上的今天",因为这一表述即"历史上的新时代"。小说叙事既为表现新时代中国历史发展的新方向,又为时代性寻找一种历史感。"过去"被"今天"发现和照亮,"今天"在"过去"中发现了隐藏已久的秩序和构型。丹墟遗址考古和从孔林移植楷树的意义就在于此。美国考古学家 Judge 从山东半岛众多古城轮廓中发现"每圈围墙,里面就有一个命运共同体","一道长城,也企图保护一个命运共同体",并提出"当代人里面的高瞻远瞩者提出,要建立人类命运共同体,这是观念上的多大进步！"① 可见，小说中的"今天"不是自然时间标识，而是以社会、历史和文化为标识的时间。正是在这一意义上，时间与空间、时代性与历史感得以统一并凝聚为一个点。在这个点上，内容即形式，生活即史诗。史诗既是生活的形式，又是其内容和本质。因此，史诗不是为生活提供答案，其本身就是生活的答案，时代、生活、史诗是一体的。

如果仔细辨析，可以发现《经山海》中的成长主要体现在女性／个体意义上，而作为基层干部的主人公并不具有巴赫金所阐述的"成长"内涵。从道德意识、观念立场和精神资源上说，吴小嵩从一开始就是一个有着确定性和本质性内涵的典型，这一点可以从其大学时代的观念意识和工作后领导对她的评价中看出来。她的成长是相对于"缺乏经验"而言的，其内涵实为成熟——在工作经验上有所积累，在工作能力、方法和技巧上有所提高，以及熟悉工作环境、工作内容甚至是基层官场运行规则等。她没有像朱老忠、林道静和周炳（欧阳山《三家巷》）那样因接受一种新的社会政治理念而发生"质变"和升华，在思想观念和政治立场上，从一个前现代主体成长为现代历史主体。从副镇长到镇长的仕途升迁过程，更多的是已经获得历史主体位置的主人公在具体情境下，展示其新时代"本质"的过程。她的"经山历海"是新时代话语主导下历史、社会的现实性的展示，是新时代的价值取向、历史趋势和倾向的体现。主人公或亲身经历或耳闻目睹的那些事件，代表着一个时期的社会现实和基本情况的经验性事实。它们只有经过"时代新人"吴小嵩所代表的历史—话语主体的总体性和本质性眼光的投射，才能在根本上获得现实性——已经获得的"本质"使事实具有了现实性，成为现实。

如果说《红旗谱》《青春之歌》《三家巷》等成长小说，表现的是个体主体通过叙事组织建构起历史主体的过程，那么《经山海》表现的则是已经获得"本质"的历史主体如何在新的历史情境下充分展示其"本质"的过程。因此，小说中描述的种种事实，不能看作是对作者在生活中通过调查采访获得的田野资料的简单列举。重点不在于小说中所写的是否有生

---

① 赵德发：《经山海》，安徽文艺出版社2019年版，第253—254页。

活原型，而是它们作为感性经验事实，已经被作者从原来的生活联系中抽取出来，在一种新的话语范式中，被一种新的眼光、理论和方法所把握并典型化了，在小说中它们是被新历史—话语主体占有的对象化的形式，是一种新时代话语的美学塑形。小说中有两处细节处理得颇耐人寻味。一处是写一头被养在住宅楼六楼的黄牛——"牛哥"。小说第一次写"牛哥"时，借郭默之口说出镇党委周书记为政绩拆村建"庄户楼"，"村民上了楼，有好多不方便，种地要跑很远"，此时主人公却"心想，你在想念山上的青草与伙伴吧？"如果说此时主人公身上还带着初次下乡的"书生气"的话，那么第二次见到"牛哥"时，她从"牛哥"的吼叫中听到的是"受困的苦闷、对青山的渴望"等"复杂的含义"，她"心里便有些酸楚"，这种感受同样是很个人化的。接着通过王晶晶之口说出"牛哥"原为一对农村老夫妇为帮在城里打工买房的儿子还房贷所养，他们因没有挣钱门路，只好在楼上养牛，主人公听后感慨"城镇化的步伐越来越快了"。第三次写"牛哥"是在其被杀以后，牛养大了，该杀了卖肉还贷，却又因无法牵下楼，只能在楼上杀掉。事情本已够荒诞，主人公的反应却是因"吃不下这牛肉"而坚决拒绝。与此相似的另一处细节是"烙煎饼"。主人公看到两个村妇在堆放着农具、家具甚至是柴火的"庄户楼"前支起鏊子烙煎饼的情景，"忽然强烈地想念自己的母亲，因为她当年在镇上上初中，在县城上高中，每个星期都吃一包母亲烙的煎饼"[①]。这两个故事都与某些领导干部为了政绩不顾农民生活劳动的实际，盲目搞城镇化带来的"不方便"有关。它们带给出身于贫困农家、时任副镇长的主人公的却是旁观者的纯个人化的感受和反应，一个原本深植于农民生活、与农民切身利益直接有关的问题在主人公的情感结构中浮现为一种高度个人化的景致。"牛哥""烙煎饼"作为经验性事实被从原有的生活联系中抽取出来，并被新话语重新赋形和赋意。相比之下，小说将"值班羊"的故事放在隅城人傍晚娶亲、《斤求两》演奏和为喜欢吃羊肉的上级领导准备杀羊的情节中加以表现，就没有脱离原有的生活联系，有着举重若轻的艺术表现力。

---

① 赵德发：《经山海》，安徽文艺出版社2019年版，第53页。

这也从另一方面说明，总体性美学是个人与时代、时代与史诗、历史与生活的统一整体，也是主题（以乡村振兴为聚焦点的新时代话语）、内容（历史、文化、生活和情感）和形式（史诗性现实主义小说）的统一整体。它容纳了如此丰富驳杂的内容，却又将其整合为一个有机辩证的艺术体，这就是总体性建构秩序的力量体现。伴随着文学秩序的重构，小说也相应地呈现出透明平滑的表述形式和明朗积极的叙述风格，这种风格与威廉斯分析社会主义现实主义概念时所说的人民性极为相似："人民性实际上与表现技巧相关，尽管它是精神的某种表现：它反对'形式主义'的艰深，要求通俗简明以及传统文艺的清晰明了。"①

如果将以《经山海》为代表的新时代现实主义文学置诸当下文学场域，我们也可以说，它所代表的现实主义一脉，正在成为重构当下中国文学秩序的一股不可忽视的重要力量。

---

① 〔英〕雷蒙德·威廉斯：《漫长的革命》，倪伟译，上海人民出版社2013年版，第293页。

现实主义视域中的政治性写作
——以张平《生死守护》《重新生活》为中心

作家张平一直以反腐小说、主旋律小说名世,从题材内容、主题表现、人物塑造和美学风格上看,这一定位是合理的。但任何定位,即便是荣誉性、赞赏性的评价,也都是以牺牲作品的丰富性、复杂性为代价的。尤其是当解读陷入某种话语模式时,更显出批评者的怠惰和精神资源的匮乏。为避免学术研究中标签化、符号化的做法,我们需要对作家作品做细致解读和深刻理解。本文以《生死守护》为典型个案,结合《重新生活》等作品,将张平的小说置于现实主义文学场域,从历史意识、总体性建构、人性和人民性等视角,历史化地考察张平的政治性写作与现实主义传统之间动态的复杂关系。

一、现实对生活的统摄:现实主义的历史感

通常说来,现实与生活都指涉一种客观存在的经验性事实,并无分别,而现实主义则是对这些社会现实的客观描写。这种认识似是而非。一个简单的事实是,学界通常把 20 世纪 80 年代中期出现的以池莉、刘恒、刘震云为代表的"还原生活""零度叙事"的小说称为"新写实小说"或"生活流写作",而把 20 世纪 90 年代中期出现的河北"三驾马车"谈歌、何申、关仁山和湖北作家刘醒龙的小说称为"现实主义冲击波"或"新现实主义小说"。这里不仅有"新写实/新现实主义"与"生活流/现实主义"表述的差异,而且更多时候,学者还将 90 年代中期的现象看作是对 80 年代

中期的现象的突破和超越。如新写实小说的主要倡导者之一丁帆对这两种现象的评价。他认为:"我们不能说'新写实'是一个完美的现实主义的延续,但是,作为一种创作方法的反动,它在文学史上是有意义的。"而"'现实主义三驾马车'的兴起,和新世纪的'底层文学'的勃起,现实主义似乎又回到了'五四'的起跑点。"①两种相隔十年的文学现象之间有着"写实/现实主义""创作方法/五四精神""方法/主义"的根本分野。姑且悬置对其文学和文学史价值的评判(毕竟都有优秀之作和低劣之作),其间差别还是较为明显的,如现实主义要更具有深刻的历史理性、深邃的历史眼光,能发掘生活场景和细节的内在意义,较之生活写实,现实主义更能体现一种超越性的文学品格和以社会现实为基础的因果逻辑关系上的想象力。那些通常被肯定的现实主义作品不是"贴地爬行"或"超低空飞翔"的,也不是某些写实性手法、技巧所能概括的,所以经典现实主义小说往往被称为"伟大的文学",现实主义也被标举为"伟大的传统"。而最接近现实主义的自然主义和它最大的"敌人"现代主义却无此殊荣。面对现代主义的形式警醒,理论家用"现实主义精神"弥补了传统现实主义在形式上的"落伍"。典型的例子是,罗杰·加洛蒂"开放和扩大现实主义的定义","赋予现实主义以新的尺度"②,用"无边的现实主义"包容了毕加索、卡夫卡和圣琼·佩斯等现代主义大师。

20世纪中国文学和文论中的现实是生活化和历史化的统一,它内含一种整体性视野或总体性视域。张平的看法与此类似,无论社会还是现实,总体上是一个有机的、历史的统一体。杂乱无章的碎片化生活在小说中被整体化和历史化,体现为一个有序的合乎逻辑的发展过程。在《生死守护》的副文本《自序》中,作者从主、客观两方面谈到生活,一方面是"瞬息万变的生活本身",是波澜壮阔、浓郁酷烈、令人应接不暇的当代生活,是"对我们所有人都具有直接影响的现实生活";一方面是作家"生活体验越来越匮乏"。客体的广阔和后者的局促形成让作家难以接受的巨大

---

① 丁帆:《我们经历了什么样的"现实主义"》,《长篇小说选刊》2018年第5期。
② 〔法〕罗杰·加洛蒂:《论无边的现实主义》,吴岳添译,上海文艺出版社1986年版,第167页。

反差，这是作者极为不满和拒绝接受的现实："面对着悲壮而生动的现实，写作者距离这样的生活也好像越来越远。"① 从题材内容上看，当下文学创作中并不缺少现实和生活，现实主义作为当代文学主流，除了在先锋小说中呈明显匮乏状态之外，仍占据主导地位。改革、农村、城市、市场经济、农民、知识分子、市民、底层、商场、反腐等成为20世纪80年代至今文学的重要题材。凭借文学对现实生活的反映，作家对文学与现实之关系的持续关注，若说作家们具有难以摆脱的"现实情结"，并不为过。那么，为何张平如此不满于文学面对现实时的逃避、自我封闭或无能为力？其实，这并非个例。进入21世纪以来，文学与现实的关系被频频提出，体现了人们对文学的普遍不满或者说更急切的期望。

张平之所以反复谈及文学与现实、文学与生活关系的失衡，根源还在于作家，在于主体对现实和生活的积极介入。现实和生活皆非外在于主体的客观自然之物。当作家用"悲壮而生动""波澜壮阔""惊天地泣鬼神"来描述他眼中的现实生活时，我们便看到了他的世界观、现实观、生活观和文学观，同时，也强烈感受到了作家对现实生活的理解、价值判断和奔涌而出的激情。张平眼里的现实和生活是充满历史理性和浓郁情感的。他在《自序》中写到自己看到的跨海大桥和立交桥时，感受到的是"世界奇观"，是"现代化的中国"，联想到的是为这些基础性工程付出无尽汗水而"我们的文学很少描写到"的无数农民工。他们是创造"现代化的中国"这一"世界奇观"的主力。透过现实、生活的景观表象，发掘其易被忽视的深层意义及其存在状态和运作机制，是小说创作的动机，也造就了其深度叙事模式。《十面埋伏》《抉择》通过反腐败斗争，揭示了更深层的现实，思考了腐败的心理动因和机制性因素；《重新生活》通过写腐败分子的亲属在"后腐败"情境中的遭遇、心境和处境，展现了人性的深度和生活的可能。这些反腐小说、主旋律小说，无论是前者的"反腐模式"，还是后者对这一模式的超越，都由具体的反腐事件进入政治、社会乃至心理、文化层面，都有清晰的介入和批判意图。《生死守护》延续和发展了这一深度模式，在追求现场感、时代感的同时，深切思考了现

---

① 张平：《生死守护》，作家出版社2020年版，第2页。

实、文学的内涵及其关系。

张平同样感到不满的是，"面对这样一个快速蜕变的历史进程，文学似乎很难走近"。按照现实主义的观点，生活是文学的原材料和"唯一源泉"，但是对生活的信仰和还原生活场景、细节的执念，可能会导致细节的膨胀和自然主义倾向。因此，主体的世界观、价值观和典型化便被作为现实主义的核心要义。从20世纪50年代的"社会主义现实主义"到80年代中前期具有批判性的"现实主义回归"，这一点延续了下来。90年代之后的小说基本延续了"新写实"还原生活和剖析人性结构的路数，去典型化成为作家的普遍选择。但近年来，典型化重新成为再认识、再评价的问题，丁帆从"再现"和"批判哲学内涵"两方面肯定了恩格斯的现实主义，并以此作为评定现实主义文学真伪和价值的依据。他认为："只有中国1990年代以后真正尝到了资本市场经济的酸甜苦辣时，真正进入了商品社会和消费市场以后，我们才能深切地体会到'典型环境中的典型人物'对中国的文学创作和文学批评是何等的重要，将其作为我们当下现实主义创作和批评的指南，似乎并不过时，如果我们的现实主义创作和批评水平能够达到恩格斯所设定的标准，也许我们的创作会更上一个台阶。"[①]通过"重返"19世纪欧洲现实主义的起源、语境，确认其本源性和本体性，反省中国现实主义的"不充分性"，这对于当下文学是一次必要的警醒。无论是典型化还是哲学性的批判，强调的都是作家的哲学和历史眼光。20世纪中国文学与同时代历史的难以摆脱的纠葛，决定了现实主义的主流地位和历史性写作性质，"在一些作家中（但并非所有的），现实主义成了历史主义的东西：它把社会现实理解为动态发展的过程"[②]。经典现实主义不是孤立地、静止地看待现实，优秀的现实主义文学具有深刻的历史性品格。

与张平的其他小说相比，《生死守护》包含更为自觉的历史理性意识。

---

① 丁帆：《重树"典型环境中的典型人物"的现实主义大纛——重读〈弗·恩格斯致玛格丽特·哈克奈斯〉随想录》，《中国当代文学研究》2020年第5期。

② [美]勒内·韦勒克：《批评的诸种概念》，罗钢等译，上海人民出版社2015年版，第237页。

作者不着眼于对当下现实生活的描摹，他力图在写出生活的现实深度和广度的同时，将生活现实化并置于历史的发展中，既忠实于当下中国现实，又赋予"当代性""时代精神"以深远的历史感。

现实主义的历史意识在根本上体现为小说隐含的历史主义哲学。"过去是现在的前历史，作为传统，它本身又是现在这个舞台上的演员；没有历史的理解，我们既无法解释现在，也无法评价现在提供给我们的种种选择。"①《生死守护》将当下中国正在发生的"悲壮而生动的现实"放在波澜壮阔的"快速蜕变的历史进程"中，借助由历史（文化）和未来（远景）建构的历史纵深视镜看取现实生活，便源自历史主义哲学的支持。作为卢卡契所阐述的"历史小说"，现实主义文学要求作家不仅要深挖现实和生活的表象背后的本质性因素，更要建立起现实和生活的历史感，为生活现场提供历史/时间维度上的纵深感。90年代中期以来，"现实主义冲击波""底层写作""苦难叙事""反腐小说""主旋律文学"等现实主义文学现象的涌现，"即来自中国现实语境中发展的现代民族国家意识诉求。对于社会转型过程现实问题的关注，是公民主体意识和历史意识发育的必然结果"②。尽管现实主义的兴起有着复杂的现实动因，但作家自觉地将个人面对的世界历史化确是其中之一。

现实与历史之间的结构性关系，是形成《生死守护》的"历史小说"品质的根本依据。小说关联双重历史/文化：古代/当代。连接它们的是"城中村"二道河马家园——龙飞大道开通前的重要拆迁对象。它既是各种现实矛盾和利益关系的扭结点，也是古代与当代历史的关联点。虽然前者处于显性叙事层面，后者处于隐性叙事状态，但这却是不可或缺的叙事价值因素。小说对这个特定地点的描述从"城中村居民"和"地下文物群"两方面展开，其中隐含着现实与历史的对位与融合。

就前者来说，马家园居民有其特殊性，他们并非当地人，而是进城打

---

① [英]弗朗西斯·马尔赫恩编：《当代马克思主义文学批评》（引言），刘象愚等译，北京大学出版社2002年版，第2页。

② 房伟：《1990年代"现实主义"文学的困境及另一种可能性——从1990年代柳建伟的长篇小说谈起》，《中国当代文学研究》2020年第4期。

工的矿工。外出谋生的他们处于农民出身与工人身份的尴尬境地中，更严重的问题在于这些城市的建设者在经济高速发展、城市急剧扩张的年代，成了市场经济发展逻辑中的"他者"和市场化、消费化目光凝视下的"前市场"时代的"残留物"。这是一个被剥夺了历史的群体，或者说，他们的历史在以市场和消费为中心的精细计算时代毫无价值可言。在此意义上，"城中村"不仅是一个被市场、消费区隔再现的贫穷之地，也是一个需要被改造的"他者"空间。这些城市建设者、历史创造者，吊诡地呈现了"历史的缺席"，而现实的建构却需召回历史。如果说市长李任华在对"城中村"的探访中看到的是居民的日常生活，那么更接地气的主人公辛一飞看到的却是更深层、更尖锐的现实和被放逐的历史：曾经的领导阶级和主力军在市场化过程中变得边缘化、贫困化和底层化。

就后者来说，"地下文物群"首先涉及文物保护与城市发展的关系。这一关系在小说中被叙述为龙飞大道的开通既是维护群众利益的工程，也是保护文物的工程。与"城中村"居民存在的历史与现实的悖谬和历史的空洞化不同，"地下文物群"的存在、发掘接通了历史与现实，历史不再缺位，百年甚至千年的传统在当下被发现。其意义不亚于辛一飞对当代历史的发现。

二、现实题材与现实感：现实主义总体性的复杂建构及其批判视野

在21世纪以来的文学发展中，一个值得注意的趋势是，现实主义小说在总体上有着从宏大叙事向日常生活叙事的转换，同时，又在对日常生活叙事的不满足中，逐渐积聚起重构宏大叙事的欲望和能量。《生死守护》是在"新写实""生活流"写作之后提供的当代中国现实图景，也是在"现实主义冲击波"无力建立"生活的整体感"之后，重建现实主义总体性视野的政治美学实践。小说以龙兴市为典型环境，以之作为中国建设、发展和清除腐败的缩影，书写世界图景和人类文明发展过程中的当代中国故事。这里的"当代中国"是新时代的中国，它是历史的，又是未来的，是现实(感)和历史(感)的融合与统一。龙兴市充满周折和活力的发展之路，

通天寺等历史文化遗址的辉煌、湮没和地下文物的重新发掘，辛一飞坎坷的仕途和跌宕的人生，马家园居民的贫困与信仰，刘小江的侠义救人之举，纪委监委部门的贪腐调查，文物公安部门对盗挖文物的盗贼的侦缉，无不呼应和回应着这个时代的潮起潮涌、风云激荡。

如上所述，生活是素材、题材，而揭示和表现现实才是更深层的目的。零散的、片段的、充满偶然性和随机性的生活场景和细节，需要进入现实层面才能获得典型意义，鲜活生动的生活感受处于深沉厚重的现实感的下位。在这个意义上，"现实感是一个作家将碎片化的'现实'连缀、重塑为真正的现实的能力"，也"是一个作家对价值与意义的敏感与追求"。现实感体现着作家的发现、思考、穿透能力及意义再造与艺术重塑能力，所以，"现实感看上去是'反现实'的，它表现为在现实之外另造现实的能力，而这也是文学在现实之外存在的理由"①。作为一种政治性写作，张平的小说不仅以反腐为题材和主题，更是对那些生活感十足而现实感缺失的文学现状的反驳与批判。他认为："现实题材文学创作的灵魂和生命线首先是真实，最终也只能是真实。"②文学的真实就是叙事生成的现实感。以《重新生活》为例，小说以腐败分子魏宏刚被"双规"之后，其儿子、妹妹和外甥女等亲属的现实境遇和心理体验为主体内容，展现了"腐败文化"影响下的人际关系、生活状况和复杂人性，以及由此带来的现实经验和人生体验的张力感。作者对复杂性和张力感有着细致的体察，同时，小说将"腐败文化"放在社会学和人学的双重视野中，就超出了对个体经验和情感性、心理性存在状态的展示，具有了人性、国民性、社会性和政治性的复杂内涵。反腐在小说中不仅是政治事件、社会事件，也是心理事件和文化事件。《生死守护》进一步将腐败与反腐作为社会、现实存在中的结构性因素，借助这一因素，小说容纳了现实中的复杂经验因素及其逻辑和历史关联，有意识地建立起了更为广阔的历史感和对现实结构性因素的认知。与《重新生活》中的隐微细腻的生活化、人性化的现实感不同，《生死守护》中的现实感凸显得更为直接鲜明，以至于挤压了生活感。围绕龙

---

① 汪政：《现实·现实感·现实主义》，《长篇小说选刊》2018年第5期。
② 张平：《生死守护》，作家出版社2020年版，第3页。

飞大道的开通和所谓的主人公"腐败"而展开的对干群关系、党群关系、政府公信力、相关机构和职能部门对腐败问题的调查等的分析，使作品更多地具有了社会史、政治史的向度，而生活史、情感史和精神史的内涵则相对匮乏，现实生活中的个体生命情态并未得到像《重新生活》那样的重视。这与作者对现实题材和现实生活的认识有关，"现实生活中，反腐已经成为社会、政治题材中无法绕过的内容"，"现实题材小说必然会有反腐内容，甚至是主要内容"。直言"《生死守护》是对全民反腐全民监督的一曲颂歌"。[①]生活丰富多彩，但现实残酷而尖锐，如何在生活揭示的是现实的坚硬内核的观点下，提供关于现实的总体性和本质性认知，是现实题材政治性写作需要面对和解决的问题。

现实主义文学总体性建构是与作家的历史主义信念联系在一起的。这构成了现实主义的时间维度。这一时间并不是空洞的，它充满意识形态内容。这决定了现实主义文学的政治书写性质，如卢卡契所说，"如果文学充分地反映了社会发展的矛盾，也就是说，在实践中，如果作者显示出一种对社会结构和未来的发展趋向的深刻洞察，现实主义就是一面最真实的镜子"[②]。小说就其本质而言，是以历史总体性为目标的叙事。历史与总体性之间是一种相互蕴含的关系，纯粹的个人不能成为历史的主体，基于个人的写作无法把握动态的、具体的总体，而只能形成经验化的生活事实。但文学不应成为抽象历史规律和本质化现实的附庸，它也在历史与现实的辩证运动中生成和变化，而且是永远处于生成变化之中的历史的一部分。现实主义文学的合法性依据就在于它作为历史创造的一部分，是背离、反叛庸常机械的反映论。

80年代中期以来，现实主义在经历了现代主义、后现代主义文学观念和日常化、轻逸化审美潮流的冲击之后，被看作是一种消极保守的文学观念和笨重落后的文学形式。作为一种现代性文学，其本质却被有意无意地改写乃至遗忘了。现实主义文学具有认识世界，认识"真正的现实"并

[①] 张平：《生死守护》，作家出版社2020年版，第4—5页。
[②] 〔美〕勒内·韦勒克：《批评的诸种概念》，罗钢等译，上海人民出版社2015年版，第237页。

改变、改造现实的力量。文学与现实的关系由反映论、再现论发展到生产论，文学的能动性即"文学生产现实"或"文学生产现实效果"的观点，得到现实主义作家或现实题材创作的青睐。张平的被称为"反腐小说"的长篇小说，可谓文学生产论的典型。在《生死守护》等作品中可以看到，文学是如何通过想象和虚构，以必然性或偶然性的方式解决文学构型中的种种矛盾、冲突，产生相应的思想和审美效果的。更值得注意的是，作家反复强调现实题材的真实性问题，鉴于某些现实问题的敏感性或贴近描摹生活产生的迷惑性，"现实生活中的社会题材、政治题材，很容易成为虚假的代名词"，甚至不惮于暂且悬置文学性，"距离现实生活越近，描写她的文字也许会越粗粝"。①其中的文学理念颇接近于结构主义马克思主义中的关于"社会构形"（social formation）和"文学构形"（literary formation）的概念。按照结构主义马克思主义的观点，文学构形是一个包含种种意识形态、观念和语言矛盾冲突的复杂结构，文学就是对这些矛盾冲突的想象性解决，"文学是通过某一复杂过程对某一特定现实的生产——这个现实并不是自治的现实（人们不能过分强调这一点），而是一个物质现实，而且具有某种特定的社会效果（我们将以此为结论）。因此，文学不是虚构，而是虚构的生产，换言之，是虚构效果的生产（而且首先为虚构效果的生产提供物质手段）"。巴利巴尔和马歇雷进一步指出："文本的确产生一种现实效果。更确切地说，它同时产生一种现实效果和一种虚构效果，依次予以强调，依次予以阐释，但始终基于它们的双重性。""文学话语本身以幻觉的反思规定和投射了'真实'的在场。"②文学通过虚构、想象与现实之间的认同和复杂的生产过程产生某种现实、真实和某种社会效果。张平对"美"（"文学的美，文字的美"），尤其是对"真"（"真实性"）等曾经被视为文学本质却又引发众多争议的概念（观念）的强调，以及在《生死守护》《重新生活》《抉择》等文学文本中呈现的"真""美"与"善"，同样是意识形态效果的实现。

---

① 张平：《生死守护》，作家出版社2020年版，第3页。
② 〔法〕埃蒂安纳·巴利巴尔、皮埃尔·马歇雷：《论作为一种观念形式的文学》，载《当代马克思主义文学批评》，刘象愚等译，北京大学出版社2002年版，第52—53页。

同时，虽然张平的小说在传达意识形态并受其规约，颇符合"文学文本是整个意识形态再生产的动因"①的观点，但与结构主义马克思主义文学观有重要区别。相对于结构主义对文本和文学生产的强调，张平的小说更具作品意味、文学创造性和反映论色彩。《生死守护》更具现实生活的即时性、纪实性"追踪"色彩，甚至有意突出创作的"素材性"，在叙事理念和美学表现上更具对统一性、有机性和完美性的追求。小说结尾对各类人物的命运结局有富于现代法制正义感和传统伦理道义感的表现：违法犯罪者受到党纪国法的严惩，蒙冤受屈者被还以清白，烈士们得到隆重悼念。历史的车轮滚滚向前，善恶昭彰。就像《重新生活》结尾写到漫天寒意中绽放的迎春花一样，透露出春之将至的信息，"春天的脚步虽然有点蹒跚迟缓，但春天的到来，谁也无法阻挡"②。这种"希望原则"是人在朝向总体性的历史运动中实现自己命运的象征，它是现实，也是希望和愿景。

"希望原则"更集中地体现在汇聚了各方力量和矛盾的"城中村"马家园。这里的希望同样是从历史和现实中生长出来的。作为城市建设者的马家园居民，不仅遭受到了小矿主的盘剥，也遭受到了奸商和贪腐干部的压榨。辛一飞的到来，让他们看到了希望。辛一飞作为人民代言人和人民利益的守护者，替这一弱势群体发声，讲述他们的故事，承诺美好未来，得到了居民的拥戴。《生死守护》再次体现出小说作为"社会的象征性行为"（詹姆逊语）的意识形态属性。主人公在马家园的饱含人民之子的深情和国家干部的激情的讲话，以还原居民生存状态（极其艰难）、心理和情感状态（对政府信赖、依赖，但也因个别领导干部的失信、官僚主义、贪腐行为对政府不信任）和发掘展示其历史的方式，将其重新召唤为"人民"——将居民历史化为"人民"。辛一飞在马家园的调研和讲话，是修复矿工居民历史创伤记忆的重要方式，也是特定弱势群体被重新发现并进入"改革/发展"话语中心的重要方式。贫困人民与贪腐干部的区隔，

---

① 〔法〕埃蒂安纳·巴利巴尔、皮埃尔·马歇雷：《论作为一种观念形式的文学》，载《当代马克思主义文学批评》，刘象愚等译，北京大学出版社2002年版，第58页。
② 张平：《重新生活》，作家出版社2018年版，第346页。

在有效弥补、缝合干/群、历史/现实之间的缝隙或裂痕的同时,也使原本建立在发展主义逻辑之上的现代化叙事呈现出缝隙或裂痕。

从这个意义上说,《生死守护》可谓"另一种改革小说"。辛一飞可看作是乔光朴(《乔厂长上任记》)、李向南(《新星》)一样的"新人"。他们在小说中的出现,是历史的必然——终结一段历史,开启一段新历史。《生死守护》开篇便在关于龙飞大道建设的紧迫性上,提出了"工作效率"(发展速度)问题。这与临危受命或毛遂自荐的李向南、乔光朴他们非常相似,都体现了对数字、时间和效率的要求,显示了改革和发展的必然性与紧迫性,在深层则是对现代性时间观即历史主义的信仰。但浮现于新历史地平线上的《生死守护》与20世纪80年代的改革小说已大为不同。在《生死守护》中,阻碍城市发展的不再是传统的惰性、落后的思想观念或与传统关联的官僚主义(尽管这点在小说中也作为事实被揭示),而是以市场为主导的发展主义所不能根本解决的问题,如贫富差距拉大、分配不公和弥漫性、群体性塌方式的腐败等。这一点集中体现在龙飞大道的开通上,靳如海龙翔集团和"城中村"的对比,政绩工程和惠民工程的选择,在很大程度上是对发展与公正、效率与正义问题的选择。《生死守护》讲述了"城中村"居民、民营企业家赵祯熙因被骗陷入绝境、吴莹莹被黑恶势力控制等故事,揭发了市场所不能解决的腐败、贫困、公平和正义的缺失等问题,反思了市场发展的逻辑和"市场万能论"。而这恰恰体现了真正的人民性品格——不是廉价的歌唱或空洞的宣谕,而是写出了作为现实建设者和历史创造者的现实生活,不仅复活了作为社会主义文化遗产的"人民记忆",而且将其作为紧迫的现实给予了实践性美学"再现"。詹姆逊提出"永远历史化"的口号,他认为:"一切事物都是社会的和历史的,事实上,一切事物'说到底'都是政治的。"[①]《生死守护》体现了文学的生产性和历史能动性,而这也是现实主义作为一种政治性书写的重要内涵。

[①] 〔美〕弗雷德里克·詹姆逊:《政治无意识》,王逢振等译,中国社会科学出版社1999年版,第11页。

三、人民性与人性：当代中国现实主义的精神结构

重建现实主义总体性是一个系统工程，这不仅是作家个人的文本创造，也包括对接受主体的塑造。作者对读者进行了理想性设定："喜欢现实题材的读者，一定是关心政治、关心社会、关心时代进步的读者。"① 作者所说的"读者"，显然是追求现实感而非生活感的读者，他们具有人民性的品格和价值感。张平在分析现实题材写作面临的困境时，谈到了网络写作的读者影响力、各门类写作对读者的争夺等，显然这里的"读者"才是生活经验形态的读者——他们未必都喜欢现实题材，也未必关心政治、社会和时代进步。由此可见，不仅作者需要现实感，读者也需要现实感。这构成了现实主义总体性重建的重要内涵之一：它要求作者将生活重铸为现实，并推动现实的生产——通过读者而促生新的现实；它要求读者通过现实题材的写作建立真正的现实感，超脱他们平庸弥散的生活状态，成为关心社会、政治和时代进步的历史主体。《生死守护》将"市场化中国"纳入宏阔历史视野，便显示了将市场消费时代的"大众"转换为具有社会性、政治性内涵的"人民"的价值诉求。

"个/群"现代主体的建构及其愿望、诉求的表达，二者之间的纠缠与矛盾、合作与冲突，构成了 20 世纪中国文学驳杂繁复的景观。在 20 世纪中国文学主潮中，人民性是一种具有强大力量和富有普遍性真理意味的理论核心。相对于浪漫主义、现代主义对个人的、独立的、隐秘的潜意识、心理、情感的表现，现实主义更能有效传达一种非私人的、公共性的意识或潜意识，更能发出一种群体（阶级、人民、国家、民族或性别等）声音，为其代言并将其建构为"想象的共同体"。从某种意义上看，现实主义是一种借助典型和细节将个体的、私人的故事、情感、情绪纳入历史和理性逻辑之中，传达普遍性内涵的美学理论和实践。现实主义文学是"教

---

① 张平：《生死守护》，作家出版社 2020 年版，第 4—5 页。

谕性的、道德的、改良主义的"①，它通过某些具有特定时代特定观念特征的符号传达某种历史与现实秩序的生成与变化、死亡与新生。在现代中国文学论域中，现实主义与人民性一样，都是某种历史话语的构造，它们都超出了手法、技巧和风格的范畴，以历史性与话语性兼具的品格，既满足了超个人的社群需求，又推动了超个人价值的重审与重建。人民性和现实生活共同构成了张平小说的两大重要资源，无论是"反腐小说"还是"主旋律小说"的命名，都鲜明地体现着对张平"人民作家"身份和其创作"现实主义文学"的确认。

文学中的"人民"不应被缩减为一个理智纯正的"符号"，尽管其往往呈现出鲜明强烈的导向性关怀，直接关联特定历史—政治情势下的政治文化方向和政策问题。人民性是一个观念内涵不断演变、调整的历史构型。新时代话语中的人民"泛指人民大众，是广义性的"，兼有"民族主体""社会主人""广大读者""服务对象"等多重含义。②关于张平小说"人民性"的复杂内涵和形态，吴义勤认为：一方面，"虽然被归为具有宏大叙事属性的政治写作一类，张平的初衷却仍然是从人民出发的，写政治也是在写人民，政治小说也是人民小说"；另一方面，《重新生活》中的"'人民'不再作为一个辅助角色存在，而是成了叙事的主角。武祥、魏宏枝、绵绵、丁丁这些具有人民属性的家属成了主角，反腐的对象魏宏刚包括反腐过程反而成了小说的暗线，成了小说的背景"。他认为："在这部新小说中，张平将'人民'真正推到了小说的中心位置，真正将人民性灌注到了小说之中。"吴义勤高度评价《重新生活》："这是一部充分彰显人民性和人民精神的小说，是张平人民理念的一次深度阐释和体现，是人民性与政治小说的一次成功联姻，它为政治题材小说开拓了新的路径，贡献了新的经验。"③循着这一思路进一步深究，可以看到这部"充分彰显人民性

---

① 〔美〕勒内·韦勒克：《批评的诸种概念》，罗钢等译，上海人民出版社2015年版，第237页。

② 白烨：《文艺新时代的行动新指南——习近平文艺论述的总体性特征探悉》，《中国当代文学研究》2019年第5期。

③ 吴义勤：《照亮被遗忘的角落——读张平长篇新作〈重新生活〉》，《扬子江评论》2018年第5期。

和人民精神"的小说,存在着人民性与人性两个看似相互矛盾对立的价值维度之间的对话和互渗。张平的人民性思考是建立在宽广和朴素的生活和人性的经验基础上的。正如《重新生活》中的武祥一家从腐败领导干部所制造的虚假幸福感和对自己"未曾从官员腐败中受益"的幻觉中走出来,进入充满艰辛坎坷的生活中,以自己的实际行动揭发亲属的贪腐行为,在实际生活中同其他无数的人们一样脚踏实地地生活,寻找自己在生活世界中的价值和意义。如此一来,对人民性的表现便不再那么坚硬,小说对人物细腻复杂的心理、情感内容的描述,使人民性获得了切实饱满的人性和文学性支持。

现实主义文学需要的是"历史的具体性"而非"既超时间又超社会的形象",现实主义艺术家需要一种历史主义思维,他们应该去"研究现实、了解现实的秘密并揭示现实的发展道路"。否则,其作品"将会极其贫乏化","满足当代精神需要的艺术创作,永远是具有真正的生活感、历史感并能表现历史的特点及其运动的"。[1]现实主义在其表意实践中,需要关注生活中那些真正从事劳动、创造的人,建立作家与生活之间的血肉联系,通过强大的艺术表现力和动人的文学力量,写出社会生活的细节及"历史的具体内容"。在张平的表述中,"人民"是与"国民""公众""老百姓"等内涵更为丰富的语词联系在一起的。作为一种强大且具有极大普遍性的理论话语和文学话语,"人民"在《生死守护》中化身为守护人民利益、把人民放在心中、为群众谋利益、被公众所认可和支持的党政职能部门的公务人员,同时,也表现为以马家园居民为代表的老百姓。后者的生活状况和生存境遇,是考验"人民代言人"和"人民守护者"的试金石,是民心和民意的体现。小说在棚户区的家庭、个人的具体境遇中发现了"人民的苦难",也看到了"人民的信心和信念"。在市场化、消费化时代的喧嚣中和贫困而"自足"的日常生活中,人民性被湮没,被遮蔽,甚至被官僚主义、形式主义和权钱交易所漠视,但它一直在那里,只是隐而不彰。通过市长李任华和市委常委辛一飞的调研探访,人民性被发现并被赋予可

---

[1]〔俄〕苏契科夫:《关于现实主义的争论》,载《论无边的现实主义》,吴岳添译,上海文艺出版社1986年版,第262—263页。

辨析、可言说的形式。同样，通过刘小江对贫困女孩吴莹莹被黑恶势力拐卖和控制事件的追踪、查访及对其进行的解救，表现出了充满正义感与朴素道义感的人民力量。人民的局促、贫困、苦难，以及他们的信心、信念和力量，通过辛一飞、刘小江、吴莹莹和居民们，被一次次发现和确认。

与其他文类相比，现实主义文学的独特性和生命力不在于文学内部，其建构和发展自身的方式和内驱力不是教条的，而是历史的和批判的。《生死守护》与《重新生活》在内容和风格上有较大差异，但在侧面表达反腐主题上却异曲同工。《生死守护》同样没有正面塑造贪腐领导干部的形象，没有描述腐败/反腐败、正义力量/贪腐人员的正面交锋。两部小说都突破了反腐小说中常见的腐败/正义两种力量、两个阵营截然对立的叙事格局和人物关系设置模式，更深入地抵达了生活和人性的深处，写出了"贪腐文化"对生活的浸染、渗透，以及与人性、人心扭结纠缠的复杂情态。《生死守护》延续了《重新生活》对人民性/人性关系的思考，将抽象的人民性主体的建构建立在了人性的基础上。虽然政治清白、干事创业的主人公辛一飞，与《重新生活》中的腐败领导干部魏宏刚处于贪腐/清廉的两极，但其都有明显的符号性和功能性。如果说魏宏刚代表了对腐败分子的公诉和审判，那么辛一飞则是以党、国家和人民的名义出现的审判者、公诉人。《生死守护》中"全民反腐"的吁求渗入了生活的细腻纹理中。所以尽管辛一飞是主人公，但小说主题却是通过其"周边"得到表达的。对历史的批判，是张平近年小说"现实主义深化"的标识。

《生死守护》在提供人民性的警戒和引导时，也提供了丰富感人的人性体验和认知。吴义勤指出："人和人性无论如何都是现实主义文学最根本的力量之所在。人的塑造、人性的真实、人物形象谱系的建立，对于现实主义文学是必修课和基本功。作家的批判精神、问题意识、人文情怀永远是第一位的，只有拥有了这些才能真正为人民抒怀，为人民抒情，才能真正彰显现实主义文学的魅力。"[①] 文学在个人和人性维度之外，应该有更宏大的精神追求和超越个人的思想境界。他还指出了新时代现实主义文学的特质：它不仅是关于人、人性和现实的剖析和表现，也是"人民"之

---

① 吴义勤：《通向现实主义的路到底有多远》，《长篇小说选刊》2018年第6期。

抒怀与抒情。人、人性和人民性并非水火不容，叙事和抒情亦能相互交融，理想是"希望原则"的体现，是对现实的超越，而同样蕴含"希望原则"的抒情既是对经验性现实的超越，也是对描摹性写实的超越。这一点亦在人性与人民性之关系的辩证中得到体现。所有这些未尝不可视为当代中国现实主义文学在思想资源、精神结构和美感生成方面的症候性问题。

在20世纪中国文学的历史发展中，革命话语以激进化姿态完成了对启蒙话语的超越，但即使在五六十年代的一体化语境中，仍有不绝如缕的关于人性/人民性、人/个人/人民和现实主义问题的讨论与倡言，在柳青、赵树理、周立波、杨沫、钱谷融等作家的文字中仍存在上述范畴之间的裂痕和缝隙。21世纪以来的复杂现实，对20世纪80年代建构的政治/美学（纯文学）、人民性/人性（主体性）、生活/政治等区隔提出了质疑。同时，20世纪90年代"非历史"和"反历史"写作也因忽略历史语境本身的重力和压力，陷入了"不充分的现实主义"和"不充分的主体"的困境。在此情境下，如何重建文学的社会性、政治性维度，如何通过创造性的想象力重建文学的历史性、总体性视野，文学如何介入和想象现实，激发着也困扰着作家和批评家。进一步看，文学对现实的介入性、批判性及其有限性，在20世纪90年代以来也得到了清晰的认识。现实主义作为介入现实的典型文学样态，如何面对介入的有限性并再次确认其有效性？张平的政治性写作作为现实主义之一脉所带来的可能性和意义，是进入上述问题的一个契机和切口。

总体性的生命质询与伦理重构
——论邓一光《人,或所有的士兵》

邓一光的长篇小说《人,或所有的士兵》以丰富的历史文献资料为基础,展开宏阔自由的想象和深切细致的人性探察,以文学穿透历史,以文字见证人性。小说以香港保卫战和战俘营屠杀事件为中心,将战争不可测度的布局、进展放在世界背景中,从宏观的历史到微观的人性,从政治、经济、军事、外交到伦理、道德、文化、宗教,从个体战争遭遇到人类文明走向,进行了整体性地呈现。小说既还原了历史的真实情势,具有全景式实录特征和战争历史的现场感,又对作为人和人类而存在的"所有的士兵"进行了个体生命和普遍人性层面的真实表现,在历史的极端状况下思考了历史与现实、战争与人、历史与生命的根本关系。

一、反思总体性:寻找重塑史诗叙事的可能

《人,或所有的士兵》是一部波澜壮阔、深沉幽邃的史诗性小说,主要表现在以下几个方面:首先,民族性主题。小说以中华民族的现代历史生活为描述对象,写了抗战时期一个积贫积弱的民族和一个在国际关系结构中处于弱势地位的国家,在与其他民族、国家的交流、碰撞和博弈中所开创的独特历史道路和经历的独特历史体验,真实地、艺术化地反映了中、美、英等国为反抗日、德等国的侵略而与其展开的生死搏斗。在主人公郁漱石和中共领导的游击队队员等抗战民族英雄身上,集中体现了一个民族的美德和民族性格中的优点。邓一光遍访中、美、英、日等国的档案馆,

谙熟中国香港及其周边的历史,以庄严的使命感,艺术地再现了这段历史中的民族现实。其次,宏伟的题材。《人,或所有的士兵》围绕香港领土和主权的争夺问题,书写战争中整个民族、国家被组织和动员起来,在战时物质极端匮乏的情况下,充满激情地投入捍卫国家主权和领土完整的斗争中。小说展示了作者宏观的历史眼光和正视惨痛历史的勇气,以及透彻而精辟的历史认知。小说虽然以一个与战争环境不甚协调的人——郁漱石——为主人公,挖掘其个人深层心理和细腻的情感活动,但广阔的外部世界和宏阔的历史并不为一个人而存在,而是通过人来展开。小说落笔在社会性、历史性的宏伟图景上,在历史的深层变动中建立深沉的历史感。再次,全景式画卷。小说虽以战争为主要表现内容,却在政治、经济、文化等多层面的交错中描述了卷入这场战争的世界各国和各阶层的人们,尤其是对主人公留学读书和参战工作的日美两国,有更为饱满的描述。广阔的历史画面和包括各国政要显贵、中外文化名人及参战的各国士兵在内的繁杂人物,使《人,或所有的士兵》具有了战争时代现实生活的百科全书性质。与空间的广阔性相适应,《人,或所有的士兵》有较长的叙述时间跨度。自香港战争爆发至日本投降约有四年的时间,在此期间主人公经历了从参加香港保卫战的战士到成为三年八个月的战俘的过程。小说通过主人公的生活史和生命史、郁氏家族史及中国和世界近现代史,写出了半个世纪中人物的命运变迁、家族的浮沉和历史的沧桑巨变,大大延伸了叙述时间。最后,立体庞大的复杂结构。小说采用法庭陈述、法庭调查、法庭外调查、法庭举证、法庭外供述的形式,显示了体系性、系统性的结构体征。同时,又通过郁漱石的母亲、上司、同事、战俘营难友等证人和审判官、辩护律师,从差异性、对照性的角度进入历史,既展示了其不同侧面,又通过人物、家族、群体(士兵、战俘)、民族和人类的命运加以贯穿,给人统一、完整的印象,而不流于各言其事、六神无主的混乱。虽然小说采用了多人第一人称叙述(史诗性小说主要采用全知叙述,第一人称叙述则因与史诗的不协调性而被放弃),但个人(各人)叙述均围绕主人公是否通敌叛国展开,让历史事件和战争场景汇聚在了主人公周围,勾画出了历史的全景。一个有必要提出的细节是,评论家认为《人,或所有的士兵》在历史与虚构之间涉渡,既有历史人物、历史事件,又有虚构人物、虚构情节，有意模糊小说的文体界限。实际上，这并非《人，或所有的士兵》所独创，恰恰是革命史诗小说的重要特征，如洪子诚指出的，"在结构上的宏阔时空跨度与规模，重大历史事实对艺术虚构的加入"①是当代长篇小说的史诗性的表现。被冯雪峰称为"英雄史诗"的《保卫延安》对延安保卫战的还原和历史化处理，对英雄人物的塑造，小说开篇的战役形势图等，均显示了其史诗性，而这在《人，或所有的士兵》中得以延续。无论从哪个角度看，将《人，或所有的士兵》视为体现着总体性历史哲学的史诗小说是没有问题的。

但我们需要正视一个颇有症候性的矛盾现象：小说在以自辩记录、质证记录、调查记录等档案文献建立其客观性的同时，也确立了一个多重眼光观照、多层事实辩证和多重价值介入的融合性叙事视角；不同视角下的历史虽然内容互补共生，线索交错发展，但均围绕"一个人"的战争经历和体验展开，这又是客观性结构的自我颠覆。《人，或所有的士兵》借用史诗结构和形式讲述历史，却同时又以个体生命的主观性解构和重构了史诗。这就提醒我们，在将《人，或所有的士兵》看作总体性史诗小说的同时，尚需注意作者在重构史诗的实践中对总体性的警惕，思考支撑史诗性叙事的总体性历史哲学。

作为一种话语陈述，总体性关涉人类对真理的共识性和完善性的认知。它提供了一种关于历史、世界和人类生存的某种根本性的真理，即在历史、世界和人类生存中存在着某种客观规律或稳定不变的本质、秩序及隐蔽的目的（目标）、意义。而这种规律、本质、秩序、目标和意义，已经被人发现和命名，获得了明确、稳定的理念和观念形态。一切个体都是这一有序总体的一部分，也是奇理斯玛式理念和观念的承载者、阐释者，他们所要做的就是认同这些真理性的总体理念，将自己作为本质性总体的构成元素，并对其做出反复的阐述和实践。

总体性一方面提供了一种非同一性的思维范式，即它并不信任已然存在的现象世界并不愿被其掌控，而是要寻找表象之下的真理和意义；另一方面它又是一种整体性思维，用普遍联系的整体眼光观照世界、历史和个

---

① 洪子诚：《中国当代文学史》，北京大学出版社2010年版，第119页。

人，为个体提供终极意义。前者决定了其深度，后者使之具有先验的目的论色彩。如果个体的经验和思考与总体之间并不和谐一致，发生游移、分裂和矛盾，那么需要做出调整和检讨的只能是个体。对于个体而言，作为先验的真理显影者的总体具有真理认知上的正确性和价值意义上的优先性。只有服务于总体的写作，才是合法的知识生产，与之相悖的写作则是不具有真理性的非法知识生产。从这个意义上看，总体性是一种话语规训和询唤，它常与权力话语结合在一起，成为权力话语生产的重要方式。作为一种预先植入历史和世界的理念，总体性话语在历史和哲学领域占据显赫的优势地位，是人类思想史和宗教史中的重要概念。

作为一种意识形态，总体性在塑造主体的过程中显示出强大的功能和力量。它将处于分裂状态的主体弥合为一个完整统一的自我，通过叙事象征性地弥合主体意识与现实之间的裂隙、矛盾，使主体进入指定的位置。与历史、哲学相比，文学提供的是一种个人化、隐喻化的生活语言。这是一个并不陌生的常识性观点。但在这一观点中，需要注意的是，文学的个人化和生活化特质，为其自身提供了一种反总体性的可能。如果说总体性话语提供的是一种稳定的、确定的知识，那么文学提供的则是一种不稳定、不确定的知识。总体性排斥个人，文学则以被排斥的个人经验、思考和生活体验为基础，由确定性中发现不确定性。如果说总体性代表着一元论、绝对论，那么文学则代表着建立在个体生命基础上的多元论和相对论，是"我"之思对"绝对"之思的游离、叛逆和挑战。

《人，或所有的士兵》以敏锐而富于想象力的观察，通过细致、典型的心理分析和生动的描述，深入探察人物的心理和情感世界，体现出一个富有强烈责任感的小说家的人性关怀和文学力量。

小说通过诸多人物视角描述主人公郁漱石。他性格孤僻、沉默、敏感、犹豫，生性淡泊，人缘不错，能自如地处理各种棘手问题。他喜欢读书，富有才华，心地善良。在上司梅长官眼里，他少年老成，大方能干，精明且不玩心计，有显赫的家世背景，父亲在国防委员会担任要职，他却无纨绔气。美国战俘亚伦眼里的他"其实并不成熟，对人有一种近乎幼稚的好感，好像很害怕失去人们"，是个可以成为兄弟的"羞涩的小伙子"，也是可以朋友相待的"挺有趣的家伙"，"能看懂别人的心思，而且心地善良"。

同时，他眼光犀利，能一眼看穿真相并说出来。因此，上司邹鸿相不喜欢他，"他太锋芒毕露了"。

郁漱石的问题在于他无法将自己完美地嵌入战争这一总体中。战争是总体性的直接而极端的呈现形式，它将总体性对总体之外的他者的暴力发展到极致，战争将人纳入极端对立性的整体系统，不允许任何个体要求和特殊利益的存在。面对中日战争，郁漱石没有个人选择的权利。在父亲眼里，抗战全面爆发和华中沦陷时，他却待在日本和美国，"在家族史上记下了一桩洗刷不掉的耻辱"。他被国民政府派到美国筹措战时物资，遭到大哥大姐的激烈反对，认为他不应该做苦难深重的祖国的可耻逃兵，应该去用身体抵挡日寇的子弹，将鲜血洒在这片苦难的土地上。审判官封侯尉质证郁漱石"堕落成倭酋文化的追随者"，他"身为国民革命军军人，没有在内地任何战场上作过战"，指认他在战俘营"一直在与日方做着出卖灵魂的交换"。

正如列维纳斯所说："战争不仅是道德所经受的诸多磨难之一（最大磨难），它还陷道德于荒谬。"①不仅前线战场放逐士兵的身体、灵魂和道德感，战俘营更是达到了剥夺人的一切的恶的极致。战俘被日军随心所欲地按照自己的标准、喜好和情绪处置。即便他们已失去抵抗能力，却仍被视为"魔鬼"。这里"没有过去，没有未来，只有地狱般的现在"。地狱般令人窒息的黑暗，使人失去信心和希望，失去自由、身份、个性和尊严，使人接受失败和屈辱，承受恐惧和绝望。屈辱地活下来成为奢侈的目标和支撑他们的全新的人生支柱。

郁漱石是残酷历史中的弱者和局外人。在重庆和第七战区，他都是孤独的"外人"。他为身处战争感到茫然、沮丧和困惑，但这并不妨碍他深爱祖国。他归国参战并非出于对父亲的严令和威胁的害怕，而是个人对国家的朴素的热爱，是为让战争早点结束。他为国民政府出卖国家利益和主权而愤怒，为抗战做出了无声而有力的贡献。在驻美办事处，他工作出色，

---

① 〔法〕伊曼纽尔·列维纳斯：《总体与无限：论外在性》（前言），朱刚译，北京大学出版社2016年版，第1页。

大量军火被源源不断地运往中国。回国后，作为战争军需人员，他协助组织战时物资中转站和运输线。在香港成为唯一战争物资通道后，他多次冒险往返香港为部队补充急需物资。香港保卫战爆发前，他赴港协助转移战区滞港物资，却阴差阳错未能及时离港，他参加了香港攻防战，后被捕成为D营战俘。他在战俘营中用尽方法说服日军看守为战俘们提供一些方便，尽力帮他们活下来。"他是个战士"，却不被理解，被当作汉奸，被集体孤立，遭受欺负和殴打，成为战俘营中挨打最多的军官。但他从不向人解释，不和人商量，不要求人理解，"我不是人们的背叛者，我只是自己的背叛者"。他认为自己既不是战俘的同志，也不是监管者的同伙，他没有能力成为任何人的敌人，也绝非朋友。但他"愿意做那个打着火把走在最前面的人，那个让别人活下去而自己找死的人"。让人无法理解的是，"他竟然想保护那些连尊严都不要的自我作践的人"。

郁漱石反抗侵略者施加的暴力，但他始终没有因将自身依附于政治这一普遍却抽象的规则，而遗忘了自身独特和具体的存在。他参与反抗斗争是出于保卫祖国不受侵犯的义务。他始终保有这份不被理解却从未改变的初心。这使他与邝嘉欣惺惺相惜。后者被日军掳到战俘营，监禁在神秘木屋，沦为军官慰安妇，遭受到百般屈辱和蹂躏，无数次被奸淫。但在她的轻声叹息和抿嘴一笑中却有任何污秽也不能改变的童贞。郁漱石感到"我们如同至亲骨肉，可以在彼此的眸子里看到自己过去的样子"。他们都是没有被暴力摧毁的战争受害者，他们竭力承受灾难却不被灾难中的同类所接受。

在经历了严酷的战场搏杀和更为残忍的战俘营求存之后，郁漱石及其他幸存者是否能恢复战前的生活和心理轨道？答案是否定的。历史尚需铭记。郁漱石他们站在短暂的和平"此岸"，无法回瞻"彼岸"之历史创伤。历史并未过去，暴力在战争结束后仍然存在，并展示出巨大的致命旋涡，再次将他们卷入历史和人类的浩劫中。在这个意义上，将过去与现在、创痛与疗救、悲剧与圆满、浩劫与重建缝合为一个想象的整体，或将历史／叙事视为自然而然的结构，何尝不是一种写作者自己也未必意识到的一厢情愿的残忍或野蛮。

二、历史主义与民族主义:作为反思和重构的对象

总体性常借历史之名发言,以获取自身逻辑的合法性和道义的正当性。对于个体生命来说,历史是一种外在的异质性存在,它拥有相对于个体的优先性,并对其自足性、自主性乃至合法性构成挑战。

在总体性占据统治地位的时代情境下,对历史目的论加以反思是必要的。列维纳斯认为:"在这个概念(总体,引注)中,个体被还原为那些暗中统治着它们的力量的承担者。个体正是从这种总体中借取它们的(在这一总体之外不可见的)意义。每一当前之唯一性都不停地为一个这样的将来牺牲自己,此将来被要求去释放出那一当前的客观意义。因为,唯有那最终的意义才是至关重要的,唯有那最后的行为才使诸存在者变为它们自身。诸存在者就是那些将会在史诗的始终可塑的形式中显现的东西。"[①]总体性话语对历史话语的全面渗透,形成了历史主义——总体历史观。总体性成为对人类生活的最终宰制,"历史主义在反对自然法——自然法认为每个人都因其本性和作为人的尊严而拥有不受时效约束的权利——时,将巨大的历史力量叠放在个人之上,并给予历史颠覆和压制个人的权利;历史主义把个人强行塞进历史演进之中,而后者是必须接受的严酷的必然;历史主义拒绝个人有向更高级的原则上诉的权利。总之,它拒绝个体的人有任何权利和任何价值,从而让良知陷入沉默;它为暴力、压迫和屠杀辩解"[②]。在目的论的支配下,历史借历史规律和历史必然性之名使自身合法化、神圣化,成为以某种立场和价值观漠视和制造个体灾难、苦难和不幸的借口。个体成为正剧或以崇高名义上演的剧目的龙套,威权主宰下的驯服者。在普遍而抽象的总体历史规则面前,个体没有丝毫独特性,其意义只能从总体性中借取。

---

① 〔法〕伊曼纽尔·列维纳斯:《总体与无限:论外在性》(前言),朱刚译,北京大学出版社2016年版,第2页。

② 〔意〕卡洛·安东尼:《历史主义》,黄艳红译,格致出版社、上海人民出版社2010年版,第12页。

《人，或所有的士兵》对战争中个人悲剧性命运的关注，对人类生活和命运可能性的思考，关联着对作为表象和目的论的历史主义话语的质疑，以及对作为总体性重要显形载体的民族主义的反思。

小说中描述的香港保卫战，是一场抗击以军国主义面目出现的狭隘民族主义的民族战争，也是推动民族意识觉醒、锻造中华民族精神的积极力量。尽管人们认识到了国家和民族概念之虚拟性和"非无限正义性"，但当异族入侵时，人们仍会以对国家和民族的激情与信仰投入反抗实践，并在其中体会到那种将微弱个体融入伟大国家和民族的神圣感和庄严感。小说通过郁家和其他参与反抗战争的人，体现了一个民族抗击侵略的民族意志和家国信念。郁家六口人，除了郁漱石的养母，其他的都是抗战军人。大哥在朝鲜半岛战场上抗战，二姐与苏美机师联合抗战，三哥在淞沪保卫战中殉职，四姐潜伏于已陷落的武汉向日军复仇。一个民族的危机和生机，在人性、生命、历史与战争的剧烈撞击中被叙述，既作为历史之恶的承担者，又作为历史之恶的反抗者被叙述。小说更细致具体地描写了战俘营内部人性与非人性、人道与非人道的斗争。战俘们在没有未来的黑暗中绝望过，可他们"在肮脏残酷的地狱中见证了各自的信仰和荣誉，还有正常人从未想象过的勇敢"。"我们是战士。"对入侵者共同的仇恨有助于提高被侵略民族的凝聚力和向心力，个体的反抗者通过融入群体中获得归属感和亲密感，并将激情与愤怒投射到敌人身上。借助香港保卫战和战俘营事件，民族主义意识、个体生命意识和人道主义观念被催生并紧密联系，构成《人，或所有的士兵》的政治与人性图景。

民族主义既是解放的力量，也是攫取其他民族、毁灭"非我族类"的暴力合法性的来源。卡洛·安东尼在德国历史主义的源头中发现了民族的浪漫主义观念，"正如赫尔德（Herder）所表述的那样：民族是近乎生物性质的自然个体，它具有内在的、幽暗的、非理性的灵魂，这一灵魂通过语言、习惯、民歌和神话表现出来"。继法国、英国等西欧国家之后，德国等原先民族特点并不鲜明的中东欧国家开始从诗歌、神话等"看起来天真无邪的诗意观念"中"寻找其独特个性的表现证据和存在理由"，以及"寻找独特而纯粹的本质"。①为追求种族、文化、宗教的纯粹性,为狭隘的本民族利益,民族主义者往往会按照预设好的内在逻辑采取各种暴力手段。一方面是对民族纯粹性、独特性的发掘和强调,另一方面是西欧国家确立的"普遍标准",两者之间无疑是存在矛盾冲突的。这一矛盾在欧洲其他国家体现得并不明显,但当民族主义在东方兴起时,情况就变得空前复杂,"东方的民族主义既纷乱又矛盾,而赫尔德和马志尼的民族主义就不会这样"。民族主义是自由、民主进程中和工业化发展过程中不可或缺的一部分,"从根本上说,民族主义代表了一种尝试,即以政治方式将大众对自由进步的普遍要求付诸实施"。"作为自由进程的一部分,民族主义可以被定义为一种理性的意识形态框架,通过它可以实现理性的和广受称道的政治目标",但"它也会导致愚昧无知的沙文主义和仇外情绪的膨胀,为有组织的暴力活动和暴政提供辩护。……它是迄今为止最具毁灭性的战争的源头;它为纳粹和法西斯的残暴提供辩护,在殖民地它衍化为种族仇恨意识,它还催生了毫无理性的宗教复兴运动和当代的最高压政权。这些都有力地证明了,民族主义和自由往往不可调和地对立起来"。②19世纪后期,民族主义由其原发地欧洲扩散到亚洲,原殖民地国家纷纷谋求摆脱帝国主义的统治,建立独立民族国家。日本明治维新之后,民族主义与日本卓异论结合,形成了日本帝国主义,它以推翻帝国主义的殖民势力,"建立大东亚共荣圈",复兴亚洲民族为侵略战争张目。侵华战争即以此名义发动。小说通过冈崎小姬之口写到日本民族主义者屠杀战俘事件:已经投降的美菲联军在前往战俘营的路上至少死了两万人,这不是偶然或正常死亡,而是由日本民族主义理论学者辻政信大尉策划并实施的"战略故意行为",目的是杀死战俘以腾出更多兵力投入南方战场。且在她看来,日军强烈的进攻意识和作战精神,"与大和民族尚武精神和国家意志主义有关"。

---

① 〔意〕卡洛·安东尼:《历史主义》,黄艳红译,格致出版社、上海人民出版社2010年版,第8页。

② 〔印度〕帕尔塔·查特吉:《民族主义思想与殖民地世界:一种衍生的话语?》,范慕尤、杨曦译,译林出版社2007年版,第3页。

即便在战争盟国之间和本民族内部，美妙的言辞也改变不了民族主义的权谋术和暴力性。"民族主义作为特定文化的拥护者，在道德上它是中立的。作为反抗民族压迫的运动它是正义的；作为侵略的手段，它是有悖于道德的。"① 战争的胜利改变了国际格局和世界历史走向，却并未消除民族国家之间的隔阂和冲突，更未改变小人物的权利和命运。前线将士为国拼命，国民政府的将领却只顾利益的争抢和分配。战争成为粤系、川系、桂系、湘系等各路军阀谋取私利、扩张势力和地盘的一场买卖。日本投降后，国民政府忙于与中共争夺地盘。在香港问题上，英国人重回香港建立了军事管制政权后加强华人参政，让他们看到了希望，他们"很快抛弃了国民政府，日渐趋向殖民政府"。相比之下，国民政府虽以"国权国政"大造舆论，却枉顾"民权民情"。对于国民政府的领导人来说，收复香港只是面子问题，与中共争夺地盘更为关键。更具讽刺意味的是，在美国的帮助下，国民政府很快发动了一场规模宏大的内战。为全力准备内战，国民政府放弃追究天皇和日军的战争罪行，并聘冈村宁次为内战顾问。国民政府和香港政府均曾要求香港社会名流、文人、商业巨子于日占时期留港担任政府职务，以稳定民心、安抚民生，但在战后却以附敌通敌的罪名，严厉追究这些接受托付的留港者的"责任"。而对战犯的审判则是象征性的，毋宁说这"更是一个黑暗的政治利益交换"。从政治、经济、民心方面衡量，在你来我往的战争中，孰输孰赢？在那些抵抗者中，勇敢者与懦弱者、果决者与犹豫者、顺应者与反抗者，"哪一个代表他们的民族和国家？"当战俘们被绝望和死亡笼罩时，政党、阶级、国家建制有没有对个人生命的关怀？如郁漱石所说，当人民在战争中面对子弹的威胁时，当华侨为祖国无私提供战时所需物资和钞票时，"国家反而游离其间，看不清面目"。

民族主义时常以社会环境和社会机制的现代化、经济的工业化等为理由，将自己与专制政体之间的联系合法化。郁漱石视角是民族主义专制性的重要反思视角。他自认怯懦、软弱，坦承自己并不是危难国家所需要的

---

① 转引自〔印度〕帕尔塔·查特吉：《民族主义思想与殖民地世界：一种衍生的话语？》，范慕尤、杨曦译，译林出版社2007年版，第28页。

那种勇敢的战士,"就算我是士兵,人们称之为战士,那也是某种原因'让'我'是',可它不是我的本意"。他不能确定自己和国家能为彼此做什么。这个他为之做出努力和牺牲的国家,既没为他做什么,也未能煽动起为其"失去一切的激情"。个体与总体之间的疏离和隔绝,是造成主人公悲剧命运的重要原因。他的悲剧不在于他成了"在民族解放战争中失去了勇气的废物",而是他被自己深爱和为之战斗的国家所扼杀。抗战胜利后,他拒绝再穿上任何军装、参加任何战争,他希望自己能够尽快忘记战争,摆脱战争带给自己的厄运和创伤,他希望在获得自由后成为一名绅士,回归自己的家庭,寻到自己的恋人。但他终究未能摆脱被国家民族话语权力执掌者主宰的命运。他作为无辜者、无罪者,却被权力者以通敌叛国罪审判,成为专制政权为发动内战祭旗的无辜的牺牲者。以国家民族面目出现的掌权者要得到美、日——战俘营屠杀事件的真凶——的"协助",必然需要郁漱石为牺牲者。这一切虽然冠以民族国家之名,却掩饰不了其暗中交易的肮脏与罪恶。郁漱石的死,是对国家民族在总体性建制上的暴力性的反思,小说由此避免了成为民族主义国家神话的鼓吹者,将国家神话化,从而形成一种同质的民族认同,并借助想象性的同质化的国家和民族认同,为总体性政治对个人和差异性"他者"的压抑做合法性辩护。

更可贵的是,《人,或所有的士兵》没有假借民族受难之名,再造一个颠倒的西方中心主义镜像,也没有在批判帝国主义政治的同时,将异族他者化、客体化,戏剧性地反向生产出一个"他者"形象,以固化中国主体认同,并以此驯服、谴责被他者化、客体化的异族。要获得一种大写的超越民族主义的普遍主义,只能从特定的历史出发,对特定历史情境中的中国及其经历、体验进行历史的理解和阐释,从中找到超越民族主义的普遍主义的入口。《人,或所有的士兵》用个人与历史相互激荡的方式,进行着叙述者与被叙述者融为一体的历史—生命主体实践,分享着各自的视野和情感体验。小写的认同无法涵盖"人"和"所有的士兵",要建立一个超越性的世界,需要超越民族、国家、区域的世界,以普遍主义的理想追求克服自我中心主义,同时,也克服以普遍主义面目出现的西方中心主义(包括由此衍生的帝国主义、殖民主义、民族主义理念),进入世界历史脉络和人的内心,以重新打开我们自己内部的历史。

三、面容的赤裸或神显：与列维纳斯再次"相遇"

总体作为一种宏大历史叙事，既是一种压抑性力量，又是一种解放性力量；既是一种外在于个体的先验话语，又是个体心灵和精神结构中的超越性诉求。邓一光与列维纳斯的首次"相遇"即发生于质疑和批判总体性的时刻，其再次"相遇"则是在作为幸存者的体验上。

小说以郁漱石的全部人生为中心线索和主体内容，小说通过他关联和映照了历史，突破了个人感伤主义和个人视角。郁漱石不仅是小说主人公，也重新发现了"人"的内在装置。这个被重新发现的"人"显然是和复杂的历史、政治相互缠绕的。郁漱石的创伤和中国的历史创伤一样，不能只局限于其本身来理解，它们具有异常复杂的政治和历史因素，是人性和人类创伤的缩影与表征。

郁漱石与他在战俘营遇到的邝嘉欣有极大的相似之处，他们都是不幸者，他们对生活和自身生命有着同样的冷漠，同样的孤独无助。后者饱经屈辱而拒绝活下去，拒绝回到现实，"她害怕回到人间，回到人们当中"。郁漱石同样眷恋生命，他一直在竭力摆脱战争的阴影，却最终也没能走出去，没能回到在战争废墟上欢呼的人们当中。与死于轰炸的邝嘉欣相比，他是战争的幸存者，也有更多幸存者的焦虑不安。一场战争刚结束，另一场一触即发，惨烈的场景即将再次出现。他无法摆脱作为幸存者的愧疚，对这个香港姑娘，对缪和女、李明渊及更多死于战场和战俘营的生命的愧疚，他为自己的幸存者身份感到羞耻。邓一光寄托在郁漱石身上的愧疚体验，与列维纳斯心神相通："怀着深刻烙上的灾难'幸存者'印记，列维纳斯的哲学铭写了对他人之死的过分负疚感，和唯恐他人受伤的恐惧感——他甚至将这种幸存称为'不公正的特权'。这种负疚感远远超出了幸存者应当承担或偿还的。它并非出于幸存者的过错，而是由于一种极度的、'无端由（an-archie）'的责任感。'无端由'是指这种责任感并非源于'我'的意识和自由——如西方哲学传统惯于接受的那样，而是源于一个超越记忆的'爱邻人'之命令，源于人对无限的敬畏。"①邓一光耐心、细致、感同身受的描述和机警、敏锐、深邃的思考，带我们走进了"这个人"的内心，让我们基于自己的良知而相信这个人，与他感同身受。

在此，郁漱石的幸存者体验与列维纳斯的再次"相通"。列维纳斯在《总体与无限》中创造了一个颇令人费解的新概念——"面容的神显"。他提出："面容的赤裸并不是那因为我解蔽它而被呈交给我的东西。……面容已经转向我——而这就是它的赤裸本身。面容凭其自身而存在（est），根本不是通过参照某个系统。""面容之超越，既是它从它所进入的这个世界中抽身而出，即一个存在者的无家可归，也是其作为陌生者，作为一无所有者或无产者这样一种状况。"列维纳斯创造这个概念，来表达对自我与他人及自我的人性本质的高度确认和终极追求。郁漱石是一个有着"面容"内涵和功能的形象。他既不是个人主义的代表，也不是民族主义国家的代表，他没有也不需要借助某种话语系统来照亮自己，不需要在总体中找到一个位置，他只是作为自身而存在，他不接受外来的光和形式，他有自己的光。在他与充满欺瞒、暴力和罪恶的世界之间，"在自我与他者之间，在这里，有一种关联，一种逾越修辞的关联"。②"逾越修辞"即不以公共性和可重复性的总体性思想为依据和旨归，不使自我消融于"这个世界"。"毫无疑问，面容现象学是一种相异性的形而上学，并最终达到元伦理学层面。……面容不再仅仅是现象学的核心，而是对他人的责任，它界定了'我'并成为其主要的和基本的分析核心。这里确实存在纯理论的形而上的揭示，这是对他者的揭示，因为他者传唤我、呼唤我、要求我。"③因此，这是一个伦理学先于存在论意义上的概念。它起于每一个不可替代和不可抹杀的个体，但又不单单是某个个体本身。通过面容

---

① 刘文瑾：《列维纳斯与"书"的问题：他人的面容与"歌中之歌"》，生活·读书·新知三联书店2012年版，第44页。

②〔法〕伊曼纽尔·列维纳斯：《总体与无限：论外在性》，朱刚译，北京大学出版社2016年版，第50—51页。

③〔法〕单士宏：《列维纳斯：与神圣性的对话》，姜丹丹等译，华东师范大学出版社2018年版，第123页。

的现象学分析，列维纳斯认为每一个个人、每一张面孔，都不仅是他自己，也是负载着整个世界、全部人类和人性的痕迹与影像，标志着不可还原为内在性的绝对的外在性，是"一种存在于我之内的无限理念的具体变现"①，是真正的无限。

面容的赤裸超越在"这个世界"中被赋予优先地位的总体，意味着仁慈心、责任感及个人传递给他人的仁爱，意味着以个人的情感和意识面对整体人类。面容"可以感知对占有和利用的抵抗，并邀请和迫使我承担一种超越知识的责任。如果面容确实在邀请我的时候促进了一场对话，那么，列维纳斯清晰地指出这场对话一定会处于基本律令'汝不能杀人'的所有伟力之下。换言之，面容从一开始就清楚地和不可置疑地指示了一种绝对的伦理学知识"②。郁漱石因作为国民革命军军人，"没有在内地任何战场上作过战"而被审判，他战后脱下军装，拒绝再上战场，体现了面容所展示的绝对伦理学图景。列维纳斯的"面容"从形而上的本体性开始，发展到伦理性，与伦理性话语紧密相连，代表着一种高尚的责任感，这种责任感延伸到代替他人，甚至"为他人而死这一最高形式的牺牲"。英雄可以超越个体肉身、欲望和情欲，以个人的自由和幸福为代价，为了他人而奉献和牺牲自我。郁漱石这种极度的责任感体现在他可以代替他人承受痛苦，作为被害者受到迫害。在充满战争和暴力的历史中，他处于弱者的地位——无论是作为遭受侵略的国家的子民，还是战场上的文职官员，或被国家审判的对象，他在总体上呈现出突出的脆弱性，但这种脆弱性却同时体现着他对家庭、民族、国家和同胞极度的责任感，以及他作为一个人、一名士兵和一位牺牲者的终极意义。他质证那些以正义者身份出现的肆意杀戮的所谓英雄"不过是精神病患者和杀人犯"。他没有能力成为任何人的敌人，也绝非朋友。但他愿意做"那个打着火把走在最前面的人"，"那个让别人活下去而自己找死的人"。让人无法理解的是，"他竟然想保护

---

① 〔英〕西恩·汉德：《导读列维纳斯》，王嘉军译，重庆大学出版社2014年版，第52页。

② 〔英〕西恩·汉德：《导读列维纳斯》，王嘉军译，重庆大学出版社2014年版，第53页。

那些连尊严都不要的自我作践的人"。这种责任感和终极意义是构成其主体性的最本质、最首要和最基本的内容。"在这种由责任感构成的人类意志中，存在着代替他人的，带有牺牲、献身性质的，却又完全脱掉了任何基督教教义的伦理的爱，这是哲学极为珍贵的内容之一，其中包含了神圣性概念。"① 能够将对他人的责任置于个人和自我责任之上的，在列维纳斯看来，除了孕育生命的母亲之外，还有神圣之人。中国古语所说的"己欲立而立人，己欲达而达人"的仁者即仁人，也属于超越自我肉体、欲望的神圣之人。郁漱石就是体现了这种神圣性伦理且超越了纯粹的正义观的仁者。他厌恶战争却承担起了保家卫国的责任。战争剥夺了人的自由和幸福，体现了反"仁"反"义"的非道义性。面对这一现实，郁漱石放弃了自己的幸福和自由，义无反顾地以身体投入行动，承担起了对民族、国家和他人的责任。邓一光塑造的郁漱石，承载的不仅是民族意识，也是"由责任感构成的人类意志"，体现了超越某种宗教教义和道德戒令的他者性的伦理之爱，一种珍贵甚至稀有的仁的美德和爱的伦理。如果说《人，或所有的士兵》蕴含崇高，那也不是历史本身的崇高，当人以肉体生命填满历史时，所谓"历史的崇高"只是杀戮者洗净双手、脚踏血污时脸上露出的得意之色，小说的崇高来自"这一个"的饥饿、贫乏和仁爱，来自"这一个"与"这个世界"的碰撞乃至毁灭。

《人，或所有的士兵》是一部体现了列维纳斯所说的神圣性伦理的大书。小说自始至终贯穿着人性、生命、死亡和同样强烈的爱——爱情、友情、亲情。它对爱的追寻和表现，贯穿在对历史、战争、暴力的表现中，构成了令人瞩目和心动的内容，展现了另一种英雄主义的壮阔，而这种英雄主义通往为仁、义和他人所做的牺牲，通往神圣性。列维纳斯谈到自我与他人共享的神圣性关系时说："我寻找这样一种关系，在其中，我对他人的义务以及面对他人的觉醒，我心系他者的挚爱，都不是一种执着，不是一种要求回报的慷慨。以至于我总是认为，在与他人的关系中有一种完全的无偿，绝对无私的因素，我也会质疑在这种关系中呈现的互惠的相

---

① 〔法〕单士宏：《列维纳斯：与神圣性的对话》，姜丹丹等译，华东师范大学出版社2018年版，第62页。

互性。……但我也明确地认为这处在纯粹的关系、面向他人的慷慨的根基处，是一种所谓神圣性的关系。仿佛神圣性即是与他人关系的行为的至高尊严。这就是人们称作对邻人的爱或尊重。"①《人，或所有的士兵》表现了对生命、死亡、爱与伦理问题的理解，作者意识到个人的无限责任，以及个人的不可还原的唯一性。郁漱石代表着无声地消失于历史中的那些人和那些消失得无影无踪的人的历史，让其袒露在我们的目光下，和我们面对面，借由其"神显的面孔"打开人性的大门，接受人性伦理、人的话语和生命之光明的启示。

不得不说的是，《人，或所有的士兵》对痛苦体验的独特表达。小说结尾写郁漱石自杀和留下遗书是一种震撼性的回归：回归独一的、无可替代的个体生命本身，回归生命个体不可重复的痛苦。回避公共性和可重复性的话语表述，痛苦以它的身体性和情感性抗议着民族主义国家话语对它的宣判，抗议着理性话语、智性语言对它的概念化规约和透明化、形式化企图。郁漱石这个不可替代的个体，无可挽回地消失了。任何对这一消失的肉身的经验的言说都将是某种意义上对死者价值的榨取。任何将郁漱石的痛苦做理性阐发或透明化、象征化升华的企图，都是对这独一的生命的背叛。主人公未落款的遗书是写给使他困惑且终其一生也不知道是谁的妈妈的。遗书中提到了他的养母、藏着蝴蝶和植物种子的旧木箱的主人邝嘉欣，以及从未使用过他们的名字的家人。所有这些都是异质于总体性话语的，是不可替代和重复的。妈妈是未知的，种子能否发芽是未知的，亲人的名字和落款阙如。而这些未知和阙如却是人类最根本、最原始的经验，具有共通性和普遍性。遗书是敞开的，同时，又因它是"这一个"的而具有了独一性，显示了它早于理性并拒绝从理性和总体性那里获得形式与意义。小说到此戛然而止，它以主人公的自我终结和遗书，阻止了文本自身对郁漱石的意义阐说。该说的都说了，再说下去亦是徒劳，曾经相信"我应该活着"的他不再选择活下去。邓一光用七十多万字说了想说的和该说的，再说下去既没必要也难免沦为对价值的榨取，而榨取出来的价值也

---

① 〔法〕单士宏：《列维纳斯：与神圣性的对话》，姜丹丹等译，华东师范大学出版社2018年版，第26—27页。

终将难免因其公共性和可重复性而耗尽自身能量。

在强大的历史意志和喧嚣的民族话语的压力下，郁漱石的声音是微弱的，但他所代表的那种约束自我、为他人负责的独特的自我，却成为每一个个体抵抗强权和暴力的终极信仰和内在动力。这就是《人，或所有的士兵》的现实关怀。小说要表达这种现实关怀，需要以生活和生命的流程、形态的具体性，超越历史主义、威权主义等抽象的普遍性、总体性话语；同时，又需要以另一种抽象的普遍性来超越既定的文化、民族、政治等历史性因素的制约。郁漱石既是历史的、具体的个体生命，又是超越具体历史情境，承载着更多总体性意识形态批判和人性伦理关怀的典型。小说在传达这种具体的普遍性时，细致、完整地描述和剖析了其生成过程，既显示了文化和历史的规定性，又显示了对此规定性的超越和普遍性的获得。《人，或所有的士兵》让这种普遍性从人物所在的具体历史和文化中自然地生长出来，在这一过程中，作者始终保持着未被总体性历史话语吞没和同化的个体生命维度和精神结构，小说由此从根本上构成了对历史逻辑和文学自身之纯粹性的质疑，以及对总体性哲学与历史理性的异质性批判。

故事、小说与中国经验书写

——由《喜剧》《主角》论陈彦小说的文化政治意涵

陈彦的长篇小说《喜剧》体现着现时代作家的大问题意识和大情怀、大关怀。小说在有限的篇幅和空间里,通过繁复的细节和充满矛盾张力的曲折情节,借助戏曲的传统元素描述生活世界和意义世界的纠结、融合及其内在的戏剧性、复杂性。从某种意义上说,陈彦力图以长篇小说这一文体形式突破戏曲在表现现时代生活和人物时,因时间、空间尤其是舞台布局上的有限性,无法容纳更丰富的历史与现实、精神与文化的内容的困境。同时,他又借助戏曲的架构,连接历史与现实、艺术与时代,为现实赋形,为生活赋意,建立一种连续性乃至一贯性的历史叙事,为当下寻找一种来自集体文化记忆深处的依托。

作为一种讲述中国经验、中国故事的文学方式,《喜剧》和陈彦此前创作的长篇小说《主角》具有鲜明的宏大叙事性质,是在世界视野和历史版图里安放自身,思考我是谁,以及我们由何而来、去往何处等大问题、大命题的美学政治实践。

一、戏剧介入与讲故事:陈彦小说的肌质与特质

在陈彦看来,"戏剧是靠讲故事取胜的,讲故事就是文学。……近百年来,话剧、歌剧等戏剧样式传到中国,其核心仍然是讲好一个故事。故事之皮不存,其毛自无附着。作为戏剧这个靠故事安身立命的文艺样式,讲故事的能力就更需技高一筹"。又说:"故事永远是戏剧的命脉,而故

事的本质是文学，文学是戏剧不可撼动的灵魂。"①陈彦将文学视为故事的本质，将讲故事视为戏剧的核心功能。从这个意义上看，其小说本身便是故事，而那些以各种方式置入和渗透小说的戏剧元素，便成为故事中的故事。《喜剧》《主角》便是讲故事的故事。故事是小说的讲述对象、内容，也是小说的本体或本质。那么，陈彦的小说和故事之间究竟有着怎样具体、复杂的关系？

无独有偶，赵树理的小说同样运用了快板、鼓词、相声、民间歌谣、小调等民间艺术形式。《李有才板话》《"锻炼锻炼"》运用了快板这一民间说唱艺术；《登记》《孟祥英翻身》利用了说书的听/说格局和曲艺的开场白形式，叙述者经常在叙述中直接现身与读者交流，文本叙述运用了具有可说性的口语化语言，活泼简练、朗朗上口，契合其喜欢曲艺的口味。对于赵树理来说，戏剧唱的是故事，小说本身也是故事。

赵树理将戏剧分为大戏和小戏，前者多表演国家大事——国家之间的战争或不同政治集团、派系之间的政治斗争，"因而往往是头绪纷繁、人物众多、场面复杂"。"而小剧种表演的多是民间故事——家庭问题、婚姻问题、平民反抗权势的阶级斗争等，登场人物多是婆媳、翁婿、姑嫂等家庭小人物……所构成的故事往往是一条线。"②赵树理对演绎普通人的生活、伦理关系和情感的小戏情有独钟。其小说具有明显的小戏性质和故事体特征，这是他有意识的选择。"我写的东西，一向虽被列在小说里，但在我写的时候却有个想叫农村读者当作故事说的意图，现在既然出现了'说故事'这种文娱活动形式，就应该更向这方面努力了。"③"至于故事的结构，我也是尽量照顾群众的习惯：群众爱听故事，咱就增强

---

①陈彦：《代序：文学是戏剧的灵魂》，载《陈彦精品剧作选》，太白文艺出版社2018年版，第1—2页。

②赵树理：《戏外话》，载《赵树理文集》第4卷，人民文学出版社2005年版，第310—311页。

③赵树理：《卖烟叶》，载《赵树理文集》第2卷，人民文学出版社2005年版，第378页。

故事性；爱听连贯的，咱就不要因为讲求剪裁而常把故事割断了。"①按照赵树理的大小戏划分，陈彦的《迟开的玫瑰》《西京故事》便属小戏，《大树西迁》虽属重大题材，却未宏观展示交大西迁事件，"只虚构了这个大事件中的几个'小人物'的故事，让他们充分打开心灵，从而折射出大事件背后的生命悸动"②。陈彦的小说亦属故事。有意思的是，在现代戏《西京故事》演出之后，他又一鼓作气，将没在戏剧中用上的"采访素材与无法完全装进戏里的诸多思考"，写成了约五十万字的长篇小说《西京故事》。③这足以说明陈彦小说、戏剧和故事之间关系的微妙与复杂。

如果说由最初的小说创作转入长达半生的戏剧创作，对于陈彦尚无特别意义，那么通过戏剧与长篇小说两种不同文体创作的转换，陈彦获得了文体自觉。这一自觉不仅是长篇小说意义上的小说自觉，也是戏剧/戏曲自觉。他在戏剧之后选择小说，便是要借助长篇小说这种更为灵活、开阔、"可包罗万象的"（陈彦谈到现代舞台剧《西京故事》和同名长篇小说之间的创作关系时说："因到手的素材动用太少，弃之可惜，也是觉得当下城乡二元结构中的许多事情没大说清楚，就又捡起小说，用长篇那种可包罗万象的尊贵篇幅，完成了《西京故事》的另一种创作样式。"④）的现代文体，把更多的生活素材和更丰富复杂的思考表达出来。对于陈彦来说，写小说并不意味着放弃戏剧，而是回归文学这一戏剧的灵魂和基础，而且在陈彦看来，"现代戏首先是一种与人的心灵有深刻关系的文学，其次是与传统戏曲美学有本质融通的艺术"⑤。如果说《主角》更多的是蕴含传

---

① 赵树理：《也算经验》，载《赵树理文集》第4卷，人民文学出版社2005年版，第125页。

② 陈彦：《努力对时代发出有价值的声音》，载《陈彦精品剧作选》，太白文艺出版社2018年版，第360页。

③ 陈彦：《努力对时代发出有价值的声音》，载《陈彦精品剧作选》，太白文艺出版社2018年版，第364页。

④ 陈彦：《主角》（后记），作家出版社2018年版。

⑤ 陈彦：《努力对时代发出有价值的声音》，载《陈彦精品剧作选》，太白文艺出版社2018年版，第365页。

统戏曲美学，那么《喜剧》则更多的是化用现代戏手法，更具现代戏气质。《喜剧》把《西京故事》的主人公罗天福引入叙事，让他在"城中村"街头演唱秦腔戏片段，这种互文性的运用别有意味。其中包含对秦腔（传统戏曲）与时代、与人的心灵之关系的思考。换一个角度看，《喜剧》也好，《主角》也好，其目的并非要借此让我们思考"这是一个戏曲时代还是小说时代"的问题，而是以戏曲来延伸和强化小说的共同体召唤功能。传统戏曲曾以情感、伦理为基础、依据，通过观演域内演员与观众的互动，体现了这一功能；现代小说也借助现代传媒技术，履行了共同体建构职能。陈彦把戏曲、戏剧融入小说，并用故事联系和贯穿三者，是否可以看作是借用前者的古典与民间经验，以及后者的现代经验与总体性视野，以走出当下小说的个体化、弥散化的困境？

相关的深层问题便是，是否有必要及如何使小说家成为讲故事的人，使小说成为故事，如何理解现代小说与故事、写小说与讲故事、小说家与讲故事的人的关系。根本问题是故事与小说的关系究竟如何？对此，有三种常见的观点：一是所有的小说都是故事，故事是小说必备的基本要素；二是小说起源于故事，故事是小说的原初或原始形态；三是故事是情节性强、矛盾冲突激烈、充满偶然和转折等因素的文本。可见，对于故事与小说的关系，并无统一认识。虽然见仁见智，但在现代小说理论中，故事基本上被看作是传统的、古典的、较为民间化甚至陈旧的艺术形式。按此标准衡量，陈彦"讲故事就是文学"的说法，与20世纪80年代中期以来的文学观相比，也是传统的、古典的、较为民间化的，庶几近乎赵树理。据之文本，陈彦小说的故事性质、功能更接近于本雅明所阐述的故事。小说故事蕴含和传达着丰富的中国传统经验。

那么，何谓小说？小说与本雅明所阐述的故事有何关系？本雅明接受了卢卡契的小说观。卢卡契认为，小说是唯一能够充当现代心灵之形式的文学形式，因此，他称小说为"罪恶时代的史诗"。他反对把小说看作是可有可无的消遣品而坚持美学的伦理学诉求，赋予小说以"寻求生活意义"的使命。本雅明虽然并不像卢卡契一样对小说的前景持乐观态度，但他接受了卢卡契的看法："'生活的意义'的确是小说动作演绎的真正中枢。对意义的寻觅不过是读者观照自己经历小说描述的生涯而表现的初始惶感。此处是'生活的意义',彼处是'故事的教诲':小说与故事以这样的标签判然对峙。"[1] 在本雅明看来,小说与故事之间存在着意义和教诲的根本区别甚至对立。故事的教诲功能、本质,在于故事中包含的智慧,如其所言,"编织进实际生活的教诲就是智慧"[2],而智慧是"真理的史诗方面"[3]。在前现代社会中,故事起着总结生存智慧、整合异质经验和塑造集体记忆(本雅明谓之为"传统的链条")的作用。讲故事起着现代意义上的叙事功能,即将异质性经验整合为同质性经验,将个体经验整合为群体经验,造就"经验统一体",即集体记忆或传统的功能。故事的反复讲述,保存和延续了传统。因此,本雅明的经验包含智慧、传统、教诲和知识。经验的传达形式——故事——并非如消息般具有解释性,而是需要保持某种开放性和混沌性,以便听故事者自己去消化,从而将故事提供的经验融入自己的生存体验中,使经验之重述成为可能。在重述中,人们又会把自己的经验和想象加入故事,"罗织细节,增奇附丽"[4],使讲述和重述故事成为塑造集体记忆的"工艺"。

　　本雅明谈到各种传播模式的竞争时认为,故事——"老式的叙事艺术"——遭受新闻报道的冲击,导致了"经验的日益萎缩"。后者是"由故事的对象讲述自己所发生的事情",注重发生的纯粹的事件本身及其轰动效应,诉诸读者感官,而故事"把自己嵌入讲故事人的生活中去以便把它像经验一样传达给听故事的人。因而,它带着叙述人特有的记号,一如陶罐带着陶工的手的记号"[5]。故事和劳作是联系在一起的,它完全浸润

---

[1]〔德〕本雅明:《启迪:本雅明文选》,〔德〕汉娜·阿伦特编,张旭东、王斑译,生活·读书·新知三联书店2008年版,第110页。

[2]〔德〕本雅明:《启迪:本雅明文选》,〔德〕汉娜·阿伦特编,张旭东、王斑译,生活·读书·新知三联书店2008年版,第98页。

[3]〔德〕本雅明:《启迪:本雅明文选》,〔德〕汉娜·阿伦特编,张旭东、王斑译,生活·读书·新知三联书店2008年版,第98页。

[4]〔德〕本雅明:《启迪:本雅明文选》,〔德〕汉娜·阿伦特编,张旭东、王斑译,生活·读书·新知三联书店2008年版,第102页。

[5]〔德〕本雅明:《论波德莱尔的几个母题》,载《发达资本主义时代的抒情诗人》,张旭东、魏文生译,生活·读书·新知三联书店1989年版,第129页。

到劳作者的生活和生命中。故事之记忆属性,渗透着讲故事人的生命经验。如是观之,陈彦的《喜剧》《主角》中反复提到的道具、技巧、技术、绝活儿,便是故事(中国戏曲)和讲故事的人(戏曲艺人)的生命印记。陈彦通过小说保留了故事,塑造了讲故事的人——从事手工艺制作的艺人形象。戏曲浸入戏曲人的生命肌理,仿佛制陶艺人的手纹自然而然地印在陶罐上。戏曲艺人的种种生活痕迹和生命气息,自然地浸润到故事中。陈彦讲述戏曲和戏曲艺人的故事,仿佛在一个前现代社会的手工氛围中讲述自己的经历,准确地说,他既是在讲述自己,也是在讲述"他们"——戏曲人——的故事,更是在讲述"我们"——中国——的故事。

本雅明引用瓦雷里分析一位创作丝绣人像的女艺术家的话:"艺术的观察可以企及几近神秘的深层,被观察之物失去了它们的名称。光和影融合成十分别致的体系,提出十分独特的问题。这些问题既不依赖于知识也不是出自什么实践,而纯粹由某人的灵性、眼光和手艺的和谐获得其存在和价值。这种人天生就能洞悉这样的体系,并在内心自我中将其创造出来。"他不由地赞叹道:"寥寥数语,便将心、眼、手连在一起,三者的互动协调形成了一个实践。"他进而指出:"瓦雷里这句话中呈现的古老的心、眼、手协调一致也属于工匠,讲故事艺术安家落户之处都能遇见这种协调。"①《主角》《喜剧》中戏曲技艺的习得是一个不急不缓的自然的过程,也是一个精雕细琢以求尽善尽美的过程,精细到每一个眼神、动作、手势、表情。正如戏曲是在一个缓慢的、层层累积叠加的过程中形成的艺术一样,艺人也在同样的过程中精细地雕琢自身,以实现由"技"到"艺"臻于"道"的境界。用《喜剧》中贺少天的话说,就是:"看着是唱戏,其实是在唱道,懂不?这里面的道道把不住,迟早都是一塌火。"小说又通过南大寿之口指出,演戏的真功"得靠自己修炼去","演一辈子丑,也是一辈子的修行过程。修行不好,你就演成真丑了"。喜剧不是要丑、扮丑,一旦想借此发财,喜剧就成了闹剧,"连身边的可怜生命都

---

① 〔德〕本雅明:《启迪:本雅明文选》,〔德〕汉娜·阿伦特编,张旭东、王斑译,生活·读书·新知三联书店2008年版,第117—118页。

漠不关心，还有喜剧？"这些是道，是理，是做人也是演戏之道，传递的是群体经验和民族智慧。在一个充斥着喧嚣和功利之心的世俗化时代，在这个试图通过电子技术生产包袱和笑点的高科技时代，戏曲、故事、手艺变得不合时宜。在这个追新猎奇的"眼球经济"时代，真真假假、粗制滥造的所谓"经验性写作"盛行，在紧张、焦虑的情境和氛围中，如同手工艺人般耐心、细心地创作精美故事的作家少而又少。陈彦的小说创作仿佛戏曲艺人的精雕细琢，显得尤为可贵。更重要的是，《喜剧》《主角》没有停留在那些事实上已经萎缩和贬值的个体性的经验上，而是通过传统的滋养，获得了那种曾经培育了故事艺术和史诗艺术的集体性和有机性经验。在他的小说中，我们看到了一种具有普遍意义的智慧。

讲故事建立和依赖的是说与听的关系，戏曲则是演与观的关系。后一关系包含前一关系，前者可纳入后者。戏曲之"演"，包括说、唱、动作、服装和舞台设计；"观"包括对台词、唱词、唱腔的听。讲故事、听故事需要松弛的心态，需要精神和肉体处于忘我的放松状态，或者说需要"手工氛围"。演戏、唱戏、看戏、听戏，同样需要这种状态和氛围。作为演/观艺术的戏曲与作为现代文体之一种的小说，有根本不同。后者是孤独的个体讲述自己封闭的内心，或描述个体的生活经验或体验。"小说家是彻头彻尾的孤独、沉默之人。史诗作者给人的只有安宁。史诗中，人们在一天的劳作之后，便开始休息；他们聆听、做梦、收集。小说家则将自己与人群及其活动隔离开来。小说的诞生地乃是离群索居之人，这个孤独之人已不再会用模范的方式说出他的休戚，他没有忠告，也从不提忠告。所谓写小说，就意味着在表征人类存在时把不可测度的一面推向极端。"① 如是观之，20世纪80年代以来的先锋小说、新写实小说、新生代小说及"女性写作""私人化写作""身体写作"便属于本雅明指称的"小说"。相比之下，讲述群体或共同体经验的故事，关涉讲故事者和听故事者，却又不限于个人且超越个人。

---

① 〔德〕本雅明：《小说的危机》，载李茂增：《现代性与小说形式：以卢卡奇、本雅明和巴赫金为中心》，东方出版中心2008年版，第252页。

二、感觉结构与经验书写：陈彦与当代中国的"经历／体验"化写作

《喜剧》讲述了当代国人生活、心理和情感的变迁史，也被某种历史意识和潜意识所塑造。小说把民族传统戏曲的观念与模式植入叙事，形成了陈彦式的"有意味的形式"。尽管与《主角》中显性的戏曲形式感不同，《喜剧》的戏剧性是隐含的、内敛的，但同样以戏的形式传达了意义和意味，同样呈现了当代国人的精神景深和深层次集体心理。我们可以借助形式进入当代中国的深处，进入当代中国人的感觉结构，深入地理解我们的时代和这个时代的文学。

在此，一个难以回避的问题是，《喜剧》《主角》及同时代文学中的感觉结构是否与我们正在体验的生活本身的感觉结构一致，这些虚构性文本是否隐藏着当代中国真实的心理体验和情感密码。在经历了形式主义、结构主义、后现代主义和新历史主义诗学观念的洗礼之后，我们在获得了语言、形式和叙事自觉的同时，也失去了探知历史与现实真相的信心。如何摆脱这一认知困境？一个可能的路径是，当我们以语言、形式、叙事为反映论的工具时，我们同样可以借助这一工具重新认识它所承载和表述的内容，以获得一种新内容或新理解；当我们因语言、形式等具有自主性的符号探讨是否"文本符号之外无生活"时，则可将语言、形式、叙事重新历史化、社会化，通过另一个层面或另一个路径进入文本，捕捉其中隐含的另一种内容，获得另一种理解。语言、形式是一面镜子、一种工具或一个通道，它们不仅仅具有反映、再现的功能，而且具有扭曲、变形、夸张的功能。在此意义上，语言、形式等问题的提出反倒有益于我们将那些习焉不察的事物重新问题化，获得穿透虚假镜像的自觉。因此，摆脱无休止的概念纠缠和理念思辨的可行办法是，将真实性从抽象的文化概念转移到对共同生活状况和集体生活方式的记录上来，从对客观事物的反映转移到对感觉结构和经验的历史变动的捕捉和考量上来。

文化不是超越生活的理念性、思辨性之物。正如威廉斯所说："文化观念的历史记录了我们在思想上和情感上对共同生活状况的变迁所做出

的反应。我们所说的文化是对事件的反应……这些事件也同样记录在我们总体的历史当中。关于文化观念的历史记录了我们的意义和定义……""文化的观念是针对我们共同生活状况所发生的普遍和重大变化所做出的一种普遍反应。"① 在威廉斯看来，文化不仅仅是思考和想象工作的整体，它在本质上也是一整套生活方式，文化是寻常之事，包含在我们的整体的生活方式之中，它是由物质、知识和精神所构成的特定社会整体的生活方式的表现，它是一种"反应"。

作为文化的一部分，文学同样不是如镜子般反映生活，或反映和传达文化观念的工具，而是一种"反应"。它可以通过描写我们的共同生活，来描写我们时代的"一整套生活方式"。按照威廉斯的看法，生活方式、时代环境的改变会使时代、历史产生某种反应，这种反应会被熔铸进变化了的感觉结构中。关于感觉结构，威廉斯说："我们谈及的正是关于冲动、抑制以及精神状态等个性气质因素，正是关于意识和关系的特定的有影响力的因素——不是与思想观念相对立的感受，而是作为感受的思想观念和作为思想观念的感受。这是一种现时在场的，处于活跃着的、正相互关联着的连续性之中的实践意识。于是，我们正在把这些因素界定为一种'结构'，界定为一套有着种种特定的内部关系——既相互联结又彼此紧张的关系的'结构'。"② 感觉结构表明的是客观结构与主观感受之间的张力，是一种始终处于发展、变化、塑造和再塑造的复杂历史过程中的文化。生活经验的主体是作为文化生活主体的普通人，普通人的生活经验通过文本与日常生活实践的不断互动得以展现。所以，文化在不断运动的历史中形成，反映一代人在日常生活中所体验到的意义与价值的感觉结构同样如此，按照威廉斯的说法，它始终是一种处于"溶解状态的社会经验"，是一种特殊的思考和生活方式。

从《西京故事》《装台》到《主角》和《喜剧》，小说的形式在不断

---

① 〔英〕雷蒙德·威廉斯：《文化与社会：1780—1950》，高晓玲译，北京大学出版社2011年版，第311页。

② 〔英〕雷蒙德·威廉斯：《马克思主义与文学》，王尔勃、周莉译，河南大学出版社2008年版，第141页。

地调整、细化和深化,但在戏剧自觉的过程中,对当代中国人的感觉结构和心理习性的颇有兴味的细腻梳理和剖析却一径贯穿。重要的是,陈彦不是用思想观念来界定生活感受的,而是始终保留当下生活的真切体验,使之被讲述(叙述)出来,而不是被定义或概括出来。自然,文学作为一种隐喻式的把握世界的方式或如詹姆逊所说的社会象征行为,不可能也不需要全然等同于生活的经验形态和"预定"的生活本相。思想观念的介入和导引不可避免,但思想观念亦应在保持其相对稳定性和连续性的同时,呈现为一种在场的、活性的实践状态。陈彦关注个人感受与社会文化之间的关系,其小说介于思想观念(往往是主体从戏剧中体悟到并以之为形式进行传达)和生活感受之间,并蕴含某种程度的现实超越性与恒久性。陈彦在谈戏曲时有所流露,他说:"传统戏曲中糟粕确实不少,但她在与社会的磨合过程中,已自觉不自觉地剔除了诸多不合时宜的部分,永远撼不动的是社会的伦理架构和忠、孝、节、义这一块。"①陈彦小说的生活感、现实感、道德感、生命感和文化感,便与作家从感觉结构入手对始终处于流动和变化中的复杂的世界与历史经验的把握有直接关系。在这个意义上,陈彦实践的是一种经验性写作,其小说可说是一种中国经验书写。

何谓经验,并非一个不言自明的问题。威廉斯指出,18 世纪末期以来,"经验"包括两个主要意涵:"(一)从过去的事件里所积累的知识——不管是通过高度意识的观察,或者是经由考虑或沉思;(二)一种特别的'意识'(consciousness);这种'意识'在某一些意义脉络里,可以与'理性'或'知识'区隔开来。"②他认为,experience 词义的复杂性和变异性产生了很多争论,"严格说来,experience 的旧有意涵总是包含着思考、反省与分析的种种过程;这些过程是 experience 的现代意涵——指的是一个没有争议的真实性(authenticity)与直觉性(immediacy)——中最极端用法所要排除的。……在 experience 的深层意

---

① 陈彦:《深厚的根植》,载《打开的河流》,陕西人民出版社 2020 年版,第 124 页。
② 〔英〕雷蒙·威廉斯:《关键词:文化与社会的词汇》,刘建基译,生活·读书·新知三联书店 2005 年版,第 167 页。

涵里,所有的证据及考量,应该被检视"①。经验既包含鲜活真切的当下体验,又蕴含相对稳定的结构;文化是鲜活的经验,文本则存在于具体的物质生活条件中,经验在文本与日常生活实践的历史性互动中展现出来。威廉斯关于经验、文化和感觉结构之关系的分析,为我们理解经验,讨论个体感受与社会文化之间的关系,找到了有效的介质。

无独有偶,"经验"一词也时常出现于本雅明的论述中,其含义亦需细致辨析。在此问题上,詹姆逊的阐述颇合本雅明原意。他指出:"德语中有两个字大体相当于英文的'经验'(experience),Erlebnis 指的是人们对于某些特定的重大的事件产生的即时的体验;而 Erfahrung 则指的是通过长期的'体验'所获得的智慧。在把乡村生活的外界刺激转化为口传故事的方式中起作用的是第二种经验,即'Erfahrung';而在现代生活中人们普遍感受的是第一种经验,即'Erlebnis'。"②这种经验,可称为"经历"。第二种经验,即内在于我们的集体的传统与记忆。如本雅明所言:"经验的确是一种传统的东西,在集体存在和私人生活中都是这样。与其说它是牢固地扎根于记忆的事实的产物,不如说它是记忆中积累的经常是潜意识的材料的会聚。"③经验和经历完全不同,经历的主体是即时性的表面化的个人,与深层的群体性的记忆没有任何关系。

20世纪80年代中期兴起、90年代形成主流的个人化日常经验书写和90年代风行的新闻化、影视化叙事美学,看似差异颇大,实则后者是前者在20世纪90年代大众文化情境中的延伸。两者殊途同归,均切近本雅明所说的第一种经验,即"经历"。"经历化写作"(或称"体验化写作")意味着人们对自身生活方式、生活状态的自觉,以及对自身作为身体性、物质性存在的觉醒。这个觉醒的个体关注个人感受和自身生活经历、生命体验。经历是现代个体的偶然性的生活遭遇和体验、感受、情感、意绪等,

---

① [英] 雷蒙·威廉斯:《关键词:文化与社会的词汇》,刘建基译,生活·读书·新知三联书店2005年版,第171页。

② [美] 詹明信:《德国批评传统》,载《晚期资本主义的文化逻辑》,张旭东编,陈清侨等译,生活·读书·新知三联书店1997年版,第317页。

③ [德] 本雅明:《论波德莱尔的几个母题》,载《发达资本主义时代的抒情诗人》(修订译本),张旭东、魏文生译,生活·读书·新知三联书店2007年版,第130页。

这些体验和情感随着时间和生活的流动、变化，呈现出不稳定、不持续的状态，极易被其他体验和情感所替代。经历局限于个人，更具个人化、私人化特征，内在自我是其观照世界的视角。因而，"经历性叙事"（或可称为"体验性叙事"）或有与他人、世界交流的冲动，却无法突破内在自我的局限。总体上看，它游离于世界和传统之外，守持一种个人化的体验和记忆，既无兴趣也无能力提供一种群体生活经验，更不会提供一种超越个体视角的具有交流价值和实用性的生活与生命智慧。相反，作为80年代纯文学想象的新形态，它延续着非功利、非实用、非政治化、非道德化的纯文学立场，"私人生活""一个人的战争"是其形象表征。作家的个人经历和私人感受进入小说之后，反倒使小说具有了与我们的日常经验极为相似的特征，甚至可以说，在一些被看作"个人化写作"的文本中，叙事与本事、文学与生活高度同质化，而且这种同质化不仅存在于同一作家的不同文本之间，也出现于不同作家的不同文本之间。个人被同质化，无疑是一个颇为吊诡的现象。而这与小说和故事所应提供的那种异质性经验是完全不同的。

　　文学对于经历的重视，意味着深层经验的缺乏。这些被视为"经验性写作"实为"经历化写作"的小说，与其说描述了当下人们的生活经验，不如说是个体的经历或某种想象性的纯粹个人化体验，它缺少在特殊时间和地点对生活特质的感受。经验被当作私人性趣味或个人的特殊癖好，甚至是孤立的、隔绝的经验而非处于过程当中的社会经验或文化经验。借用威廉斯的说法，小说描述的是"与思想观念相对立的感受"，而不是"作为感受的思想观念和作为思想观念的感受"。因此，在20世纪90年代以来的"经历化写作"中，个人对于生活的体验和反思具有极大程度的局限性和被动性，这显示了个人在市场消费逻辑和大众文化产业运作中生活与写作的"自由的限度"，"人的内在关怀并非本质上就有无足轻重的私人性质，这只有在人用经验的方式越来越无法同化周围世界的材料时方才如此"[①]。小说家被困于周围世界无形暴力的封锁中，世界对其来说，有着

[①]〔德〕本雅明：《论波德莱尔的几个母题》，载《发达资本主义时代的抒情诗人》（修订译本），张旭东、魏文生译，生活·读书·新知三联书店2007年版，第132页。

如影随形的巨大力量。个人视角的出现，既是摆脱总体性话语束缚的产物和表征，又是失去全知全能的普遍的视角之后，无力把握周围世界和现实的表征。"个人"（"个体""内向"）既是一个技巧、方法层面的诗学问题，又是一种意识形态问题。它既可以把世界和现实从形而上的描述中释放出来，去除物化现实和常识带来的感知失灵与麻痹，也可以成为市场意识形态生产和再生产环节中的产物。与个人视角相关联的是，小说中的人物往往为自己偶然的生活遭际所触动，产生种种变化不定的情感和意念。这些情感和意念总被迅速流动的生活裹挟，并被其他的情感和意念所代替。它们往往局限于个体生活，无法获得一种超越个体或偶然境遇的视角。

作为故事的中国戏曲，本身就是民族集体的传统与记忆。"民族戏曲是中国传统文化烙印最深的一种文学艺术样式"①，它既是共同体记忆、意识的载体，又是构造共同体的手段。传统戏曲历史悠久，讲述了流传久远、耳熟能详的故事，这些故事包含了各阶层、各族群的某些共同的生活经验、生命体验和普遍实用的生存智慧、为人处世之道。戏曲既与每个人的生活有关，又具有超越自身生活的有限性和局限性的更广阔的空间。对讲故事者和听故事者来说，戏曲是看取自身，看清生活和生命之局限性和有限性，并获得诸多有益教诲的重要场域。陈彦在小说中植入戏曲，不仅仅在文体的改造和转换意义上提供了一种小说叙事新质，而且借助戏曲这种曾经在中国历史和文化中具有重要的沟通和公共空间架构意义的方式，为小说植入了一个民族某种共同的生活经验和生存智慧。从这个意义上看，《主角》《喜剧》中的戏曲可以看作是本雅明所阐述的故事，或者可以说，陈彦的小说就是一种讲故事的艺术，戏曲成为陈彦小说的基本形式，影响着其叙述机制，使陈彦小说成了故事，或者说具有了故事的特质。

三、故事与经验：陈彦小说与本雅明论述的"对读"

陈彦是一个讲故事的人，他的故事不仅是生活故事、情感故事，还包含着明确的寓意，有着很强的道德感和教谕性。"趋向于实用的兴趣是许

---

① 陈彦：《深厚的根植》，载《打开的河流》，陕西人民出版社2020年版，第124页。

多天生讲故事者的特点。""一个故事或明或暗地蕴含某些实用的东西。这实用有时可以是一个道德教训，另一种情形则是实用性咨询，再一种则以谚语或格言呈现。无论哪种情形，讲故事者是一个对读者有所指教的人。"[1]《喜剧》讲述喜剧艺术和艺人的沉浮起落，是一个关乎传统与现代、艺术与现实的大故事，其中包裹的爱情故事、婚姻故事、家庭故事则关乎情感伦理和生活伦理的道德教训。喜剧的编剧、练功、演出等则近乎"实用性咨询"。穿插在小说中的类似格言或谚语的表述，是对经验性生活故事的总结、提炼，它们不仅贯穿于戏曲之中，是其铺展的依据，其中还包含着丰富的民间生活智慧、为人处世的原则和长期积淀的艺术经验——这些仿佛过时的经验也是陈彦小说演绎故事和"趋向于使用目的"的依据，"编织进实际生活的教诲就是智慧"。《喜剧》中的艺人将之编织进了生活和戏剧艺术之中，陈彦将之编织进了小说和生活里。

　　本雅明感慨道："讲故事的艺术行将消亡，因为智慧——真理的史诗方面——正在衰亡灭绝。"并将这一现象视为"历史世俗生产力的并发症"，"这症状逐渐把叙述从活生生的口语领域剥离出来，同时又造成于消逝之物中瞥见一缕新型美的可能"。[2]《喜剧》通过贺少天、南大寿、贺加贝、贺火炬等人物形象展现了"歌舞演故事"的戏曲精神的秉持、流失和重塑的可能性。贺少天之死及几成闹剧的遗体告别仪式，是初次体现；南大寿遭到红石榴度假村老板武大富的羞辱，点明了传统戏曲经验在强大的世俗生产力面前，已经失去了可交流性。经验之可交流性的丧失，意味着人的个体化、孤独化。从文体上看，则是小说的兴起，"长篇小说在现代初期的兴起是讲故事走向衰微的先兆"。本雅明指出了故事与小说的差异："讲故事的人取材于自己亲历或道听途说的经验，然后把这种经验转化为听故事人的经验。小说家则闭门独处，小说诞生于离群索居的个人。此人已不能通过列举自身最深切的关怀来表达自己，他缺乏指教，对人亦无以教诲。

---

[1]〔德〕本雅明：《启迪：本雅明文选》，〔德〕汉娜·阿伦特编，张旭东、王斑译，生活·读书·新知三联书店2008年版，第98页。

[2]〔德〕本雅明：《启迪：本雅明文选》，〔德〕汉娜·阿伦特编，张旭东、王斑译，生活·读书·新知三联书店2008年版，第98页。

写小说意味着在人生的呈现中把不可言诠和交流之事推向极致。囿于生活之繁复丰盈而又要呈现这丰盈，小说显示了生命深刻的困惑。"① 自"五四"以来，小说成为中国文学的核心文类（文体），戏曲除了在特定时期、特定区域承担组织和教谕功能之外，位置极为边缘化。进入20世纪80年代，通过与民间社会的对接，戏曲出现了复兴之势，却在20世纪90年代遭遇了"历史世俗生产力"的强劲冲击。这一点可由贾平凹的散文《秦腔》与长篇小说《秦腔》的美学质地和艺术色调之差异见出。陈彦的《主角》既书写了传统戏曲之兴起、衰微，也突出了其绵延生命力之所在和重振之可能。《喜剧》延此思路，在"人之为人""喜剧之为喜剧"的根本意义上，重新释放了戏曲呈现人生之丰厚内涵、表现生活之丰盈的潜能。对于陈彦来说，将戏曲写入小说，将戏曲内置于小说诸叙事层面，是一种经验交流的方式。通过小说，陈彦把个人经验、民族美学经验和道德智慧转化为"听故事人"（读者）的经验。

《喜剧》《主角》的叙事者，不是小说《秦腔》中那个颇为困惑、失落、茫然而无所适从的叙事者。陈彦小说的叙事者是一个能给读者提出忠告的讲故事者，有着明确稳定的价值观：善恶分明、爱憎分明；既坚守做人的良知和底线，又通达人情世故；既责己甚严，又以己度人；既善意为之，又屡出诤言。这个叙事者有着予人忠告的能力和底气。

陈彦小说中道德意识与实用功能的突出，既来自善恶均分的生活世界，也来自作为资源和表现对象的戏曲世界。中国戏曲深受传统文化浸染，既有讲究"言志""载道"的儒家文化传统，又以民间情怀作为价值底蕴，弘扬民间情感，评判是非善恶，"古代戏曲舞台主要是以民间的道德标准、尺度来评判生活，塑造人物的"②。戏曲观察生活、择取生活素材的眼光来自底层民众，它塑造的被侮辱、被伤害的人物，渗透着劳苦大众的浓烈情感。戏曲中"善恶有报""因果轮回""有情人终成眷属"等"大团圆"的情节结构和故事结局，虽然是"心造的幻影"，却也传达了现实

---

① 〔德〕本雅明：《启迪：本雅明文选》，〔德〕汉娜·阿伦特编，张旭东、王斑译，生活·读书·新知三联书店2008年版，第99页。

② 郑传寅：《中国戏曲文化概论》（修订版），北京大学出版社2012年版，第374页。

生活中底层民众充满无奈甚至绝望的美好情感。戏曲以和谐的方式，曲折地传达出了作家和观众的幸福愿景，同时，也反衬了现实生活中的矛盾冲突。《喜剧》对喜剧之辉煌的历史的流连，对其现状的无奈、不满，对贺火炬守住戏曲根本的苦心和努力，是持肯定和乐观态度的。这体现了作家在构造维系这个生活世界的和谐诉求时，内心秉信的和谐的整体观念。

陈彦的小说承载了传统文化中惩恶扬善、激清扬浊的伦理道德功能。这一点与赵树理极为相似。二人都有戏曲创作经验，都立足民间底层文化，都欣赏民间曲艺中传达的平民百姓的心声，都注重将戏曲经验引入小说创作，而且都注重创作的伦理道德含义和"劝人"功能。赵树理曾言："'说书唱戏是劝人哩！'这话是对的。我们写小说和说书唱戏一样（说评书就是讲小说），都是劝人的。"[①] "唱戏就是高台教化"，"看着是唱戏，其实是在唱道"。陈彦在小说和散文随笔中亦频频述及戏曲的"高台教化"功能。《喜剧》中蕴含的臧否褒贬的道德意识，有时会以叙述者的主观介入和直接干预的形式出现。这些较为抽象的概念和原则，所体现的直接性与戏曲直接相关。更多时候，道德意识则通过情节构设、人物塑造和人物关系设置等方面的矛盾性、对照性手法，得到形象化、情感化、审美化的表达。如贺加贝、贺火炬兄弟，贺加贝与万大莲、潘银莲，潘银莲的哥哥潘五福和嫂子好麦穗，好麦穗和她的情人，潘银莲与贺火炬叔嫂等，都是通过对人物的矛盾性、对照性设置加以艺术化地表达的。这体现了一种与传统戏曲密切相关的民间智慧和伦理正义。

戏曲像一位长者，通过其故事穿行于陈彦小说中（不算巧合的是，陈彦对传统戏曲亦有"老人"之喻："秦腔和更多的民族戏曲艺术一样，都是有数百年生命的老人，经见过不少世事，也就更应该以一个历史老人的淡定情怀应对沧桑剧变。"[②]）陈彦运用自己的经验、戏曲中积淀的智慧和独特的讲故事方式，承担起了"劝人"之责。可做比照的是赵树理的小

[①] 赵树理：《随〈下乡集〉寄给农村读者》，载《赵树理文集》第2卷，人民文学出版社2005年版，第91—92页。

[②] 陈彦：《由秦腔生存状态想到的》，载《打开的河流》，陕西人民出版社2020年版，第175页。

说。后者重叙述轻描写，重视讲故事，少有风景描写、心理描写，将描写融入叙述中，通过人物动作和对话揭示人物心理。陈彦与之不同，其小说虽也讲故事，但描写成分尤其是心理描写可谓相当充足，更具现代性或者说更能符合现代小说的艺术"标准"：手法、技巧更繁复，叙事格局、视野更为开阔，更具宏大叙事品格，在口语化方面虽与赵树理相似，却更泼辣爽朗。何以如此？其中或有作家个性气质的原因，或有区域文学传统的原因①，或有照顾读者接受能力的原因及时代政治因素。更重要的或许是，二人对戏曲功能的理解不同。对于赵树理来说，戏曲与其问题小说的功能相似，都是提供解决问题的方法、"劝人"的手段，承载着他"艺术都是宣传"②的理念，侧重于现实指导作用。陈彦更关注戏曲艺术本身，更关注戏曲与民族文化、大千世界和人的生命本体的深层联系，"戏剧不是宗教，但戏剧有比宗教更广阔而丰沛的生命物象概括能力"，《主角》的野心"就是力图想把演戏与围绕着演戏而生长出来的世俗生活，以及所牵动的社会神经，来一个混沌的裹挟与牵引"③。这是陈彦对戏曲之共情、呼应和聚合功能的认识。《喜剧》中一个颇有意味的场景是，当贺加贝的喜剧事业和婚姻家庭陷入困境时，小说借潘银莲的视角，见证和描述了罗天福在"城中村"老槐树下唱秦腔《三娘教子》片段的场景，唱戏者、看戏者都沉浸于情感氛围中，为之落泪，这便是对其功能的典型体现。

---

① 如洪子诚比较柳青等"陕西作家群"和赵树理等"山西作家群"（"山药蛋派"）的风格差异："比较起来柳青等更重视农村中的先进人物的塑造，更富于浪漫理想色彩，具有更大的概括'时代精神'和'历史本质'的雄心。"从小说艺术上讲，柳青等更多借鉴"西方和我国新文学中'现实主义'小说的方法"，而赵树理等"推重的是话本、说书等'宣讲''说话'的本土资源"。参见洪子诚：《中国当代文学史》（修订版），北京大学出版社 2007 年版，第 83—84 页。在此意义上，是否可以说，陈彦小说是"陕西文学"质素和"山西文学"质素的融合，是新文学现实主义和本土资源，时代精神、历史本质和日常生活、在地品质的融合？这是值得思考的问题，当然其意义不只是在陕西或山西的地域文学或文学流派上。

② 赵树理：《和青年作者谈创作——在全国青年文学创作者会议上的发言》，载《赵树理文集》第 4 卷，人民文学出版社 2005 年版，第 66 页。

③ 陈彦：《主角》（后记），作家出版社 2018 年版，第 893—894 页。

陈彦笔下的叙述者与本雅明所说的现代小说家及其与读者、社会的关系截然不同。本雅明认为，小说家是一个孤独的离群索居的现代个体，他处于一个碎片化的世界，是这世界的一部分，他思考这个世界却无法理解和把握这个世界。因此，小说家无法从别人那里得到忠告，也无法给别人提供忠告，"此人已不能通过列举自身最深切的关怀来表达自己，他缺乏指教，对人亦无以教诲"[1]。陈彦在《西京故事》《装台》《主角》和《喜剧》中表达了自身对中国普通人，尤其是处于社会底层，生活艰难却始终以坚忍的态度踏实生活和做事的个人与群体的"最深切的关怀"，同时，也表达了对中国传统文化尤其是戏曲艺术在当代中国的处境、命运及其未来的深切关怀。陈彦始终在用小说的形式讲故事，或者说他借用当下更具影响力的小说，尤其是90年代以来占据文体主导地位的长篇小说的形式，暗中表明了"讲故事的真谛"。"故事不耗散自己，故事保持并凝聚其活力，时过境迁仍能发挥其潜力。"[2] 中国戏曲、说书等民间口传文艺形式，是中国传统文化中最佳的讲故事形式，是本雅明所说的经历了"徐缓的叠加过程，最恰当地描绘了经由多层多样的重述而揭示出的完美的叙述"[3]。正如故事被小说替代而消逝于历史的世俗化过程中一样，陈彦的小说对戏曲艺术、艺人自80年代以来的命运、遭遇的揭示，也暗合了这一过程。

意义的构造，体现出作家的自我认知。陈彦小说中的意义并不体现为虚无缥缈的人道主义和自上而下的人文精神，而是来自对生活中人的形态的质朴的观照和人与人之间关系的设置。陈彦的小说有自己的原则，这个原则有着自己的历史渊源和以儒家为代表的文化脉络。这使原则具有了理念化色彩，作家不是靠抽象的概念和体系来支撑、维系这一原则的，原则处理的是个人和周边人的关系，个人与其生活的世界的关系。或许它无力

---

[1] 〔德〕本雅明：《启迪：本雅明文选》，〔德〕汉娜·阿伦特编，张旭东、王斑译，生活·读书·新知三联书店2008年版，第99页。

[2] 〔德〕本雅明：《启迪：本雅明文选》，〔德〕汉娜·阿伦特编，张旭东、王斑译，生活·读书·新知三联书店2008年版，第101页。

[3] 〔德〕本雅明：《启迪：本雅明文选》，〔德〕汉娜·阿伦特编，张旭东、王斑译，生活·读书·新知三联书店2008年版，第104页。

改变庞大的世界，却在改变每个人每天的生活。陈彦的小说是回到人本身的写作，关注平民百姓的生活，却不取悦他们。借助历史文化的纵深视野，陈彦对戏曲与人生进行了思考，进入了历史变革、时代变迁的深层，将四十余年中国人的生活和情感的变化，讲述成生活意义和生命意义缓慢调整和转移的过程，以及在矛盾、纠结和困惑中再思和再造的过程。

中国戏曲包含一种群体性和有机性的经验。"伟大的讲故事者总是扎根于民众，首先是生根于匠艺人的环境。"①前现代社会便是这样一个环境，氤氲着"古老的工艺氛围"。讲故事者与听故事者彼此达成默契，并在这种松散松弛、无忧无虑的氛围和"闲置状态"中传递经验，以个人经验、当地经验整合群体经验、异质经验，在心理深层实现经验的融合。"听者越是忘怀于己，故事内容就越能深深地在记忆上打下印记。故事的韵律攫住他，听着听着，重述故事的才具便会自动化为他自身的资禀。这就是讲故事的艺术得以哺育的网络的情状。这就是之所以当今之世，这网络在最古老的工艺氛围内编织了数千年之后已开始分崩离析。"②戏曲之观演情境与此类似，戏曲的当代命运与讲故事艺术的衰落也庶几近之。《喜剧》中戏剧经历了短暂的复苏，之后便是生角、旦角、净角等失去出演机会，到乡下演出赚钱，同时，贺氏父子出演的喜剧却因人们的娱乐需求走上时代前台，曾经颇受欢迎的生角、旦角、净角只能充当其配角，演"垫场"。贺少天去世之后，面对时代潮流和观众趣味的冲击，贺加贝多方变革，与时俱进地推出了"时尚喜剧""情景喜剧""通俗喜剧""浪漫喜剧"，甚至打出了"外国喜剧"的招牌，却最终成了市场和艺术的双重输家。无论是具有文人身份的"镇上柏树"、市井之民王廉举，还是借助高科技手段的"学院派"史托芬，都不能挽狂澜于既倒，恰恰相反，他们以不同的方式不知不觉中把喜剧（戏曲）带进了"沟里"。

造成喜剧（戏曲）陷入困境和没落的原因是多方面的。从根本上说，

---

① 〔德〕本雅明：《启迪：本雅明文选》，〔德〕汉娜·阿伦特编，张旭东、王斑译，生活·读书·新知三联书店 2008 年版，第 111 页。

② 〔德〕本雅明：《启迪：本雅明文选》，〔德〕汉娜·阿伦特编，张旭东、王斑译，生活·读书·新知三联书店 2008 年版，第 102 页。

是因为喜剧（戏曲）精神的丧失，"对舞台不知道敬畏"，丧失了艺术的底线和原则。但传统戏曲遭遇困境并非首次，"五四"以来，戏曲现代化之路艰难曲折，戏曲曾被批判、被改造，甚至被放逐出艺术园地，但其生命力也由此凸显。实际上，戏曲所面临的最大困境也许并非启蒙或革命，启蒙与革命固然以现代意识、观念和形式，照见了传统戏曲之幽暗面，却也推动了其现代化，使之成为召唤国民、阶级等共同体的有力媒介，对营造国民、国族等"想象的共同体"有着不可磨灭的贡献。90年代喜剧陷入困境的根本原因是，以大都市为面目显影的市场时代及包括现代传媒在内的大众文化的粉墨登场。问题不只在于戏曲的编导和演员，也在于观众，更在于隐含在观与演背后的历史和时代情境。"闲置状态"不复存在，手工艺品被大规模的机械复制品替代，人们刻意经营而不再"无所为而为"，闲置、清静、松弛"在大都市已绝迹，在乡村也日趋衰竭。随之而来的是恭听故事的禀赋不存，听众群体失散。因为讲故事总是重述故事的艺术，当故事不被保留，这一艺术就丧失了"[1]。慌不择路地尝试各种类型的喜剧，固然是挣脱困局的与时俱进之举，却也是危机加深的表现。当偏僻的石榴园和烂泥塘变成红火热闹的红石榴度假村时，能满足喜剧观众的就只能是有点儿"荤腥"的"时髦玩意儿"，远离"纯粹"和"净化"的低俗闹剧和恶俗"毒剧"。

在前现代，人们从戏曲中获得传统文化，了解声腔、服饰、动作、唱白、美术、舞蹈等各方面的技艺，了解八方习俗，懂得人情世故，获取历史知识、神话、传说、掌故，获得时间、空间、地理、历史经验，从而形成一个经验世界。此后，人们又通过讲故事或唱戏，将自己的经验融入其中，讲或唱给新的听众、观众。因而，在讲故事的时代或戏曲时代，人们的经验世界是一种"世界经验"——群体的、共同体的经验。传统戏曲与人的、共同体的生活经验和生命体验息息相关，具有本雅明所说的"自然历史"的性质。在说/听、演/观场域中，讲故事者与听故事者、演员与观众，会由此将自己纳入一个更大的群体和世界中。戏曲专注技艺、布景道具、

---

[1]〔德〕本雅明：《启迪：本雅明文选》，〔德〕汉娜·阿伦特编，张旭东、王斑译，生活·读书·新知三联书店2008年版，第102页。

舞美设计、服饰装扮、每一个程序和细节，不仅是出于对纯粹的艺术的完美追求，更是因为在戏曲中，即便是最不起眼的人物和事物，都是广阔的生活的一部分，都与历史整体、人的命运相关。《装台》写装台人，与戏曲本身并无直接关联，是与"台前"相对的"幕后"，但装台也是戏曲演出不可或缺、不可轻忽的有机部分，它同样是技术、艺术，也是人间修行。《主角》中忆秦娥、秦八娃等秦腔艺人的个人生命，关联着中外古今深远而广阔的世界。《喜剧》把喜剧放在当代人的情境中，思考戏曲的命运与本真，其深层则是生命的精髓和艺术的真谛。这些作品，是关于戏曲、艺术、人生和现实的"命运之书"，也是关于文化、情感和命运共同体的"百科全书"。

　　本雅明把讲故事的人列入导师、智者之列，认为他们有教诲的职能，"一切讲故事大师的共同之处是他们都能自由地在自身经验的层次中上下移动，犹如在阶梯上起落升降。一条云梯往下延伸直至地球脏腑，往上直冲云霄——这就是集体经验的意象。对此，个人经验中甚至最深重的震惊，死亡，也不能构成障碍或阻挠"①。《主角》中的秦八娃和忆秦娥等人，便是这样的导师、智者，《喜剧》中的贺少天、南大寿亦属此类人物。贺加贝有喜剧天分，却非"戏痴"而是"情痴"，更非智者、导师。与之相对的是贺火炬，后者在历经曲折之后，超越一己悲欢和好恶，认同和选择了父亲和南大寿的喜剧传统，应属后辈艺人中的讲故事者。"讲故事的人得天之禀，能从金绿宝石中洞察出历史世界中地老天荒、生态绝迹的启示。讲古人就生活在此世界中。"②忆秦娥、秦八娃、贺少天、南大寿等真正的戏曲大匠、喜剧大师，身在此世却又洞明世事，超越一人之限、一己悲欢，超越个人的经历、体验，连通"历史的链条"。如果说现代小说家探求的是生活的意义，表达的是当代人难以言说和摆脱的困惑，故事蕴含的是传统经验，那么《喜剧》《主角》则是以小说的形式讲故事，以故事和戏曲

---

　　①〔德〕本雅明：《启迪：本雅明文选》，〔德〕汉娜·阿伦特编，张旭东、王斑译，生活·读书·新知三联书店2008年版，第112页。

　　②〔德〕本雅明：《启迪：本雅明文选》，〔德〕汉娜·阿伦特编，张旭东、王斑译，生活·读书·新知三联书店2008年版，第117页。

的形式传递经验，寻找经验与当代人的对接，使之从对经历的执念转向从群体和传统中获得滋养和慰藉，获得日渐失去的经验交流能力，让自身的个体经验成为整体性和有机性的经验，在他们成为一个听故事的人之后，成为一个"有教养的"讲故事的人。

四、摩登或现代：陈彦小说与中国文学的现代经验

《喜剧》《主角》在思考传统的现代境遇及其转换的可能性的同时，也关注到了传统与时尚、流行的关系。《喜剧》延续了《主角》"以传统为现代"的思路，破除了传统与现代之间直线性对应关系，同时，在二者之间设置了一个暧昧、模糊的摩登镜像。① 在《喜剧》《主角》中，摩登借助对当下的具体生活、世态、世情的描述得以现身。《喜剧》中喜剧的兴起和秦腔等传统戏曲的没落源自改革开放以后对人的感性生命的解放和释放，贺氏喜剧发展之路的曲折源自观众娱乐休闲需求的变化，"镇上柏树"、王廉举、史托芬等人的不同喜剧类型的实践，也是在市场消费逻辑主导下的主动或被动实践。在小说中，抽象的现代是以潮流、时尚的摩登面目现身的。因此，传统受到的现代冲击，在《喜剧》中是以喜剧（戏剧）遭受市场经济所引发的人们生活观念、生活方式和道德观、价值观、审美观的变动之直接影响的方式表现出来的。由此可以说，陈彦的现代意识，他对传统与现代关系的思考，在根本上是对传统与摩登关系的思考。

摩登是理解20世纪中国思想文化和文学的关键词。中国及其文学的现代经验呈现为"摩登"和"现代"两副面孔。在西方的原生语境中，modern兼有近代、现代和摩登之意。引入中国之后，其译法主要有两种，音译的"摩登"和意译的"现代"，其"近代"含义较为少见，或已融入"现代"含义中。在使用过程中，摩登多指时髦、时尚、流行、入时、应时或新式样、新潮流等，且因与modern发音相似，带有明显的"外来"色彩。摩登往往不是指一般的时尚、时髦，而是一种关联含混、暧昧的独特"西

---

① 参见王金胜：《现实主义总体性重建与文化中国想象——论陈彦〈主角〉兼及〈白鹿原〉》，《中国当代文学研究》2019年第4期。

方想象",其"中国语义"与西方语义之间存在着明显差异。如林语堂所说:"原来新就是摩登,然而在外国摩登二字,又不似现在中文用法,仅用于女子之烫头发及高跟鞋而已。"① 摩登的内涵在窄化的同时,也逐渐偏向贬义色彩。追逐潮流,崇尚他人所无的气质、品位、格调,服饰装扮上与众不同,携"洋"自命等,时常被指认为摩登的标识并包含道德评判。

其实,无论摩登还是现代,都与中国现代历史进程和国人现代意识的觉醒有直接关系,只是摩登与消费文化领域关系更紧密,体现了一种消费意识形态,更多反映了市民社会价值观念和市民阶层趣味,乃至由此招致"颓废享乐""肉体欲望"的评判。而现代更多关涉思想、文化和精神等更为深层、根本的抽象性层面,更多体现知识分子的价值观念。相对来说,"摩登式写作"或有较清晰的商业利润诉求,或有追逐时尚和展示身份、文化品位的倾向,它并非不关注现实,只是对现实的观照更贴近个人情境,缺少对现实的深入分析和整体视野,尤其是缺少社会学、政治学、经济学维度。这类写作看似颇具现代感和当下性,却散发出强烈的"舶来"气息,带有不同程度的异国情调,或者是对中产或小资形态和品位的展示,或者是对某种拟想中的现代或后现代生活的想象,是对日常生活的无超越的依附,也是对平庸无趣的日常生活的摆脱。"摩登式写作"的资源、动力,一则来自国际化风格的都市风景尤其是琳琅满目的各国商品的激发;二则来自欧美、日本等国新潮文化和文学趣味、技巧的"启发"。对生活现象的"逐尚"和对写作资源、方法及叙事风格的"追新",照搬国外新潮文化、新潮美学和流行小说的路数和修辞,或引用其中的格言警句,是"摩登式写作"的典型特征。对变幻不定的城市风景的凝视,对动态的异国文学的迷恋,使"摩登式写作"具有内部与外部、"硬件"与"软件"双重资源。事实上,无论内/外、软/硬,均隐含高度现代性情境下的时空压缩机制:对全球化时尚生活的想象和"跨国"神话系统,潜在塑造了"摩登式写作"的"白日梦"性质。因此,"摩登式写作"并不注重文学的社会实践性品格。

"摩登式写作"的风行,虽然不乏功利性目的,却也是对现代意识的误读。这类似于林毓生所批评的文化借鉴过程中常出现的"形式主义的谬

---

① 林语堂:《我的话:〈有不为斋丛书〉序》,《论语》1934年第48期。

误"（formalistic fallacy）：只觉得一些口号有用，"而不知那些口号所代表的观念的复杂性，和它们在特殊历史情况下演变出来的性格；亦即把外国的一些观念从它们的历史的来源中切断，断章取义地变成了自己的口号的时候，自然就会犯形式主义的谬误"①。"形式主义"的含义有两点："第一，它指称只做表面功夫的行为或只看到表面的思想；第二，'形式'二字在此处相当于形式逻辑中所谓'形式'的意义。形式主义于是指谓一种根据未对实质问题仔细考察而武断采用的前提、机械地演绎的过程。"②"形式主义的谬误"常"把我们自己想象出来的意义投射到这几个口号上"③。"摩登式写作"不能深入中国深层现实，无法触摸到中国人的心灵，其目光更多地投入异域他国，其目标趣味主要是对商业资本和文化象征资本的抢夺和占有。因此，摩登并不单纯指内容、风格和手法，也指其对异域／现代的想象，既是一种风格标识，也是此类写作与其他写作的区隔。但正如身体与精神、物质与思想、肉体与灵魂的不可剥离，摩登与现代之间亦存在难以根本区分的勾连和相互转化的可能。事实上，没有摩登的负面镜像，现代也不能确立自己纯粹的正面形象。因此，问题的关键在于，既不全然否定摩登，承认摩登事物出现之必然性和存在之合理性，又对摩登与现代之关系进行必要的审视。

无论是戏曲经验、社会生活经验，还是都市经验和乡村经验，在陈彦鲜活泼辣的描述中，隐含着对沉静的带永恒意味的伦理和文化经验的发掘。相比之下，《主角》《喜剧》中的老艺人和女性形象关联的乡村世界，被看作是带有基础性、根源性和本真性之物。这种与大地直接相关的人物形象和地域空间形象，有着某种大地性经验。这个世界里的经验，不同于都市现代性经验，后者往往是以摩登面目出现的，前者却不是，它是"土

---

① 林毓生：《中国传统的创造性转化》，生活·读书·新知三联书店1988年版，第10页。

② 林毓生：《中国传统的创造性转化》，生活·读书·新知三联书店1988年版，第326页。

③ 林毓生：《中国传统的创造性转化》，生活·读书·新知三联书店1988年版，第11页。

气"的，是被时尚之风暂时掩盖的事物，但却是为人们提供深层滋养的源头。有这源头，才有活水。这个源头，建立了真正的现代品格——这是 modern 的另一层含义，也是其真正含义。否则，modern 只是学来的、借来的，不能在中国大地生根扎根。

一方面，陈彦的小说是对盲目跟风的"摩登式写作"的反动。《喜剧》《主角》延续了中国现实主义文学关注、介入现实的人文主义精神和实践性品格，对中国的社会现实、心理现实和情感现实有着深切关怀和切近认知。陈彦笔下的现实是容纳个人与群体、城市与乡村、经济与文化的感觉结构，是一种从历史中生长出来的总体生活样式。作家将现时代的一些重要的政治、经济、文化和艺术实践诉诸笔端，不仅扩展了叙述视野，也使艺术实践成了一种重要的文化实践。这是陈彦小说不同于"摩登式写作"的中国现代性品质。真正的现代意识与"摩登主义"截然不同，前者的建构需要深层的民间、民族和传统的思想与艺术资源，是有根的。这是需要看到的现代的特殊性一面。中国的现代性要确立自己的主体性，只能在中国的土壤中培育，照搬西方文化新潮而无顾其特殊性一面，无顾中国民族性的特殊性一面，那只能是摩登的而非现代的。这是"摩登式写作"犯下的"形式主义的谬误"。

另一方面，陈彦并不质疑摩登本身的合理性和必然性。尽管摩登使传统陷入困境，但它对感性生命和世俗欲望的肯定和释放，是历史和人性的必然，也是中国现代化的题中之义。从现实生活来说，现代性关联个人的生活，即私人领域，体现着个人对美好生活的向往。中国现代性的建构，既有政治、革命、思想启蒙、阶级解放、民族解放、群体行动等因素的介入，有政治精英和文化精英围绕精心设计的目标、蓝图所进行的有组织、有步骤的生产和推进，也有普通人的日常生活和工作实践的积累，有大时代中小人物——农民、工人、读者、观众、消费者——的不起眼的劳作生息。他们或许是大时代中的配角或过场人物，却贯穿了中国现代化实践。凡人不是引导历史、引领时代的主角和英雄，却是中国现代性得以生成、建构和成长的主体力量，是中国现代性庞大工程的广阔而深厚的基座。他们的行为，他们的生活实践，构成了中国现代性经验的复杂性。摩登体现着中国现代性的世俗和通俗的一面。汪晖将现代性分为精英的和通俗的两种，通俗的现代性关联着摩登,"精英们的现代性主要表现为不断创造现代性的伟大叙事,扮演历史中的英雄的角色,而通俗的现代性则和各种'摩登'的时尚联系在一起,在各个方面渗入日常生活和物质文明。……高调的现代主义与媚俗都是现代性的文化特征。这两个方面时而相互矛盾,时而相互配合,在一些重要的方面有着共同的前提"①。但是当我们将关联着政治或知识的精英现代性指认为某种压抑性话语时,往往轻忽了感性生命、日常生活关联着的摩登的压抑性机制。摩登并非自发的存在,它以温和轻柔、曼妙光鲜的形式隐藏了暴力。这不仅是指摩登/非摩登的区隔中隐含的暴力,也指涉摩登会借助资本的力量和权力的支持,压抑乃至取消传统与现代的高雅艺术趣味,删除其认知、审美和教育功能。红石榴度假村的老板武大富以自己的趣味和价值取向为观众"代言",不仅将不同年龄层次和有不同鉴赏习惯的观众的多元化需求,归结为"没点荤腥、没点酥脆、没点时髦的玩意儿,只怕还是吸引不来年轻人",而且以此贬低和嘲讽坚持雅俗共赏的喜剧品格的南大寿,其目的只是"做生意"和"拉动消费"。《喜剧》揭示了摩登借助强大的资本力量和消费主义逻辑,对人们日常生活和价值观念的塑造。在此意义上,以时代潮流、流行风尚的名义出现的摩登也是一种暴力,一种扼杀传统思想、健康趣味的无影无形却无处不在的强大暴力。摩登阻碍、扼杀了真正的现代的生成。

需要看到,陈彦的小说致力于表现当代中国社会现实和普通人的生活世界及生命感受,《喜剧》进一步把戏曲尤其是更具世俗性品格的喜剧作为小说的叙事内容和思想美学资源,从肯定性角度加以表现,这更强化了小说的世俗性品质。那么,如何理解自带世俗属性的摩登与陈彦小说之世俗性品格之间的关系?

事实上,陈彦在建构小说的世俗性品格时,又以两种方式穿透了世俗性层面,超越了"摩登式写作"。一是通过喜剧与时代的呼应与悖谬关系,指出喜剧既要与时俱进,尊重观众的趣味和选择,倾听和发出观众的声音,又不能完全驯服于观众趣味,视观众为主人,而是应该坚守艺术的品

---

① 汪晖:《关于现代性问题答问》,载《死火重温》,人民文学出版社2000年版,第11页。

质和底线，具有更高的精神和艺术境界。如歌德所说："引起公众所愿意的感情，而不是使他们感到应有的感情，这是一种对公众的虚伪的服从。广大的观众应当受到尊敬，不能像小贩从孩子那里骗取钱财一样去对付他们。"① 这一点从贺少天、南大寿与贺加贝、王廉举等人的对比中可以看出。二是揭示被媚俗/世俗现代性/摩登所塑造的日常生活的真实面目。西京城内除了白领区、写字楼、歌舞厅、咖啡馆、高级商场，还有潘五福、罗天福租住的"城中村"；西京城外还有潘银莲的老家河口镇，还有"无边的远方，无穷的人们"。他们的生活世界和观念世界远离摩登、时尚、流行，却是现代中国主体性建构不可忽略和不可或缺的有机构成。潘银莲、潘五福、罗天福与贺少天、南大寿、贺加贝、贺火炬一样，在他们的日常生活里，都有着发现美、创造美和再生产美的实践。美感是其现实生活世界的具体的一部分。对于他们这样的普通人来说，唱戏、看戏等审美经验及与此相关的艺术活动，同样是建构意义的方式。在拥有巨大规模的复杂的社会文化体系的现时代中国，他们的存在，显示了中国审美经验的复数性和差异性。陈彦小说中的传统文化智慧，从来不是某种高深复杂、常人难以理解和接受的知识。戏曲演员的高难度技巧和绝活，也是他们在日常生活中反复训练和锤炼出来的，其中包含着他们的付出和心血，内在传达的却是"道"——传统哲学美学之精髓和戏剧艺术之精粹。他们是艺术家，却是从事实际工作的艺术家，而非坐而论道的哲学家、美学家。他们的艺术源于生活又归于生活，其中之"道"亦是如此，它又反过来锤炼生活，淬炼生命。这种锤炼和淬炼，不仅是个体的，也是族群和人类的。也就是说，美感经验的复数性和差异性，是以人类审美心理和审美活动的普遍性与共通性为前提的。其中任何一种美感经验，并不能代表更本真、更纯粹的人类、人性之美或民族之美。忆秦娥的秦腔、贺少天的喜剧、罗天福"荒腔走板"的秦腔唱段，既显示了美的多元性、多样性，也显示了民间、民族之美的主体性，亦因情感和人性的可沟通性，而传达出了美之世界性。中国传统戏曲的现代转型并非摩登化，它要成为有力的中国声音，必然也必须以中国现实和民族传统资源为根基，并借此穿透摩登，只有这样，方

---

① 转引自王元化：《思辨录》，华东师范大学出版社2017年版，第338页。

能铸造真正的中国现代品质。对于陈彦小说和现时代中国文学,亦是如此。

在20世纪的中国历史发展中,在前现代向现代的历史转型中,如何处理历史和意识形态上的断续感?如何连接自古至今存在于我们的生活世界和精神结构中的不无矛盾的因素?如何认识我们的经验性的日常生活与中国经验和中国故事的关联?文学在面临现时代的这些问题时,能否以自身的艺术和美学上的有效性传达出这一连贯性、总体性?这种叙述无疑具有强烈的时代性,是现时代的历史境遇提出的具有潜在的历史感的重要命题。如何在进入历史深处以更深入地切入时代并传达时代感时,不使叙述沦为一种硬性的嫁接或浮泛的庸常状态,而是真实地、恳切地切入深层的矛盾与纽结,借此追溯历史,从而呈现出现实不那么稳定、连贯的一面,这需要作家的胆识、眼光与策略。陈彦通过《喜剧》《主角》展示了对这些问题的思考,进而将这些问题戏剧性地推到了我们时代的写作者面前。

当代历史的现实主义美学重构
——《长安》与当代中国文学的现实主义问题

在当代中国文学中，相对于农村题材小说（或乡土小说）、革命历史小说、历史小说和知识分子叙事来说，都市小说和工业题材小说一直是较为薄弱的领域。正因此，草明的《原动力》《火车头》《乘风破浪》和艾芜的《百炼成钢》、周立波的《铁水奔流》作为少有的典型之作屡屡被提及。此后，改革文学的开山之作蒋子龙的《乔厂长上任记》也被视为工业题材小说加以论析。① 这些小说涉及发电厂、机车车辆厂、钢铁公司和重型电机厂等领域，以之为背景，描绘了发生在工厂中的革新（改革）与守旧、集体与个人、技术与政治、工人群众与领导干部之间的矛盾斗争。

自20世纪80年代以来，都市作为现代文明的象征逐渐成为小说的表现对象。90年代，市场经济体制的运行，使得与市场、消费、商业等密切相关的都市文化和大众消费文化逐渐占有越来越重的文学份额，乃至出现了商业小说或商界小说。但工业题材小说仍是遭遇漠视和冷眼的存在。"工厂""工人"现身于文学中，大多与"问题"意识、"创伤"记忆和"底层"言说有关，最典型的莫过于"现实主义冲击波""主旋律小说"或"底层写作"中的部分作品，如谈歌的《大厂》及其续编、《年底》，张宏森的《车间主任》，李佩甫的《学习微笑》，曹征路的《那儿》等。其中，工厂、工人更多的是作为腐败与反腐败斗争的介质，与企业改制、兼并等问题联

---

① 参见李杨：《工业题材、工业主义与"社会主义现代性"：〈乘风破浪〉再解读》，《文学评论》2010年第6期。

系在一起的。现代企业机制和工业发展逻辑等并非小说叙事的主体内容，工人往往呈现为下岗职工、官僚主义和腐败力量的受害者或自发的反腐败的形象。这些与工厂、工人有关却无关工业的小说，很难被纳入工业小说的范畴。工业小说的发展尚且如此，更遑论军事工业题材小说，它无疑是其中更为薄弱的环节。

在此意义上，阿莹以军工为题材、以中华人民共和国第一代军工人为人物形象，运用现实主义手法创作的长篇小说《长安》，便凸显出独特的价值和意义。本文将由此入手，在当代中国现实主义文学视域中分析其历史叙事，揭示其作为现实主义长篇小说的美学表意形式及其内在精神结构和思想意涵。本文研讨的问题和目的，一是阐述文本，并将其置于现实主义论域中进行观照和评判；二是以文本为典型个案和方法，思考和揭示现时代现实主义文学的某些症候性问题。

一、史与诗：历史的还原与审美重构

从题材内容上看，《长安》属于当代重大军工历史题材小说。作品在20世纪50年代至80年代初的当代历史情境中，讲述了长安机械厂的筹建及其在中国社会和政治环境中的曲折发展。

一方面，小说具有极高的历史还原性。注重环境、人物和细节的典型化的现实主义，是回归历史叙述真实性的最佳路径。作者制造了极具真实感的历史情境，营造了浓郁的历史气息，唤醒和重建了一个已经消失的历史世界。小说中的长安机械厂是苏联援建的战略装备项目，它的建设，既是中华人民共和国建立自己的工业体系的重大战略谋划，又直接关系到中华人民共和国的安危。《长安》在当代中国的特定历史情境下，将"长安"作为没有硝烟的战场，描述了新中国成立之初内部环境极为复杂、外部面临国际势力干预和侵略的严峻形势，体现了"长安"在建设和发展中面临的复杂性、矛盾性和斗争性，勾画了长安与整个国家、世界之间的历史性关联。当代中国的重要历史和政治事件，被或多或少、或直接或间接地描述了出来。

通过"历史还原"，《长安》在当代中国历史脉络和国际关系框架中，为"长安"设定了历史叙事坐标,描绘了其发展的历史轨迹、历史遭遇和处境、命运。借助艺术的方式复活过去的历史,渲染国内外氛围,在具体的情节、人物、事件、场景和细节上,营造出了那个时代的色调,提供了一种整体性、弥漫性和背景性的气息,使那个时代和那个时代的人更为形象生动地呈现出来,重建了一种切实的历史感。

更重要的是,小说并不将历史事实、历史事件和重要历史人物作为直接表现对象,它"不叙述历史事实"。或者说《长安》之所以将这些历史事实描绘出来,根本原因在于历史与个人的关系,历史对人的生活和命运的影响。如京城爆发的"政治风暴",不仅影响了忽大年、成司令的命运,更对"长安"这样的军工单位造成了巨大冲击,直接影响了其生产和科研,破坏了"长安人"之间的关系。《长安》是"历史"的叙述,也是"人"的叙述。

另一方面,小说体现了强烈的时代精神。《长安》还原了历史情境、氛围,却不是在复制历史。作家用现代的眼光观照历史、发现历史。小说写的是历史,也是现实。"长安"不是存在于20世纪50年代至80年代的历史陈迹,它与我们的现实生活密切相关。历史中的"长安"不属于历史,它不是周秦汉唐的帝都,而是属于现实中的我们。"长安"这面镜子,映照出我们和现实的熟悉的面影。黑格尔说:"历史的事物只有在属于我们自己的民族时,或是只有在我们可以把现在看作过去事件的结果,而所表现的人物或事迹在这些过去事件的连锁中,形成主要的一环时,只有在这种情况之下,历史的事物才是属于我们的。单是同属于一个地区和一个民族这种简单的关系还不够使它们属于我们的,我们自己的民族的过去事物必须和我们现代的情况、生活和存在密切相关,它们才算是属于我们的。"① "长安"艰难曲折的建设发展历史蕴含着"长安人"的无私奉献和牺牲精神,以及自力更生、筚路蓝缕的创业精神和奋斗精神。这些精神质素,不只存在于历史的事物中,更是沟通和连接过去与现在、历史与现实的具有重要意义的精神传统。通过对"精神薪火"的阐释和传递,忽大年、黄老虎、哈运来、忽小月、连福等就不再是个别的人,围绕他们发

---

① 〔德〕黑格尔:《美学》第一卷,朱光潜译,商务印书馆1979年版,第346页。

生的那些故事就不再是个别的事，工厂、车间、厂房便不再是个别的场所和情境，而是宏阔时代的影像和沟通历史与现实的典型。这些典型的人、事和情境，透露出作家对时代精神的深刻理解和把握。

《长安》以文学的方式重建历史，是一部史诗性现实主义长篇小说。"史诗'叙述的是全民族的大事'，反映的是'一个时代和一个民族的精神'，这是史诗性存在的基本前提。事实上史诗拒绝个人化的私人叙事，'史'与'诗'是辩证共生关系，'民族的大事'和'民族的精神'是史诗之为史诗的体类规定，而个人的诗性的创造是使其达成'艺术作品'的实现方式。"[1] 自新文学诞生以来，尤其是进入当代文学阶段，史诗成为衡量长篇小说创作的重要"标准"。宏阔的时空跨度，深刻的思想内涵，重要历史人物和重大历史事件对文学虚构的深度切入，纷繁复杂的文体结构，各个阶层、各种职业、各种身份的人物的塑造和复杂的人物关系的设置等，成为长篇小说的"史诗美学标准"。这直接关系到"史"与"诗"即历史与文学（长篇小说）的关系。相比之下，历史叙事侧重于历史事件、历史人物和历史事实，文学叙事则更侧重于对人尤其是对人的内心的表现。如何处理历史与人、历史与文学的关系，是作为历史叙事的长篇小说面临的问题。在文学理论批评家别林斯基看来，历史小说应该是历史事件与个人事件的结合。他在比较了长篇史诗和长篇小说这两种不同的文体之后，认为长篇史诗是古代世界的产物，在那时"固然有社会、国家、民族，但是没有作为个别的、特殊的个性而存在的人"[2]。而长篇小说作为人类新文明和历史新时代的产物，包含着繁复多样和充满戏剧性的生活元素，在它的世界里没有神话般的生活和高大英勇的英雄，有的只是普通人和他们的日常生活，"对于长篇小说说来，生活是在人的身上表现出来的，举凡人的心灵与灵魂的秘密，人的命运，以及这命运和民族生活的一切关系，

---

[1] 丁晓原：《史诗与史诗的深情对话——读〈奋斗与辉煌——广东小康叙事〉》，《中国当代文学研究》2021年第2期。

[2] 〔俄〕别林斯基：《诗歌的分类和分科》，载《别林斯基选集》第三卷，满涛译，上海译文出版社1980年版，第50页。

对长篇小说都是丰富的题材"①。他之所以高度评价英国著名长篇历史小说家司各特，便是因为后者对人、人的命运和心灵的秘密的突出表现，体现了长篇小说作为现代文明和生活的产物的实质，"司各特用自己的长篇小说解决了历史生活和个人生活之间的关系的问题"②。别林斯基更为具体地指出，历史长篇小说"不叙述历史事实，只有和构成其内容的个人事件联结在一起时才采用历史事实作为描写的对象；可是，这样做时，长篇小说就把历史事实的内在的方面，所谓内幕，揭露在我们的眼前，引导我们走进历史人物的书斋和寝室，使我们目睹他们的家常生活、家庭秘密，不但在他穿着富丽堂皇的历史性制服的时候，并且也在他穿着宽袍，戴着睡帽的时候，把他显示给我们看。……因此，历史小说仿佛是一个点，作为科学看的历史，在这个点上和艺术融合为一体了；它是历史的补充，是历史的另外一个方面"③。在历史小说中，历史事件是与个人事件、个人生活和命运交织在一起的，个人有意无意地参与到了历史中。《长安》既描述了 20 世纪 50 年代至 70 年代末长安的历史，又表现了在这段历史中以"长安人"为代表的个人事件和个人的内心世界，体现了现代意义上的长篇小说的美学特质和艺术魅力。

《长安》中的历史叙事是充分文学化的，具有突出的具体性和形象性品格。小说主体叙事时间 20 世纪 50 年代至 70 年代，既是和平建设和发展时期，也是时局不稳、内忧外患交织的年代。小说通过忽大年、忽小月、靳子、黄老虎乃至军委高层的遭遇和命运，通过一系列边境冲突，写出了充满矛盾冲突乃至悲剧性遭遇和命运的现实。但作为一部经历了 80 年代"现实主义重构"的作品，《长安》自然不会采取社会主义现实主义的写作模式，但也未采用批判性现实主义的范式，或者说小说的叙述者既非战

---

① 〔俄〕别林斯基：《诗歌的分类和分科》，载《别林斯基选集》第三卷，满涛译，上海译文出版社 1980 年版，第 51 页。

② 〔俄〕别林斯基：《关于批评的讲话》，载《别林斯基选集》第三卷，满涛译，上海译文出版社 1980 年版，第 584 页。

③ 〔俄〕别林斯基：《诗歌的分类和分科》，载《别林斯基选集》第三卷，满涛译，上海译文出版社 1980 年版，第 52 页。

士,亦非精英知识分子,而是一个经历了那般"激情燃烧的岁月",却又对那段历史有着深切反思的"长安人"——"军工人"。历史的光荣与辉煌,以及造就这光荣与辉煌的精神和信念,是需要铭记和传扬的,而历史的痛苦和创伤,不能也不应被忘却。《长安》中的历史记忆和历史世界的重建,并不展开于某种先验的单一的立场,也并不出之于某种单一的痛苦反思或激情怀旧,而是将一个陌生的曾经"神秘"和"敏感"的题材内容,处理为一个具体的"人的故事"和"生活故事"。

《长安》体现了卢卡契所说的历史的直接性。卢卡契认为,有些人道主义历史小说家为避免把历史当作纯粹的背景,于是"从头起就在一个非常高的抽象高度上去领会他们的材料。他们按照这种思想选择历史大人物来做能够合乎情感,思想适当地体现作家所为之斗争的那种伟大的人道主义思想和理想的主角"。然而,"这样一来,历史事件的直接性就丧失了,或者至少有丧失的危险。因为历史的重要人物之所以重要,正在于他们把散布在生活本身中间的、以纯粹个人的形式、纯粹私人命运的形态出现的问题,提高到想象的高度,加以一般化"④。当作家为"一般"的概念、教条等去寻找"特殊"的形象时,不仅会丧失历史真实和生活真实,其艺术上的失败亦是必然的。《长安》中的历史世界是丰富的、富饶的,而非单一的、单调的,军工建设和发展的故事,军工人的故事,现实的讲述和历史的追忆,对战争的讲述与心灵故事、情感故事,交错勾连。围绕人物发生的故事,在小说中被讲述得跌宕起伏、惊心动魄。

《长安》中有绘声绘色的场景描写,如忽大年和靳子的家庭生活,忽小月和连福的恋爱;还有形神兼备的人物,如既具有粗豪刚毅的军人气质、又隐忍而讲究谋略的忽大年,善良单纯、朝气蓬勃却又略显执拗任性的忽小月,性格爽直、刀子嘴豆腐心的黑妞儿,心胸狭隘、睚眦必报的门改户,质朴纯良而又沉默寡言的满仓等。小说讲究情节的组织和编排。开篇便是发生在戒备森严的八号工地上的工程总指挥遇袭事件,悬念丛生,并借此引出忽大年与黑妞儿的故事;接下来的工地透水塌方事件,不仅以悬念吸

---

④〔匈〕卢卡契:《人民性和真实的历史精神》,载《卢卡契文学论文集》第1卷,中国社会科学出版社1980年版,第129页。

引读者，而且引出忽大年与成司令的战友和上下级关系，以及主人公与成司令一家的故事。其他如炭渣事件、诬告忽小月者究竟是谁、为何反复诬告等，这些起伏跌宕的情节、抓住人心的冲突、鲜活逼真的细节，通过历史与生活的具体性、形象性，以及对逼真的生活世界的塑造，用现实主义的方式将历史形象化、艺术化了。

另外，《长安》的历史叙事中贯注着作家建立在人性和人情基础上的浓厚情感。小说既是叙事的艺术，也是抒情的艺术。小说中既有直抒胸臆的表情方式，又通过形象刻画，对场景、情节和细节用心处理，将作家的生活和情感体验编织和渗透在细腻的描述中。如上所述，小说以"长安"和"长安人"为叙事对象，具有还原历史、呈现历史真相和事实本相的客观性、真实性追求，但基于文学是人学、伦理学和情感学的认知，小说又具有浓郁的主观性叙事特征，包含着作家的情感、态度、道德和价值立场。这一立场在《长安》叙事的伦理学维度上体现得尤为明显。小说在相互交错的多重伦理关系中，走进人物意识到或未曾意识到的历史进程中，并在浩荡历史中获得情感认同和意义归属。其伦理关系主要表现在两个方面：

其一，单位伦理与职业伦理。传统社会主义体制中的单位，是一种具有相对自足性、封闭性和地方性的生产空间和生活空间。"长安"除了具有彼时单位的普遍特点之外，其作为一个事关国家安全，在重大国际争端和冲突中有着无可比拟的战略地位和意义的国家性机密军工单位，不仅为"长安人"提供了稳定安全的生活空间和在特殊规则与制度管控下的生产空间，更为其提供了强烈的身份认同感和价值归属感。"长安人"的军工人身份和价值认同，不仅使其有作为工人阶级和国家主人的自豪感和劳动者的尊严，也使其有肩负保家卫国使命的神圣感。因此，"长安人"的主体性具有工人阶级和民族国家的双重内涵。但不止于此，"长安人"又是一个以建设和发展、发明与创造为己任的尽职尽责的现代职业伦理共同体，同时，还是一个以情感和家庭为核心的传统伦理共同体。

其二，地缘、血缘、亲缘、家庭等，建立了"长安人"的另一种伦理关系。这种伦理关系不仅是人物重要的生活内容，也是推进叙事情节的动力和重要的叙事线索。其中又可分为：地缘伦理关系，如有来自东北的支援大西北建设的哈运来、连福，有老家在胶东半岛的忽大年、忽小月、黑妞儿等；血缘和亲缘关系，如忽大年、忽小月兄妹，忽大年、靳子和子鹿、子鱼一家；恋人关系，如忽小月和连福，曾经"拜过堂"的忽大年和黑妞儿；曾经并肩战斗的战友和上下级关系，如忽大年和黄老虎、忽大年和成司令、忽大年和马铁龙等。通过描述夫妻间的相互扶持、恋人间的守望期盼、战友间的肝胆相照、上下级的情同手足，小说的伦理学叙事维度不仅切合了中国人的生活实践经验，也确立了小说的"人学"立场，呈现了历史中的"个人事件"，将建设、发展的宏大国族话语融入了日常生活和情感的人性话语之中。

《长安》作为现代小说的关键是，并未以革命伦理和职业伦理否定和取代情感伦理，以历史的客观性否定历史叙事的主观性。在作家看来，真实的历史既是客观的，也是主观的，既是外部的中国／世界史，又是内部的人性／情感史。人创造历史，历史及其叙事不能湮没人这一历史主体。因此，《长安》在实质上是当代思想、情感和话语的产物。但其不同于新历史小说对历史的改写和对经典现实主义叙事模式的解构、颠覆，作家并不试图以主观的历史感受和流行的后现代话语立场、模式，去质询历史的客观性和历史真相，从而打破了历史叙事的整体性、本真性和可靠性。从发掘个体生命和情感世界、肯定个体生命价值的角度看，小说呈现出人道主义和启蒙主义的立场，这种立场和态度是对人、个体在历史叙事话语中被忽略、被掩盖的历史主义写作的反思。而从对历史叙事的客观性、真理性和权威性的角度来看，小说又秉承了传统的现实主义文学信念，在作家看来，真实发生的历史应当得到真实的历史书写，真实的历史既是宏大的，也是日常的，既是超越个人和个体生命的，也是关乎个人和个体生命的。宏大历史需要出于宏大叙事，而那些历史中的灾难、苦难、悲剧和成功、欢乐、幸福的承受者，同样需要真诚的纪念和浓墨重彩的记录。

《长安》将家庭伦理、情谊伦理与历史的反思性、批判性结合，将后者融入前者，甚或局部借用善恶有报的传统伦理剧模式，将批判性转换为情感的审美净化和精神升华。小说在揭开、暴露创伤时，也在抚慰、弥合和治愈创伤。

二、国族伦理与个体伦理：当代史的重写与中国现代性的双重维度

关于文学中的历史重写问题，佛克马认为："有些作家用夸张的方式来描述真理的相对性，想说明真理名义下的种种主张都是独断的。在这样的观念下，重写就不能给人们认识现实与历史提供一种更恰当或更真实的视角；相反地，它只关心是否与潜文本或是其他的重写一样作得漂亮。后现代语境允许各种可能的重新方式。"① 在后现代语境下，在大众文化和消费主义结盟，从而将真理、正义、崇高、神圣消解为某种特定话语的塑形，将文学纳入文化市场的消费逻辑的情势下，历史便失去了客观、权威的面目，无法提供深层的意义和价值资源，"传统并没有具有普遍价值的东西，也没有特别值得重视的真理；凡事都可以怀疑、模仿与嘲笑"②。历史与传统、集体记忆与个人记忆，在当下的个体视角下，失去了历史感、现实感、神圣感和崇高感，变得游戏化、戏谑化和情趣化。《长安》选择的不是这种戏拟、戏仿的路子，也不是以个人的价值追求和对个体生命史的书写质疑宏大叙事、崇高美学的改写和演义的路子，小说重建历史真实，追求合情合理的可信的艺术效果的目的和写法，更接近朴素的传统现实主义。"相对于潜文本而言，新文本会显示出某些主要的或仅仅是次要的变更。它提示着传统的连续性，或许还有发生于其中的某些关键性变迁。在传统文化中，比如实行共和政体之前的中国与浪漫主义之前的欧洲文化，重写大多强调传统的连续和革新，重写的必要性只在表明传统的生生不息，因此在新的历史条件下所要做的也仅是稍加更新和调整。"③ 这里强调的是历史重述和重写的延续性，而非新文本与潜文本或前文本之间的割裂性、对立性和对峙性。

《长安》体现了经典现实主义文学历史叙事的延续性特征。小说真实

---

① 〔荷〕佛克马：《中国与欧洲传统中的重写方式》，《文学评论》1999年第6期。
② 〔荷〕佛克马：《中国与欧洲传统中的重写方式》，《文学评论》1999年第6期。
③ 〔荷〕佛克马：《中国与欧洲传统中的重写方式》，《文学评论》1999年第6期。

描述了新中国成立之初军工业的建设、发展和在此过程中面临的艰难处境，以及在此困境中新中国第一代军工人的心态、心境和不屈不挠的奋斗精神，表现出了人们的创造激情和和衷共济、相濡以沫的真情。小说通过描写"长安"在20世纪50年代至70年代对中国国防、军事和国家安全的重大意义和价值，以及"长安人"的艰苦卓绝的干事创业和奉献牺牲精神，深情讴歌了中国人民杰出的智慧，坚忍的意志，兢兢业业的工匠精神和不怕牺牲、勇往直前的英雄主义。小说致力于价值的重审与重建。在新中国经历了一系列的内忧外患，走向新生的历史过程中，人们能否保持及如何保持这些价值并发展和重建。

作家通过塑造忽大年、忽小月、哈运来、连福等将智慧和勇气融于一身、积极参与社会主义革命和建设的英雄形象，富有生活质感和生命质感地描绘了革命精神和理想信念是如何具体化、生活化地体现在这些普通人物身上的。这些英雄可以看作是像梁生宝一样的社会主义"新人"，他们忠诚于自己的信仰，却又有各自的心性气质，他们的情感世界丰富而又用情专一，他们在生活中不拘小节，却在工作中细致严谨、精益求精。诸多类似的品质造就了他们作为人、个体和"长安人"、军工人的充实而又矛盾的统一体，使他们具有丰富、复杂、独特的心理个性和人格内涵。小说生动而有力地体现了社会主义和人民所参与的伟大事业所具有的崇高性和巨大的魅力。在这些方面，小说延续了中国主流现实主义文学的思想意识和精神意涵。

同时，作为现时代社会文化语境中的现代历史叙述，《长安》摒弃了讲述革命年代故事时常见的某些僵硬的表达模式。这既是20世纪80年代以来文学自身合乎逻辑的发展结果，也是现时代中国文化政治转换的成果。在经历了20世纪90年代的个人化写作热潮和21世纪以来的文学的"现实主义重构"之后，现时代的写作更具有深入中国历史与现实内部，深入中国人的文化心理和精神结构内部，重新发现、重新阐释自我和文学的发展趋势。寻求思想、精神和文学上的中国品格，在新的历史时代精神的催化和推动下，展现出既不同于个人化写作，又不同于经典现实主义模式的另一种可能。

小说淡化了20世纪50年代至70年代的政治观念、阶级观念，弱化了激进革命时代的乌托邦式的激情和梦想，对军工人的刻画更为灵活、生动、多样，更具个人心性气质，更突出其个人才能和心理，尤其是在情感活动方面倾注了更多的心思和热情。这显然更加契合时代对个人及其独特世界的理解和尊重，也更契合现时代对"人民"这一抽象集体性概念的更具活性的理解。可以说，阿莹以符合自身情感气质的灵活的方式，重释了当代（革命时代）历史（传统）的思想内涵，使小说体现出当下创作主体对历史、现实和世界的新的感知和理解。这种感知和理解，使《长安》虽然属于以日常生活和人性话语对经典现实主义模式进行的纠偏性"补写"，但同时也跟那种突出日常生活世界、突出世俗人性价值和人情美感的历史叙事区别开来。后者往往通过感性/理性、个体/历史、世俗性/精神性、日常性/超越性、具体个体/抽象群体的对立性设置，将个体之感性、世俗性、日常性作为终极标准；通过描写人性、个人生命史和情感史，质疑历史及其叙事话语，在人性与历史（通常以"非人性"或"非理性""暴力"等作为其本质和形态）之间建立紧张和对立的关系。在当代文学史上，这种疏离和对立关系的设置始于20世纪80年代中期，经由90年代的兴盛延续至今。从更深远的脉络看，则是自中国新文学发生之日起便始终潜隐其中的现代总体性话语与个体性话语之错节关系的当代延伸和转换。

《长安》展现了中国现代主体建构的双重维度和中国现代主体的双重面孔。中国现代主体包括两个方面，即国族主体（在特定历史形势下转换和体现为阶级主体）和个人主体。《长安》讲述了军工业这一直接牵系国家安全和民族未来的重大军事工业的发展史，包含清晰的国家主权立场和深厚的民族国家情感。这一立场和情感，是"长安"建设和发展的根源和动力，也是"长安人"获得民族国家身份认同和主体归属感的深层依据。为此，他们付出了极大的心血，甚至牺牲了自己的生命。在八号工程筹建初期，因涵洞透水事故，成司令唯一的儿子卢可明和两位冲压工牺牲；在中印边境冲突中，忽大年带领"长安人"走上前沿阵地，保障队的火炮技术员、没有谈过恋爱的年轻人毛豆豆身中流弹而牺牲，成为边境保卫战中牺牲的唯一女性。《长安》充分揭示了民族国家情感对"长安人"所产生的高度的精神凝聚力，正是由于这一深厚情感的感染和推动，他们才能形成一条强大而隐秘的战线，成为一股坚实捍卫民族尊严和国家主权的军事装备力量，乃至国家战略力量。

同时，《长安》对个体生命价值和尊严的诚挚关切，体现了中国现代主体的人道主义和个性化生命向度。小说将军工人从神秘的幕后推向前台，肯定性地正面描写了他们的功劳与战绩，肯定了这一默默无私地奉献青春、热血和生命的独特群体的历史意义，并在此基础上，有力地表现了每个生命的个性、心理、精神世界和人格魅力。

在这方面，主人公忽大年称得上一个成功的人物。他从师政委调任地方，负责筹建长安机械厂，但始终未曾忘记金戈铁马、硝烟弥漫的战争生活。在担任"长安"党委书记和厂长期间，烦琐的事务性工作和复杂的人事关系使他时时感觉"还是在部队痛快"，人与人之间的关系单纯、自然、直接。他习惯于战场搏杀的军人思维，在发生塌方工亡事故时，他感到困惑不解，说道："搞建设，也会死人吗？"小说既表现了其刚劲坚毅的军人气质、坚忍不拔的意志力和无私忘我的精神，也写了其身处靳子、黑妞儿之间的矛盾心理和对妹妹的牵挂。同时，小说也表现了主人公的心理和性格方面的不足。在处理感情问题上，他也不够细腻，尤其是对曾与自己"拜过堂"的黑妞儿和亲妹妹忽小月，缺乏设身处地的理解和同情。对钱万里这样经历了严酷考验的地下工作者，忽大年对其行为和处事方式也曾心生误会，不能理解和接受。作家对人物复杂性的立体展示，显示出现实主义的深度和力度。

即便是相对次要的人物，作家也以简笔勾画其性格、品质。满仓原是万寿寺的和尚，还俗后成为一名军工人，小说描写了他的老实厚道、与人为善，尽管他有"迷信"思想，但心怀慈悲，是少数一直关心忽小月的悲剧遭遇和心灵痛苦的人之一。通过他，小说写出了国族性（人民性）和个人性之外的悲悯。毕业于西南联大的科研所所长焦克己，原本可以找到舒适的工作，却选择了支援大西北。他自称"凡夫俗子"，是一个"纯粹的技术人"，却毫不动摇地坚持以身报国的理想。他的性格偏于柔弱内向，在别人忙着开批判会时，他却冒着风险研制反坦克火箭弹。这头"为穿甲弹连家都不要了"的"老黄牛"，在科研经费未到账的情况下，不顾妻子的反对，将自己的工资全部垫付了进去。在冷冷清清的忽小月遗体告别仪式上，只有他"冒大不韪"，痛苦地、恳切地自我剖析和批评，也只有他为逝去的善良者发声，揭露那些用心险恶的卑劣之人。

靳子经历过枪林弹雨，脾气刚硬，而作为一名女性，又刚中有柔、粗中有细；既粗放豪爽，又细腻敏感；既大大咧咧，又有小心思、小谋划。忽大年的老战友之子、西安交大的学生红向东充满理想、热情和批判的激情，但不够成熟冷静，在忽小月被迫自杀身亡后，他陷入了苦闷、懊恼和自责之中，却由此而警醒，决定和黑妞儿、满仓等一起参加为忽小月伸张正义、讨还公道的"触及灵魂的行动"。钱万里是小说中不太讨人喜欢的较为神秘的人物。他在新中国成立前长期从事地下工作，经历过长期的恐惧煎熬和难言的磨难，这造成了其看似谨慎世故的性格，但也正是他在主人公毫不知情的情况下仗义执言，才让被批判的主人公重见天日。此外，卢可明虽是成司令唯一的儿子，却以普通的电工身份排险而牺牲。毛豆豆单纯、热情、细心、勇敢，热爱生活，也热爱军工，她的牺牲让人心痛。

这可以说是作家以人道主义和个性主义思想观照人物，在日常生活和情感中写出人物的丰富性和生动性的产物，也是主体觉醒和确立的作家对"人"的存在的肯定。人民是历史的创造者和历史发展的推动者，但人民并非抽象概念，历史是由无数普通人的劳作和命运积聚和汇集而成的。《长安》将既作为群体又作为个体的活生生的军工人置于历史与生活的聚光灯下，对其进行了浓墨重彩的表现。

作家尊重每个人的个性与自由、渴望与需求，对他们的生存方式、价值选择采取了更为包容的理解的态度，充满人道主义情怀。他们身上蕴含了民族传统美德和现代精神意识，而这正是历史、人民和人性等宏大却抽象的概念的深层、具体的内涵，也是作家阿莹对世界、人生的独特理解和思索的结晶。

三、崇高美学、时代精神和批判意识：现实主义文学的精神结构及其美学特征

《长安》是一部充满崇高感的小说。现实主义尤其是中国主流的现实主义，是一种致力于建构具有总体性品格的文学形式。现实主义长篇小说这一文体样式，普遍追求宏大叙事美学，可称为"宏伟现实主义"。因此，

吴义勤先生认为："对现实主义文学来说，崇高感是其主要的魅力来源。"在谈到现时代长篇小说创作重新涌现出崇高美学现象时，他进一步指出："这一现象的出现，与中国文学走进中国的深层历史与现实，在开阔的历史视野和强劲的时代精神感召下，发掘中国自身内部的历史、文化和人性的艺术追求，有深层关联。"①21世纪以来的长篇小说着力于民族历史与现实的联结，以求获得对现实的整体性观照，一则使历史获得现实感、时代感，二则使现实获得历史感、纵深感。21世纪以来的小说的崇高美学建构便与这一历史和现实之间的有机对话性建立起的深度历史—美学模式直接相关。

一方面，《长安》的崇高美学与现实主义总体性建构密切相关。中国国族（阶级）主体的建构在时间（历史）和空间两个向度上展开。就时间而言，《长安》并不局限于20世纪50年代以后的当代中国史，更由此向前延伸至20世纪三四十年代的现代史。小说的历史叙事的纵深感，主要源自与主人公有关的关于革命战争年代的回忆。小说以个体回忆的形式进入现代历史讲述。忽大年在新中国成立前的军队经历使作家由此展开了个人化现代历史叙事。50年代之后，忽大年的个人和家庭生活遭遇，以及他作为军工人对与中国有关的国际关系冲突的间接参与，则是以个人关联当代史的主要方式。历史事件、历史事实与个人事件、个人事实，历史与生活、个人，人的命运、人的灵魂、人的内心世界与民族生活、国家命运，就得以巧妙地结合。

就空间而言，小说不仅突出了"长安"等中国区域内部，也横向扩展到了世界，涉及抗美援朝战争、中印边境冲突等国际事件。因此，《长安》的叙述就具有了时间和空间上的纵深感和开阔感。其中，主人公曾在的170师在抗美援朝战场上的惨败和梦断汉江的悲壮行程，是主人公的心头之痛，也是推动他忘我地投身于军事装备研发的最大动力。这是主人公的个人记忆，也是军工人的创痛记忆，是对沉痛历史的刻骨铭记，也是开创和推动军工业新的历史的根本动力。小说在过去—现在—未来的整体性

---

① 吴义勤：《人民性与现实主义崇高美学——读张平长篇新作〈生死守护〉》，《文艺争鸣》2021年第1期。

和连贯性的基础上讲述历史，建立了对历史的根本性理解和总体性想象，正如从周秦汉唐的帝都长安到现代的"长安"，既是对历史之名的借用，也是对历史的超越，以及对新的时代和历史的创造。

这种历史与现实的总体性是借助经验性还原得以建构的。作家走进历史的原初状态，致力于恢复历史的原形原色。但在还原背后，却有着清晰坚实的总体性建构意图，它是对历史与现实的全方位的总体阐释和观照，其崇高感产生于历史与现实宏阔深远的格局和厚重丰富的蕴涵。

另一方面，《长安》的崇高美学亦是当下主体在时代意识的促动下对总体性崇高的美学再造，体现了总体性美学的现时代转换，是总体性与时代感对话融合的结晶。

从军人到军工人，显示着崇高精神在人物形象上的延续和新生。值得注意的是，《长安》并未直接从政治信仰、组织力量、革命意识和阶级觉悟等方面来塑造人物，包括对忽大年等主要人物的塑造，也不着重于其革命精神、革命斗志和那个年代普遍存在的政治理念。忽大年作为"长安"英雄，并不是僵硬的、理念化的、象征性的"意识形态崇高客体"。尤其是在激进政治实践使社会政治秩序和组织领导功能陷入某种程度的混乱的情势下，如何讲述英雄成为自身的故事，是对作家叙事智慧的检验。《长安》对此有着巧妙的叙事处理。一方面，在"故事讲述的年代"，高度革命化政治性话语的存在是一个无可否认的客观事实。小说尊重这一历史事实，通过成司令等军委高层和钱万里等地方党政领导对主人公的信任、支持，以及对"长安"发展的关切和组织，以含蓄间接的手法描述了主要人物的忠诚和"长安人"的信念。另一方面，小说又从普遍性时代氛围中梳理和发掘出了军工业和军工人的特殊性，突出了身为"长安"主要党政领导的主人公的军人出身、军人作风、军人气质。同时，阿莹又借助"讲述故事的年代"的时代精神，在"故事讲述的年代"和"讲述故事的年代"之间，发掘出了能将其连接起来的普遍性意义，借以沟通历史与现实、历史感与时代性。《长安》这一由普遍性到特殊性，再由特殊性到达更高的普遍性的辩证过程，显示出了作家的匠心和用心。

相对于单维性、普遍性的意识形态认同，小说凸显了主人公作为军人、军工人的职业素养。他的成功和"长安"的发展一样，凭借的是技术、才能，是恪尽职守的敬业精神和奉献牺牲精神，是分工明确又团结协作的团队精神。正是这种个人的和集体的、团队的职业伦理，使他们能在政治风云激荡的特殊年代攻克一道道技术难关，使自己的军队和国家在复杂多变的国际形势和国家关系中保持主动，卓然屹立。小说对军人、军工人的职业伦理和敬业精神的强调，在人物形象塑造、人物关系设置和情节、细节等方面多有表现。

一个具有症候性意义的现象是，作家在塑造人物形象时，将更多的笔墨用在了更具事业心和职业感的人物身上，尤其是技术人员身上。如忽大年、忽小月、连福、哈运来、焦克己等，得到了更多的肯定性描述。相比之下，筹建时期的保卫组组长、后升为副书记的黄老虎，虽然十四岁时就参加了游击队，打鬼子，送情报，打过不少硬仗，但在"长安"建设和发展时期，却因命运之神的垂青产生了前所未有的优越感，当上副书记之后，他蠢蠢欲动，热衷于权力争夺和斗争，认为"新社会就是要改天换地"。对于这个权力梦想异化的人物，作家给予了更多严肃的审视。门改户不仅思想观念僵化，更是一个无心生产的告密者、阴谋家和政治投机分子。他造谣生事，诬告和陷害忽小月，导致后者自杀身亡。

作为军工人的典型代表，忽大年不仅是军人出身，更是一位永远的战士和军队指挥员。倥偬岁月，戎马生涯，他屡立战功，逐步升职。他在参加西南剿匪时，接到了军队命令，肩负起了筹建军工厂的绝密使命。即便到了地方工厂，他也舍不得脱掉戎马生涯中的披挂，一年四季穿着摘去领章、帽徽的军装。担任军工厂主要领导的他"浑身毛孔浸染了战火硝烟"，"储存在身体里的战斗细胞在起作用"。在中印边境反击战中，他被任命为火炮保障队副队长，全权代理主任职务，起到了关键作用。他是"响当当硬邦邦的汉子"，不是人人羞辱的懦夫，"冲锋陷阵是他的强项，破敌夺隘是他的拿手好戏"。在职务悬挂、下放劳动期间，他始终牵挂着生产进度，始终觉得"自己还是一名肩负使命的军人"，他像战场上的指挥官一样下达生产指令，维持和恢复几近瘫痪的行政和火箭弹业务运行体系，展示出了一个"老兵不变的性格"。

小说中反复提及让忽大年耿耿于怀、心意难平的失败战役，他痛感装备落后，希望研制和生产出先进火箭弹来弥补自己的缺憾。"长安"成了他再展雄风的战场。在"长安",忽大年始终是"昂首挺立在前沿阵地的老兵",正是凭着这种"老兵精神",他最终成为顶层认可的核心技术专家,"他的战友在总部'杀手锏'专家组名单上,发现了厂长的名号。这么说,忽大年已得到了顶层认可,实践出英才,真真一个颠扑不破的真理哟!"成为火箭弹研发领域的高级专家,可以说是为忽大年的军人生涯画上了圆满的句号。忽大年的成功,是"长安"和"长安人"的成功,很难完全用革命信仰和政治信念做出解释。"实践出英才",更重要的或许是延续自己职业生命的意志,严谨敬业的职业态度,以及为此献出全部热情、精力乃至生命的实践。空谈误国,实干兴邦。作家在忽大年身上寄寓着一种不忘军人初心和使命、不计个人得失、不求名利的进取和实干精神。他的老搭档、老下级、现任八号工程保卫组组长的黄老虎,他的妹妹忽小月,他的妻子靳子,原为东北地下党工作者、现任总工程师的哈运来,技术员连福,以及从胶东半岛黑家庄千里寻夫到"长安"的黑妞儿等"长安人",都是当代中国历史的创造者,也是新中国默默无闻的建设者,是脊梁式的人物。"长安"的发展离不开他们对职业的热爱。他们将职业视为事关军事发展和国家安全的头等大事,在本职岗位上恪尽职守、精益求精。在作家笔下,他们是和忽大年一样的创业者,同样体现着大匠精神。

小说还设置了忽大年与成司令之间的关系,并将之作为一条重要线索。二人是出生入死的战友和上下级关系,成司令的一个军礼"让他激动得差点流出泪来",成司令的一个拥抱"把忽大年抱得泪水磅礴,哗啦一下全涌了出来"。小说叙述了二人共同的军人身份,共同的"军人心""国防心",还以成司令儿子的牺牲为"扣子",建立起了忽大年、成司令和成司令夫人之间的情感联系,除了赋予他们军人身份、军人使命之外,还赋予了他们更深层、更内在、更丰厚的人性和情感。

《长安》将政治信仰、革命理想和革命意志在"长安"建设和发展中的作用隐藏到背后,因此,小说中的理想主义和英雄主义便具有了超出"革命""政治"阐释轨道的超越时代的普遍性。小说书写军工人的日常生活、情感和伦理道德关系,在很大程度上进行了思想和观念的祛魅而回归了日常逻辑和人性逻辑。但这样说并不是认为,小说完全消解了社会文化一体化时代由理想主义和英雄主义建构起来的神圣性和崇高感,实际上,小说恰恰由此表现出更为普遍的精神生活和精神境界的诉求。在超脱了时代性、政治性的局限之后，英雄主义、浪漫主义和理想主义在《长安》中得到了延续性的重构。在这个意义上，《长安》将曾广泛存在于英雄主义崇高模式中的革命激情，成功地转换为一种更具普遍意义和时代感的创业激情。

历史的意义得自现代的发现和阐释，文学创作需要历史的观照。现实主义文学要保持其生命的活性和力度，同样也需要使其自身获得历史的观照，成为历史之物。日常生活同样如此。在别林斯基看来，"艺术的历史倾向应该是对于过去时代的现代看法，或者是代表一个世纪的思想，或者是时代的悲哀沉思或者明朗欢乐"[1]。艺术的历史倾向和历史观照，并不是简单地复述历史，而是要用现代眼光、现代兴趣去观照历史，提出对历史的"现代看法"。何谓"现代看法""现代兴趣"，用何种"现代看法""现代兴趣"去观照和表现历史，是关键所在。针对自己时代历史题材创作中的低俗化问题，别林斯基尖锐地批评道："如果艺术迁就现代的兴趣，就会自贬身价。如果把'现代的兴趣'理解作时髦风尚、市场行情、流言蜚语、街谈巷议、世俗琐事，那么，如果降低到对这些'现代的兴趣'发生共鸣，艺术的确是只会起十分可怜的作用的。"[2] 有鉴于此，别林斯基提出，历史题材艺术创作中包含的"现代看法""现代兴趣"，"不是阶层的兴趣，而应该是社会的兴趣，不是国家的兴趣，而应该是人类的兴趣"[3]。作家阿莹在通过《长安》传达和表现历史认知和体验时，没有从阶级、阶层或单一政治的立场、价值观出发，他既坚持了民族国家的立场，又从社会的、人民的或人性的、人类的价值观出发，努力体现更具普遍性的人类价值观，深刻揭示人的生活，展现心灵、脉搏的跳动，获得更高的价值和更恒久的

---

[1]〔俄〕别林斯基：《通史教程》，载《别林斯基选集》第三卷，满涛译，上海译文出版社1980年版，第382页。

[2]〔俄〕别林斯基：《通史教程》，载《别林斯基选集》第三卷，满涛译，上海译文出版社1980年版，第381页。

[3]〔俄〕别林斯基：《通史教程》，载《别林斯基选集》第三卷，满涛译，上海译文出版社1980年版，第382页。

意义。

作为现实主义文学，《长安》关注个体生命、个人的生活和心灵世界，讲述个人事件，但并未把人物写成纯粹的个体。作家试图写出人物如何在自己的时代情境和历史潮流中获得自己行为的心理动机，如何思考、设定和选择自己与历史事件的关系。小说中的人物既是个性鲜明的个人，又是具有历史性的个人，与90年代以来文学中的个人和私人有根本不同。这一个人的历史性，需要在个人与其所处的历史和时代的关系中去理解。

对人的心灵秘密的洞察，与对历史事件的理解和历史意义的探索紧密相连。所谓"历史还原"，本质上是一种对既有理念、价值和认知范式的重审再思，是一种有意识的解构和重建。《长安》突破以往历史叙事之本质论和规律性认识框架形成的反思性视野，使其借助"历史还原"，达到对历史的体验性和批判性表现。小说批判性地还原和重构了历史。这体现在如下两个方面：

第一，对高度政治化、阶级斗争化历史情境下个体生存和命运的揭示。小说细致完整地描述了忽大年、黄老虎、成司令、忽小月、连福等个人在政治风云动荡中的历史遭遇。正当"长安"建设步入正轨时，突发的工亡事件导致忽大年被降职、下放劳动，他的艰辛、委屈和郁闷，使他仿佛是一头被囚于铁笼的雄狮。军委高层成司令在京城也遭到了批斗。忽大年还遭受了骤然失去妻子的巨大打击和悲怆、痛苦。

小说对忽小月、连福各自的经历、命运及其悲剧性爱情，有着饱满动人的描写。从山东到东北，再到被人公报私仇"流放"大西北，从公派到苏联学习到遭遇诬告被提前遣返回国，从俄文翻译到被下放到车间，忽小月的遭遇颇为波折。她不仅遭到周围人的疏远、排挤，还不被亲人理解。她关心火箭弹技术革新问题，就工艺翻译中的疑难问题写信请教苏联专家，却被怀疑为泄露军事机密的"间谍行为"；又因所谓的"谋取不义之财"的问题，处处遭遇冷眼和打击。她为科研鸣不平，贴了一张批判官僚主义的大字报，却被罗织罪名，遭到卑劣、肮脏的挟私报复。门改户以一张充满怨恨、咒骂的大字报，将这个"纯洁的精灵"逼上了绝路。她被迫自杀的悲剧，却被黄老虎等政工人员认为是给"长安人"抹黑的"自绝于人民"之举。"小河南"为她立起的墓碑也被黄老虎找人破坏了。小说通过这个活泼、爱美却又以善意待人的姑娘，揭示了其看似柔弱却坚强刚烈的性格；通过"美"的毁灭，控诉了历史和人性中的"恶"。

从东北来支援"长安"建设的连福，是日军占据东北时期的敌伪留用人员，一个火箭弹方面的技术行家，因在日本兵工厂改进炮弹工艺，被日军嘉奖。正是因为这段经历，他被污蔑为"潜伏特务""肃反漏网的反革命""日本人留下的钉子"和打砸专家车辆的"内控的反革命"，不仅被开除厂籍和关押，还被下放到煤矿挖煤劳改。这些政治构陷不仅伤害了其个人，也毁灭了忽小月和他的爱情。

第二，对历史的偶然性的揭示。"将必然性视为与人无关却要人奉为神圣的铁律，不仅窒息'人'和'文学'的生命，也在根本上否定了偶然性在历史上的作用。……马克思关于偶然性的观点，一是强调偶然性本身可以自然纳入总的历史发展过程中，而不是作为必然性的载体，承担言说必然性的工具；二是偶然性的功能体现在加速或推迟历史的发展也即决定历史发展的速度；三是偶然性的命运，是被其他的偶然性所补偿或补充。"①偶然性是历史事实，其在历史发展中亦有独特的功能，因此有学者认为："从某种意义上说，历史题材的文学叙事的使命之一恰恰就是呈现历史本身的复杂性和偶然性。……因此历史题材创作完全有权根据自己对历史的理解运用偶然性进行叙事。离开了偶然性就没有任何历史真实和艺术真实可言了。"②《长安》将偶然性作为历史事实和生活事实来加以表现，直接牵连甚至决定了人物的命运。忽大年与黑妞儿"拜堂"之后"离家出走"，黑妞儿只得千里寻夫；连福的命运与其在日军兵工厂因一泡尿解决炮弹工艺难题有直接关系，这也纯属偶然事件；忽小月从胶东到东北，再到"长安"，兄妹重逢，整个过程充满不可预知的因素，而她与连福的刻骨铭心的爱情及由此带来的生不如死的痛苦，也是彼此误会而无法联系、沟通和重逢造成的；卢可明和毛豆豆的牺牲也具有极大的偶发性，等等。《长安》

---

① 王金胜：《"总体性"困境与宏大叙事的可能——论房伟〈猎舌师〉兼谈当代小说的相关问题》，《中国当代文学研究》2020年第6期。

② 童庆炳总主编：《历史题材文学系列研究第一卷 历史题材文学前沿理论问题》，北京师范大学出版社2014年版，第131页。

对历史偶然性的描述，打破了必然性统治历史的神话，以历史叙事的直接性、具体性破解了历史的神秘性、超验性，思考并突出了历史中人的主体价值和地位，扩展了小说的情感和审美空间。

小说对"长安"历史和"长安人"等历史创造者的肯定，充满宏伟、坚毅和昂扬的力量及崇高之美，同时，作家又将深切的人道主义情感倾注在了人和个人这些历史中的弱者身上，以柔婉深挚的诗意抒情笔调抒写了他们的生活和内心。小说在历史与人、国族主体与个人主体、崇高与优美、肯定赞颂与反思批判之间构成了一种充满弹性的温和的张力。这种结构性的张力，不仅是《长安》艺术魅力的根底，也是塑造当代中国现实主义长篇小说叙事美学的精神和思想根据。

四、作为一种建设性资源的"批判性"

《长安》讲述了一个既充满挫折、创痛和焦虑，又洋溢着创新、创造和发展热情的中国故事。作家通过人和国家的历史叙事，重建个人族群主体认同。小说对"长安"坎坷而光荣的历史的回溯，对"长安人"百折不挠、齐心聚力共创大业的精神的歌颂，对造就挫折和创痛的社会政治和人性因素的反思与批判，交织出一幅中国现实主义文学的复杂精神图景。

《长安》中的反思性和批判性精神，是秉笔直书的中国传统史家风范和新文学批判现实主义精神的融合。值得注意的是，小说的叙事重心并不在历史（社会主义的历史记忆和历史遗产）与现实的对照，借用历史遗产形成对当下现实的批判。毋宁说，作家通过对历史进行交杂感伤、痛苦、追忆和怀恋情感的言说，以实现重寻初心使命和民族振兴的史诗性文学建构。因此，与其说"前三十年"社会主义历史记忆被当作是一种批判性精神资源，不如说这种记忆在《长安》中被转换为一种现时代语境下的建构性资源。

在"后三十年"的语境中，小说借助军工题材和军工人形象对"前三十年"的讲述，是建构"新（军工）人主体"和当代中国主体的理想主义的政治美学实践。作为现时代的现实主义文学，《长安》的历史叙事并非要返回到"前三十年"的历史、思想和文化情境中，并以之为评定"后三十年"的准绳，小说中同样包含"后三十年"的重要文化遗产，如人情、人性、人道主义和个性主义，并以此为武器反思和批判"前三十年"的激进政治理念及实践。将激进政治从"前三十年"中剥离出去，而保留其平等、民主的内涵和国族主体诉求；将同样极端和庸俗的私人化生活政治从"后三十年"中剥离出去，而保留其自由、自主的内涵和合理性个人主体诉求，并在两个"三十年"之间建立一种相互映照并汲取彼此合理成分的关系。在《长安》中，将两个"三十年"即"故事讲述的年代"和"讲述故事的年代"连接起来的，是奉献牺牲精神、敬业创业精神和大国工匠精神。这是《长安》在历史与现实之间建立起有机联系的价值依据，也是小说讲述一个总体性中国故事的价值基底。《长安》内含的精神和价值观，是普遍性与特殊性、批判性与建构性的统一，传达了现时代的"时代精神"。作家"与时代同步"，文学对"时代精神"的传达未必是亦步亦趋或贴标签式的，对某些当代主题或命题加以罗列、铺陈的做法，并非作家的明智之举。《长安》转向历史经验领域，却用具体而深刻的艺术创造言说了当代中国经验和时代精神。

　　进一步看，无论是国族主体性的建构，还是人、个体主体性的建构，都是20世纪中国经验的重要构成部分，也是现时代中国文化政治主体建构不可或缺的，亦是能够汲取、转化并由此获得新生的集体记忆和文化遗产。尽管在主流视野的期待中，批判性精神终归需要成为一种积极的建设性资源，但未经深层反思和批判的文化遗产，如何及能在多大程度上发挥其建设性、持久性的能量，文学如何积累具有内在深度的人性、民族性和人类性经验，是真正的现实主义作家无法回避的根本问题。

文学的事件与作为事件的小说

——以孙甘露《千里江山图》为例

文学事件不是通常用于阐释和评价某个作品时的"文学神话"意义上的概念，本文无意把《千里江山图》纳入"前所未有"或"创造性"的"经典"行列，再增加一个"轰动性"的"文学事件（文学神话）"。在新的理论视野中，文学作品不仅是一个具有所谓文学性的明确的文本，它也可被看作一个言语行为或事件。事件视野里的文学不是关于历史或现实的想象和虚构，而是一种以文行事的言语事件。《千里江山图》将历史事件作为言说对象，而言说本身也具有事件的性质和能量。本文将以其为例，分析小说对历史事件的事件性形塑，结合作为言说对象的事件和作为事件的小说文本两方面，探究文学事件及其与思想文化语境之间的深隐关系。

一、作为历史事件的"千里江山图行动"

1933年左右中共临时中央从上海转移至瑞金的历史性行动，无疑是中国历史上的一个重大事件。它之所以成为事件，是因为即便放在长时段视域中，也无法否认其历史性意义。自1921年成立至1931年，中共中央一直驻扎在上海这座全国最大的城市和政治、经济、文化中心，指导全国各地的革命运动。1931年开始的被迫撤离行动，在党史、革命史和现代史上都是改变中国历史道路和面貌的重大事件。《千里江山图》以此为大背景，围绕1933年农历春节前后上海临时行动小组的转移行动，展开"事件性"描述。所谓"事件性"，即小说并未采取注重史诗性的长篇小说通常采用的长时段叙事,而是以事件替代长时段,将宏大历史及其真理性通过精彩的瞬间加以捕捉并彰显出来。

20世纪30年代初中共中央大规模转移和撤退,是中国现代历史趋势中的一个"点",小说聚焦此点,又由此点展现了历史形势内的"多",所以此点是历史形势的汇聚和历史形势中的奇点。作为一个历史事件,中央被迫转移是对此前常驻上海指挥革命的原有形势的"溢出",也是对已有的以城市为中心、城市领导农村的革命路线规划的"溢出"。这就是事件的发生。事件的发生意味着主体的积极介入。已转移到瑞金的少山同志将此次大撤退称为"千里江山图行动",多次派出中央特派员和机要交通员传达指示,随着形势的变动调整计划,上海临时行动小组根据中央指示和具体情势,清查内奸,设计方案,规划出明暗两条路线。《千里江山图》清晰有力地描述了事件的发生和主体对事件的认识、命名、判定和定性。事件发生时,革命者处于总体历史形势极为被动的大环境中,行动小组内部潜伏着内奸,行动从一开始就处于被严密监控的危险境地。他们在极端复杂和危险的情况下,始终忠诚于信仰和组织,用卓绝的智慧、勇敢、团结和强大的心理力量,利用敌人的侥幸心理,抓住了稍纵即逝的机会,控制着事件的进程,最终超越了跑在时间线前端的敌人。

"千里江山图行动"作为事件被描述,有两个重要特征。其一,作为一个事件,它不是孤立的存在。主体介入传达的"两个事件性之间",是为了发生另一个事件。上海行动小组执行的只是整个计划中最艰难、最危险的部分,上海只是行动的起点,紧接着便是跋山涉水,千里江山尽收眼底。其二,"千里江山图行动"是一个蕴含着普遍性原则的"政治事件"。齐泽克评析巴迪欧关于事件的观点时说:"在巴迪欧看来,事件是一个被转化为必然性的偶然性(偶然的相遇或发生),也就是说,事件产生出一种普遍原则,这种原则呼唤着对于新秩序的忠诚与努力。……在政治中,当一次偶然的暴动或叛乱催生出对于普遍解放愿景的集体承诺,并因此开启了重塑社会的进程时,这次暴动(叛乱)便构成了一个政治事件。"[1]

---

[1] 〔斯洛文尼亚〕斯拉沃热·齐泽克:《事件》,王师译,上海文艺出版社2016年版,第212页。

在执行任务的过程中，信念、智慧、胆识、合作不可或缺，但偶然、运气往往也是重要因素。小说附录中特意谈到这个问题："在紧急时刻，他凭借着一种独特的智慧，或者说直觉，领导着那些战友，一次又一次挫败了敌人的阴谋。至于说到运气，那也是有的。但一个辩证唯物主义者，不就应该认识到，偶然性正是属于必然性之中吗？"①在总的历史发展过程中，偶然不可或缺，与抽象的必然性相比，它是历史中可见的部分。《千里江山图》中的偶然性加速推动了历史发展，使历史的必然规律生动可见，历史为何选择了这种偶然而不是别的偶然？以形象的方式展现事件的普遍原则，呼唤"对于新秩序的忠诚和努力"，展示"对于普遍解放愿景的集体承诺"。如陈千里接受组织安排转道上海与老开（林石）初次见面时的接头暗语所示：打开窗往外开，看到无边的远方和无穷的人们，"这些人就是江山"。小说在《一封没有署名的信》中再次写道："……我们挚爱的只有我们曾经所在的地方，即使将来没有人记得我们，这也是我们唯一愿意为之付出一切的地方。"这封没有署名的信，其实是不需要署名的，写信人是烈士、革命者，收信人是世界——江山和人民。

上述分析无不深刻地体现出作者的主体认识和介入。作为已发生过的历史，中共中央的安全转移，无疑是一个历史奇迹，《千里江山图》的事件性在奇迹这一点上有突出体现。齐泽克认为："从定义上说，事件都带有某种'奇迹'似的东西：它可以是日常生活中的意外，也可以是一些更宏大，甚至带着神性的事情。"②事件性与奇迹性关系如何，事件是否存在一个基本属性？齐泽克指出，与信仰、爱情等相似，政治性事件中也具有循环结构："在其中，事件性的后果以回溯的方式决定了自身的原因或理由。"③因此，他将事件界定为"超过了原因的结

---

①孙甘露：《千里江山图》，上海文艺出版社2022年版，第381页。以下引用该书，不一一标注。

②〔斯洛文尼亚〕斯拉沃热·齐泽克：《事件》，王师译，上海文艺出版社2016年版，第2页。

③〔斯洛文尼亚〕斯拉沃热·齐泽克：《事件》，王师译，上海文艺出版社2016年版，第3页。

果"①。结果超出了原因,成为事件/奇迹,但事件的原因与理由是在结果已定的情况下,以回溯的方式寻找和建构出来的,回溯决定了原因和理由,但实际上原因和理由与结果之间并不存在明晰的线性因果关系。结果超出了原因,"而原因与结果之间的界限,便是事件所在的空间"②,"事件总是某种以出人意料的方式发生的东西,它的出现会破坏任何既有的稳定架构"③,"它是重构的行动"④。突破既定框架即打破日常形态,与之"断裂",出现革新和剧变的可能。这是事件的基本属性和普遍特征。

齐泽克对事件的阐述,对于理解《千里江山图》有如下意义。其一,所谓既有的稳定框架,指涉已经惯性化的普遍性,事件就是在与这种普遍性的矛盾对抗中发生的。小说在平静如水的上海街市场景中,同步描述了革命者的隐秘行动,喧闹的街市和菜场危机四伏,平静的生活即将被事件打破。潜伏在巡捕房内部的革命者以死报信,行动小组部分成员得以趁乱逃脱。面对跳楼的报信者,市民们的反应颇有意味:有人拿着相机拍照,有人蹲在路边探察是否断气,马路对面聚集看热闹的人,即使巡捕驱赶也不肯散去,"这座城市里有太多好奇心重、喜欢管闲事的人"。不只上海如此,在经历了广州起义和省港大罢工的革命策源地广州,人们仍然沉浸在过年的闲适气氛中,饭馆酒楼人声鼎沸,丝竹声声,"怪不得老易要说广州城似乎忘记了当年残酷的大屠杀"。大革命、"清党"、"剿共"等重大事件仿佛并未打破既有的秩序和惯例。鲁迅批判的劣根性顽强地存在和生长着。孙甘露和他塑造的革命者显然意识到革命与日常生活、革命者与市民("千里江山")之间的这种失谐,而且这种认识同样在"一封

---

① 〔斯洛文尼亚〕斯拉沃热·齐泽克:《事件》,王师译,上海文艺出版社2016年版,第6页。

② 〔斯洛文尼亚〕斯拉沃热·齐泽克:《事件》,王师译,上海文艺出版社2016年版,第4页。

③ 〔斯洛文尼亚〕斯拉沃热·齐泽克:《事件》,王师译,上海文艺出版社2016年版,第6页。

④ 〔斯洛文尼亚〕斯拉沃热·齐泽克:《事件》,王师译,上海文艺出版社2016年版,第224页。

没有署名的信"中流露了出来:"即使将来没有人记得我们……"第一种情况是事件发生时现实的冷漠,第二种情况则是事件过后历史的遗忘。由中共组织领导、国共两方生死博弈的转移事件,作为历史的关键节点所蕴含的转折意义,仿佛与人们的生活无关,如同作为精神和文学事件的鲁迅小说与杂文,确实发生了却又似乎未曾发生。这是蕴含无限可能的"千里江山"还是亟待唤醒的"无声的中国"?

齐泽克通过分析阿加莎·克里斯蒂的侦探小说《命案目睹记》,阐释了"最简单纯粹意义上的事件":"在毫无准备的情况下,一件骇人而出乎意料的事情突然发生,从而打破了惯常的生活节奏;这些突发的状况既无征兆,也不见得有可以察觉的起因,它们的出现似乎不以任何稳固的事物为基础。"① 对于陌生人来说,革命者从楼上坠亡只是他们生活中的一个突发状况、一件"骇人而出乎意料的事情"。那些后来载入史册的历史节点性事件,何尝不是打破惯常生活的突发事件或偶然事件? 而对于历史参与者及相关者来说,历史就不全然是偶然和意外,"千里江山图行动"所有的参加者包括叶桃、叶启年、游天啸等,都是在事件而非"事情""突发""偶然"的意义上来理解自己的作为的。

对发生的历史缺乏自觉意识的人保持沉默。在他人眼里,陈千里也是一个沉默少言的人。在他的对手、潜伏的间谍易君年(卢忠德)眼里,陈千里"含蓄内敛",附录中的陈千里动作缓慢,很少说话,"整个过程将近两个小时,我感觉把他说的话加在一起,可能顶多也就有十几分钟,大部分时间都是我在说"。智力没有退步,记忆完好如初的陈千里为何沉默如斯?"他的沉默很可能是一种长期自我约束、自我训练的结果。"这两种沉默显然有着完全不同的含义。民众的沉默源自他们对历史的漠然。陈千里的沉默则与历史直接相关,或者说,是历史造就了他的沉默——自我约束、自我训练。从更深层看,则关联着事件能否成为事件,何以成为事件。在齐泽克看来,"在其最基础的意义上,并非任何在这个世界发生的

---

① 〔斯洛文尼亚〕斯拉沃热·齐泽克:《事件》,王师译,上海文艺出版社2016年版,第2页。

事都算是事件，相反，事件涉及的是我们借以看待并介入世界的架构的变化"①。革命者的视角使他们能够以自觉的历史眼光观照现实和世界，区分传统、日常、世俗和现代、信仰、精神的边界，他们的沉默与其说是一种习惯、惯例，不如说是一种理性的态度和选择，是他们参与历史和介入世界的一种方式。观察和认识世界的视角、方式的巨大变化，是事件之成为事件或者说事件性发生的一个典型路径和表征。就此来看，陈千里的沉默完全不同于民众的沉默，而且附录中陈千里的沉默与他在领导"千里江山图行动"时的"含蓄内敛"亦有根本不同。尽管可能都是"长期自我约束、自我训练的结果"，但前者更多来自地下斗争中隐秘工作的需要，严酷复杂的斗争形势需要谨言慎行，另一位中央特派员老开（林石）也是始终对同志、战友保持着沉默，他把一切都看在眼里，"却既不能说什么，也不能做什么"，"有些秘密使命，注定要孤独地完成"。但附录中陈千里的沉默，却发生在1979年"我们党正处于拨乱反正的重要时刻，每个中国人的脸上都充满笑容"。1979年是中国历史的一个奇点，拨乱反正同样是中国历史上的重大事件，它作为"千里江山图行动"的一个结果，无疑值得大书特书。但小说却将其做背景处理，在此背景上突出了陈千里的沉默，使之成为一个事件。作为事件的陈千里的沉默，不在于其本身，而在于其与1979年、1933年的联系。因此，小说附录中的档案材料片段，提供了一种新的更大的观照历史和认识世界的视角和方式，一个发生了巨大变化的"看待并介入世界的架构"。对于《千里江山图》来说，1979年因为陈千里的沉默，造就了一个事件性时刻。

二、事件的撤销与"行动的人"的再事件化

小说另外一个症候性现象是，在小说正文、"一封没有署名的信"和附录之间有着1933年至1979年的漫长间隔，除了附录中通过"我"的调查访问透露了少许如新中国成立后的敌特改造、交代问题等信息之外，

---

① 〔斯洛文尼亚〕斯拉沃热·齐泽克：《事件》，王师译，上海文艺出版社2016年版，第13页。

几乎没有涉及其他内容，但关于卫达夫是否叛变、浩瀚同志何时及如何撤离上海等疑问，同样是耐人寻味的事件。卫达夫按照陈千里的安排，以假叛变的形式让半信半疑的敌人彻底放松了警惕，相信自己会大功告成。但卫达夫为何被疑为叛徒且被敌人杀掉？卫达夫身份的模糊显然不能用时间久远记不清楚或知情者已不在世做解释。正如浩瀚同志的撤离问题一样，陈千里都是直接的组织者和当事人。但他对卫达夫做出了"死间"和"烈士"的明确回答，对浩瀚一事却只是"笑了笑，不置可否"。对于他来说，关于卫达夫的身份问题需要确凿的真相，而叶启年所说的叶桃之死，则无须辩驳，真相无需慷慨陈词。需要注意的是，陈千里在面对卫达夫问题时的明确回答打破了沉默的惯例。回答/沉默之间发生了一个进入历史深处的事件。陈千里对卫达夫、欧阳民、崔文泰、易君年（卢忠德）等人的真假难辨的叛变情况无疑是极为熟悉的，历史的残酷性便在这里。

在齐泽克的事件理论中，撤销的意思是消除、取消或解除，"但这个短语还有一个更确切的隐含义，即回溯性地撤销某件事，就好像它从未发生"①。撤销未必是否认事件曾经发生的事实，而是通过回溯重构事实，事件在此不是被直接否认，而是以回溯的方式被否认。就像齐泽克在比较莫扎特的《费加罗婚礼》和罗西尼的《塞维利亚的理发师》时所指出的，前者是一部具有政治解放潜力的剧本，而后者将法国大革命的精神彻底"去政治化"了。

作为事件的20世纪六七十年代的历史，为了实现自己所想要的结果，借助一种新的话语系统，回溯性地创造自身的必然性，作为这一创造的结果，1933年的转移行动被撤销或者说被去事件化了。"如果一个事件（偶然地）发生了，它就会创造一个向前追溯的链条，使得其自身的发生显得不可避免。"②齐泽克认为，一切事件都有可能遭遇被回溯性撤销或去事件化的结局。按照他的理解，事件带来巨大的变化，它所包含的价值理念

---

① 〔斯洛文尼亚〕斯拉沃热·齐泽克：《事件》，王师译，上海文艺出版社2016年版，第191页。

② 〔斯洛文尼亚〕斯拉沃热·齐泽克：《事件》，王师译，上海文艺出版社2016年版，第171页。

和意义逐渐被接受，成为人们习焉不察的常识，"然而长此以往，尽管这个社会在表面上仍然坚守着它的基本信条，这些原则却渐渐失去了实质意义"①，其革命性变革能量消耗殆尽。1979年之前的"前三十年"便面临齐泽克所说的"事件的撤销"困境，因此它以"不断革命"的方式来制造新的规范和原则，通过一系列"话语事件"的创造来摆脱困境。1979年是"拨乱反正的重要时刻"，进行了相似的"事件的撤销"，但这种撤销与齐泽克论域中的撤销不同。在这一历史性时刻，此前曾在社会、政治、经济、思想、文化领域引发巨大变化的事件被证明是需要纠正和批评的错误、失误。这种去事件化或"事件的撤销"的目的是正本清源、汲取历史教训，"团结一致向前看"。拨乱反正之目的和结果在于"正"，"乱"只是一个前提和原因。正是在这一意义上，1979年之前的部分历史，在小说中呈现为一种极为简洁的词语性形象。从小说围绕"千里江山图行动"展开的叙事层面来看，这一内容的叙述并非必需。但恰恰是这些非必需要素的加入，构成了小说文体和内容上的跳跃与混杂。这是一个需要注意的事件。

虽然书写历史创伤并非小说的重心，但小说还是通过附录围绕陈千里和"千里江山图行动"提供了极为微妙和隐晦的反思性视角。拨乱反正，具体到"千里江山图行动"及其参与者，便是重返历史。借助当事人和行动组织者陈千里的回忆，无疑是返回历史现场、获得历史真相的最佳乃至唯一的路径。"终极的事件正是堕落本身，亦即失去那个从未存在过的原初和谐与统一状态的过程，可以说，这是一场回溯（retroactive）的幻想。"②回溯过程中的历史现场是否是堕落前的伊甸园？历史的现场充满阴谋、杀戮、暴力、死亡，这里不仅有敌我之间你死我活的搏斗，有置身事外的冷漠旁观者，还有同一行动群体内部必要的谨慎、怀疑甚至暴力，如小组成员围绕林石是否是隐藏的特务，未经组织批准，违反纪律，擅自内部调查

---

① 〔斯洛文尼亚〕斯拉沃热·齐泽克：《事件》，王师译，上海文艺出版社2016年版，第193页。

② 〔斯洛文尼亚〕斯拉沃热·齐泽克：《事件》，王师译，上海文艺出版社2016年版，第57页。

林石，并采用了控制、捆绑等简单粗暴的方式。

在后革命（反思革命或去革命）时代，革命作为历史处于被撤销和去事件化的境地。革命者及他们的信仰，是否如历史般逝去，抑或他们依旧在此处？孙甘露通过回溯，以当下的视角感知并陈述了它。

革命者通过无私无畏的行动，践行了铭刻在意识中的神圣信仰。《千里江山图》在革命历史作为事件被去事件化的当下社会现实语境中，以回溯的方式重构了历史，重塑了历史中的革命者形象。他们属于真正的行动者。对"真正的行动"，齐泽克给出了一个简明的定义："在寻常行动中，我们实际上只遵循我们自身（潜在—幻想）的身份坐标；而真正的行动则涉及真实运动的悖论——运动（以回溯性的方式）改变了行动者自身那个潜在的坐标，用弗洛伊德的话说：这种行动不仅改变了世界的现实状况，而且'动摇了它的地下部分'。"进而谈到真正的行动必然包含反思性价值取向："在真正的行动中，我们带着反思，'把条件折叠回以其作为条件的所与那里'：纯粹过去是我们行动的先验条件，我们的行动不但创造着新的现实，更以回溯性的方式改变着其自身的条件。"① 陈千里与叶桃、陈千里与陈千元、凌汶与龙冬、老方与儿子、陈千元与董慧文等，他们不仅是参加行动的革命者和战友，也是恋人、兄弟、夫妻、父子；叶桃与叶启年、陈千里与叶启年不仅是政治对手，也是父女或师生关系。但革命者超越他们自身潜在的血缘关系，成为真正的行动者。

《千里江山图》塑造了真正的行动者形象，书写了正在改变并将继续改变世界和历史的"真正的行动"。小说正文部分既是事件史，也是处于历史现实的"地下部分"的心灵史和精神史，"一封没有署名的信"进一步展现了革命者的心灵和精神；附录中的"材料一"通过对不同事件的回溯和折叠，传达了真正的行动的反思意向；附录中的"材料二"以实（烈士名录、身份和牺牲状况）与虚（均为小说人物，并在史料/虚构中塑造）融合的形式，潜在展现了虚构/现实、文学/历史、历史/现实的关系。在此意义上，附录中的"材料二"不是小说结尾处的概要性总结，也不是

---

① 〔斯洛文尼亚〕斯拉沃热·齐泽克：《事件》，王师译，上海文艺出版社2016年版，第169页。

可以置于小说正文之前的人物介绍。它不是历史的结束,事件本身不是封闭性的而是开放性的,如果被封闭起来或已经结束,那么事件就成了往事、故事或传说、流言,而这些是我们在历史书写中并不陌生的,在这样的写作中,曾经作为事件的历史被撤销、被非历史化或去事件化了。它是对历史的重新唤醒和再次召回,其目的不只是为还原历史,以及在正文和附录后再三重申历史的真相——这些固然是实施真正的行动的前提和条件,也不只是停留于纪念,其目的更在于以回溯性的方式改变其自身的条件。这是一个没有时间标识的简洁的材料,但时间标识的阙如,正显示出其超时间性(超历史性),如果需要一个具体的说法,那就是1933年、1979年之后的某个节点性的历史时刻,笔法的简洁恰恰是这一无须确认具体时间的历史时刻之丰富性的表述。

《千里江山图》中的革命者形象是传达中国现代主体建构历史诉求中的全新的历史形象。现代主体的建构,是一种历史中发生的"话语事件"。首先是马克思主义话语将革命者形塑、询唤为阶级主体,将其安置在特定的历史位置和象征秩序中。革命者成为历史主体的真正转变,不是发生在他们自发加入反抗斗争的时刻,而是发生在其陈述的时刻,自述出身,填写简历、申请书、志愿书,做思想汇报,直至宣誓,唱国际歌等都是不同的陈述的程序和形式。当他能够而且只有将自己的行动作为民主革命和民族解放、人类解放的行动,并能加以"重述"时,他才使自己转变成了历史主体。因此,"主体性发生真正转变的时刻,不是行动的时刻,而是做出陈述的那一刻"①。陈千里、叶桃、陈千元、董慧文喜欢诵读的涅克拉索夫的诗歌——"他们说暴风雨即将来临,我不仅露出微笑",陈千元翻译的列宁的《远方来信》中的部分内容,也可以看作陈述(重述)的变体,标志着人物的革命者身份和他们作为真正的革命者的行动。

作为历史主体的革命者所从事的便不再是寻常的行动,而是"真正的行动"即"事件"——"千里江山图行动"。对于事件来说,叙事同样起

---

① 〔斯洛文尼亚〕斯拉沃热·齐泽克:《事件》,王师译,上海文艺出版社2016年版,第177页。

着无可替代的基础性和关键性作用,"真正的新事物是在叙事中浮现的,叙事意味着对那已发生之事的一种全然可复现的重述——正是这种重述打开了以全新方式做出行动的(可能性)空间"①。现代主体的生成是一种历史中的成长和对他们存在其中的既定历史现实的超越。从这个意义上看,现代历史小说都内含成长主题或原型。《千里江山图》虽然以回叙的方式勾勒出陈千里、陈千元、董慧文、凌汶等人的成长痕迹,但其重点却在行动。这在小说中是通过极为简练的对话和动作描写表现的。小说中几乎没有对人物的面貌、形态和心理进行静态的繁复的描写,一切描写都具有突出的动作性特征。相应地,小说中也没有以往革命历史叙事中常见的冗长的长篇大论式的陈述(重述)。因此,这是一部着力展示革命者的本质性及其在历史具体情境中如何具体展开和展现的《红岩》式的小说。参与"千里江山图行动"的小组成员们一出场,便已经是实现了自身价值的革命者,他们"作为自身叙述之产物",以全新的方式展开了行动。小说是在历史过程中展示本质性,而非在历史过程中建构本质性,其戏剧性产生于主体的本质性在真正的行动中,如何执拗地突破非本质性的障碍而展现出坚不可摧的力量。董慧文较为年轻,缺乏对敌斗争的直接经验,在从南市租界巡捕房引渡到龙华看守所的路上,"她想得很多,但没什么头绪,接下来会遭遇什么,她心里也没数"。但"有一点她很清楚,不管碰到什么,她都决不能屈服"。她被带进审讯室,面对残暴狡猾的游天啸,董慧文"有点慌乱,她不知如何应付这样的审讯","但她告诉自己必须咬紧牙关"。在"千里江山图行动"中,革命者经历了千难万险的巨大考验,最终获得了成功。董慧文经受的折磨,是宏大历史行动的缩影,和整个行动一样,经过严峻考验显示了主体全新的本质。老方为掩护陈千里牺牲,按照计划假叛变的卫达夫却被疑为真正的叛徒,但这也改变不了其"烈士""死间"的革命者本质,行动的关键时刻,本可以离开的他和梁士超为行动的成功甘做诱饵。革命者们通过自身的叙述,建构了其真正的历史主体和真正的

---

① 〔斯洛文尼亚〕斯拉沃热·齐泽克:《事件》,王师译,上海文艺出版社2016年版,第177页。

行动者的身份,他们坦然接受使命,做出了生与死、公与私的选择。

　　作为一部典型的现代意义上的历史小说,《千里江山图》将个人的生活、情感、命运与"千里江山"——民族国家的历史、未来——相联系,"历史的这一群众性体验,一方面历史的因素跟社会变革的问题联结在一起,另一方面又在愈来愈广泛的范围内意识到民族历史在世界历史上的印象"①。孙甘露在小说中有意识地将具体的行动与20世纪30年代初中国国内和国际形势联系起来,日军入侵,国民党政府与他国政府的合作,"围剿"与反"围剿",共产党与苏联,在一个月左右的极短时间内写出历史的变化,"千里江山图行动"中蕴含着历史的内在逻辑,历史感作为一种对世界的感受自然地融入了人的日常生活、生命体验和感觉结构中。但值得注意的是,小说将更多篇幅留给了行动本身,详细描述了行动的过程及在此过程中人物的心理、情感、明暗搏斗和心理、智慧与意志的交锋。相比之下,大的国际和国内政治形势、军事斗争和战争,都是通过简写、侧写得以表现的。因此,与其说《千里江山图》是关于现代革命史与现代中国社会现实的宏大而完整的报告型史诗,毋宁说是革命者即真正的行动者展示自身历史主体性的场域。已经完成叙述(复述)的革命者成为历史/叙事的主人公,小说由此确认和强调了叙述(复述)对于事件(中共临时中央转移行动及其关联的中国革命史和现代史)的重要性。

三、作为事件的小说

　　革命者不仅是历史的主体,也是小说叙事的主人公。《千里江山图》将他们作为使事件成为事件的创造者,小说本身也便成为一种"真正的行动"(事件),作家是真正的行动者。

　　小林康夫提出应将解读的重点放在作为语言织物的"文本"上,认为:"这个概念(指文本,引注)是从诸如作家的感情和思考这样的人性的、

---

　　① 〔匈〕卢卡奇(契)·久尔治:《论历史小说——历史小说产生的社会和历史条件》,载〔英〕乔·艾略特等:《小说的艺术》,张玲等译,社会科学文献出版社1999年版,第237页。

太人性的要素中解放文学,与其说是作家的表达,不如说是语言的事件,归根结底就是视其为作为意义事件的文学加以应对。"直接点明:"如果说文学中有什么事件的话,它绝不存在于文本之外的作家的自然现实中,而是存在于我们眼前的语言中,就在这些'记号'的'织物'之中。"①文本提供了别具启示性的阐释契机和可能性空间。作为文本的《千里江山图》确实围绕"千里江山图行动"展开,但这一历史事件与文本之间的关系并非直接对应或不言自明的。作为作品,小说描述了事件过程及作家融入其中的情感:革命者躬身入局,以命相搏,凭借出色的智慧、胆识、团结精神和强大的心理、意志走出困局,顺利完成使命。这种解读有其必要性和必然性,但小说还有其作为文本的必要性和必然性,"并不矛盾的是,文本不仅还原了已经发生的事件,它还作为具有自身特性的意义组织而存在,而且这个组织绝不服从于确定的决定性,它面向无限制的阅读理解可能性以及揭示的可能性而打开。……文本是被意义的无限性打开后的残留"②。

《千里江山图》有丰富扎实的史料文献基础。这些史料文献并非直接呈现于文本表层叙述,而是充分地转化为文学叙述,通过情节、场景、细节等描述自然地呈现出来。这种史料文献完全融于叙述、充分文学化的情况,在小说主体部分表现得尤为突出。小说中结构和形式的特异之处在于附录:未署名的信(龙华烈士遗物)、档案卷宗的片段、龙华烈士名录。这三部分设置在正文、署名和落款之后,可视为附录("未署名的信"这一部分未标注"附录"字样,是个独特的设计)。信件、档案材料和烈士名录,是否为现实中真实存在的历史遗物(档案片段和烈士名录因与正文人物、情节直接相关,可看作纯虚构;未署名的信是否虚构,暂且悬置),并不重要,重要的是,其中包含的历史信息更为直接地体现了孙甘露写作前所做的史料收集、史实考据等工作。可以说,附录的三部分在一定程度

---

① 〔日〕小林康夫:《作为事件的文学》,丁国旗、张哲瑄译,知识产权出版社2019年版,第7页。

② 〔日〕小林康夫:《作为事件的文学》,丁国旗、张哲瑄译,知识产权出版社2019年版,第9—10页。

上以纪实/仿真的形式，与正文形成对照/互补关系。小说将正文中未能形之以文学文本的历史文本，直接呈现为附录的形式。正文和附录作为孙甘露处理和表现历史的不同方式，仍然是以历史为血脉将文本贯通的。在这个意义上，仅对正文的精彩故事进行评述的做法，失之偏颇。被纳入文本整体结构中的附录，理应在一个有机的整体意义组织中得到观照。

此举的理由和意义如下。首先，相对于正文部分总体上的时间性结构，附录部分以时间—情节的非连续性体现为空间性分布，将文本从主体部分行动叙述的和谐性、完整性和象征性结构中"拯救"出来。附录的空间性/时间性、纪实性/仿真性与正文的虚构性/想象性形成了一种突如其来、令人错愕的反差，一个文学事件在此发生了。作为一个文学事件，其突出的意义是附录使文本萌发出一种超越决定论动机及其体系架构的欲望和动机。应该注意到，在正文精彩的故事、逐步推进的曲折情节和环环相扣的逻辑中，隐含着一个具有封闭性意向的观念体系，这个体系的存在从根本上决定了叙述的开端、发展和最终结局。出人意料的情节、意想不到的偶然和机遇、延宕的事实与真相、设置的重重悬念，都无法改变既定的题材、主题、升华机制，改变不了因果关系、理念逻辑和体系性限制。汲取谍战、悬疑等类型小说的手法，与其说消解了主题，毋宁说巧妙地、顺向性地回护了它。附录以空间分布形态打破了顺向的时间线和因果链，以模糊的偏离性（未署名的信和档案材料中陈千里的神态、言谈及对正文事件的回忆、态度）显示了对先验性限制的敏感，打破了视点的稳固性、固定性，而这正证实了"事件涉及的是我们借以看待并介入世界的架构的变化"①。

进一步看，相对于正文来说，附录是某种意义上的冗余。齐泽克通过对本雅明的谈论，阐述了堕落事件，指出堕落的事件在本质上是神性语言本身向人的语言的堕落："'人的语言'意味着具有神性的'语言本身'的堕落，它因世间的嫉妒、争权与淫乱而污损。不难理解，这个堕落的过程是事件性的：因为在该过程中，有着亘古不变结构的神性语言被嵌入到

---

① 〔斯洛文尼亚〕斯拉沃热·齐泽克：《事件》，王师译，上海文艺出版社2016年版，第13页。

了变动不居的人类历史洪流之中。"[1] 堕落伴随着无可避免的污损代价，意味着"普遍物对于其具体事件之间的冗余，往往指向的是某个怪异而多余的个别要素"[2]。这种要素就是事件。《千里江山图》主体部分围绕行动展开的叙事，便是神性语言的具体实现，神性语言的信仰者将神性语言付诸现实，投入历史的滚滚激流中，以推动社会历史发展和人类进步。因此，堕落事件属于人类社会不得不发生的终极事件。但在语言的普遍性及具体实现之间，也不可避免地存在张力，这种张力"被铭刻到人的语言之中，从而将后者从内部撕裂"[3]。"千里江山图行动"的发生，便显示了这种张力的存在，以及紧张、失衡和"人的语言"被内部撕裂的状态。附录在小说文本形式与结构上的"怪异而多余"，显露了其"个别要素"性质即事件性。附录中的档案部分则是事件性的凸显，最后的烈士名录和简介以回归正文的方式，展示了人类对历史的可控性、创造性愿景，以及弥合内部裂痕的夙愿。

其次，从小说正文和附录的空间关系和内在逻辑上看，未署名的信明确记录了革命烈士对未具名的收信人（特定个人、群体，或不特定的同时代人，以及不特定的后人）所说的话语，兼具回忆性、倾诉性和期待性。这封信既可看作写信人在现实（其所处情境）中说出并让收信人听到的话语，也可看作作家内心的话语或者作家为此而写出的话语。前者是作为小说虚构中的设定，后者是叙述的特定需要。信的性质的含混性，体现在信件文本的诗性气质、散文化结构，以及收信人、写信人的匿名上，而这恰恰与其从事的隐秘工作相符合。因此，无论此信是否为真实的烈士遗书，其真实感却是确凿的——这是一种真实的人的有意义的声音，是一种具有鲜明特质的现实中的人的声音，是一个事件的声音。它深藏并永久保存于

---

[1]〔斯洛文尼亚〕斯拉沃热·齐泽克：《事件》，王师译，上海文艺出版社2016年版，第44—45页。

[2]〔斯洛文尼亚〕斯拉沃热·齐泽克：《事件》，王师译，上海文艺出版社2016年版，第43页。

[3]〔斯洛文尼亚〕斯拉沃热·齐泽克：《事件》，王师译，上海文艺出版社2016年版，第44页。

文本之中，与文本融为一体。

这封信作为小说虚构中的设定，来自牺牲的烈士，属于已经逝去的人，是一个先于作家和小说的存在，它不能被回收，也无法被抹去。所以，尽管它出现在小说最后的附录中，却是一种先在的声音，迟来的作家只能虔敬地倾听、追随。从构成《千里江山图》创作素材的层面上看，附录中的内容是先于正文存在的，而未署名的信更是小说创作的动力源，它代表着一种深层的心灵、灵魂、精神的声音，一种绵延而强大的力量。但其性质的含混性却又使自身成为一个难以破译的文本事件。它言说生命的来路和去路，触及的却是孙甘露这一小说文本的起源。作家将其嵌入文本，用自己的话语在文本中回应这个原初性声音。这便是对话，当下作家与历史时空中的革命者的对话。这场穿越时空的对话，孕育了小说的文本事件，催生出开阔的精神和审美空间。作家通过书写文本，与革命者展开对话，将20世纪30年代这一时间点与自己书写的时间对接，并将其空间化。作为历史的烈士遗物在当下与作家创作的作品融合在一起呈现。《千里江山图》作为一个整体文本，一个意义的织体，包含着创作起源（如未署名的信和烈士名录）和创作主体与历史主体之间基于"现在"的跨时空对话。我们无法重返历史现场，历史无法重现，甚至其本身也存在着无法被完全理解的隐秘，但它也无法绝对封闭，在其延伸与敞开中，作家和我们一起去接近它的源头、触摸它难以被完全把握的脉搏。

再次，烈士名录和简介是对小说人物形象的集中（再次）描述，但它却是用没有被充分作品化和审美化的语言，它以显在的形式将自身与正文（典型的小说形式）、未署名的信（散文诗或艺术散文性质）和档案材料（尽管是档案材料，但作为准备发表的文本，它具有较突出的文学性）区隔开来，因此，可将其视为拒绝被文学化和审美化的部分。同时，名录却又不是真正的存在于档案馆或纪念馆的文献，其与小说内容的直接相关性，又规定了其虚构性。因此，名录是介于非文学化、非审美化与作品性、虚构性之间的形式/内容，它存在于文本最末端的位置，对人物身份和结局的明确揭示，都显示了其不在历史现场的"滞后性"。事实上，对于事件的言说，总是不可避免地处在事件现场之后或之外，就此而言，对事件的言说或重述只能是一种回溯，甚至是一种对事件的撤销或去事件化，如同附录档案材料中涉及的历史事件和人物所经历的一样。对事件的撤销未必是基于某种主观目的和意图而采取直接、蓄意否认的形式，也可能在回溯中间接地、巧妙地予以否认，更进一步看，任何回溯在本质上都是一种撤销或去事件化，尽管这种撤销或去事件化既非主观蓄意，亦非间接否认。原因在于回溯本身便是事件之后的重构或追认，若不回溯，事件就不存在或沉默于幽暗；而一旦回溯，在某种程度上便是对历史事件的原初性和鲜活混沌的现场性的撤销。这似乎是一个无法解决的悖论。在尚不了解20世纪30年代初中共临时中央隐秘转移这一事件时，事件对于作家是不存在的；伴随着了解的深入，事件和历史的过程、细节逐渐展现出其精彩与神秘；进入构思、写作阶段时，却不能将其精彩全部写出，而只能取其最精彩之处；基于个人的个性、兴趣、叙事意图等，将素材和内容进一步形式化等。写作的每一个环节都是当下对彼时事件的追溯或撤销，也是当下主体对事件现场的竭力返回。当下作家的写作作为一个事件，必然包含当下主体对历史事件的观看和理解。作家意识到任何回溯性叙事，无论经典史诗性的，还是新历史重构或虚拟性的，抑或怀旧性的，都有意无意、程度不同地隐含着事件的撤销或去事件化，其自身的写作实践也在其中。对此，作家一方面尽力回到历史现场，同时，又不纠结或停留于制造历史的现场感、在场感，而是以自己的历史意识和叙述、形式、结构策略，进行书写实践的探险，并在这一探险过程中收获唯有在叙述的实验性风险中才存在的事件与真理。正文和附录各自展示了作家在事件的撤销、去事件化与铭刻、再事件化之间的冒险，而附录中非审美化、非文学化的烈士名录与简介，以最直接、最简要的形式凸显了作家再历史化、再事件化的意图。

从文体上看，正文、未署名的信、档案材料和烈士名录分别呈之以小说、书信、档案等不同的文体形式，这一叙述策略，是作家的文体文类意识和形式（文体）形态意识的直接体现，也意味着事件对文本"形式结构的干预（或铭刻）"[①]。附录以溢出正文主体情节的冗余性，显示了小说

[①]〔斯洛文尼亚〕斯拉沃热·齐泽克：《事件》，王师译，上海文艺出版社2016年版，第41页。

叙述内容的不协调、叙述文体的不统一和叙述节奏的变换，却也带动和生发出了新的想象空间。① 具体说来，附录言说了小说正文所不能穷尽的思想部分，弥补了那些在象征性话语秩序中难以言说的内容。这不仅延长了历史线，更是以多种文体的空间化混杂，内含了复杂的意义。附录的存在，将正文叙述中贯穿的线性时间打破了，尤其是使正文历史事件叙述中贯穿的"纯粹的原则"在附录的特殊性（这一点特别体现在关于陈千里的档案材料中）所提供的另一框架中，被重新观照。在这里，特殊性审视和校正了普遍性，也维持和延续了普遍性。附录中的烈士名录出现在陈千里的历史档案之后，则是对正文象征性秩序和"纯粹的原则"的回归，一种把"冗余"纳入自身的另一层次上的回归。在此意义上，附录类似齐泽克所说的"多余的要素""冗余"或"某个怪异而多余的个别要素"，它是常被放逐在宏大叙史结构之外的具体的历史经验。《千里江山图》通过文体的空间并置和叙述变奏，使自身在驳杂和非秩序中获得了内在的有机性，在根本上成为一个文学事件、文本事件。

《千里江山图》是一个出人意料的事件，正文中"千里江山图行动"作为一次隐秘的历史经验，其事件性既在行动本身，也在作家出色的想象力牵引上；附录的事件性在于情节的非直接连续性、文体的错杂与变换和异质性经验的掺入。附录打破了正文情节性叙述造成的幻觉，终止了阅读快感，小说借此将事件中必然蕴含和渗透着的对它的"观看"和"理解"，以及作家的认识、理解和赋形、赋义等主体性因素凸显了出来。这也是事件的奇迹性体现：主体参与和制造，并使之呈现为一个必然的结果——更宏大的带有"神性"的创造。按照齐泽克关于事件的第一个定义，"它是

---

① 学者认为："1980年代所张扬的形式、审美、纯文学等观念，是建立在对'十七年'时期'观念的现实主义'的有意识的规避。"（参见周新民：《中国当代小说理论发展史研究琐谈》，《中国当代文学研究》2021年第1期。）《千里江山图》的文类混杂及历史事件对叙事的介入，与80年代孙甘露等先锋作家强调的形式自治性和审美自主性形成鲜明对照，其中现实主义突破其观念形态，在与现代主义的融合中构造了其先锋性品质。

重构的行动"①。

　　《千里江山图》描述事件，而这一写作实践本身便是一个事件和一次真正的行动，一个文学事件。小说不只是如实再现了20世纪30年代初的重大历史事件，更是以小说的形式对这一早已发生的事物进行了重述和重申，在此意义上，它是述愿语；作为一个文学事件或述行语，它所欲承担的"不是描述而是实行它所指的行为"，是参与到对事物的创造和对世界的组织中去，"创造它所指的势态"。② 按照齐泽克的说法，"事件产生出一种普遍原则"，历史事件的普遍性以日常的、偶然的形式，流动和交织在世间众生的日常生活中，而由普遍原则所召唤的新秩序的作用和力量，蓄积在每一次回溯历史的过程中。回溯并不必然意味着撤销，毋宁说，它可能更是一种历史的再铭刻或新的历史的再启程。《千里江山图》作为一个文学事件，其目的和意义或在于此。

---

①〔斯洛文尼亚〕斯拉沃热·齐泽克：《事件》，王师译，上海文艺出版社2016年版，第224页。

②〔美〕乔纳森·卡勒：《当代学术入门　文学理论》，李平译，辽宁教育出版社、牛津大学出版社1998年版，第100—101页。

先锋性/大众性：新的革命历史叙事如何可能
——孙甘露《千里江山图》的叙事美学及其历史生成

如何以现代主义文学形式叙述革命历史，一直是困扰当代中国作家的难题。革命的神圣、庄严、肃穆与英雄主义，历史的厚重、广博与绵延，似乎与现代主义之间有着天然的界限和区隔。现代主义的反讽性、游戏性、自反性、形式实验性、文本自足性、反英雄取向，将社会现实和历史拒之门外。因此，现实主义是中国革命历史叙事的主流，其内含的历史主义哲学、总体性视野和宏大叙事美学，使之几乎无缝隙地与革命、历史对接，而与现代主义的反时间性、非历史化和碎片化、空间化却存在着让人别扭的错位。问题不止于此，如何在市场消费文化情境中，让逐渐淡漠的革命和先锋重新获得市场、大众的认可，是此类写作面临的更大难题。孙甘露的《千里江山图》将革命、先锋与大众这三种看似难以兼容的文化元素融合为一体，其独特的创造性中隐含着多种意味，具有多重启示意义。

一、"革命"主题与"内心"的历史

《千里江山图》是一种典型的主题性写作。革命、历史、政治是进入《千里江山图》的关键词。小说以20世纪30年代初中共临时中央由上海向瑞金转移这一重大事件为题材，以肩负这一重大使命的上海临时行动小组为中心，完整描述了这一事件的发生、过程和结局。小说书写革命历史，歌颂革命者的神圣信仰、执着信念和无畏的牺牲精神，洋溢着英雄主义和理想主义的激情，充溢着"超我"的信仰认同和价值实现感。

小说赓续了革命历史叙事的崇高美学。小说中除了行动的组织者和领导者、中央特派员陈千里，几乎所有的小组成员最终都舍生取义。潜伏于租界巡捕房的无名氏为向正在召开秘密会议的地下组织示警而牺牲；凌汶被潜伏的国民党特务杀害；老方为掩护陈千里而牺牲；代号"老开"的林石在与特务的搏斗中中枪，抢救无效牺牲；陈千元、董慧文、李汉、田非、秦传安等临时行动小组成员被国民党杀害于龙华。更早的时候，潜伏在南京国民党党务调查科的叶桃为获取国民党绝密情报，牺牲在明城墙藏兵洞；凌汶的恋人龙冬被潜伏的国民党特务卢忠德（后以易君年之名冒名顶替，打入上海地下党组织，代号"西施"）秘密杀害于广州；卫达夫和梁士超原本有安全脱身的机会，但他们顾全大局，舍身饲虎，杀生取义，"同志们心甘情愿进入敌人设好的'陷阱'，心中充满豪情，无所畏惧"[①]。小说对人物遭遇和命运的书写，回归了经典革命历史小说的崇高意义生成机制。他们的死亡被放在崇高意义维度上加以表现，而不像先锋小说和新历史小说那样将死亡归结于命运、偶然，甚至是人性的阴暗、贪婪、愚蠢。在生命之被动消失意义上，英雄们的遭遇和结局是悲剧性的，但其为神圣信仰和人民（"千里江山"）而主动选择牺牲，则是崇高的。小说以净化心灵、升华灵魂的崇高美学，驱逐了令人绝望的悲剧阴霾。

小说将神圣信仰转化为执着的信念和百折不回的意志。小说表现了国共之间激烈而残酷的斗争，聚焦国民党特工总部无所不在的阴谋、权力渗透，以及对革命者、进步力量和革命群众的屠杀，如"四·一二"大屠杀、广州起义、"清党"、镇压工人运动。围绕"千里江山图行动"，小说塑造了叶桃、龙冬、老方、凌汶、卫达夫等烈士形象，他们置身其间的"千里江山图"展示的不是山水的淡远，而是充斥残酷历史中的理想。

小说不仅以形象表达理想蕴含，也时常通过叙述者的直接介入，塑造和传达信念。"作为一个修辞学家，一位作者会发现，充分欣赏他的作品所需要的某些信念是现成的，可以被想阅读这部作品的假想读者充分接

[①] 孙甘露：《千里江山图》，上海文艺出版社2022年版，第375页。作品引文皆出自该版本，不一一标注。

受，而另一些信念则必须灌输或强加"①。这种以可靠的叙述者发出抒情性议论的方式，常见于经典革命历史小说，用以传递思想规范和理想信念，强化主题，凸显所述内容的特定价值方向。"普遍真理"性言说在《千里江山图》中的频繁出现，表明了小说的意识形态性及其与经典革命历史叙事的显在关系。总体上看，理想和信念并不能使小说变得精致，相反，理念化的传达倒会使小说僵硬、粗糙。但如果没有这种深度意义设置，小说也将会丧失整体感，变得琐碎、懦弱甚至粗俗。理想和信念塑造人物，聚合情节，使那些朴素的场景与细节变得有序、和谐。通过理想信念，小说将残酷的历史和流血牺牲凝结为背景，革命者的形象就在这个背景中被勾勒和衬托出来，获得了深度。

　　《千里江山图》不仅有着严肃的规约性的主题，被叙述的历史事件在发端、过程和结局上亦是先在确定的。这注定孙甘露的写作充满走钢丝式的艰险。此外，经典革命历史小说的经验和局限，也成为孙甘露需要超越的对象。《千里江山图》的意义将在这种"规定性""前在性"的互文中产生。最明显的是，这部小说未以古典型象征美学将特定历史处理为血与火、激情与豪情的戏剧体叙述，其叙述语调是平静的，风格是沉静的。

　　叙述语调和风格的差异是外显的，更根本的区别在于内心的转化。首先，将革命者的英雄品质转化为出色的智慧、机警的头脑和强大的心理素质，并在具体的行动中体现出来。《千里江山图》展现了对信仰的坚守和人性与智慧的较量。小说并未着意刻画人物的内心博弈，而是通过陈千里、凌汶、叶桃、卫达夫与叶启年、易君年（卢忠德）、游天啸等人物的对立性设置，通过交谈、对话和行动，展现其内心世界，展现复杂的生死搏斗中蕴含的智慧的较量和信仰的力量。当历史和人物的设定及结局，均已作为历史被确定下来，难出读者预料时，富有想象力的故事和精彩的情节，层出不穷的悬念，不断的反转，给读者带来极度的阅读快感，而且革命者及其对手都以超常的智慧和缜密的思维让搏斗更为精彩。

---

① 〔美〕韦恩·布斯：《小说修辞学》，华明、胡晓苏、周宪译，北京联合出版公司2017年版，第166页。

更重要的一点是，小说没有选择"外在于"自身的形式，而是让革命历史自"内心"而出。作家遵从内心的语调、节奏，将历史化为携带着自己感觉经验的内在的舒缓旋律。小说描画世俗场景，还原曾被过度历史化提纯和压缩的日常景致，简洁、凝练而朴素。作家在人世烟火场景中有条不紊地勾画着历史潜行者的面影，追随他们隐秘的行动，揭开他们隐秘的内心，进入他们的灵魂，借由他们写出一种深刻地影响了其选择和行动的信仰与希望。聂鲁达的诗——"南方，像一匹马。正以缓慢的树木和露珠加冕"——对孙甘露"速度和节奏的关系"的启示，[①] 在《千里江山图》对历史和生活的轻/重、缓/急、快/慢的叙述处理中得到了切实实践。

小说充满忠诚与背叛、温情与冷酷、杀戮与反抗、犹疑与决绝等矛盾性因素，由作者以冷静而从容不迫的方式讲述出来。人物的困惑、伤感、焦躁、冷静与不同声色的智慧和坚毅，通过他们自身的言语、行动，自然得以流露，节制而没有夸张、修饰。

小说表现了革命者以共同信仰和信念为支撑和纽带的饱满的情感——恋人之间、亲人之间、有着不同职业、不同身份的革命同志之间的无私的信任与爱，所有这些都是黑暗力量占据优势地位的阴冷空间中的温暖。温暖、温情，意味着作家的矜持和节制，小说的风格不是热烈奔放、激情昂扬的，即便是对革命者的赞颂、对黑暗力量的批判，同样朴素而节制。这种风格和修辞，隐含着作家对那些先行者的诚朴的敬意，以及他对生命、意义、世界的更为深刻的理解。

《千里江山图》呈现了这样一种作家形象：他站在流转不息的历史激流中，沉浸在动荡不安的历史情境中，与变动的历史和生活一起变动、一起思考。这一作家形象，仍然散发着80年代那位先锋小说家的气质。如其所言："一个时期的文学如果不能建立在各类成熟的风格之上，而仅仅是文献意义上的档案，那么这种亦步亦趋的文学和它所描写的时代，最终毫无意外地会趋于湮灭。"[②] 正是这位面目清晰却又有着"杂糅"气息的

[①] 孙甘露：《缓慢》，载《时光硬币的两面》，上海人民出版社2021年版，第171页。
[②] 孙甘露：《小半生》，载《时光硬币的两面》，上海人民出版社2021年版，第190页。

作家，通过他的最新作品重建了文学与现实、生活的关系，也重建了文学与历史的关系，更重要的是重建了文学与历史、现实之间的"审美关系"。

二、"政治的"与"美学的"双重先锋

由革命、历史、政治、信仰、理想等关键词建构的主题，固然使作品获得了意识形态认定，但对于作家来说，应通过自身的形式实践来获得美学认定。稳定的题材和主题，在很大程度上已经缩减了艺术创新空间，但孙甘露却又通过这些主题和内容重新发现了自己的形式美学。借用昆德拉的说法，他响应时代重写历史的召唤，依照"小说的历史"的写法，在既定历史主题、题材领域中创新小说的写法，同时，也刷新了对"人类的历史"的体验和认知。在这个意义上，《千里江山图》在审美方面为历史经验赋形，以美感重建历史经验，具有"政治的"和"美学的"双重先锋性。

"文学性"是 80 年代以来被广泛关注的一个问题。围绕这一术语，形成了一个重要的学术话语场域。其提出的最初动因是建立文学与社会、政治、意识形态的区隔，以审美逃离或对抗意识形态。形式被视为文学性的重要表现，普遍性的人类审美经验被看作文学性的核心要义。因此，"形式"和"人类"便被视为"文学的本质"，是文学超越时代、历史、政治及民族性、本土性、地域性的局限，获得普遍性、世界性和人类性品格的根本依据。90 年代以来，文学性作为一种绝对性、普遍性、抽象性话语，被重新放回具体的、历史的社会性实践中加以重审。文学性被历史语境化和本土化。其作为西方审美现代性话语的特殊性本质被揭示，乃至被放置在东方/西方的二元性结构中作为西方文化霸权和文化殖民的表征。在这里姑且不介入这场关系到世界主义与民族主义、人类性与民族性、世界化与民族化、普遍主义与历史主义等庞大问题的繁杂话语论争。无论何种立场、观点，都涉及如下问题：文学有无确立自身的根本依据；文学作为一种如伊格尔顿所说的"审美意识形态"，文学性与形式、文学与历史究竟有何关系等。尽管伊格尔顿认为："我们也许正在把某种'文学'概念作

为一个普遍定义提出来,但是事实上它却具有历史的特定性。"①这似乎否认了文学具有其之所以成为文学的本质性的东西(文学性),但又肯定了具有历史的特定性的文学的存在。这为理解具体的作品提供了一个历史化的视角,文学正是在与社会、历史、文化的关联中,在"常"与"变"的张力中,展现出其具体的文学性的变动。

形式是文学性的显在表现,形式感被认为是衡量一个作家、一部作品是否具有较高的文学性以至文学史地位的重要依据。形式关联主体对世界和自我的理解和言说,甚至是世界和主体现身的方式。先锋小说虽有形式主义、技术主义之弊,却以文学本体意识和形式意识的觉醒,成为一种可为镜鉴的遗产。为现实——无论是社会生活、历史经验,还是个人、族群乃至人类的心灵现实——赋形的过程,亦是为其赋义的过程,是文学本体论与主体论的融合创化。形式并不存在于超时空的逻辑运演和理想秩序的乌托邦中,它始终存在于现实生活中,并在流动的历史河流中变动不居,随物赋形。问题的关键在于,形式是否建立了与主体之思想、灵魂和精神的切身性关联,形式的创新实验能否在与社会、历史和既有审美模式的相遇和对话中,显示出其在体性乃至异质性方面的力量。形式感内含一种历史反思性的力量和基于个体沉思的审美意趣。新的形式感的获得,殊非易事。

在詹姆逊看来:"每一层内容都证明只不过是一种隐蔽的形式。但是……说形式当真只是内容以及内容内部逻辑的投射,也同样是对的。"②文学作品的内容与社会生活本身存在同构关系,且二者都有其既成形式和具体意义。"内容已然是具体的东西,因为它在本质上就是社会和历史的经验。"③内容的逻辑发展有一定的客观自主性,形式最终由内容的逻辑

---

① 〔英〕特雷·伊格尔顿:《二十世纪西方文学理论》,伍晓明译,陕西师范大学出版社1987年版,第11页。
② 〔美〕弗雷德里克·詹姆逊:《马克思主义与形式》,李自修译,百花洲文艺出版社1995年版,第342页。
③ 〔美〕弗雷德里克·詹姆逊:《马克思主义与形式》,李自修译,百花洲文艺出版社1995年版,第342页。

决定，"艺术作品并不赋予这些成分以意义，而是把它们的原初意义转变成某种新的、提高了的意义建构"①。这种新的、提高了的意义建构即蕴含更为深刻的内部逻辑的形式化、文本化和文体化。

孙甘露的形式观与詹姆逊的异曲同工："无疑，形式冲动也是广义修辞的一部分，一件事用小说来叙述和用昆曲来表现当然是十分不同的。"他将80年代末90年代初吴亮和陈村分别中断其批评实践和小说创作的"文学现象"与"中国文学在这一历史时期的特殊境遇联系在一起，他们的失望和焦虑正是文学试图建立自身历史的一种表现"。②"广义的修辞包含着几乎所有的意识形态信息"③，这一将形式视为广义修辞学，从而使之与具体的历史内容和意识形态关联起来的思考，是颇有意味的，它使得形式、内容、意识形态之间的关系历史化、具体化、复杂化，从而进一步确认了由形式进入孙甘露小说是一个合理有效的通道。

从整体结构形式上看，小说包括正文和附录两大部分，正文完全围绕"千里江山图行动"展开，在顺时序叙述中穿插回叙，容纳更长的历史时段和更丰富的人物生活内容。附录分三部分，第一部分是对正文历史叙述内在情感的发掘，而就其公开发表的形式和书信的内容来看，它又兼有心灵与政治、私人与公共的双重品质。第二部分是对正文历史的当代延伸，具有正文所没有表现出来的反思性意向。第三部分则是对历史的总结性概述，也是对正文内容的回顾和简洁的经典化处理，具有同革命烈士纪念碑或纪念馆一般的意义。这种结构形式的设置，在看似先锋小说式的无机随意中恰恰蕴含着现实主义所追求的历史的有机性和内在整体性。

通过小说的正文和附录，我们发现，历史只有通过叙述才会被看到，不同的文体、形式和叙述结构呈现了不同的历史，或历史的不同侧面。也就是说，小说隐含着作家对历史之叙事性或文本性的认知。

---

① [美]弗雷德里克·詹姆逊：《马克思主义与形式》，李自修译，百花洲文艺出版社1995年版，第341—342页。

② 孙甘露：《译与翻》，载《时光硬币的两面》，上海人民出版社2021年版，第128—129页。

③ 孙甘露：《气味》，载《时光硬币的两面》，上海人民出版社2021年版，第140页。

这与新历史主义的观点颇为相似，从中可以窥见现代主义和先锋小说意识遗留的隐微痕迹。如何看到历史叙述的客观再现与主观建构之间的张力关系，如何看待历史再现的客观性和可靠性，历史与真实之间是否存在一种可还原的实证性关系，历史真实是否只是一种语言建构的结果、效果等歧义纷纭的话题，构成了90年代以来中国文学历史叙事多元化的思想文化背景。在这些问题和理论论域中，海登·怀特的元历史理论为历史认知和书写提供了重要的向度和启示。元历史将历史叙述（编撰）视为一种文学与修辞的建构，是叙述对历史的"再造"。历史叙述在本质上是一种有着某种或明或暗的意识形态价值取向的诗意的行为。这一认识与90年代以来历史叙事强调历史的虚构性和"复数的真实"，凸显历史叙述的个人性、主观性和虚构性、审美性，有颇多相似和相通之处。应该看到，《千里江山图》作为一部虚构性文学作品，有着扎实的历史经验依据，它虽然突出历史的复杂性、混沌性，却又与"复数（多元）的历史"保持了清醒的距离，但小说在考察和借助历史档案材料，并对其进行文学性想象和再造方面，在以某种意识形态价值取向为支撑和依据方面，在历史叙事的文学意韵和诗性修辞方面，又暗通新历史主义。

孙甘露的小说在规避历史虚无主义和历史相对论方面，与后现代、新历史等理论观念有着本质区别。历史作为过去发生的事件，是任何理论无法否定的经验和存在，它坚实地拒绝文本中心论的化简。这是历史叙述的本体论，历史事件通过文本/叙述的再现而获得认知与意义。历史需要被重读和重释，但其可知性和真实性却无法被取消、否认。这是历史叙述的认识论。《千里江山图》保持和突显了历史的客观性与意义，体现了这一历史再现的本体论和认识论。小说对文学文本的历史化和语境化的强调，使自身的审美创造走出了"纯文学想象"的内在性，关联了外部的历史、社会、政治、阶级、民族国家等社会历史因素，体现出历史、文学、审美之间的互动关系。

从叙述语言上看，涌动于孙甘露先锋小说中的是"既具高度诗性和抽象性又具强烈情绪铺陈性的话语之流"，而"词语语法意义已被委弃让位于修辞意义，而我们获得的将是对时间隧道的穿越以及流动不息的语言造就的时间感。作家显然借助于这样的叙述将自己主体的形而上存在体验转化成了语式的构造,他正是以文学和诗的语式书写着对存在的永恒性与瞬间性的哲学思考"。①"孙甘露可以说最为充分地向我们展示了语言的巨大可能性和诗性……在语言之外我们对孙甘露将注定了无法言说。"②与孙甘露80年代的先锋小说相似,《千里江山图》延续了对人物和事物的直觉和体验性敏感,但区别是《千里江山图》不再出之于繁复迷离,而是以直接和简练传达对生活、人心的洞悉和感受。小说有种诗性的沉着、简洁和内在的华美、坦然。"就我个人而言,写作是内敛性的,敏感的,慵懒的,尖锐的,矛盾的,渴求性的。……写作是简单的,清晰的。但不是辩解式的。写作是对位的,复调的。但不是抽象的。它的简明和繁复都带有感官的特征,它是为神经末梢而存在的。"③《千里江山图》在嘈杂的历史中发掘出一种意味深长的纯净的声音,将绵延的时间和繁复的情节、尖锐的矛盾,控制在有限的时间、简短的篇幅和写意式勾画中。小说没有从宏观上整体性地展示这一关系中国命运和前途的历史事件,没有用过于抒情的诗意语言渲染铺陈,而是将广阔的历史、人生和深刻的矛盾落在历史与人心的最深邃的部分,举重若轻地加以艺术处理,使诗意一直绵延在朴素、简洁的描述中。

《千里江山图》有着清晰的关于真与假、善与恶、美与丑、崇高与卑下、伟大与渺小的判断,有着同样鲜明的现实体验和清晰的未来指向。这些是小说叙述的价值论前提。持续设置悬念,大幅度时空转移,时常让人真假、虚实难辨,但这一切都出自历史事实依据基础上的逻辑推演,显示出小说在叙述虚构与事实逻辑之间游走的柔韧性。作家用出色的想象力为真实残酷的历史注入了神奇,为革命者注入了神性,实现了梦与现实的交融。历史在此显示了它的可能性、可为性。

《千里江山图》的"政治的"和"美学的"双重先锋性,在深层关联

---

① 吴义勤:《中国当代新潮小说论》(修订版),中国人民大学出版社2018年版,第337页。

② 吴义勤:《中国当代新潮小说论》(修订版),中国人民大学出版社2018年版,第33页。

③ 孙甘露:《缓慢》,载《时光硬币的两面》,上海人民出版社2021年版,第143页。

了现实主义与现代主义的关系。①詹姆逊（詹明信）认为："我们通常习惯从内容方面来思考现实主义，而从形式方面来思考现代主义。"②比格尔也做过对比："艺术作品的内容，它的'陈述'，与形式方面相比不断地退缩，而后者被定义为狭义的审美。"③现代主义对总体性的意识形态反抗性并不诉诸街头政治，而是以艺术形式变革为路径进行审美否定。阿多诺认为："形式是改变经验存在的法则，因此，形式代表自由，经验生活代表压抑。"④这一判断适用于先锋小说，同样可用以理解孙甘露的《千里江山图》和余华的《活着》《许三观卖血记》、刘震云的《一句顶一万句》《一日三秋》、胡学文的《有生》等现实主义或写实性小说。在这些小说中，形式与内容具有同样的重要性。其内容具有苦难、孤独、生离死别、悲欢离合等经验生活的压抑性，与之共存、呼应的形式则体现着揭示和改变经验存在的自由法则。具体的艺术实践挑战了内容（现实主义）/形式（现代主义）二元分割对立的美学惯例，这是他律论和自律论所无法有效阐释的。

概念化写作不只是依托于某种既定概念、观念、术语和理念，也包括某种僵硬的思维和话语模式，"纯文学""形式主义"也是一种概念化写作。先锋小说看上去晦涩难懂、花样百出，但其"技术"上的重复、模仿导致的模式化却也是清晰可见的。现代主义和现实主义一样，都难免有概念化写作的陷阱。形式、结构、语言与主题、内容之间需要突破既有的分离、

---

①孙甘露的先锋小说创作，始于20世纪80年代现实主义与现代主义发生激烈冲突的时期。先锋小说之所以被肯定，也在于其对现实主义叙事成规和文化霸权的挑战。南帆指出："1980年代文学力图恢复'为人生'的真挚信念。不久之后，'现代主义'试图从另一个层面介入'为人生'的文学信念，继而与'现实主义'构成旷日持久的争辩。二者的分歧很大一部分涉及文学与社会、历史、民族国家或者文学与自我、大众的关系，哲学式的思考时常成为争辩双方共享的前提与方法。"参见南帆：《后现代、轻型文化与二次元美学意识》，《中国当代文学研究》2021年第5期。

②〔美〕詹明信：《现实主义、现代主义、后现代主义》，刘象愚译，载《晚期资本主义的文化逻辑》，生活·读书·新知三联书店1997年版，第277—278页。

③〔美〕彼得·比格尔：《先锋派理论》，高建平译，商务印书馆2002年版，第84页。

④〔德〕阿多诺：《美学理论》，王柯平译，四川人民出版社1998年版。

对立关系，得到新的理解。

从《千里江山图》描述历史现实的图景和人物而非抽象的存在状态来说，从其将自身"再现"程式加以隐藏，从而制造一种"透明"的经验性事实效果来说，尤其是就小说把自身作为揭示历史的真理、知识的艺术介质来说，《千里江山图》无疑具有现实主义小说的典型特征。同时，从小说突出自身的叙述结构和被讲述/建构的故事上看，从小说注重人的内在自我意识和精神方面看，《千里江山图》又具有现代主义色彩。小说既是为摆脱危局而舍生取义的革命者的革命/冒险叙述，亦不乏叙述的冒险——形式和技巧的创新——但后者并未破坏革命/冒险故事和人物情感的逻辑清晰性。当现代主义小说在叙述/形式的冒险中追踪人的内在心理和生活的隐秘时，《千里江山图》在故事与叙述的平衡中，探索历史与生命及二者纠缠博弈的隐秘，而这构成了这部小说的叙述生长点。

三、主流话语、先锋形式与大众文化品格

孙甘露意识到 80 年代中期以来文学边缘化和小众化的处境，如何在这一处境中求得安身立命的根基，如何处理文学与时代现实的关系，如何处理自身创作与此前"先锋作家"身份的关系，是困扰孙甘露多年的问题。关于《千里江山图》，他谈道："我觉得要突破一种比较概念化的写作，在形式上找到一种比较特殊的、跟这个小说的故事内容比较吻合的方式。我在想，中共特科和国民党党务调查科这么惊心动魄的地下斗争，以我们通俗讲的'谍战'这样一种类型小说的方式来写作，应该是非常契合的。"① 在《千里江山图》中，颇有传奇色彩的惊险故事，革命者平凡性中的超常之处，鲜活灵动的人物个性及好看、有趣的故事，使之具有大众化品格。

隐秘战线上的斗争不同于战场上的两军对立、阵营分明，而是彼此渗透、真假难辨、敌我难分。《千里江山图》通过梁士超这一从苏区来上海治病疗伤的红军指挥员的感受直接写出了这一点。革命者承受着巨大的精神压力，时时刻刻都在警惕着暗中窥伺的敌人。表面平静如水，实则暗流

---

① 孙甘露、黄平：《"小说家有点儿像个间谍"》，《文艺报》2022 年 7 月 13 日。

涌动、危机四伏。此时生死一线，彼时柳暗花明，继之险情又至。地下斗争的复杂性、激烈性、残酷性和惊险性在小说中得到了精彩体现。《千里江山图》在表达严肃的主题时，有意识地采用了通俗小说、类型小说的手法，尽可能使故事引人入胜。小说融谍战、悬疑、爱情、伦理、革命等元素于一体，起承转合、一波三折的情节组织，扣人心弦的悬念设置，危机四伏的情境设计，复杂而独特的人物形象，扑朔迷离、敌我难辨的人物身份和人物关系，悲欢离合的爱情和生动感人的亲情友情，悲怆却又成功的结局，使小说兼具思想启迪、精神升华、情感激励、审美愉悦和休闲娱乐等多重效应。

《千里江山图》情节设置的高明之处是，将一个事关中央战略大局的重大历史事件，放在一个月左右的有限时间内和以上海、广州为中心的城市空间内，尤其是负责执行任务的小组成员被严密监控的有限活动空间内，不断地制造各种矛盾，又不断地解决矛盾。小矛盾迭出，小冲突不断，小高潮随之而至；小矛盾、小冲突积累、激化为尖锐的大矛盾、大冲突，故事最终被推向高潮。

中共中央组织成立十二人行动小组，传达任务的会议尚未开始就被得到消息的龙华警备司令部侦缉处行动队破坏，成员半数被捕，行动遭受重大挫折。上海地下党组织已被敌人渗透，情况十分危急，后成员被假意释放，严密监控，更大的阴谋笼罩着他们。计划早已启动，行动却无法继续进行，也无法撤销，所有成员均有随时被捕的危险。陈千里临危受命，赴沪清查地下组织被渗透的事情，肃清内奸，协助中央特派员"老开"继续推进秘密任务。他刚到上海就被特务盯梢，被曾经的老师、后来的国民党特工总部副主任叶启年认出。行动小组外被严密监控，内有特务潜伏，被委以重任的陈千里能否在内忧外患中完成使命？潜入内部的特务究竟是谁，他们能否及时找出内奸，如何在敌人眼皮底下执行计划？《千里江山图》通过挖掘鲜为人知的史料，以本身就具有极大神秘性、惊险性和戏剧性的史实为素材，加以精彩、睿智、感人的情节设计，使小说情节紧凑流畅、逻辑严密、悬念不断，高潮迭起而又张弛有序。小说放大了20世纪五六十年代革命传奇小说中的地下斗争因素，不仅使隐秘战线成为主体内容，而且以"谍中谍"的方式增加了人物身份的不确定性，增加悬念并使之不断延续，大悬念套小悬念，重重悬念，使得小说的叙述也变得更为繁复。《千里江山图》最大的悬念是，党中央的绝密计划能否及如何顺利执行。接下来，党中央的绝密计划是什么，上海行动小组承担的任务是什么，"老开"是谁，"千里江山图"所指为何，秘密会议的组织者老方（方云平）为何没有及时出现在会场，"西施"是谁，如何在"西施"的监视下行动，龙冬有没有牺牲，广东地下党负责人欧阳民究竟有没有叛变，背后是否有更大的阴谋，如何在特务组织已获得街头暗号，掌握浩瀚同志唯一的对外联络方式，完全占据主动权的情况下，跳出"无法破解的陷阱"等。小说一开始就因秘密会议尚未开始便遭到破坏而提出内部出了叛徒这个问题，但谁是叛徒，国民党要抓的"老开"又是谁，无人得知。接下来，陈千里在组织的安排下改变了既定计划，前往上海，他被告知代号为"西施"的特务很可能潜伏在组织内部，但具体情况上级组织也不清楚。小说在敌明我暗与敌暗我明、隐藏与暴露等形势的随时转换中，设置了一系列扣人心弦的悬念，这些悬念自开篇一直持续到小说结尾，随着情节的发展一步步被揭开。《千里江山图》显在层面按时间顺序展开，内在层面则按逻辑关系推进，事件的总体发展、事件与时间之间的逻辑关系，前后因果相承，故事情节环环相扣，步步推进。情节在时间/逻辑上的不可逆转性和不断发生的戏剧性矛盾冲突，使小说在矛盾发生、激化、回旋对抗和解决的过程中完成了一个完整的起伏跌宕的"设秘——揭秘"过程，这同样是一个令人荡气回肠的革命故事的讲述过程。

作为一种深受读者喜爱的类型小说，谍战小说已经形成了相对稳定的类型、模式，如何在此基础上有所突破，是《千里江山图》需要解决的问题。

小说杂糅各种故事元素，突破单一主题内容的限制，丰富了文本蕴涵。一是，小说将对革命历史的重述，放在了一个更为广阔的生活世界和人性空间中。不同于经典革命历史小说对生活世界和人性空间的压缩，《千里江山图》将革命者的斗争放在上海等城市的市井生活中，让有着作家、银行职员、医生、记者、教师等不同职业和身份的人，穿行于充满人间烟火气的世俗生活中，以获得日常经验的根基和支持，破解革命叙事的理念化与封闭性。值得注意的是，小说有意融入爱情、亲情、师生情等各种质地和色彩的情感因素。陈千里与叶桃、凌汶与龙冬、陈千元与董慧文的深挚动人的爱情,陈千里与陈千元自然而克制的手足深情。小说的特殊之处在于对国民党特务情感的描写,陈千里与叶启年由和谐相处到分道扬镳,直至势不两立;化名易君年的潜伏特务卢忠德与名伶小凤凰之间如过眼云烟般的恋情。这些内容以自然丰盈的形式融合在一起,为崇高的革命话语增添了生活的底色和人性的亮色。无论是革命者还是与其对立的政治力量,其在个人或私人领域也呈现出复杂的个性和人性,而这也是一种日常生活经验和人性经验。

二是,小说将有限时空内的具体行动,放在中国现代历史的大背景之上,使宏大历史获得微观具体的表达,同时,也勾勒出中国现代历史节点和发展脉络。小说选择用真实的历史事件作为串联故事的主线,用宏大历史做背景和支撑,使斗智斗勇的具体事件突破了"技术性"局限,获得了广域性观照。小说中英雄人物的公开身份都是城市中从事各个职业的普通市民,他们作为革命者承担的是绝密任务,这决定了小说既不可能描述激烈的枪战和打斗场面,也不可能描述他们如何周旋于灯红酒绿的宴会、舞会以获取和传递情报。鉴于人物的年龄、经历等设定,小说没有在家庭等私密空间中展开家长里短的描述。革命者只能在菜市场、图书馆、诊所、银行、煤号、药号、茶楼、码头等公开或半公开的空间中活动,在敌人的严密监视下完成任务。上述因素在很大程度上构成了叙述的难度和限制。但《千里江山图》却也借助这些限制摆脱了谍战小说的套路,在有限中挖掘出最大的可能,并将可能性转变为事实性。小说通过极限式的行动,富有想象力地将这一具体转移行动所联结的中国革命历史充分象征化、形象化了。在此意义上,孙甘露的写作是一次先锋性的极限写作。

孙甘露在增加革命历史写作的故事性成分时,力避陷入市场消费语境中媚俗的窠臼。豪泽尔认为:"通俗畅销书可以满足一般读者的需要和愿望,可以实现他们在生活中从未实现过的理想主义要求。它用绕开生活中现实困难而展开情节的手法代替了对问题的实际解决。"[①]《千里江山图》在其借用类型小说上看,具有能够满足大众读者兴趣和需要的质素,包括

---

① 〔匈〕阿诺德·豪泽尔:《艺术社会学》,居延安译编,学林出版社1987年版,第269页。

读者的理想主义诉求和小说所倡扬的精神价值及理想主义取向，但孙甘露的小说与通俗畅销书却有着根本差异：它始终围绕"对问题的实际解决"而非绕开现实困难而展开情节，它不掩饰真实存在的问题，不提供廉价而虚假的纯粹娱乐性满足，而是鼓舞、激励读者运用自己的智慧、勇气冲破历史与现实的重重围困，用鲜血和生命捍卫真理和信仰。这是一种指向当下价值创造和未来期冀的真正有想象力、穿透力和批判性精神的文学，而不是大众心理抚慰剂和消费品。大众文学的手法、技巧作为引导读者大众进入新的历史和新的现实的入口和媒质，服务于对生活、青春、生命、牺牲、信仰等根本问题的思考。小说对自我与他人、世界、历史的深刻关系的想象性深层建构，指向和表现的却是重新打开的历史和不断生成的新的现实。

在借用大众文学某些惯例和手法讲故事的背后，隐含着"小说的精神"。故事并没有成为小说的负担，正如浩荡的历史和纷繁的史料没有成为小说的负担一样。小说在线性叙事中，围绕主要人物插入与之有关的历史/回忆，形成大故事套小故事、整体向前突进的回旋型结构，同时，产生意识流般的时空交错效果。作家以"小说的精神""小说的艺术"熔炼和转化了故事，使之成为一种有智慧和思想的文本。

格林布拉特认为："艺术作品是一番谈判（negotiation）以后的产物，谈判的一方是一个或一群创作者，他们掌握了一套复杂的、人所公认的创作成规，另一方则是社会机制和实践。为使谈判达成协议，艺术家需要创造出一种在有意义的、互利的交易中得到承认的通货。有必要强调，这里不仅包含了占为己有的过程，也包含着交易的过程。艺术的存在总是隐含着一种回报，通常这种回报以快感和兴趣来衡量。"[①] 在他看来，伟大的作家正是熟谙创作成规的高手和文化交易的行家。《千里江山图》有着较为明显的影视镜头感。小说开篇便有蒙太奇手法的运用。一个个城市建筑和场所密集出现，一个个人物在同一时间密集出场，场景和人物不停地变换，看不出其中的关系；没有情节的连续性，进入叙述（镜头）的世相、

[①]〔美〕斯蒂芬·格林布拉特：《通向一种文化诗学》，盛宁译，载《新历史主义与文学批评》，北京大学出版社1993年版，第14—15页。

物象仿佛被取消了因果关系和理性逻辑的偶然性碎片。一幅幅以瞬间跳跃、停顿、不流畅叙述等手法镜头般直观呈现的方式构造的客观的、平滑的场景的跳跃，视点的转换，空间（包括心理空间和情感空间）的切换是小说中最具镜头感的客观叙述，已接近于电影剧本的分镜头。

此外，小说中多处呈现出镜头的摄入感、推拉感，镜头的切换、翻转、剪辑，包括视点转换、场景跳跃、心理空间切换等最切近电影画面切换的手法的运用。比如，小组成员被释放后聚集在诊所时的谈话和对林石的审查，凌汶与易君年相处的情境、对话，龙冬的照片及与其相关的交谈和回忆，陈千里与易君年的初次会面，陈千里与叶启年在叶桃墓地的会面，叶启年与孟老的小桃园之会，陈千里、陈千元兄弟三年后的重逢，小说最后小组成员齐聚码头以身赴死和陈千里击杀卢忠德的场景的切换等，使小说叙述具有强烈的镜头感、画面感和影视艺术的表现力。如果说孙甘露的先锋小说更带有现代主义感官叙述的主观联想的直观性，那么《千里江山图》则有更多电影镜头的直观呈现性。这些既是小说先锋性的表现，也是小说与大众传媒的一次成功"合作"；而从主流话语内部来看，其中也有革命文艺大众化传统的基因遗传。①

作为80年代轰动一时的先锋作家，孙甘露通过《千里江山图》实现了较之其他先锋作家更为激进、也更为独异的转型。在这部小说中，他将先锋小说形式和修辞的陌生化实验与类型小说的大众化、通俗化品格相融合，讲述庄严的革命历史，传达中国现代历史经验。《千里江山图》为21世纪中国文学如何在坚持作家自身精神气质和成熟审美特质的基础上，在诸种话语交错与交锋的复杂情境中，进行思想、精神和美学创造，提供了远超文本自身的启示。

---

① 学者指出："虽然社会主义文学文化的政教指向历来缺乏治理娱乐要素的兴趣，但并不缺少应对'大众化'的经验。"参见朱羽：《在历史纵深与当下褶皱中思考新时代文学批评的标准》，《中国当代文学研究》2022年第1期。

重建宏大叙事：一种可能性的探索
——论厚圃的长篇小说《拖神》并以之为方法的思考

21世纪以来，中国文学尤其是长篇小说中涌现出了以现实主义为方法重建宏大叙事的潮流。中国作家在历史与现实、文学与历史、时代精神与历史纵深之间探索中国叙事的路径与空间。如何理解现时代在重建中国宏大叙事的实践中占据了重要位置的现实主义，现时代的现实主义如何处理20世纪80年代中期以来的文学遗产尤其是以先锋小说为代表的现代主义遗产，文学叙事与历史及其叙事之间究竟存在何种关系，长篇小说何以成为中国宏大叙事的主导文体，中国文学的本土建构与世界想象之间的关系如何，等等，都是值得反复深入研讨的问题。厚圃的《拖神》是走进这些问题的一个典型个案和重要入口。

一、"典型性"与"向内转"：现实主义与现代主义交杂的叙事美学特征

《拖神》的主人公陈鹤寿是一个有着突出个性和鲜明性格的人物，无论是在性格、心理还是行为、经历方面，都具有区别于其他人物的戏剧性特征。这一人物通过其充分的活动，以及由其一系列活动所引发或关联的事件，展示了一种充满个性和生命感的文学魅力。

作为小说的主人公，陈鹤寿是小说展开历史叙事和情感故事的线索性人物，但其身份却极为特殊。在小说设置的情境中，他是一个被官府通缉的罪犯，是政治秩序的反叛者和社会生活中的逃亡者。但就是这样一个人

物，不仅获得了文学社会学意义上的合法地位，而且成为充分的社会性的人物。因此，陈鹤寿可以说是饱满充实的个性和复杂具体的社会性的统一。作为一个个性化的人物，他始终与时代、社会、历史及官府、商人、农民军、海盗等各种社会、政治力量纠缠在一起，处于具体的、可充分感知的生存境遇中，人物的生活和活动有着清晰的背景。

小说详细地讲述了他的身份、经历及情感、婚姻、家庭关系，在以其一生活动为叙事主线的基础上，展示了广阔而驳杂的社会和历史画面，关联了传统与现代，地方与国家，本土与异域，个人与族群，个人的思想、激情与社会规范、历史动荡之间复杂的、充满戏剧性的冲突，这些冲突既构成了小说的基本叙事情节，也拓展了叙事空间。个人生活、个体生命、地方习俗、区域文化和社会、历史之间具有了潜在而又复杂的呼应性和一致性。其他人物如林昂、黎德新、温鹏程、梁暖玉、史雅茹、麦青、沧海、桑田、浩云等，与社会事件、历史事件、政治事件和刑事案件有着紧密的内在联系。就此而言，《拖神》有着经典现实主义小说的品质，具有"社会—历史"写作的基本模式，人格品质、道德操守是衡量和评价人物的重要尺度。

同时也要看到，《拖神》不同于传统现实主义的叙事方式和风格。这一点首先体现在小说叙事手法和技巧的繁复。除了"社会—历史"层面，小说的第一章、第七章和第十三章皆以"鬼迷心窍"为题，提供了一个超现实的"魂灵"叙事视角；第三章、第九章皆以"国王下山"为题，第五章、第十一章皆以"海国安澜"为题，分别提供了"三山国王"和"天妃娘娘"（有着"天后娘娘""妈祖"等众多尊称）等超现实的"神灵"视角。无论是"魂灵"还是"神灵"，从技巧方法上看，从中国文学内部看，可以说是借助了神话志怪小说资源；从更广泛的范畴看，可视为受拉美"魔幻现实主义小说"如马尔克斯的《百年孤独》、胡安·鲁尔福的《佩德罗·巴拉莫》等"鬼魂"叙事的启示。而小说对神话、传说、民间信仰的借助，所建构的却是一种小说的现代主义性质。

《拖神》有着鲜明突出的现代主义小说叙事特质。作为一部历史小说，它以鸦片战争和第二次鸦片战争为主要历史背景，涉及的历史时段大体为1840年至主人公去世的1900年，时间跨度为半个多世纪。但小说并不致力于对历史本质、历史规律的揭示和对历史场景的展现，也并未提供完整而详尽的对历史生活的书写，毋宁说，作者更倾心于有着完整的生命长度、厚度、密度和力度的人物的内心，描述其心理、情感、灵魂、精神等内心事件，使内心具有叙事和事件的意义。《拖神》对人物的心理化、内在化处理和叙事的内心化，可视为历史叙事在人学和文学双重意义上的"向内转"——转向作为个体生命的人和作为纯文学想象的文学。

如此一来，《拖神》的现代主义性质和魔幻现实主义色彩与传统现实主义小说的典型性，尤其是其在人物、环境和历史等方面的表现，就奇特地扭结在了一起。值得注意的是，小说在塑造人物时注重将人物放在社会、历史情境中，通过人与历史、社会的紧密联结，通过人／历史架构，塑造"行动之人"的形象，突出人的行动性、能动性。这一点与 90 年代以来中国文学的生活化、日常化、个人化、心理化、内向化潮流形成了别有意味的对照。

在经历了 80 年代中期以来先锋小说、新写实小说、新历史小说的洗礼之后，90 年代以来的中国小说，或多或少地呈现出了戈尔德曼所说的"新小说"特征。戈尔德曼认为："第二个时期大约从卡夫卡开始，直到当代的新小说，而且尚未结束，他的特征是放弃用另一种现实来努力取代有疑问的主人公的任何尝试，以便写作没有主体的小说，其中不存在任何正在进行中的追求。"[①] 传统小说用"无疑"的形式表达作家或小说人物的"有疑"，"而本世纪的小说则尝试取消小说内容特有的两个基本要素：有疑问的主人公的心理状态和他恶魔般的追求的经历"。由此，小说人物失去了其专有名称、鲜明的个性和社会身份，置身其中并影响其生活和命运的年代、时代和具体日期也变得含混模糊，不再如此前那么重要。人物变得个人化、心理化、内在化，失去了鲜明的个性，丧失了行动的欲望、主动性，不再具有行动的意义自觉，或者说不再具有充分的作为一个现实的行动者的理性和意识，在思想、行动和感觉、意识、无意识

[①]〔法〕吕西安·戈尔德曼：《论小说的社会学》，吴岳添译，中国社会科学出版社 1988 年版，第 20 页。

之间，主人公更偏重于后者。主人公和他所处的世界、时代之间呈现为一种分裂乃至对抗的关系，但这一关系并不发生在清晰可辨的理性的具体的历史与现实范畴内，而是存在于主人公的内心或内在经验之中。主人公以"内在的人"的面目示人，其鲜明的辨识度体现在激烈的、生动的、相比于现实主义更为细腻和尖锐的心理过程和内心经验中。

如果说经典现实主义小说所蕴含的人文主义、个人主义、个性自由及对爱、权利、尊严的追求与渴望，是通过充满激情和思想的个人与现实生活之间的冲突和外部行动实现（体现）的，那么在这些具有现代主义色彩的小说中，人文主义、个人主义、对个人价值和主体性的渴望并未消失，个人的激情、思想与现实生活之间的戏剧性冲突仍然存在，但已转化为"有限的个体"的内心过程。冲突仍然存在，却不再是那种可见的戏剧性冲突的场面。细腻生动或隐秘激烈的心理活动，构成了小说的主体内容，甚至被视为小说文体的现代性标志和现代本质。

小说个人主体和人物的心理、体验及感觉的转向，并不意味着其"向内转"完全成为一个内在化的过程，小说人物的心理、体验和感觉依旧附着于人物的行动，而人物的行动或来自外部现实的触动和历史的推动，或来自人物的心理、情感及激情、信念和现实之间的矛盾冲突。《拖神》的"向内转"体现了带有中国本土基因的现代主义小说特质。它并没有像西方现代主义小说那样，个体之人、感觉化之人与世界、社会割裂开来。《拖神》中的主体，在内在化为在社会生活中被边缘化的个人主义镜像的同时，又呈现了反思和超越这一镜像的反面镜像。因此，《拖神》的"向内转"不仅是文学内部自身流变的结果，也显露出其与20世纪80年代人文主义和个性主义的兴起相关，并受90年代个人化写作的影响，体现了个体生命合理性和欲望合理化的路向，以及21世纪对此前历史的超越意图。

因此，《拖神》并未停留于对感觉的细腻描述和对心理过程的繁复剖析。小说注重个人主体立体的内心表现，却并未弱化叙事性。而这种叙事性与历史、社会相伴。《拖神》的内向性提供了人物的心理、感觉的真实性，并在更深层提供了历史、社会的真实性。作为生命主体的人，构成了历史叙事的基础和价值依据。这不仅体现在小说以人为主体和叙事线索，更体现在它对人这一生命主体的尊重，以及对其复杂性的揭示。小说肯定人之内在真实性，既没有放逐历史、社会的真实性，也揭示了同为外在的人的行为和行动的真实性。也就是说，小说显示了对内在和外在及其关联的双重尊重。

　　就内在而言，《拖神》包含个体生命和族群生命两层内涵，有效地避免了将生命个人化、私人化、欲望化。这一点可由对主人公陈鹤寿形象的塑造看出。从内在方面看，陈鹤寿的形象是在如下维度上被塑造出来的：一是个体生命维度，如本能、欲望、心理；二是信义、情感；三是信念、信仰。陈鹤寿因从事反清活动被迫逃亡，并在逃亡过程中勾引了暖玉，携其私奔，开荒落户后，又与柳三娘暗通款曲，直至樟树埠渐成规模，他又与花娘麦青身心相悦。情感线索始终纠缠着人物的三个生命维度，并使之呈现为出现欲望和超越欲望的繁复形态和漫长过程。小说在情感、情谊和信念、信仰两个路径上，塑造了人物的超越性。"情"的超越主要体现在主人公与暖玉、柳三娘和麦青的关系上，这种关系起于欲而终于情，躁动归于平静，绚烂归于平淡；"信"的超越起于对混乱腐败秩序的不满和反抗，由此寻找一方自由平等之圣地，这就超越了一己之私。

　　从外在方面看，陈鹤寿虽然是一个人称"秀才公"的读书人，却并非一介酸腐文人，他没有花前月下卿卿我我的"文人气"，而是一个有着理想信念并付诸行动的人。从开荒建埠，造大船寻乐土，到在水灾、飓风等灾难事件中挺身而出，又到为民请命，被迫过番，九死一生却积累财富东山再起，再到智退太平军，陈鹤寿不仅坚守了自己的个性，更以其行动超越了心理，以外在延伸和发展了内在，蕴含了人的自主性和主体性等被现代主义和后现代主义文学视为放逐对象的价值范畴。通过对人的外部行为、行动的真实性描述，彰显了人的能动性和人之行为、作为的意义及价值；而人之内在性尤其是"情"和"信"，成就了人之真切而有意义的行为和作为。这样的人创造了历史，在被压制、被剥夺的状态中创造了世界，创造了自由、自主的具有主体性的人。

　　同样，暖玉、麦青、林昂等形象也有类似的内在性和内心的丰富性，小说对他们的内心生活——心理、情感和情绪——有着鲜活生动的复杂表现。个人的内心生活及梦境、幻觉、欲念等内在经验和内心体验得到了强化和繁复、细腻的描述，构成了小说的重要描述内容。

暖玉看似文静瘦弱实则心慈性烈，为人质朴谨严而又包容温和。她终生跟随陈鹤寿，吃过苦受过屈，体会过陈鹤寿不忠于夫妻之情所带来的委屈和幼女朵云夭折的痛苦。对丈夫终生不易的爱、面对人生波折和苦难时的成熟、坚韧，维护尊严的刚烈和历经劫难后的脆弱，使这一形象丰实而动人。陈鹤寿的对手林昂也是小说着力塑造的人物。他一方面是个有谋略的商人，屡屡在出现水火之灾和饥荒兵祸时施以援手，他鄙视侵略者，愤慨于家国灾难，曾从烈火中救出村民的孩子，待人和善，乐善好施，帮助过暖玉；另一方面，林昂功利心重，他设下圈套将陈鹤寿逐出樟树埠，为了维护少数商人的利益损害百姓利益。为扳倒陈鹤寿，他竟然勾结声名狼藉的潘氏家族。他爱麦青，为之赎身，与之成家，但又难以改变商人本性，用利害得失衡量他与麦青的感情，将之视为一桩买卖。商场、情场双双落败，最终因突破底线投靠洋人势力而被温兆吉（即陈鹤寿三子沧海）所杀。与陈鹤寿一样，小说也在爱情与事业、立身与立命等方面成功塑造了林昂的形象。此外，有着疍家人的不羁天性、始终坚守自由尊严的麦青，挣扎于爱欲与宗教、情感与禁忌、灵魂与肉体、上帝与俗世之间的法国传教士黎德新，一生无欲无求、一心赴救的苍生大医濮婆婆，泼辣能干、执拗倔强的雅茹，暴烈、蛮狠、机敏、狡猾、无赖兼而有之但又勇猛刚烈、义字当头的温兆吉，外表斯文平静、内里充满心机而又残酷决断的"海盗王"温鹏程，虽笔墨浓淡不一，但个性都较为饱满鲜明，不乏人性的质感。

　　更为特别的是，以魂灵和神灵身份出现的超现实人物形象——陈鹤寿的草头妻、天妃娘娘和三山国王。小说没有通过外部言行对其做客观描述，而是完全借助其自诉传达心声，具有浓郁、强烈的主观性。陈鹤寿的亡妻充满思念和怨念的爱恨交织的倾诉，天妃娘娘、三山国王的自述，均有不同程度的心灵史性质，同样体现出个人意识的鲜明性和主动性。小说赋予这些魂灵和神灵以第一人称的诉说和剖白，其中多有对人与人、人与历史、人与宗教信仰、国与国、国家与世界等关系的充满个性因素和道德因素的思辨。这些超现实形象虽然不能改变人类社会的历史进程，但他们却有介入、参与人类历史和外部世界的欲求、举措。

　　总的来说，从人物形象上看，小说人物既在内心体现出其主体性和个人的特性，也在人际交往、现实生活、伦理道德关系和社会历史实践中，体现出一种社会化的性格和个性特征。

　　从叙事上看，《拖神》有着传统小说的明显特征。作者时时进入叙述者角色，对笔下的人物、事件、场景和心理等进行叙述、描写、议论和评价，并做出分析和判断。叙述者本身是全知全能的。此外，小说设置了"鬼迷心窍"三章、"国王下山"两章和"海国安澜"两章，提供的也是一种对其他章节内容、人物和故事情节的补充，以及关于历史、人性和世道人心的阐述、点评等。这种类似超级叙述的设计，更强化了洞悉世间一切、明察秋毫的上帝视角。也就是说，小说不仅时常在貌似客观的主体叙述部分，更在超现实的神灵、魂灵叙述中，通过人物形象、情节结构阐述自己的哲学、历史、伦理、信仰与价值观念，使人物形象成为自己的"代言人"。不过，与曾经被过度理念化、理想化的"代言人"相比，这个"代言人"更具生命感性特征，通过细微的心理分析和解剖呈现自己，因此，具有一定程度的混沌性、驳杂性，产生了众声喧哗的杂语效果。

　　与叙事相比，描写在《拖神》中也占有重要分量。小说关于自然、环境、人物形象和社会生活的描写，尤其是引人注目的风景、风情和风俗描写，对传达思想主旨、设置故事情节、烘托人物情感、渲染情境氛围、营造地方色彩等起着十分重要的作用。从总体上看，这些描写无论是作为故事情节的背景或见证，还是作为人物情感的烘托或投射，都具有传统小说中的描写性质，具有人性内涵和人文色彩，体现了以人为出发点和中心的现代世界观、价值观。从描写上看，《拖神》也是充满现代理性精神的现实主义作品。同时，小说中的描写尚有传统现实主义文学所难以完全含括的品质特点，一是对樟树湾神秘、奇特、壮丽的山海景观，暴风骤雨，悬崖峭壁，闪现的鬼火，游荡的鬼魂、游弋八方、巡视人间的神明，等的描写，体现了人与自然在某种程度上并非完全和谐的关系，自然景观往往引起人的焦虑、不安甚至厌恶、恐惧；二是在人物形象的描写中，陈鹤寿草头妻亡魂的"鬼迷心窍"在某种程度上具有弗洛伊德精神分析学或潜意识、本能的影子，一定程度上溢出了理性主义和传统伦理的范畴。上述两方面的描写，体现了《拖神》的现代主义性质。

　　但这些看似独异的描写，仅是小说整体性叙事的局部，它们被统一在叙事范畴之内。蛮荒、神秘、令人恐惧的自然，正如小说人物置身其中的动荡不安、变幻无常的历史一样,是以陈鹤寿为代表的人物想要征服的对象。恰恰是在对自然和历史的超越、征服中,现代历史主体才成为主体。同样,草头妻的"鬼迷心窍"蕴含的却是现代人的情感和心理诉求,体现了现代人的情感意识,在真情、至情至性的意义维度上,是人文主义精神传统的体现。因此,魂灵、神灵、自然,被纳入了现实主义叙事之中。

二、"百科全书"、文化史与人之历史:驳杂而有序的文学世界

《拖神》是一部关于19世纪潮汕地区历史、文化、习俗、民情、世情、语言的"百科全书",是一部汇集众多文化源点的包罗万象的"樟树埠词典"。五花八门的各方面知识"源码"编织出一种多层多面的区域文化景观。如何理解这些文化源点和知识"源码",其作用和功能如何,它们为何如此密集地汇集于此?

在卡尔维诺看来,"现代小说是一种百科全书,一种求知方法,尤其是世界上各种事体、人物和事务之间的一种关系网"[①]。他从加达的小说《极度杂乱的美鲁拉纳大街》的第九章的某一节中看到了这种"关系网":对各种宝石的讲述——它的地质史、化学成分、各种用途,对其做历史和艺术方面的考察,并由此生发形象化想象。这是一个没有中心的网络结构,作家"不断增加细节,所以描写和离题的话变得无限多。无论出发点是什么,他手里的素材都蔓延起来,占据了越来越大的空间;如果那素材可以在每一个方面不断地扩展,结果是要包容整个宇宙的"[②]。在科技越来越发达,科学领域越来越细分乃至失去了宏伟构想的时代,文学却呈现出一种不合时宜的宏大性、繁复性追求。"因为科学已经开始不信任不能切分、不专门的一般性解释和解决办法,所以文学所面临的重大挑战就是必须能够把知识各部门、各种'密码'总汇起来,织造出一种多层次、多面性

[①]〔意〕卡尔维诺:《未来千年文学备忘录》,杨德友译,辽宁教育出版社1997年版,第73—74页。

[②]〔意〕卡尔维诺:《未来千年文学备忘录》,杨德友译,辽宁教育出版社1997年版,第75页。

的世界景观来。"他认为歌德是将文学的这一宏伟构想推向极致的作家,"他选择小说作为一种可能包罗整个宇宙的文学形式这一事实是对于未来具有很大意义的事实"。① 卡尔维诺高度肯定知识对小说实现自己宏伟抱负的重大作用,并对此做了积极乐观的评估:"知识作为一种繁复的现象是一条把所谓的现代主义和被定名为后现代(Postmodern)的主要作品连贯起来的一条线索;这条线索高超于给它贴上的一切标签;我希望这条线索不断展延到未来千秋中去。"② 同时,他也看到以知识建构总体宇宙场景在不同历史时期有着根本性差异,"中世纪文学倾向于产生的作品,以具有稳定严谨性的次序和形式来表现人类知识的总体",相对于囊括世界和人类全部知识。"将其用一个圈子圈起来的尝试","今天,我们所能想到的总体不可能不是潜在的,猜想中的和多层次的"。因此,他认为"从二十世纪伟大小说中很可能浮现出一个关于开放性(open)百科全书的概念",而这一概念的内涵是与"百科全书"的词源学意义相矛盾的。事实上,与但丁《神曲》的"向心式"思维模式形成对照的是,"我们最喜爱的现代著作则是各种解释方法、思维模式和表现风格的繁复性汇合和碰撞的结果。即使总体设想有细致周到的安排,但是,重要的不是把作品包容在一个和谐的形体之中,而是这个形体产生的离心力:语言的多元性是不仅仅部分地呈现的真实的保证"③。不可否认,《拖神》包含历史事实、建筑器物、节庆礼仪、宗教信仰、动物植物、风情习俗等方面的知识,可以感受到作家搜集与博览的气息,但这些显然不是纯粹的知识展示。它们是作家对所要讲述的历史故事的情境化设置,是对历史做文化层面处理的方式。从根本上说,浮现于《拖神》"百科全书"式叙事中的这些知识,是一种区域文化的载体和文化征候的显现。

---

① 〔意〕卡尔维诺:《未来千年文学备忘录》,杨德友译,辽宁教育出版社1997年版,第78—79页。

② 〔意〕卡尔维诺:《未来千年文学备忘录》,杨德友译,辽宁教育出版社1997年版,第81页。

③ 〔意〕卡尔维诺:《未来千年文学备忘录》,杨德友译,辽宁教育出版社1997年版,第82页。

巴格比"把单个文化定义为在地方共同体群中发现的文化规则的集合。这个共同体的大小和边界在理论上根据一套基本观念和价值的表现来确定，而在实践中则根据一套有特征的制度来确定"。他认为："文化不再被看作是社会、机体、活动物体或不可见的精神，它们是复杂的生活方式，是大群人的行为特征的风格。"①"我们就可以说，文化是众人行事的方法。"关于文化与历史的关系，巴格比谈道："因为历史本身就是众人所作所为的结果。所以我们就能知道，文化就是模式化地和反复地出现在历史中的因素。文化与历史并不是同一的。文化，不如说是历史的可理解的方面。"②曾经被历史学家着重叙述的重要历史事件和历史人物，应该被看作"更大的进程中的一部分"，"我们不再着眼于波浪表面的波纹，甚至不着眼于波浪自身，而是着眼于那波浪构成其一部分的潮流。这潮流，这更大进程本身，就是文化变迁的过程"。③在这一意义上，他对历史学家只见树木不见森林的做法颇为不满，建议"历史学家暂时只应当着眼于森林而忽视树木。如果有人能造一个'宏观镜'，即一种保证历史学家只看到历史的较大侧面而看不见个体细节的仪器，这肯定是一项了不起的发明。只有保持着这一层面上的抽象，我们才能指望解释历史变迁的基本模式，辨别清使我们的世界成为今天这个模样的'力量'，而不管它是什么"④。巴格比的观点与历史学研究重心从政治史、军事史转向社会史、文化史和风俗史的趋势是一致的。

自20世纪80年代中期开始，中国当代文学中的历史叙事也存在着类似的转型。历史小说中政治、军事等因素趋于淡化，不再构成叙事主题和

---

① 〔美〕菲利普·巴格比：《文化：历史的投影》，夏克、李天纲、陈江岚译，上海人民出版社1987年版，第145页。

② 〔美〕菲利普·巴格比：《文化：历史的投影》，夏克、李天纲、陈江岚译，上海人民出版社1987年版，第149页。

③ 〔美〕菲利普·巴格比：《文化：历史的投影》，夏克、李天纲、陈江岚译，上海人民出版社1987年版，第150页。

④ 〔美〕菲利普·巴格比：《文化：历史的投影》，夏克、李天纲、陈江岚译，上海人民出版社1987年版，第154页。

内容，与此相应，风俗、家庭、家族、经济生活、文化、宗教等因素构成了历史叙事的肌质、结构、底色，影响了叙事的氛围，广阔的生活经验和超越具体历史事件和人物的"更大进程本身"——"文化变迁的过程"——成为突破传统现实主义"社会—政治"写作模式的新模式。

但是对于文学来说，究竟是以文化还是以人为重心，究竟是以文化变迁为主题还是以人的境遇和命运为主题，是值得思考的问题。"应该注意到，不参考其文化背景，就是个人的行为也几乎是不可理解的。一个人的内心最深处的欲望和信仰，主要是由他受到的教诲，和无意之间从同伴处吸取来的东西所塑造的。同样，他在任何特定时间内所面临的境况在很大程度上也是同一或不同社会成员们先前行为的产物。"巴格比强调的是文化的共性、文化背景或文化模式对个体的根本性塑造，"当我们回首过去和超越民族边界时，个体的差异便沦落到无足轻重的地步"。① 他将文化视为"历史的可理解的方面"，视为众人的复杂的生活方式、行为特征，这对历史叙事如何突破僵化的文艺社会学窠臼颇有启示。

作为一名历史学者和文化人类学家，巴格比着眼于历史的宏观和普遍性文化模式，而不是"特别的个人"。这显然与文学作为个体性、个人主体性的创造性特质不相吻合。历史文化固然为文学创作提供了资源甚至根基，但历史文化变迁的长河作为一股不可隔断的潮流，却是由无数具体作家的个性化文本创造的瞬间构成。经典之作不会被淹没于文化变迁这一"更大进程"中，相反，其甚至成为文化变迁的标志性事件或历史节点。在浩瀚的文化之海里，也许文学仅仅是微光，但杰作的光芒却使众人的日常黯然失色。

《拖神》叙事上的一个突出特点是，小说在涵容多种内容的同时，设置了多重叙事视角。全知全能的第三人称视角、魂灵视角的独白与倾诉、神话传说人物的超级视角，显示了众多主体的存在，各种声音和眼光的交织，产生了类似于巴赫金笔下的杂语效果，具有较突出的对话性和狂欢性。

---

① 〔美〕菲利普·巴格比：《文化：历史的投影》，夏克、李天纲、陈江岚译，上海人民出版社1987年版，第154—155页。

同时，小说在情节结构上具有某种程度的未完成性或开放性，这一点更为突出地表现在与天妃娘娘和三山国王相关的"海国安澜"和"国王下山"部分。除了这两部分，还有与陈鹤寿草头妻相关的"鬼迷心窍"部分，都具有格言、思辨般的非叙事性和非系统性。尽管有思想的火花，却更呈现为叙事之流中的点状存在，可视为带有诗性和哲学性的篇幅不长的评论或札记。正是这样一些因素的存在，使小说呈现出某种程度的离心性或卡尔维诺所说的"开放性百科全书"性质。

换个角度看，按照弗莱的观点，"全部幻想的内容是具体表现在一种百科全书型的形式之中的"，而"传统的故事、神话和历史具有混合起来并构成百科全书型的集合体的倾向，特别是当它们像通常那样用一种程式化的韵律来表现的时候"。[①] 百科全书式的知识和族群文化记忆背后的非个人化和超个人性，与以个人经历、个人化感知（经验与模式）为基础的小说叙事形成了微妙的疏离关系乃至某种程度的对立关系。

但就叙事的性质及其实际效果而言，这些打开文本叙事空间、体现叙事可能性的知识和神话、传说恰恰成为进入人物内心的隐秘而曲折的通道。《拖神》创造的历史和文化图景纷繁混沌，故事奇异且充满传奇色彩，情节跌宕曲折，将人物的爱恨情仇、历史的曲折艰难、世事的沧桑变幻与古老神话、神灵崇拜、神鬼传奇编织在一起，隐藏在自由的想象力深层的则是族群原初文化记忆。作家借助个人化的历史想象力激活了这种记忆，通过生命化主体塑形将其向人之维度还原。

从根本上说，历史和文化叙事是人的叙事，也是关于人和属于人的叙事。被誉为"民族秘史"的《白鹿原》关于民族、传统、文化的思考，是建立在白嘉轩、鹿子霖、田小娥等充满生活和生命感的人物形象上的；《古船》的民族主体建构则建立在隋抱朴深沉理性的历史反思上；《拖神》通过陈鹤寿的生命史穿透了家族、村落、风俗、宗教、信仰等层面，揭示了生命对历史、文化和"神"的创造。生活是生命展现自身的寓所。

---

① 〔加〕诺思罗普·弗莱：《批评的剖析》，陈慧等译，百花文艺出版社1998年版，第39页。

这体现在陈鹤寿与暖玉、柳三娘和麦青的情爱关系中，也体现在他对"神"的态度上。陈鹤寿初至蛮荒异地，发现女神庙后，便决定向此处的居民及其信仰发起挑战，"为自己的生命拓出更加开阔的空间"①。在经历了暖玉流产事件后，他思考自己与神的关系："信天信地不如信自己，如果真要信神也要信自己的神。"他决定立一尊无畏无惧的男性神偶，"这才是世间最该信的神！"。

为了控制人性的贪婪、暴戾和不羁，他凭空造出象征"无羁无畏，开疆拓土"的"水流神"，他敬神也"拖神"。在樟树埠人的眼里，他是得到敬重和称颂的"用生命谱写传奇的好汉"和"水流神在人间的代表"。对于陈鹤寿来说，水流神"凝结着他的心血、承载着他的精神意志、已经和他的生命连成一体"。小说对水流神雕刻过程做了富有仪式感的细致描述："虔诚的一刀一凿，全是他与他的神最直接的接触与交流。借助于恣意磅礴的想象、最质朴的手艺还有不断进发的激情，陈鹤寿为樟树湾新添了一尊神偶……雕像告竣的那个冬日，陈鹤寿彻夜守护着它。"在陈鹤寿眼里，"神"意味着敬畏，"要是没神，人还有什么干不出来的？""神"也是凝聚人心的力量，"有了神，他才能以神之名感召更多的人凝聚更强的力量，扫除障碍，实现抱负"。

小说借三山国王之口，写出了陈鹤寿"拖神"的目的和要义："他想用拖神的方式告诉神佛仙鬼，告诉帝王将相，告诉那些地方的父母官，顺民意者昌逆民意者亡，只有为芸芸众生谋福祉才配得上相应的尊位。"借神之口说"神"说"人"，说"神"与人之关系，即便是"神"，也"不得不佩服陈鹤寿的胆识豪情：天若亡我，我必逆天，神不作为，我敢惩神！""人可以不需要神，但是神却需要人。"陈鹤寿敢言："神明居功自傲是可耻的，咱们盲目崇拜也是愚昧的。"暖玉有着同样的认识："官也好神也罢，若不能为平头百姓谋利益，那还供养他做啥？""把神捧得越高，就离人越远！"拖神"打通了控制神明的法门"，驱动他们的元神顺应民意，济世苍生。小说对"神"做了人性化、性情化的形象阐释，赋

---

① 厚圃：《拖神》，作家出版社2022年版，第24页。以下凡引自本书者，不一一标注。

予其现代人文内涵和历史理性认识。陈鹤寿那因难产而逝的草头妻，化为魂灵仍不能放下对丈夫的情感执念，三章"鬼迷心窍"淋漓尽致地铺陈渲染了"鬼"的用情之专之深。与三山国王由修身养性、超然置身"世"外转向积极入世不同，天妃娘娘则始终抱有救世济民的众生情怀。

《拖神》写事不脱写情。陈鹤寿与暖玉同舟共济、相濡以沫的爱情，与麦青声气相投、灵肉合一的情爱，都是小说中极为饱满感人的内容，甚至连并未正面描述的陈鹤寿与草头妻之爱，也令人惊心动魄、荡气回肠。这里单就陈鹤寿与麦青的感情做简要分析。麦青九岁时即被父亲卖掉，寄身花艇，这位花娘出身的姑娘，却成为陈鹤寿移情别恋的对象。自从对麦青有了"扯下水流神胡须"的承诺，陈鹤寿二十七年来始终参加拖神活动，直至七十一岁才完成他的承诺，只因为她在他心目中有着至关重要的地位。他们之间有不满、怨恨、委屈，更有理解、宽容和爱。他们的感情不仅为护神的后生所理解，并击退拖神者给"这位最可敬的长辈让出一条路来"，让他兑现承诺，而且也得到了善解人意的暖玉的包容和理解。暖玉与陈鹤寿、陈鹤寿与麦青、草头妻与陈鹤寿之间的感情复杂而诚挚，真切而绵远，甚至执拗，却都是至情至性。

三、叙事的可靠性与历史的可能性：重思人与世界及其关系

《拖神》提供了一种可能性和可靠性叙事。小说将动荡的历史和失序的社会作为人物生活的背景和环境，大量描述个人内心的难以摆脱的矛盾纠结，人与人之间的矛盾冲突。不同宗教信仰、商业集团、政治和军事力量之间，以及外国侵略势力和清政府、中国百姓之间，平民百姓与官府和洋人之间，存在着激烈的竞争和你死我活的斗争。但个人并未分裂，道德信义仍存在于人与人之间，死局中能发掘出新机，困局中能走出新路，人的内心与外部世界、人的意志与行为并未撕裂，个人与超个人的共同体之间仍存在着有机联系，个人仍能从超个人的情感、道德、伦理和信仰中汲取营养并付诸超个人空间的重建。这一超个人空间既是情感、信仰、伦理和道德的，也是由被动过番、挣扎谋生、死里求活而衍生出的商业伦理和文化共同体的。因此，这关乎人和世界的可能性，创造世界、人和自我的

可能。如上所述，这种可能性以人为关注对象和价值中心，关注人物的个性、心理和性格，关注在历史和现实中的戏剧性的行为、行动，关注人与世界在行为、行动上的冲突。人，无论男人还是女人，魂灵还是神仙，都具有行动的意志、行动的能力，以及支配和推动行动的信念与信仰，无论其是关乎爱的信念还是关乎美丽新世界的信仰。

为揭示人与世界的可能性，《拖神》采用了一种现实主义的可靠性叙事。其一，围绕主人公的完整生命历程进行全知全能的第三人称叙事。其二，由魂灵和神话人物建立超级叙事视角。其三，将人物的生活、命运与中国近代史、商业史、中外贸易史和移民史相融合，在虚构的文学人物与真实的历史之间设定潜隐关系。其四，借助哲理性议论和热烈真挚的抒情及预叙等方式，介入和干预叙事流程，揭示隐秘的人性、真实的心理和人物的命运走向。

如此种种，不仅保证了叙事主体地位的稳定和叙事的可靠性，更重要的是，人物借此走出封闭的内心，直接或间接地进入公共空间，参与到历史、世界中而非固守"内在生活和生命世界"。小说人物在内心深处进行自我对话的同时，也在现实生活中展现了有着自己个性、性格和情感的小说人物颇具新鲜感和真切性的形象。而小说人物连同其心理、情感、个性与他所生活的时代、历史和世界之间存在着持续乃至恒久的融入与疏离、和谐与冲突的关系，他们不仅是时代、历史和世界作用下的被动的客体，也是一个置身时代、历史和世界中并改造和创造它们的主体。他们有着生命个体的内心冲突，且这一冲突贯穿人物从出场到生命结束的整个过程，但其存在意义的获得并不来自纯粹的内心，而是来自基于其个性、性格、信念、信仰发生于公共性社会空间的行动和行为。如此一来，小说便通过内在与外在、心理意志与外部行为的连接，使人物在发出内心声音，让读者触摸其心理经验、情感体验和内心感受的同时，又通过自身行动牵引出广阔的社会现实和历史生活。就内在性关注来说，《拖神》是具有浓厚现代主义色彩的小说，其中的抒情性、主观性和主体性又使叙事笼罩着浪漫主义气质；就外在性观照来看，这又是一部保留了人物的个性、社会性、独立主体性、构设情节的行动性等经典现实主义品质的作品。

《拖神》的现实性和文学性，产生和存在于一种内在与外在、内心与世界相互呼应、彼此渗透又不完全割裂或彻底融合的状态中。就此而言，这是一部渗透着现代主义文学基因，散发着浓郁的现代主义气质，经受了现代主义小说洗礼的开放型现实主义长篇，是20世纪80年代以来文学的主体性、本体论与文学现实主义精神、艺术赓续和变革相融合的产物，而其中的世俗性基因和历史感诉求则可视为20世纪90年代和21世纪文化的回响，展现了历史生活的可能性和文学的可为性。

《拖神》中充满颇具传奇性的故事。主人公与多位女性纠结缠绕的情爱故事，其历经波折的带有神秘色彩的家庭家族故事，其与林昂等人的商战故事，还有充满神秘色彩的神灵故事，以及一个港口、商埠从无到有、由小到大的建设和发展故事。小说不仅尊重讲故事传统，更注重叙事。各种故事纵横交织，穿插讲述，虚实相映，奇正相生，首尾完整却不求情节连贯。

值得注意的是，《拖神》对叙事时空的处理。它讲究故事的总体上的完整性和情节的连贯性，但又力求打破叙事时间的单向性、单维性和不可逆性，为此小说时常运用回忆、通过人物之口侧面述及"多年以后……"马尔克斯的《百年孤独》中的句式，打破了故事与叙事之间的时空对应性。"鬼迷心窍""海国安澜""国王下山"则以魂灵叙事和神灵叙事的时空超越性，既扩大了叙事的时空容量，也打破了叙事的连贯性。纵/横、奇/正、神话传说/社会生活、历史时间/生活时间、物理时空/心理时空的交错混杂，使所叙述的事件和时间具有了某种程度的非客观性、非历史性和非确定性。但如果因此将《拖神》界定为意识流小说、法国新小说式的现代主义小说或拉美魔幻现实主义式的作品，同样是一种误读。尽管在时间结构和空间结构上，它呈现出一定的混沌性，"鬼话连篇"等部分也有大跨度的潜意识思维活动，但小说有意设置"鬼话连篇""国王下山""海国安澜"等部分的超现实的鬼魂神灵与现实部分的叙述空间的区隔。此外，叙述时间并未呈现无差别状态，过去、现在和未来之间的界限未曾消失，历史、现实和理想之间的界限也清晰地存在，并与人物命运遭际和历史发展形势相协调、相呼应。

在这个意义上，本文所谓《拖神》的叙事，既指先锋小说意义上的叙事性，又指卢卡契所阐述的叙事性。前种叙事关涉形式、修辞、技巧、语言层面，关乎文学本体层面的创新实验；后者则与自然主义的描写相对，关乎文学的意识形态化视角和价值取向；前者展示的是文学本体或小说叙事创新的可能性，后者在价值观念上保持叙事的可靠性。值得注意的是，先锋层面的叙事和卢卡契所阐述的叙事这两种原本处于遥遥相望、彼此相对的矛盾两端的叙事却被融入同一文本中。《拖神》以后一种叙事，包容、整合了前一种叙事，在繁复的叙事操作中打开了文学空间的同时，也确保了意义空间的稳定。这无疑是小说耐人寻味的重要特征。

按照卢卡契的观点，叙事是现实主义文学的精髓和立身之本，是一种具有社会伦理功能的艺术形式，其起源和纯粹的形式是史诗，而小说则是无神时代史诗的替代品。"史诗可从自身出发去塑造完整生活总体的形态，小说则试图以塑造的方式揭示并构建隐蔽的生活总体。……小说中规定形式的基本观念就客体化为小说主人公的心理状态：他们是探索者，探索的简单事实表明，不管是目标还是道路，都不能直接地被给予，或者说，它们在心理上直接而不动摇地给定存在，绝不是对真实存在着的关系或伦理必然性的明白认识，而只是一种心灵上的事实，不管是在客体的世界，还是在规范的世界，必定都没有某种东西与这种心灵上的事实相吻合。"[1]在卢卡契看来，小说固有的意义就是寻找生活的内在的意义，这在对人物命运的塑造中表现得最为明显。而作为叙事的现实主义便是以总体性方式塑造和"建构隐蔽的生活总体"的最佳方式。因此，叙事并不仅仅是一种艺术手法、风格，更不是陈旧的传统观念，而是对人文主义、个人价值、主体性、个性的重视和强调。叙事关乎个人在历史中的主体价值，因此，它要求个人在历史中拥有行动能力。"在叙事作品中，如果没有人物的充满斗争的相互关系，没有人物在真实情节中的考验，那么一切便只有诉诸偶然，任凭作者随意处置了。再怎样精致的心理学，再怎样装扮成科学模样的社会学，都不能在这个混沌体中创造出一个真正的叙事性的关联

---

[1]〔匈〕卢卡奇（契）：《小说理论：试从历史哲学论伟大史诗的诸形式》，燕宏远、李怀涛译，商务印书馆2012年版，第53—54页。

来。"① 在此意义上，他认为描写和细节的独立化是缺乏修养者制造的文学赝品，从而反对脱离人物命运而存在的细节描写，"随着叙述方法的真正修养的丧失，细节不再是具体情节的体现者。它们得到了一种离开情节、离开行动着的人物的命运而独立的意义。但是，任何同作品整体的艺术联系也就因此丧失了。……细节的独立化对于表现人物的命运，具有各种各样但一律起破坏作用的后果"②。"描写则把人降低到死物的水平。……人的生活、主人公的命运不过是把这些客观上不可分割的形象复合体捆绑起来，串联起来的一根松弛的线索。"③ 寻找生活的意义是小说叙事的动力，这个寻找意义的个人，不孤立于广阔的现实之外而将个体内部生活作为独立的对象加以建构，它与总体幸运相关，叙事具有史诗的力量，蕴含着历史的希望和人类的美好梦想。"因此，小说具备伦理意义。人类生活最终的伦理目的是乌托邦，亦即意义与生活再次不可分割，人与世界相一致的世界。不过这样的语言是抽象的，乌托邦不是一种观念而是一种幻象。因此不是抽象的思维而是具体的叙事本身，才是一切乌托邦活动的检验场。伟大的小说家以自己的文体和情节本身的形式组织，对乌托邦的问题提供一种具体展示，而乌托邦哲学家则仅只是提供一场苍白而抽象的梦，一种虚幻的愿望满足。"④ 叙事以自身的具体性和潜在的史诗性，总体性观照、反映、反思和批判生活，赋予个人、群体和人类经验以意义。

《拖神》叙事的可能性，肇端于重新发掘那些被既定话语程序消除或拘禁的具体生活经验。小说进入民众的生活和情感世界，关注民众如何表达和言说自己，如何思考和处理自己与恋人、亲人和不同信仰、心理的关

---

① 〔匈〕卢卡契：《叙述与描写——为讨论自然主义和形式主义而作》，载《卢卡契文学论文集》（一），中国社会科学出版社1980年版，第63页。

② 〔匈〕卢卡契：《叙述与描写——为讨论自然主义和形式主义而作》，载《卢卡契文学论文集》（一），中国社会科学出版社1980年版，第61页。

③ 〔匈〕卢卡契：《叙述与描写——为讨论自然主义和形式主义而作》，载《卢卡契文学论文集》（一），中国社会科学出版社1980年版，第63页。

④ 〔美〕弗雷德里克·詹姆逊：《语言的牢笼：马克思主义与形式》，李自修等译，百花洲文艺出版社1995年版，第147页。

系，以及与自己有着不同利益诉求的他人的关系。樟树埠的民众有着自身的生活和情感逻辑，有着自己的哀伤、痛苦、困境，也有着自己的欢乐、韧性、豁达和幽默。生活和人性中有善良、美好，也有阴暗、丑恶。他们会进行"精神胜利法"式的自我安慰、自我纾解，也会陷入某种情感心理的纠结中而难以解脱。他们既能团结一致面对飓风、洪水、瘟疫、匪患、异国入侵等天灾人祸，也会因为各自的利益诉求嫌隙丛生、矛盾百出，甚至斗得你死我活。面对官府，他们或加入誓死反抗的阵营，但更多的人则会选择"弱者的武器"。《拖神》耐心描述了樟树埠普通民众在近代历史背景下的生活真相和真情实感，细腻入微地传达了他们的内心感受和情绪。

陈鹤寿既是樟树埠的拓荒者，也是不同族群和拥有不同信仰的渔民、山民及被迫流亡至此地的移民的启蒙者、教育者和唤醒者。人称"秀才兄""秀才叔"的他，从一开始便试图用自己的思想、信念和言行，做出松绑、翻身、富裕等美好的承诺。但最初民众却不为这种美好的愿景所打动，陈鹤寿在屡经挫折并向他们展示了自己的实力、能力之后，才得到他们由衷的认可和拥戴。小说由此揭示了潮汕文化务实、功利的一面，同时也摆脱了启蒙/被启蒙的精英叙事框架，写出了民众及其生活无法被先在的叙述和语言所"绑架"的现实的一面。

在与乡民的关系格局中，陈鹤寿不是一个外来者、旁观者，他是乡土、乡村的代言人和乡民之一。他了解在这片土地上挣扎求生的百姓的情感、思想和意识，了解他们的困境、困惑和欲求。他是他们的启蒙者、引领者，也是他们的情感寄托。面对蒙昧、功利乃至势利的乡民，他并不因自己的不得志而泄私愤，没有众人皆醉我独醒的孤独、彷徨和苦闷。他是一个不满于现实和现状的理想主义者，也是一个隐忍而执着的实干家。现实的多番挫折使他祛除了年轻人的鲁莽、急躁和急于求成、自以为聪明的心理，变得成熟、老道、历练。面对嘲讽和看热闹的人，他没有尖酸刻薄地反唇相讥，更未实施残酷的反击报复，反而报之以理解、宽容、平和和人道，并反省自己，寻求出路。

《拖神》通过陈鹤寿的生活、情感、婚恋和家庭，将不同出身、身份、家境和想法的人联系起来，构造了一个无法被官与民、国家与社会、神圣与凡俗、传统（前现代）与现代、中心与边缘、东方与西方、大传统与小传统等二元性叙述框架有效言说的混沌驳杂的原生世界。这是一个充满鲜活的感性经验和生活质感的世界，也是一个难以被某种先验话语和超验理论所驯化、驯服的世界。正如陈鹤寿终生坚守自己的理想和信念，而未被常人逻辑和入侵者的"洋规则"所征服和规训一样。

小说通过法国传教士黎德新的视角重新发现了这片其始终未能"说服"与"归化"的神秘土地和在此生息繁衍的人群的强劲内在力量。他为天主教的传播殚精竭虑，却收效甚微，当地民众拒绝和排斥"洋教"的"福音"。他陷入与中国姑娘雅茹的情爱纠葛中，并生下了女儿赛英，却终生无法摆脱灵与肉的矛盾冲突和撕裂的痛苦。在离开尘世时，他的灵魂是否在与女儿不能公开相认的心灵默契中得到了救赎？黎德新建教堂、宣扬教义等传教行动，伴随着英法等国对中国的军事入侵和经济剥削，这是他无法在中国民众中获得合法性的原因，而中国固有的宗族伦理观念和对天妃娘娘、三山国王等的信仰也在根本上造成了传教的失败。他自身陷入了灵与肉、生命需求与神圣信仰的冲突中，也显示了充满复杂性、矛盾性的内心。借助黎德新这一形象，《拖神》深层发掘并细腻描述了历史和人性的不可忽视、不可转移的复杂却坚韧的内在性。

这种内在性，因为有那些创造了民间/民族文化的有着坚定信念、信仰和生活热情、生存意志的人的支撑，蕴含了强大的深层力量和无穷的威力。它既是打破旧秩序、旧格局并使之失序的力量，也是建设新秩序、新格局的能量。

四、历史叙事与长篇小说：讲述中国故事的文体选择

如何讲述中国故事，在文体的选择上不一而足，长篇小说和中短篇小说、报告文学、诗歌、戏曲、话剧、散文随笔，皆具讲述之能，尽可承担讲述之责。只是从文体功能上说，更具想象性叙事功能的小说成为讲故事的合宜文体，从十余万字的"小长篇"到五六十万字的"大长篇"，直至数百万字的多卷本，长篇小说以篇幅上的灵活机动，成为首选文体。同时，长篇小说也被看作是思想深刻、视野广阔、境界高远、历史感深沉的最佳

载体,是建构史诗性、宏大品格的最佳文体。虽然在直接表现当下性、时代性等方面,中短篇小说、报告文学、散文随笔和诗歌等更具轻灵、便利的优势,但在面对意图寻找"深沉的时代感",写出"百年或半个世纪历史",思考"历史转型"等大问题时,长篇小说有着无可替代的文体优势。说到底,这既与中国文学传统中的历史情结有关,更是"五四"以来中国新文学与现代中国历史难以摆脱的历史宿命。可以说,在20世纪的中国,长篇小说是一种历史文体,总体上属于卢卡契所说的历史小说的范畴。

  在学者南帆看来,"人们期待长篇小说的一个传统主题是——历史。以文学的形式叙说历史,这是长篇小说由来已久的文化功能"[①]。学者吴义勤对长篇小说文体及其功能进行了系统阐释,他认为,正是长篇小说家对史诗的误读、误解,才导致了某些长篇小说中"史诗性品格"对"文学思维的压制与扭曲",众多史诗性小说面目相似,蕴涵匮乏。这种僵硬地演绎历史的状况在20世纪90年代因两类作品的出现而获得了艺术品格上的明显改善,"一类是把史诗追求落实在哲学品格和思想性、精神性上的作品","一类是把史诗性追求落实在对历史、文化的宏阔理解和感性书写上的作品"[②],前者如张承志的《心灵史》、张炜的《九月寓言》、史铁生的《务虚笔记》等,后者如陈忠实的《白鹿原》、莫言的《丰乳肥臀》等。《拖神》有思想性、精神性追求,在关于天妃娘娘和三山国王的叙述中也有较为明显的哲学思考品质,但其主体部分则是以樟树埠为典型环境,围绕主人公陈鹤寿一生的经历而展开的对近代史和潮汕文化及其内涵精神的"宏阔理解和感性书写"。这一点可从小说与《白鹿原》《丰乳肥臀》的相似性和相通性中看出:以民族传统文化精神贯通人物个体和群体,通过其言行举措表现传统文化精神之推动和促进作用;历史既不呈现为抽象理念的推演,也不以对重大事件和重要人物的正面铺叙为主,而是融入民众日常生活形态和流程中,变得生活化、伦理化、日常化和情感化,

---

[①] 南帆:《历史叙事:长篇小说的坐标》,载《当代文学与文化批评书系·南帆卷》,北京师范大学出版社2010年版,第172页。

[②] 吴义勤:《难度·长度·速度·限度——关于长篇小说文体问题的思考》,载《告别虚伪的形式》,山东文艺出版社2004年版,第43页。

展示了历史在现实中发生时的原初形态。小说"保持住了历史的混沌性和丰富性,使这部偏重于感性和个人性的小说,既成为一部家族史、风俗史以及个人命运的沉浮史,也成了一部浓缩性的民族命运史和心灵史"[①],将学者对《白鹿原》的概括用于《拖神》,也不太过乖离。

在各类小说文体中,长篇小说是最讲究结构艺术的文体。这跟它的文体功能和对宏大叙事的追求有关。"诚然,长篇小说(以及一切大型史诗)对生活整体所应作的至关重要的浓缩,完全不应是对这一整体作提纲挈领的概述,不应是对所有各部分的摘要。绝不可能是这样。……在长篇小说的世界背后,总还存在着一个新的完整的世界;这个新世界把自己的代表派进长篇小说里,让它们反映出世界新的和现实的充实性和具体性(最广义的地理的和历史的具体性)。远非一切东西都在小说中出现,但现实世界所具有的严密整体性却可在它的每一形象中感觉出来;每个形象都是生活在这一世界中,并在这里获得自己的形式。现实世界的完整性决定了其本质的面貌。……长篇小说中人物形象的整个秉性,是由这些形象同新的已属现实的整体世界之间的新关系决定的。"[②]需要注意的是,巴赫金在肯定长篇小说的整体性和完整性时,基于小说与世界的现代性关系,强调了"新",突出了时空体小说在地理和历史两个层面上的"现实的充实性和具体性。巴赫金的阐说,对当代中国小说极具警示意义。一个明显的事实是,当代中国小说时常在整体性、完整性、充实性和具体性方面畸轻畸重,手足无措。有些作品急于传达某种既定理念和立场,而对现实做"提纲挈领的概述";为数不少的作品则流连于表象连缀和物象铺排,误读了"现实的充实性和具体性",将现实等同于个人经验中的生活。上述两种非此即彼的选择,源自对现实主义的误读。

21世纪以来的中国文学中令人瞩目的现象是现实主义的回归,以及以现实主义为主导美学形态的史诗性宏大叙事的重新崛起。而最能够把现

[①] 吴义勤:《难度·长度·速度·限度——关于长篇小说文体问题的思考》,载《告别虚伪的形式》,山东文艺出版社2004年版,第44页。

[②] 〔俄〕巴赫金:《教育小说及其在现实主义历史中的意义》,载《小说理论》,白春仁、晓河译,河北教育出版社1998年版,第262—263页。

实主义、史诗和宏大叙事关联起来的文体便是长篇小说。21世纪以来的长篇小说延续了20世纪90年代的辉煌。即便是现实题材的长篇小说,在突出时代感、当下性的同时,注重在历史与现实的关联中赋予当下社会生活以历史感,而不只是着眼于现实的表象。作家们将长篇小说作为重构一个连续的经验的总体,将零散、漂移、转瞬即逝的生活表象重构为一个稳定的、和谐的、有序的深度意义世界。如学者所指出的那样,哲学、思想、精神历史和文化,都是作家借以构造长篇小说文学品格的重要资源。

"故事"是一个与现实主义、史诗同时出现的时代"关键词"。这一词语的出现并非偶然,其也并非赵树理"故事体小说"或作为现代小说之源头的"故事","中国"一词对"故事"的界定,使其具有了现代性(当代性),"中国故事"实质为新时代的"中国叙事"。"中国故事"即新时代"中国叙事"的朴素平易却深具当代蕴涵的话语表述。在现时代话语中,传统意义上的故事,包括民间传说、神话、历史故事、民间信仰等,作为资源被征用和改造。传统故事的封闭性和命运感被放弃,而其寓言性和情节的完整性、连贯性被创造性转化为具有历史连续性和有机性的国族寓言。

这是对20世纪90年代市场化语境中个人化写作的超越,也是对20世纪80年代启蒙主义历史观及传统/现代二元性框架的超越。《拖神》中以个人形象出现的主人公代表的不是他自己,而是潮汕人、"过番"人,是关注民众生存、具有民族气节的商业精英,其更是潮汕文化乃至中华文化之精神和命脉的象征。他身处乱世,仿佛飓风中的巨舟,不能完全掌握自己的命运,但他能为自己、家人和他人以命相搏。他的信念和敏锐使他观察到了并掌控了自身经验中命运的力量。商人身份并不意味着汲汲于利,"秀才叔"的读书人身份也不意味着功名心,毋宁说,他是为国为民的侠之大者。濮婆婆、暖玉、赛英和他的三个儿子,也都是能超越一己之私而把自己奉献给病人、乡民的仁义、侠义之人。一个充满破裂乃至背叛的颠覆且方向不明的世界,需要仁、义、智、勇、信和"虽九死其犹未悔"的执着求索精神。

小说是与现代社会生活及其变化关系最为密切的文体。在巴赫金看来,"小说是处于形成过程的唯一体裁,因此它能更深刻、更中肯、更敏锐、更迅速地反映现实本身的形成发展。……小说所以能成为现代文学发展这出戏里的主角,正是因为它能最好地反映新世界成长的趋向;要知道小说是这个新世界产生的唯一体裁,在一切方面都同这个新世界亲密无间"[1]。现代小说与现代社会、新世界之间存在根本性和决定性联系,无论在东方还是西方,都是一个基本的事实。

21世纪以来的二十余年间,中国现实经验和话语经验的累积和塑造,建构了一个新世界。如果说20世纪80年代改革开放和思想解放共同构造了一个内含个人与族群双重维度的现代化中国形象,那么90年代市场释放出的强劲个人想象则构造了一个物质繁荣却物欲、人欲膨胀,个体空间扩张却又限于私我、个我的主体镜像。与生活中人的行动性相比,曾在80年代呼风唤雨的集历史性与超历史性于一身的历史主体蜕变为孤独无力、内心犹豫、举止无措的内向的个体。历史由文学之源之本,成为被规避、放弃或戏说、嘲讽乃至消费的对象。

21世纪以来的文学意图改变内向个体及其投射出的面目模糊、表情暧昧的"中国形象",试图让文学从漂移零散的生活经验描述,转向民族国家的历史深处和文化源流之中,回归本真的历史、文化和有力的精神谱系。民族史诗、人民史诗、中国故事、中国经验、现实主义、时代感、历史感等话语的浮现,体现了一种文学姿态和将"中国""人民"引入文学并以之为资源、对象和内容的视角,在回归历史的背后起着重要推动作用的是重塑中国形象的历史和话语动力。历史不仅仅是历史,更是一种信念和信仰话语。中国故事是一种包含着价值判断标准的全球化/民族化、普遍性/特殊性交错其间的现时代中国叙事。在这方面,陈彦的《主角》《喜剧》,阿莹的《长安》,阿来的《云中记》,贾平凹的《山本》,徐则臣的《北上》等较为典型。即便是一些中短篇小说如房伟以《猎舌师》为代表的"抗战系列"小说,也试图在个体与国族、现实与历史、中国与世界、个体与总体之间,寻找当下个人生活与本土历史文化之间的对话点,以建

---

[1] 〔俄〕巴赫金:《史诗与小说》,载《小说理论》,白春仁、晓河译,河北教育出版社1998年版,第509页。

构一种个人化的开放性的现实主义宏大叙事美学。①

　　中国故事的讲述者是一个新世界的见证者和创造者,也是一个中国文化主体身份的行动者和实践者。《拖神》塑造了行动的主体形象。注重人物的个性和行动性、实践性,是传统小说尤其是现实主义小说的叙事基础,个性、性格、意志、欲念等推动了人物的行为和行动,人物之间言行的冲突构成并推动了情节的发展。"叙事主体正是根据人物的行动而展开叙事的。一个时代的故事,是叙事主体对这个时代人们总体行动特征的讲述。"②叙事是一种话语的组织和生产,同样为现时代文学急需的要素。这也就不难理解现实主义在21世纪的潮涌和长篇小说这一文体的备受青睐了。其经济效应和社会效益兼备,既能够充分体现叙事性,也是获得象征资本的重要文体。就此而言,卡尔维诺所展望的"开放性百科全书"便具备了知识、文体和形式上的优势。同时,与卡尔维诺所认同的"开放性百科全书"的离心性不同,现时代中国长篇小说与其貌合神离,因为前者所追求的恰恰是向心性,是卢卡契、詹姆逊所阐述的叙事。

五、"中国叙事"的世界面向:从《古船》到《拖神》

　　作为20世纪中国文学主潮的现实主义文学尤其是革命现实主义、社

---

　　① 对此问题的理论阐述和作品分析,可参看吴义勤的论文《作为民族精神与美学的现实主义——论陈彦长篇小说〈主角〉》(《扬子江评论》2019年第1期)、《日常性·戏剧性·中国故事——读陈彦长篇新作〈喜剧〉》[《济南大学学报》(社会科学版)2022年第1期]。笔者在《现实主义总体性重建与文化中国想象——论陈彦〈主角〉兼及〈白鹿原〉》(《中国当代文学研究》2019年第4期)、《总体性的现实主义文学镜像——以〈山海经〉为中心论当下小说的若干问题》(《小说评论》2020年第1期)、《一个人的总体性文学想象——论阿来〈云中记〉》(《南方文坛》2020年第3期)、《"总体性"困境与宏大叙事的可能——论房伟〈猎舌师〉兼谈当代小说的相关问题》(《中国当代文学研究》2020年第6期)、《故事、小说与中国经验书写——由〈喜剧〉〈主角〉论陈彦小说的文化政治意涵》(《中国当代文学研究》2021年第4期)、《当代历史的现实主义美学重构——〈长安〉与当代中国文学的现实主义问题》(《中国当代文学研究》2021年第6期)等论文中也做过阐述。

　　② 曲春景、耿占春:《叙事与价值》,学林出版社2005年版,第34页。

会主义现实主义，一直蕴含着强大的抒情能量和抒情冲动。现时代是一个叙事的时代，也是一个抒情的时代，从更内在的历史意志来看，叙事成为一种更强劲也更迫切的需求。尽管抒情与叙事在当下中国文学中齐头并进、水乳交融，但叙事一直是中国现代性建构的持续形态，抒情则是阶段性的或者说是叙事的边际性效应，更准确地说，抒情构成了中国叙事与国族、族群建构的有机部分，也是强劲动力。

20世纪80年代的中国文学蕴含着"走向世界"，"民族"是走向世界的基本路径。21世纪以来的中国文学已在世界中，并在改变和重组世界文学版图。寻根作家通过拉美文学发现了通往世界的文学路径，却又因过于焦灼的追赶心态和过于急切的文化使命感，使文学成为历史感和生活感匮乏的色调凝滞、灰暗的国族文化寓言。鸡头寨（韩少功《爸爸爸》）、小鲍庄（王安忆《小鲍庄》）、老井村（郑义《老井》）等都是处于历史之外的、带有蛮荒性质的地方。《小鲍庄》等作品则以封闭性结构完成了叙事的闭环。《白鹿原》以厚重的历史感、饱满的文化质感和鲜活、感性的生活感超越了寻根小说的局限，却又散发出与后者相近的"最后一个……"的挽歌情调和伤悼情绪。20世纪80年代历史叙事的叙事者是一个静默、忧郁而又急切、焦虑的思考者。

张炜的《古船》是其中独特的一部。这部融合历史批判和文化反思的史诗性长篇小说蕴含着同样的对走向世界、重造历史辉煌的渴望，以及以家族史、村镇史书写民族史的模式。小说中引人注目的是沉浸于久远历史记忆中的人物形象和具有久远历史的意象：把自己关在老磨屋，几乎与世隔绝，整日研读《天问》《海道针经》《共产党宣言》的隋抱朴；古堡似的老磨屋、破败的镇城墙、废弃的码头等曾经无限风光的历史遗留物。人物和场景都几乎是与世隔绝的。如果说历史遗留物是当下历史颓败的见证，那么沉浸于痛苦记忆和命运思考中的隋抱朴便是洼狸镇重新进入世界和历史的关键。当20世纪80年代中国再次向世界敞开大门时，隋抱朴也走出了老磨屋，走进了现实，重续郑和下西洋的神话，开启了洼狸镇的历史。由封闭到敞开，由沉思到行动，这是人物及一个民族走过的曲折历程。《古船》由此成为关于一个民族复兴的历史寓言。值得注意的是，小说有着过去、现在和未来的历史主义意识。过去的辉煌历史、曾经的苦难命运为复兴提供了自信,经典研读和苦难沉思赋予隋抱朴沉着深邃的历史理性,李氏家族则是科学理性的代表。在这些因素的共同作用下,走向世界成为可能。

《拖神》与《古船》之间存在着颇有意味的历史相关性或相通性。与隋抱朴经历了苦行僧般的苦读和沉思阶段不同,《拖神》中的主人公陈鹤寿一出场便是一个历史的创造者、行动者和实践者。他的一切行动,即便是惶惶背井离乡,也是出于反抗朝廷被通缉的无奈。他是蛮荒之地的外来者,也是其历史的创造者。他身为读书人,却不像隋抱朴那样读书思考,这是二者显著的区别。但陈鹤寿却以其思想和行动,实践着隋抱朴式的思考。后者的阅读不仅与人物的思考,更与洼狸镇人民的命运息息相关。《天问》关涉人与宇宙自然的终极之问,凸显了个体的强烈生命意识。这一点同样在陈鹤寿身上有突出表现。他与暖玉、麦青等人充满情、欲、爱的情感纠葛和冲突,早年去世的草头妻对陈鹤寿长达半个世纪的情感牵念,同样被表现得淋漓尽致。在生存和事业发展中,陈鹤寿同样体现出令人感佩的生命意志。《海道针经》内含走向世界的梦想,而《拖神》中陈鹤寿和他的亲人、朋友、乡民及前辈们,从被迫过番谋生到建立发达的海外贸易网络,实现了这一梦想。《共产党宣言》与陈鹤寿"造大船,寻乐土"的梦想和实践不谋而合。由是观之,虽然《古船》的故事时间聚焦在现代和当代历史,《拖神》集中于近代史,但从叙事理念的逻辑上,《拖神》接续《古船》描述了走向世界的过程和实现的结果。换一个角度来看,《拖神》中描述的辉煌历史,是否也可视为《古船》中民族复兴的前史?

《拖神》中走向世界的历史,正如陈鹤寿的一生,充满挫败和屈辱。《古船》中隋氏家族亦为挫败和屈辱所困扰。引领洼狸镇、樟树埠走出困境的是主人公始终不渝的信念和信仰、强大的生命意志和无私奉献的公心。他们身兼启蒙者和拯救者的双重身份,支撑他们完成走向世界这一使命的是其以理性或感性呈现出来的生命力和立基其上的精神、信仰。作家把抽象的信仰、精神在历史和人的生活现实的具体性和经验性中,加以形象化、审美化了。他们所面对的世界不再是抽象的他者。陈鹤寿终其一生对新鲜事物和世界抱有强烈的好奇心和探索心,不惮于流亡和过番。他自信却不居功自傲,他拒绝与洋人合作,却能"师夷长技以制夷"。《古船》

中的"古船"铭刻着国家和民族的苦难,融入了作家对历史与现实的忧思,寄托着作家的希望。《拖神》中的"巨舟"同样是苦难与忧患、理想和希望的寄托。陈鹤寿虽然没能承载人们走向理想的乐土,但其在飓风洪水来临时对樟树埠人的拯救,及最终毁灭于抗击洋人的斗争的结局,则显示了其救世济民和抵抗外侮的人文主义和民族主义精神与意义。在这点上,《拖神》与《古船》是相通的。两部小说均以开放的世界眼光、深广的人道情怀化解了文化本质主义和民族主义的狭隘、偏执。

《拖神》与《古船》两个时间跨度长达三十多年的文本,都以史诗美学承载了作家寻找、反思传统和再造民族主体性的梦想。两部作品均倾心于对民族历史和文化传统的关注与思考,以家族史进入民族史,发掘民族精神资源以为当下镜鉴,具有鲜明的地域性、本土性和民族性特征。

在民族主体建构中,需要破解主体/他者的二元格局,避免制造一种新的保守狭隘的民族神话,在将西方作为他者时,忽略乃至压制内部的差异性,甚至成为某种威权话语的同谋,成为现实中唯我独尊的压抑性力量。在民族主体建构中,另外一种需要警惕的现象是避免"自我东方化"为异国眼中的他者奇观。德里克指出:"就东方主义在十九世纪早期就已是'西方'观点的一部分这一点来说,'西方'的影响亦包括了欧洲对东方的态度对亚洲社会的影响。欧美眼中的亚洲形象是如何成为亚洲人自己眼中的亚洲形象的一部分的,这个问题与'西方'观点本身的影响是不可分而论之的。认识到这一可能性之后的一个重要结果便是对所谓亚洲'传统'提出质疑,因为如果我们细细察之,这些亚洲'传统'也许不过是些'臆造的传统',是欧亚人接触时的产物而非前提,并且它们也许更多是生自东方学学者对亚洲的看法而非亚洲人自己对自己的审视。"[1]这是强调自身特质、本土特色时容易出现的问题:对自我的理解是先在的、带有偏见的、标签式的。这并不意味着中国故事的讲述必然是自我欣赏、自我陶醉、自我迷恋。这需要对"西方"进行历史化、相对化的理解,同时,也将自我历史化、相对化。民族、传统、本土从来不是封闭自生的,它们本身就

---

[1]〔美〕阿里夫·德里克:《中国历史与东方主义问题》,载《后革命氛围》,王宁等译,中国社会科学出版社1999年版,第281—282页。

是现代性知识和产物，不可能也不应该脱离现代性论域而独自存在。离开现代性和普遍性而强调传统性、特殊性，无异于作茧自缚，"臆造传统"便是其表现。自己对自己的理解也未必真实，更重要的是自己对自己的审视和对主体/他者关系的审视。传统是融合了现代的传统，本土是在全球化进程中与世界对话而生成的本土。在陈鹤寿、暖玉进入之前，樟树埠并不存在；在过番之后，樟树埠才成为商业贸易交通枢纽；在反抗法军后，樟树埠失去了通商口岸的资格，却又绝地重生。同样，传教士黎德新的传教事业也屡遭挫折。即使传教行为有着侵略者的军事强权的支持，也无法获得樟树埠人的认同。其中原因可从小说描述中看出，他"知道樟树埠一直有种与他的意志顽固对抗的强悍力量，它既来自民俗也来自偏见，但他能够看到新的趋势，那种只有信仰坚定的人才能看到、谁也阻挡不了的潮流"。这种强悍的力量，既可能是或成为对抗现代文明的蒙昧与偏见，也可能是或成为走向现代和世界、创造历史的力量，正如"现代"进入中国的方式，既有野蛮血腥，也有民主与科学。形成对照的是，《古船》在自我/他者的对峙中描绘了一幅非理性的民族主体建构的场景："当时我们的土地上已经发生了翻天覆地的变化，到处都在沸腾。人们完全有信心花上几年的时间，超过英国，赶上美国。"[①]这种精神迷狂和话语狂欢本身也是现实主义中国叙事的反思对象，理应体现出中国作家建构民族历史文化认同时"自己对自己的审视"。

突出特殊性以质疑普遍性，发现所谓普遍主义中的西方中心主义和霸权主义，建构第三世界作家观察世界的立场，有其合理性和必然性。但作家立场的自觉，并不意味着对历史烟云中的阶级立场的回归与重复。偏执和坚守一隅，会使作家丧失应有的洞察力和批判力。本土、中国、民族化等在构成文学的素材、主题、形式、风格乃至价值取向的同时，也应该成为被审视的对象，很多时候它们以超级文学的"策略"形式出现，并在具体历史情境下被赋予特定的内涵和指向。这是特别需要看到且需历史化理解的。

---

① 张炜：《古船》，人民文学出版社1987年版，第7页。

"总体性"困境与宏大叙事的可能

——论《猎舌师》兼谈当代小说的相关问题[①]

自20世纪90年代以来,在"历史终结论"的欢呼或颓丧中,抽象的、孤立的个人代替历史成为文学前台上的主角。在个人眼里,历史无论是以奇观异景的方式出现,还是隐匿于日常生活的角落或溃散于人间烟火,实际上都被个人他者化了。同时,个人与世界的关系,个人与社会现实及历史的关系,在这一他者化的历史视野中变得不再确定、清晰。个人也由此进入一种主体性匮乏或主体位置不清晰、不稳定的历史状态,面对世俗化、市场化和全球化的现实,个人不再具有以往那种明确的主体对应感和意义负载感。个人的重新崛起及其对历史与文学理念的重构,使得经典宏大叙事及其内含的总体性不再有效。

如何在尊重个人主体地位的基础上,在漂移甚至碎片化的现实中,重建个人与历史之间的有效关联,并为这一关联寻找有效的文学表达,是现时代文学所共同面临的紧迫课题和难题。正如李敬泽在谈到其《会饮记》的创作时所说:"我想探讨的是这种碎片化的经验的内在性,看看有没有可能在这一地鸡毛漫天飞雪中找到某种线条、某种形式、某种律动,或者

[①] 迄今为止,房伟共发表"抗战历史"小说20篇,其中18篇收入中短篇小说集《猎舌师》,2019年由作家出版社出版。另有《去国》《阳明山》两篇,分别刊于《十月》2017年第2期和《红豆》2019年第2期。另,因小说集《猎舌师》取自同名中篇小说,为避免混淆,本文在使用时,如果分析对象是单篇小说,则前加"中篇"字样,若不加则指小说集。

说，我们如何在日常经验的层面建立起与历史、与社会和精神的总体运动的联系，一种整体性或拟整体性的自我意识，一种细微与宏大兼而有之的叙事。这其实也是这个时代生存和文学的一个关键性问题。"① 在当代文学中，小说尤其是21世纪以来的长篇小说，已经体现出在个体与历史、世俗与超越、细微与宏大之间，以新型宏大叙事形式重构文学内在总体性的努力。陈彦的《主角》、贾平凹的《山本》、刘庆的《唇典》、徐则臣的《北上》等均为致力于超越个体感性生活，发掘民族历史文化记忆，通过艺术的有机整体模式和美学手段，使个人与族群、个体与世界互为镜鉴的切实之作。② 房伟的小说集《猎舌师》，则以中短篇的形式，在大时代背景下和大历史时段中，通过对个体生命"微观史"的写作触摸"历史之心"，在个人与历史、历史与文学、具体与普遍的诸多范畴内，探索重建宏大叙事的可能性和美学路径。

---

① 李敬泽：《很多个可能的"我"》，《当代作家评论》2019年第1期。
② 关于上述小说之宏大叙事品格的研究，代表性的成果有：吴义勤的《作为民族精神与美学的现实主义——论陈彦长篇小说〈主角〉》（《扬子江评论》2019年第1期）、吴义勤与王金胜合著的《历史叙事与写意山水——〈山本〉论之一》（《当代作家评论》2018年第4期）、《抒情话语的再造——〈山本〉论之二》（《文艺争鸣》2018年第6期）、《历史的光影与现代的幽灵——〈唇典〉论》（《扬子江评论》2018年第1期），王金胜的《现实主义总体性重建与文化中国想象——论陈彦〈主角〉兼及〈白鹿原〉》（《中国当代文学研究》2019年第4期）。2018年12月，徐则臣的《北上》出版，随后当代文学专业学术期刊《中国当代文学研究》在2019年第1期（创刊号）上，编发了《徐则臣〈北上〉研究专辑》，集中发表了徐刚的《时间与河流的秘密——评徐则臣长篇小说〈北上〉》、江飞的《虚构的历史与历史的虚构——评徐则臣长篇小说〈北上〉》和赵依的《新的范式与新的发现——评徐则臣长篇小说〈北上〉》等三篇评论。上述论文，虽未必冠以"宏大叙事"之名，但"民族"、"国家"（民族精神、民族美学、民族文化、文化中国、中国文化等）、"历史"（历史情境、历史现场、历史本身、历史文献、家族史、民族史、近现代史、精神文明史等）构成了释读文本的关键词，却是清晰且一致的。由此可以推知，21世纪以来中国文学中持续发酵的某种宏大叙事诉求，近几年首先借助长篇小说文体得以爆发。这可以说是一个值得关注的现象级的文学景观。

一、历史与个体:"去政治化"时代重构宏大叙事的难题

无论在充满斗争和暴力的现代性情境下,还是在飘散游移的后现代文化氛围中,抑或在充满柔性暴力的全球化时代,宏大叙事无疑都是一种塑造"历史的生活"和历史意识的有效形式。借助艺术想象进入浩瀚、激荡的历史中,在历史和现实之间建立一种生命和思想上的内在联系,将被狭隘化的"个人""内心"与"文学"重新置入历史视域,便是一种体现着历史辩证法的合理乃至必然的选择。由此,《猎舌师》必然要对人与历史的关系,进行自觉的思考和辩证。

《阳明山》表现的是"一寸山河一寸血"的悲壮惨烈的历史,在消费文化和影像文化冲击下即将逝去的后现代后历史景观。如果说"某公"是"即将逝去的历史"的象征,那么王博士则纠缠于非历史的"符号学"和抗战的家国惨痛记忆之间。在他看来,不仅二叔慨然赴死的情形"永远是不可知的历史",而且记录那个时代和历史的大刀、抗战等文字和图像符号,也终将逝去。历史不仅会随着时间流逝而被淡忘,也会被毫无现实道德逻辑和真实逻辑的视觉文化转换为消费性奇景:历史总需符号铭记,但记载历史的符号也会消亡。

如果说《阳明山》揭示了当代文化逻辑生产中的历史及历史叙事的困境——历史无可避免地衰落、隐匿或符号化、空洞化,那么《五三》则重申了个体进入历史、重述历史的可能。小说中的"我"异地谋生,打拼多年的报社解散了,只有重返故乡谋职。夫妻离异,家父老病,儿子读书花费巨大,生活的重重旋涡和压力,使"我"感觉自己像陈腐不堪的垃圾。衰老和死亡意识及一事无成的失败感笼罩着"我",几乎弥漫和占据了小说所有的叙事空间。有意思的是,小说将"我"放在一个由"爷爷""父亲"和"我"延续下来构成的房氏家族谱系中,且以"房伟"为"我"之名。这既体现了作者有意识地通过《红高粱家族》式的"寻根"为个体寻找家族血脉的努力,更是漂泊无依的当下主体重建历史归属的寓言性写作。小说将房氏家族的命运放在自20世纪20年代至当下中国的历史与现实中,通过对个人史、家族史和国族史的穿插讲述,为个人小叙述寻找融入时代

和历史大叙述的可能与方式，进而将被同质时间所控制的历史大叙述从一种自然化的秩序中释放出来，以"个人生命"和"家族生命"的形式予以再次体认。在这个充满困惑、寻找和体认的过程中，"我"不再被居无定所的漂泊感和一事无成的潦倒感、挫败感所困扰，"我"发现了"一个值得为之献身的东西"。"历史之蝶"穿越了"历史的迷雾"，意义产生于"历史之蝶"从民族英雄黑铁的塑像的眼角钻出的一瞬，产生于当下主体和无意间触摸到大历史的"爷爷"对"历史之蝶"的共同发现和体验中。从这一刻起，历史不复抽象的先验之物，它是个体生命的存在，是对人的生命的发现和重构。历史以英雄的受难铭刻了英雄，也铭刻了自己，常人以对历史的无意识的参与和介入，成了未必呈现于叙事中的"历史细节"或"历史的褶皱"。在房伟这一当下历史叙述主体眼里，历史既是需要从"历史的褶皱"中发现细节的，又是包含细节但又非细节的宏大、壮阔的。它是英雄与常人共存的生命化时空，而对这一时空的再次发现，需要的是当下生命对历史的融入和对既有历史话语（如小说中"父亲"对历史矛盾百出、含混不定的记忆）的审视和穿透。当下生命真诚而不做作的历史融入和现代理性的历史穿透，就这样融合在一起，成为《猎舌师》的灵与肉。

《中国野人》《花火》《指南》也从不同侧面体现了著作者对人与历史关系的思考。《中国野人》中的野人"不是中国人，也不是日本人"，曾被历史之恶放逐到文明和历史之外的蛮荒之地、荒寒之境。身处非人之境的他，在那里发现了植物和动物等生命；通过死亡的威胁，发现了自己人的身份；通过对故国、故乡、亲人、故旧的回忆，发现了自己作为中国人，作为丈夫、儿子和父亲等的血缘地缘伦理生命。吊诡的是，历史之恶既践踏和剥夺人的生命权利，又在反向意义上催化人的生命意识和历史意识。最终，野人被意外地发现，重新回归历史，他不仅恢复了"人""中国人"和"中国劳工"的身份，更深度地介入了历史和历史话语的生产——日军侵华的血腥暴力，日本工头的野蛮残忍，日本政府人员的所谓"道歉"和"居留权"诱惑，中国政府和民众的欢迎，朝鲜战争、炮击金门……野人进入了令人眼花缭乱的世界和历史中。对各类政治话语，"野人听不懂，但也觉得有道理"，面对国家立场的政治话语对自己"归来"的阐说，"他表示拥护感谢"。回归祖国后的野人，会想念日本、日本海里的鱼和可以充饥的野菜，尤其是北海道的雪。历史的恶的力量将他变为"野人"，历史又使他回归为"人""中国人"，他感激历史对他的拯救。宏大历史话语尽管始终围绕着他，却始终没有进入他的内心。小说最后写他对领袖问题的回答——"'我是存在的。我在日本度过了十三年'野人坚定地说，'我活了下来，这就是真相。'"在各种话语的塑造中，历史的真相扑朔迷离，但对于野人来说，却是"存在"和"活"——与生命有关的历史才是真正的历史。真正的历史不仅有毁灭人的恶的力量，也有朴素感人的善的力量和美的力量，这种善和美，不仅存在于中国人身上，也存在于性格温和、痛恨战争的渡边、可爱善良的美惠身上，以及日本的鸟、树、雪之中。《中国野人》通过还原特定历史情境下生命个体的复杂性，穿透各种历史话语的包装，直面历史与人的关系。

《起义》在思考历史与人的关系方面与此相似，不同之处在于，《起义》通篇围绕处于死亡威胁中的师长展开，通过其病重时的身体感受、心理活动和情感体验，写出了个体在各种历史政治力量的冲突和博弈中悲凉、孤独的心境："师长的心里泛起了些悲凉。他们都在逼他。有的人逼他死，有的人逼他活着，有的人还要逼他做决定。怎么就没有人真正考虑一下他的心情？"[①]但小说的重心并不在图解一个存在主义式的哲学命题，它更突出了一个有着刻骨的丧家之痛的东北军将领对国土沦丧的痛心，对手下爱将能否脱险的忧心，对"赶走日本人，建立新中国"的信心，突出了他于危境中以坚韧意志与病魔抗争并成功率部起义的壮举，还有其顾全抗日大局不滥杀无辜的阔大政治胸怀。

《花火》同样可以视为表现个人与历史之关系的寓言性文本，一个试图逃离历史却注定无法摆脱历史的悲剧性寓言。正当壮年的三十六岁的师参谋长，少年时代参加革命，曾为革命呼号、流血，却始终看不到理想的到来，逐渐丧失了热情和乐观，被倦怠、怀疑、艰苦和劳累压垮。趁着一个偶然的机会，他携款潜逃，试图主动消失于大历史之外，做一个隐居的"快乐的普通人"。但逃离注定是要失败的。作为历史的深度参与者，他甚至无法回到老家，因为老家也并非世外桃源，历史以微妙的形式渗透进

---

① 房伟：《猎舌师》，作家出版社2019年版，第256页。

这个由血缘、亲缘和地缘联系起来的伦理网络。他只能继续逃亡。这个出逃者变成了游移于历史缝隙却找不到归宿的孤魂野鬼，他无法摆脱如影随形的"历史的幽灵"。不仅有政治对立和军事对立的双方对他采取的目标一致的追杀，甚至一个商人模样的陌生人的三次出现，也让他感到恐慌，更让他恐惧的是不知究竟为何物的数不清的"那东西"——政治保卫部、国民政府的情报机关、地方民团还是土匪，抑或仅仅是心造的幻影？这个从历史的血污中爬出来的人，注定是历史的牺牲品和献祭品。他不是死于跌入深坑，而是死于历史巨兽对试图逃出历史的孤魂野鬼的吞噬。《花火》的特别之处是，围绕着逃亡者的心理和行为来思考人与历史的关系，既写出了其内心的焦虑和恐慌，也写出了其逃亡的原因和思想、心理变化的历史脉络，以及内心的矛盾挣扎和最后的选择。在他人和后人看来，其出逃和自杀可能永远是个"历史谜团"。围绕这个谜，会有各种答案：见财起意，抵挡不了金钱的诱惑；忍受不了暂时的困难和牺牲，革命意志动摇，丧失革命信念；诡谲的命运对人的操纵，等等。在必然性书写者看来，他的选择和结局只是历史大浪淘沙的一个微不足道的例证，是背叛革命和背离历史潮流者的必然结果，在"新历史"那里，一切都是不可捉摸也无法摆脱的偶然和宿命。而《花火》要写的是大时代、大历史中人的复杂命运和人性的复杂，以及人在历史中的心灵遭遇。在现时代的文学中，是否也有大量如《花火》中的主人公那样的人物——置身于历史之中，却急欲从历史中脱身，做一个历史的逃亡者或"一个快乐的普通人"？这种超越历史的方式，恐怕是浅薄而无效的，正如小说所写，当一个浪花失去了河流，"最终要蒸发在石头上"。事实上，失去历史感的写作，也同时失去了现实感。在非历史和背向历史的姿态中，作者自己所认为的再熟悉不过的日常生活，其内部隐藏的非同寻常的潜力与能量同样被漠视和放逐了。

那么，是否可以说，历史和现实是不可改变的自在之物，它们只能是被认识、接受和顺从的宿命论意义上的存在，就像"野人""师长""师参谋长"或《阳明山》《去国》中所写的那样，或者说像迷雾般无从查考的"历史真相"？我们可以从《猎舌师》中看到作者对这些问题的思考。

首先，是历史中的偶然性和文学的典型性问题。与经典宏大叙事顺应现代历史主义哲学，将偶然性排除在外不同，也不同于"新历史"以偶然性为历史本质、解构必然性的做法，《猎舌师》诸篇对偶然性的捕捉，偏重于将其视为历史中曾存在和发生的经验性事实，如"野人"被抓为劳工及被发现（《中国野人》），师参谋长携款潜逃及堕入猎人捕兽的陷阱（《花火》）等。这些事实自然与真相有关，却不能简单等同于历史本质或必然性。相对于可见的经验性事实，不可见的本质和必然性才是超出个人理解和人的把控能力的神秘之物。正是这些不可见、难以理解和不可掌控的神秘之物，将人领入历史和现实的既定话语模式中，因此，也就被锁定在抽象的话语规范中，看不到模式和规范之外的其他可能，找不到文学的超越之路。进而言之，在马克思主义总体观中，不存在所谓的"纯事实"，人都是通过某种介质如理性主义、科学主义来认识事实或事物的。将必然性视为与人无关却要人奉为神圣的铁律，不仅使人和文学的生命感到窒息，也在根本上否定了偶然性在历史上的作用。马克思如此论及偶然性："如果'偶然性'不起任何作用的话，那么世界历史就会带有非常神秘的性质。这些偶然性本身自然纳入总的发展过程中，并且为其他偶然性所补偿。但是，发展的加速或延缓在很大程度上是取决于这些'偶然性'的。"① 马克思关于偶然性的观点，一是强调偶然性本身可以自然纳入总的历史发展过程中，而不是作为必然性的载体、承担言说必然性的工具；二是偶然性的功能体现在加速或推迟历史的发展，也即决定历史发展的速度；三是偶然性的命运，是被其他的偶然性所补偿或补充。马克思对偶然性问题的认识，对理解《猎舌师》等历史文学作品无疑是极有启示的。《猎舌师》将偶然性作为可见的事实加以表现，试图破解将必然性或偶然性做神秘化、超验化处理，从而抽空历史和人的复杂内涵的问题，这种做法突出了人在历史中的中心地位和价值，是在人道主义、个性主义和现代历史理性和现代生命诗学等多重维度上对宏大叙事的重构。作者并没有在偶然性/必然性、现象/本质、人/历史的对立框架中看待偶然性等问题，而是将其作为历史的、具体的、局部的事实加以展示和表现。每个事实的出现都隐含着相关个体单位（如个体的人及政治军事集团、政党等）的期望、

---

① 〔德〕马克思：《致路·库格曼》，载《马克思恩格斯选集》第四卷，人民出版社1972年版，第393页。

目的或动机，每个动机都表现为历史动力，进而交织成由各种历史关系构成的、不以个体主观意志为转移的力学之场。《猎舌师》不以凌驾于历史之上的绝对理性为旨归，不以渲染非理性的人欲为焦点，小说人物始终被放在各种历史关系所构成的力学之场中，构成宏大历史图景中的无数个具有个性意义的局部，通过对人物的个性化分析，揭示人在历史中的处境、状态和可能性。在这里，历史体现为具体的、动态的过程，而不是静态的、抽象的规律和法则，人也在偶然性、特殊性事件和境遇中获得了典型意义。

其次，是历史想象的总体性与个体性问题。传统史诗性叙述往往通过特定意识形态装置的设定，抽离出历史的具体脉络，将其纳入抽象的、静态的概念中，以获得一种总体性。个体主体借助意识形态话语的匀质分布获得自身充分的连贯性和统一性，历史叙述成为主体进入意识形态结构的方式，也是巩固意识形态结果的方式，甚至是一种先在的政治结构和社会形式的"惯例"性生产。20世纪80年代中后期兴起的反史诗性历史叙述，以颠覆总体性为目标，用另一种静态的、抽象的概念如人性、欲望、本能、命运等替换元话语，将历史讲述为无规律、无法则的原子式运动。相对这种现代性/当代性的历史叙述，房伟的历史叙述有着一种复古的热情，他试图穿过现代历史主义哲学和新历史主义文化诗学，进入更为久远的历史深处，回溯民族和人类的历史，寻找历史想象的精神与艺术资源。因此，相对于四平八稳的历史叙述，《猎舌师》更具有历史想象的色彩。自然，这种历史想象并非凭空臆想。这不仅体现在小说神奇浪漫的想象力以结实谨严的历史文献史料为基础，更体现在作者对历史小说的更为内在的真实性和总体性品格的思考上。

当一个作家自觉地对历史叙述中的如下问题——因趋附宏大严肃的历史话语而丧失文学的趣味性与想象性；因新历史主义或消费主义的影响而以"戏说"取消历史的真实性，走向历史虚无主义；因将历史简化为帝王将相的权谋史、争霸史而将历史污名化；因注重历史必然性而将生命个体视为必要的牺牲——进行反思时，其历史想象就自然地趋近了初民时代的史诗式总体性。不无巧合的是，房伟的"在历史的灿烂星空之下"的说法，与卢卡契对史诗时代古希腊文化结构的分析颇为相通："在那幸福的年代里，星空就是人们能走的和即将要走的路的地图，在星光朗照之下，道路清晰可辨。那时的一切既令人感到新奇，又让人觉得熟悉；既险象环生，却又为他们所掌握。世界虽然广阔无垠，却是他们自己的家园，因为心灵深处燃烧的火焰和头上璀璨之星辰拥有共同的本性。尽管世界与自我、星光与火焰显然彼此不太相同，但却不会永远地形同路人，因为火焰是所有星光的心灵，而所有的火焰也都披上了星光的霓裳。所以，心灵的每个行动都是富有深意的，在这二元性中也是完满的：对感觉中的意义和对各种感觉而言，它都是完满的；完满是因为心灵行动之时是蛰居不出的；完满是因为心灵的行动在脱离心灵之后，自成一家，并以自己的中心为圆心为自己画了一个封闭的圈。"[1]史诗时代的自我和世界是统一的，"内"与"外"是统一的，自我无须到世界中去寻找。而在现代世界里，在现代人这里，自我与世界、"内"与"外"、生活世界与意义世界的同一性消失了，总体性变得不再可能。"作为每一个个别现象的构成性的根本实在，总体性意味着封存在它自身内部的某些东西是完整的；它之所以是完整的，是因为一切都发生在它的内部，没有东西被它排斥在外，也没有任何东西能指向比它更高的外部；它之所以是完整的，是因为它内部的一切都向着完美成熟，通过达到它自身的方式服从于责任。"[2]现代人的世界变得空前广阔，现代人获得了为自己规定本质、谋划命运的自由，但由于失去了星空的指引，也失去了自我与世界、心灵与形式的统一。处于总体性分崩离析的现代世界，小说就是这个世界的史诗，是现代心灵的形式，"史诗和小说是伟大史诗的两种客体化形式，它们的差异并不是由其作者创作信念的差异，而是由作者创作所面临的历史哲学的现实所决定的。小说是这样一个时代的史诗，在这个时代里，生活的外延总体性不再直接地既存，生活的内在性已经变成一个问题，但这个时代依旧拥有总体性信念"[3]。

---

[1]〔匈〕卢卡奇（契）：《卢卡奇早期文选》，张亮、吴勇立译，南京大学出版社2004年版，第3—4页。

[2]〔匈〕卢卡奇（契）：《卢卡奇早期文选》，张亮、吴勇立译，南京大学出版社2004年版，第9页。

[3]〔匈〕卢卡奇（契）：《卢卡奇早期文选》，张亮、吴勇立译，南京大学出版社2004年版，第32页。

在史诗时代，史诗为自足的生活总体性赋形，总体性是个先天给定的事实，无须人去探索和发现，而小说的总体性只能由人去探索，小说中的总体性也只能由人物去发现。正如卢卡契所说："史诗为从自身出发的封闭的生活总体性赋形，小说则以赋形的形式揭示并构建了隐藏着的生活总体性。"[1]在这个意义上，《猎舌师》可以看作是在卢卡契所说的"小说时代"中的人对已经遗失的史诗的追溯和对总体性的探索，是一个在内在欲望和道德律令之间徘徊的现代人对意义和整体的寻找。呈现在我们面前的就是一个复杂的主体形象：他既是一个忧郁踟蹰的主体，也是一个处于寻找和探索历程中的主体。这个主体有着内在的矛盾性，也始终处于不断的历史生成状态。《猎舌师》选取历史题材，以时间性为小说的构造原则，并不是偶然的，其包含了一个为寻找完整生活而进行的各种努力聚合、碰撞而产生的繁复多元的世界。在寻找完整生活或总体意义的过程中，主体必定遭遇种种困惑、难题和挫折。因此，小说也不再具有史诗般完美无缺的永恒静态和圆融之美，也不再采取革命史诗性小说以现代历史主义哲学为理念依据，通过强行弥合历史的断裂与创伤以建构总体性的方式。毋宁说，由断裂、漂移的现实投射出充满悲情和悖谬感的历史，或者说，这些"抗战历史"小说普遍具有一种悲情美学基调。这显然不是出自纯粹的作家个人趣味，它带有历史哲学层面上的世界性。

与总体性要求紧密相关的是写作的个人性、个体性、日常性。"个人""自我""私人""小人物"曾借助日常性（日常生活话语）、人性（人道主义话语）和个人性（个人主义或个性主义话语）突破历史话语的封锁，使20世纪中国文学获得了现代性和文学性。但这一具有重大思想意义、文化意义和文学意义的历史性实践，也并不构成将"个人""私人""日常"等作为文学话语力量之唯一源头的最终依据。当日常性、私人性成为文学/历史舞台上的唯一主角时，它们就放弃了对自身内在的省思而专注于展示自己的形象，文学话语的历史性维度、政治意涵和尖锐性，以及日

---

[1]〔匈〕卢卡奇（契）：《卢卡奇早期文选》，张亮、吴勇立译，南京大学出版社2004年版，第36页。

常生活的潜在能量，被心安理得地放弃了。①我们可以在大部分新历史小说中发现这一特征。

鉴于《猎舌师》重述现代史的意图，以及文本对正史写作路向的偏离和对人的生命状态的表现等，或许有人将《猎舌师》看作新历史小说，认为其在历史书写中，体现了当下主体颠覆、解构历史的倾向和将历史景观化、趣味化的倾向。我认为，如果将新历史小说做广义的理解，即从重写历史的意义上看，《猎舌师》可以和《白鹿原》《活着》《许三观卖血记》等共同列入这一谱系；但如果将新历史小说视为出现在80年代末90年代初的，因先锋作家和新写实作家将写作内容和背景从现实转向历史而出现的文学思潮，以及由此延续了其历史观、审美观，那么将《猎舌师》纳入这一范畴并不合理。

这需要看到《猎舌师》所包含的双重文学反思性。一是反思以往宏大叙事的观念性写作模式。不同于传统宏大叙事以历史话语压抑和统合文学话语、人学话语，《猎舌师》中形形色色的人物，《中国野人》中流落异国、饥寒交困的野人，《起义》中罹患肺病却密谋起义的师长，《幽灵军》中牺牲的川军战士、日本军官和随军僧，《小太君》中"宣抚班"的日本少年兵和中国少女，《副领事》中的日本副领事和中国警探，《鬼子妮》中出生在抗战时期并在战后定居中国的日本少女，《手肴》中的表兄妹，中篇《猎舌师》中的中国厨师和日本厨师等战争环境下"有限的个人"，他们的体验、情感、心理、欲望，他们在历史中的生活、生命状态，他们的选择和命运，成为作者进入历史深处、触摸历史褶皱的途径和媒介。在险恶的战争环境中，人的心理、意识和情感发生着深刻的裂变。《猎舌师》

---

① 如傅逸尘认为："综观21世纪以来的中国小说，一种失衡日益凸显：日常经验和世俗故事几乎一边倒地壅塞了小说的空间，而超越向度几乎丧失殆尽。多数作家都执迷于世俗生活，极少数作家还在关注超越性的问题。来自市井繁华的喧嚣声震天，而人的冥想、思辨、心灵的独白、低语乃至超验、脱俗的精神情怀却难得一见。这种失衡，意味着21世纪的中国文学已经丧失了思想的向度，丧失了文学思潮涌动、风格建构的基本动力。"参见傅逸尘：《战争背面的别样风情与生命暗影——徐怀中长篇小说〈牵风记〉的"超验主义"叙事话语》，《中国当代文学研究》2019年第2期。

将其视为生命个体,以生命正义对历史暴力进行人性和个人意义上的揭露和反思。二是对新历史小说反历史叙述意识和美学趣味的反思。第一点不难理解,却容易引起误读;第二点则往往被忽视。当这两点聚集于同一文本时,则增加了辨析的难度。或许《猎舌师》在无意于构筑一种线形的、目的论的进化史观上,与狭义的新历史小说颇为近似,在强调当下主体意识、思想对历史叙述的渗透方面也有相同之处,甚至在诗性修辞和欲望表现上,也依稀可见新历史小说的影子。这是其被误读为新历史小说的一个重要原因。

事实上,对"正史"(或"民族国家寓言叙事")和"新历史"这两种截然不同的历史观,房伟均持警惕的态度。关于前者,他认为国族寓言式的宏大叙事"使得中国文学呈现出被动性、情感压抑性、自卑情绪,并且充满了通过道德性塑造,超越西方他者的内在焦虑。……即使鲁迅、张爱玲这样的优秀作家,也表现出不可遏止的虚无绝望的色调,及文化的客体化倾向。徐志摩、路翎等浪漫主义作家的作品,在张扬主体性的同时,对中国历史文化的处理,有时失之简单,未能在群体与个体、道德与自由、现实与想象之间,获得更大格局与境界"[1]。对于后者,他则说:"我们很多所谓具有后现代意味的、颠覆性的'新历史小说',如果考察其精神内核,除了虚无之外,更靠近古代的传奇和演义。"[2] 在另一处他指出,新历史写作的可疑之处在于"刻意塑造反体制的英雄形象,以解构与颠覆,替代理性的重建,以无底线的戏仿,将历史化为新的消费传奇"[3]。作为双重反思的结果,《猎舌师》与新历史小说的根本区别在于,主体在面对历史时的反思意识,在人的处境和命运书写中的悲剧意识及忧患意识,还有探求历史真实、寻找现实出路的超越精神。这种反思、忧患和超越意识,又在历史、文化、人性、个人、生命等多维度、多层面上得以展现,在根本上塑造了《猎舌师》内在的宏大叙事品格。

---

[1] 房伟:《文学史视野中的〈绿毛水怪〉》,《中国当代文学研究》2019年第3期。
[2] 房伟:《后记·用文学触摸历史的褶皱》,载《猎舌师》,作家出版社2019年版,第322页。
[3] 房伟:《在历史的灿烂星空之下》,《长江文艺评论》2017年第4期。

《猎舌师》借助文物、文献史料和田野调查进行"历史还原",这些客观事实营造了一种现场感,但现场感不等于现实感,在现场停留,留下的只能是关于现在的写实,只有在广阔的世界关怀中,做向死而生的思考,才能同时获得现实感和历史感。《猎舌师》中关于诗意的修辞无法弥合历史造成的身体和精神创伤,正如那个时常出现于文本叙述中的处于当下生活中的以各种名字出现的"我",无法修复主体在现实中的裂痕一样。文学,是"我"借以超脱现实、寄托身心的方式,通过文学,"我"仿佛逃离了生活之网。从这个意义上看,文学最多只是我们这个时代可有可无的"零余者"。但只要将文学与"我"联系在一起,即便它只是一种貌似消极意义上的存在,其潜在的生产性能量,也会对每一个真诚对待它的人缓缓释放,甚至猛然迸发出来。于是,写作就成为一种寻求意义、价值和美感的有尊严的劳动,"我"就在这劳动中艰难地确立自我。这就涉及了文学和历史的关系问题。

二、历史与文学:重构宏大叙事的双重维度

在房伟的小说中,我们可以看到,历史是将现实从生活的平庸状态中解放出来的一种方式,文学也是将凡俗人生和世界从庸常的意义架构中拯救出来的一种方式。"历史"和"文学"这对貌似无关却有着密切内在关联的语词,构成作者关注和思考的核心,"而那些历史人物,那些曾活在历史书中的'熟悉的陌生人',或者是历史之中默默无闻的小人物,他们带着历史的尘埃,带着那个时代独有的气息,走到了文学的疆土,上演着一出出的悲欢离合。他们的生命光彩照亮了我们平庸凡俗的日常生活,给了我们无穷的想象快乐和人生的可能"①。历史话语为平庸生活提供了一个超越性的人性和精神空间,为文学话语提供了一种"生活在别处"的乌托邦意义体系。同时,文学话语通过对历史的进入,在历史话语的未尽之处、未及之处和不能说、不欲说之处,以自己的方式接着说,甚至对着说。因此,历史与文学、历史与现实、历史与历史话语、历史话语与文学话语

---

① 房伟:《徘徊在历史与现实之间》,《红豆》2017 年第 7 期。

之间的繁复关系，构成了《猎舌师》写作的隐秘动力和解读小说的入口与关键。

作为一种人类精神产品，文学具有隐蔽而强大的意义。正如亚里士多德的名言："诗人的职责不在于描述已发生的事，而在于描述可能发生的事，即按照可然律或必然率可能发生的事。历史家与诗人的差别……在于一叙述已发生的事，一描述可能发生的事。因此，写诗这种活动比写历史更富有哲学意味，更受到严肃的对待；因为诗所描述的事带有普遍性，历史则叙述个别的事。"① 文学话语的力量未必以历史话语为唯一的源头，文学话语的合法性也未必通过依赖历史话语而获得，文学话语所展现出的是超越历史话语所承诺的真实的更高意义的哲学意味。文学始终在寻找历史和现实表象之下的意义，并在一种总体性视镜中来定位个体，为个体寻找终极意义。房伟的创作谈《在历史的灿烂星空之下》，仅从标题上，就可以看出其对历史、文学及二者关系的理解。在他看来："文学对于历史而言，正是想象力与追求真实的遇合之处。文学并非为历史各类心机背书，而是要在波澜壮阔之中看到喜怒哀乐、爱恨情仇，在参天大树之上发现褶皱之处的细微变化，捡拾那些遗憾与悔恨，体验崇高伟大与卑鄙阴谋，并将之以巨大想象力与好奇心表现出来。历史文学的真实，并非简单的史实再现，而是人类心灵真实的再现。文学给了历史想象的魔力，给了历史好奇心，也给了历史一颗人类心灵的种子。"② 文学的目的并不在于再现经验性的历史事实，不应顺着既有历史话语说，而在于通过对历史细节和历史褶皱的重新发现，穿透各种历史话语的封锁，重新发现人，发现宏大历史中人的心理、情感和复杂的人性，展现人类心灵。历史小说应该保持诗与史、诗与生活、历史与人之间的必要张力，以免使文学变成对生活和历史的虚假肯定和无条件顺服，并因此瓦解诗的价值。《猎舌师》在塑造人物（真实的历史人物，如中国野人、某公、蔡公时等；虚拟的人物，如师参谋长、春阳、鹤田少尉、骆宁安等），描述历史事件（川军抗战、"济

---

① 〔古希腊〕亚里斯（士）多德：《诗学》，罗念生译，人民文学出版社1962年版，第28—29页。

② 房伟：《在历史的灿烂星空之下》，《长江文艺评论》2017年第4期。

南惨案"等）和传说、传奇故事（胡家楼胡氏族人与东海狐族传说、沂蒙山区的老狐传说、五龙潭的传说、神秘的白莲与巨鹤等）等方面，释放出强大的想象力，细致入微又纵横驰骋，极为写实又颇为浪漫，兼有历史深度、生命深度和人性深度，并体现出将历史、地理、动植物、军队建制、饮食等多类知识融入故事叙述和思想表达中的杂学风格。作者将历史、传说和文学相结合，通过灵活多变的叙述视角和富有想象性、体验性及描绘性的语言，营造了一个新奇、美丽、壮观而苍茫的历史诗学世界。

值得注意的是，《猎舌师》塑造的历史诗学世界，并非卢卡契所设想的那个洋溢着孩童般的活泼朝气的瑰丽神奇的世界，史诗主人公在花园般的世界里过着无忧无虑的生活。房伟笔下的世界，无论是承受着战争暴力的历史人物，还是生活在当下现实中的人物，无论具体处境如何，他们都难以绕过历史现实设定的陷阱，历史与现实往往以虚假的承诺、巧妙的诱导或美好的幻境，将其所有的向往、雄心和作为，无论是私我的还是民族的、个人的还是组织、群体的，谨小慎微的还是雄心勃勃的，都引入反向的情境中。对历史、现实与人的悖谬关系的发现，造成了《猎舌师》历史意识中的反讽模式。不仅如此，反讽也成为"后政治化"情境下小说之总体性建构的深层表征。事实上，在房伟的小说中，反讽主要不是一种修辞手法，它在主体论层面上隐含着著作者对历史与现实、历史与文本、文本与潜文本之间关系的认识和态度，以及作者的一种特殊的历史文化体验。

《猎舌师》的反讽性具体表现为，一是历史与现实的断裂、延续和变形构成的反讽，存在于庄严肃穆的革命或现代性史诗时代与分裂混乱的后革命后现代性散文时代之间，如《阳明山》《白光》《五三》等。二是历史与文本之间的错位和扭曲造成的反讽，如布鲁克斯对反讽的界定："语境对于一个陈述语的明显的歪曲"[1]。反讽发生于作为语境的历史和作为陈述语的文本之间的错位，如《还乡》围绕戴家屯抗战活动，列举了由省社科院、地委党史资料搜集委员会、省作协、县志办、小说家等编纂和书写的资料汇编、革命史、报告文学、新闻采访、县志、新历史小说等不同

---

[1]〔美〕克林思·布鲁克斯：《反讽——一种结构原则》，载赵毅衡编选：《"新批评"文集》，中国社会科学出版社1988年版，第335页。

的"陈述语",同一历史产生出如此繁杂且彼此不一乃至龃龉的文本,不仅构成了历史与文本的反讽,更在诸种文本之间产生了反讽效应。三是文本与潜文本之间由压抑与反压抑、"外"与"内"的矛盾而产生的反讽,《鬼子妮》《红龙》《五三》以当代或当下的现实书写为框架,将历史纳入其结构,对现实与历史及其内在关联做出能动的反应。

《指南》是《猎舌师》诸篇中典型的反讽之作。表面上看,小说讲述了一个沉溺于网络穿越游戏者的带有几分荒诞色彩的悲剧性故事。但自深层观之,却是一篇纠合着多重反讽的历史寓言。主人公马波是一个文史知识丰富,对民国史尤其是抗战史极感兴趣的青年。他最大的愿望是穿越回金戈铁马的抗战时期。在他的朋友"我"(胡宏伟)和周围人的眼里,马波的这些想法无疑是长久沉迷网络导致的异想天开。问题是,马波到底是一个历史爱好者还是一个网瘾患者?他是真心喜欢历史还是陷于网络不能自拔?他生前所写的"穿越指南"究竟是向历史致敬还是对历史的游戏与疏离?"历史穿越"究竟是对历史原初情境的回归,还是某种当下匮乏状态的镜像?它是否及在多大程度上是真实的?究竟如何在真实性视域内阐述"历史穿越"?从内容上看,作为马波终生心血的结晶的"穿越指南",包括"游行指南""革命恋爱指南""战场指南""暗杀指南""监狱指南""清洗指南"等程序设计,涵盖了经典革命历史小说的基本内容,可谓后者的网络游戏版。吊诡的是,这款马波为之付出生命的网游,既是对抗战历史的全方位复原和真诚致敬,又是对其意欲返回的历史的游戏化。在这里,抗战历史被重构的同时也被解构了,或者说,在市场经济和消费文化语境下,在网络文化操作空间中,革命史、抗战史只有被去革命化、去政治化、去信仰化,才能被市场、消费者、网络社会主体如自称"资深游戏迷"的"我"和喜欢网络游戏的"儿子"所接受和喜欢。因此,"穿越指南"中那些个人主义的斗争故事,传奇性的革命爱情故事,血肉横飞、情状惨烈却可以由游戏者自主选择的战争板块模式,同样有A计划和B计划两种设计的惊心动魄的监狱斗争,究竟是对历史的穿越、复归和崇拜,还是对庄重酷烈的历史的戏拟?操作"历史穿越"游戏者究竟是"伟大的历史"的见证者,还是坐在计算机键盘前的蓬头垢面的历史"最后之人"?这是"指南"的第一重反讽。"穿越指南"作为马波用生命投入的真诚之作，完成了对无法理解和接受这一"历史真诚"的当下现实的第二重反讽。另外，"穿越指南"还完成了对抽空了内在整体性的意识形态表述的第三重反讽。小说最后，通过胡宏伟父亲对马波在"八一"建军节自杀于革命历史博物馆的叙述，完成了对所谓的"历史终结"之后日常生活及其表述的整体性被抽空状况的第四重反讽。

尚不止于此，沉迷于民国史和网络游戏的马波，因不被现实接受而陷入孤独和脆弱，他的生与死是对历史和现实的双重反讽。在体制内谋食的"我"，同样是脆弱的。上级领导郝书记为让情人转岗却让"我"为学生自杀事件负责一事，与20世纪90年代中期马波父母同时下岗自谋生计一起，共同构成了对"历史终结"的再次反讽。此外，小说的另一重要线索是"我"和马波从中学时期到21世纪生活状态和友情关系的衍变，这一过程又以对照的形式，建构起"青春"（20世纪90年代）和"成年"（21世纪）的反讽。于是，从内在的时间性上，小说建立了从抗战、革命（作为曾经的历史事实）到"穿越指南"（对历史兼具正剧性和反讽性的"回归"），再到"后革命""历史终结"的多重反讽。当我们以为日常生活、个人取代了历史、政治，历史已经消失于平面空间的时候，它仍然会以隐而不彰的形式延续下来，成为生活和人性中时时显现的"硬核"。这个"硬核"便是建构总体性宏大叙事的历史依据和资源动力。

《猎舌师》在形式上具有一个追求灵魂探险和形式探险的作家通常所具有的先锋性特征：以人物心理变化和意识流动结构小说，此类情况在《猎舌师》中颇为多见；将日记、网络游戏程序等插入小说，如《杀胡》《还乡》《指南》；运用狐鬼传说、神秘预言，打开现实世界之外的神秘空间，如《白光》《肃魂》《杀胡》《七生莲》；通过幻觉、梦境混淆写实与虚构的界限，如《幽灵军》《红龙》，等等。这些手法可以看作先锋小说的遗产。换一个角度，也反映出作家在建构总体性和宏大叙事时面临的难题。在史诗消失的时代，如何以小说的形式重建史诗；在总体性隐匿的时代，如何立足个体立场重建一种新的总体性；在去除深度模式、填平雅俗鸿沟的后现代文化风潮中，如何重新发现文学的潜在能量，重建深度叙事等，都是包括房伟在内的当代作家需要直面和深思的难题。

卢卡契将反讽视为"小说的客观性"，他认为："反讽，作为走到尽头的主观性的自我超越，是在没有上帝的世界中所能获得的最高自由。所以，它不仅是一个创造真实总体性的客观惟一可能的先验条件，而且，它把这总体性、小说，升格为我们时代的典型艺术形式，因为小说的结构类型与今天世界的状况本质上是一致的。"①反讽美学范式的出现，便是这些难题在历史叙事上的一个重要表征。在叙述文本中，反讽不仅是一种修辞技巧和手法，它更表现为一种具有根本性的内在结构。它体现了一个作家在"小说时代"所难以回避和超越的反讽境遇。在"史诗时代"，意义世界和生活世界是统一的，而在"小说时代"二者之间的关系破裂了，小说承担起了寻找意义的使命。正如卢卡契所说："小说是一个被上帝遗弃的世界的史诗；小说人物的心理状态具有精灵性；小说的客观性是成熟男人的洞见，即意义不再能彻底地穿透世界，不过，如果没有意义，现实就会分解为非本质的虚无。"②在这个总体性破解的时代，意义仍是建构总体性的思想和价值核心，但在商品化、物化的已趋分裂的现实生活中，意义"不再能彻底地穿透世界"，它是零散的局部的存在。同时，如果不去寻找和建构意义，现实将沦为绝望和虚无。因此，寻找和建构意义世界，既是为生活赋形的需要，又是建构主体内在性的需要，但这注定是往返于绝望和反抗绝望之间的持续性斗争。当代小说的反讽美学就出现在小说与史诗、个体与总体、绝望与反抗绝望之间的矛盾性和悖谬性情境中。

三、打开文学与历史的疆界

在反宏大叙事和非宏大叙事的语境中重塑宏大叙事的最大难处或在于，20世纪90年代以来，不仅现实在不断变化的"现在"情境下变得模糊起来，呈现出"现在化"的趋势，而且在"现在化"眼光中，历史也不再是封闭的和确定的。同样，理解、阐述和表现历史的语境也具有了不确

---

① 〔匈〕卢卡奇（契）：《卢卡奇早期文选》，张亮、吴勇立译，南京大学出版社2004年版，第65页。

② 〔匈〕卢卡奇（契）：《卢卡奇早期文选》，张亮、吴勇立译，南京大学出版社2004年版，第61页。

定性和非封闭性的特征。历史其所塑造的"独特的地域主体特质"①，还有诠释、建构历史的语境，也是不确定的和非封闭的。这也决定了历史、叙事和主体的多重非确定性。因此，有思想含量和精神质地的真诚的历史文学写作，面临着极大的挑战。但换一个角度看，史诗时代的终结，旧的宏大叙事范式的没落，也为在反向和反思意义上恢复个人、生活的历史性维度，重构新型宏大叙事，提供了重要的潜在契机。《猎舌师》等"抗战历史"小说的出现，就体现了"散文时代"的一种开放性、反思性的生成性和生长性力量。在这里，历史不是一个我们可以弃之不顾的垃圾，也不是阻碍我们前行的负担，它是我们可以汲取经验或教训的思想和美学资源。

如何理解现实？文学应该如何表现现实？在由中心走向边缘的今天，文学究竟有没有力量？如果有，它由何而来？这些都是值得追问的带有终极性质的问题。置诸当代中国语境，这些问题对现实主义文学，对重建宏大叙事美学范式，更具紧迫性。面对此番追问，吴义勤先生的观点有着重要的启示意义，他认为："如果我们不对现实做先验的观念化的理解，现实就会呈现出令人意想不到的混沌性和可能性。同样，如果我们不对文学性做褊狭的理解，而是将作家的精神境界、人格境界和高远的文学品位自然地容纳于其中，那么，文学包括现实主义文学就是葆有无限生机和前景的，有深度、力度和无限可能性的文学。这样的文学，这样的文学性，拥有重新发现现实、重新发现文学本身的强大力量。"②正如个体与整体、特殊性与普遍性不断发现自身、建构自身、更新自身一样，历史、现实、文学、文学性何尝不是如此？历史上关于这些语词的言说车载斗量，言人人殊，这些论述和相关的文学经典是需要继承的财富和宝贵的遗产，它们是界标和纪念碑，在很多情况下，也是我们审视现时代文学的思想价值标尺和艺术价值标尺。

但同时，它们也是需要在具体状况里做历史性分析和把握的事物，不

---

① 房伟：《后记·用文学触摸历史的褶皱》，载《猎舌师》，作家出版社 2019 年版，第 323 页。

② 吴义勤：《普玄现实书写的文学力量——从〈日落庄园〉到〈逃跑的老板〉》，《文艺争鸣》2019 年第 6 期。

应该将之作为一个抽象的真理性的判断而做历史性把握和言说。这些经典性论述和经典之作,也是个体与整体、特殊性与普遍性之间交互作用的历史实践过程。今天的文学自然也是处于这样的历史脉络之中,也处于历史自身与文学自身及二者之间互动生成的过程之中。每一个对此有自觉意识者,都会看到自己创作的语境性意义,只看到其中的某一方面,将其抽象出来,将这些脱离了历史脉络的大叙述奉为不可移易的金科玉律,无异于作茧自缚。

按照保罗·德曼的说法:"文学性,即那种把修辞功能突出于语法和逻辑功能之上的语言运用,是一种决定性的,而又动摇不定的因素。"① 在统治性宏大叙事中,历史话语及其逻辑和语法极大地控制了文学话语的文学性或修辞功能,这在众多以史诗写作为目标的作品中体现得尤为明显。在有些史诗性作品中,史大于人,时势、形势大于人,史大于诗,教谕功能压倒和取代审美功能。它们表现的历史在很大程度上并不属于美学范畴,而是依托于特定历史条件的正剧性认同政治。史诗性写作乃至现实主义写作变成了一种貌似庄严实则滥套的仪式,在这仪式化场景中,历史似乎无所不在实则脱嵌而出。文学和文学性在此变成了历史缺席的借口。安敏成谈到,在中国知识分子对新文学的构想和召唤,"不是出于内在的美学要求,而是因为文学的变革有益于解决更广阔的社会文化问题"。现实主义之所以备受欢迎,则是因为其内含的科学精神和对广阔社会生活尤其是重大社会政治问题的关注,在这个意义上,现实主义成了最先进的文学形式。他认为,尽管中国作家对现实主义的功利性态度是可以理解的,但"在实际创作中……现实主义的实效与其说是对社会问题的积极参与,不如说是一种美学上的回避"②。他指出:"事实上,许多伟大的西方现实主义作家(想一想契诃夫、福楼拜、詹姆斯和早年的乔伊斯)都自觉地

---

① 〔美〕保罗·德曼:《解构之图》,李自修等译,中国社会科学出版社1998年版,第106页。

② 〔美〕安敏成:《现实主义的限制:革命时代的中国小说》,姜涛译,江苏人民出版社2001年版,第27—28页。

将美学的价值放置在政治之上，在作品中追求一种纯粹的美学超越。"①跟西方现实主义不同，中国的作家和改革者虽然逐步发现了现实主义本性，但最终又放弃了它。相对于革命现实主义宏大叙事对美学价值的贬低，20世纪80年代中期以来的纯文学显示出了对美学价值的尊崇，但这种写作同样是以放弃现实主义本性为前提的。按照房伟的理解，"去政治化的纯文学"是"文学自我保护的结果"，但换一个角度看，此类纯文学未尝不是文学"无能的力量"的自我去势和自我阉割。

从70年代末开始，我们先后将日常生活、人情、人性、内宇宙、形式、语言等作为纯文学的核心命题。进入90年代后期，我们又发现了这种纯文学想象中内含的意识形态性，并重新召唤文学的历史性维度。

作为以总体化为特征的"史诗时代"终结之后的替代品，小说承担起了为人类生存之谜寻找答案、为存在寻找理由、为生命寻求意义的职责，这也是现代小说的基本要求。因此，现实主义本身就包含着一种从总体上认识和把握世界的信心。李敬泽在谈到写实与现实的差别时说："而'现实'，这个词当然遍布歧义，但有一点，从19世纪现实主义到社会主义现实主义，从恩格斯到卢卡契，都认为它包含或者应该包含着某种总体性吁求，是历史的。"②现实主义文学在对现实的细致观察和深刻洞察中，蕴含着对平凡生活中深沉动人的诗意的发现和从生活原貌背后"找到全世界所要求的戏剧"的深广含蓄的雄心。对日常生活的不满，是现代人相当普遍的生存状态，这种不满构成了现代小说基本的叙事动力。福楼拜的《包法利夫人》《情感教育》、塞万提斯的《堂吉诃德》、司汤达的《红与黑》、巴尔扎克的《高老头》、列夫·托尔斯泰的《安娜·卡列尼娜》、米兰·昆德拉的《生活在别处》等通过其主人公表现了现代人的这种普遍心理和情绪。《猎舌师》中那些生活于当下的人物，也是特定时代"成问题的个人"，他们的心理、情绪与福楼拜、塞万提斯、列夫·托尔斯泰、巴尔扎克笔下

---

① 〔美〕安敏成：《现实主义的限制：革命时代的中国小说》，姜涛译，江苏人民出版社2001年版，第28页。

② 李敬泽、李蔚超：《历史之维中的文学，及现实的历史内涵——对话李敬泽》，《小说评论》2018年第3期。

的人物的心理、情绪一样，集结着现代小说的核心秘密。这些人物无时无刻不感受到"无聊的现在"正以不断重复的形式侵蚀和吞噬着自己的生命与热情。在诗意全无的世界中，孤立无援的个体生命变成了"现在"的机械空转。90年代以来的众多小说，展现了历史退却后破碎的生活，炮制或重述了一些耸人听闻且颇有销路的街头故事，追逐新闻报道的热门话题，以时尚、时髦的花样炫耀自己的情趣，文学应有的社会历史意义成为时过境迁的陈词滥调。房伟表达了对这些满足于展示现场感的日常诗学的不满："我的心目中，真正的历史小说，能给我们带来人对'时间和自我'的深刻感受。……历史小说应该表现人内心种种情感，表现人和时间的关系、人和世界的关系、人的种种行为动机和意义追索。"[①]他要用史诗的、社会历史的模式，响应那种光鲜却散漫、性感而游戏的以"纯文学""纯艺术"的名义超然物外的写作哲学和审美特质。

《猎舌师》是作者借助历史与现实展开的深层对话和论辩。一方面，作者试图通过历史进入与历史相关联的现实的深处、个体生命与民族生命的深处，获得对历史本真的认知；另一方面，作者也希望通过对历史的想象性书写，使文学获得一种根本的力量。在这里，历史、现实、文学都不是可以用静态的眼光和抽象的观念去观照和规范的对象，它们就是"我"和"我们"。在仿佛一切都失去了稳定性的现在，历史也在多种阐说和赋义中变得不再稳定，这更需要一种超越现实和历史的眼光，把握住某种超越历史和现实变化的恒久的东西，以看到各种阐说和赋意的历史性。同时，"我"和"我们"也需要以这种超历史的信仰为前提，以防止相对主义和虚无主义的侵蚀和泛滥。文学，同时关联着历史与现实、"我"和"我们"。后者的不稳定性意味着文学因溢出了传统观念范畴而出现了意义危机和价值危机，也意味着它将会在历史与现实、"我"和"我们"的反复辩证中，获得重新生长的可能性和契机。

---

① 房伟：《徘徊在历史与现实之间》，《红豆》2017年第7期。

历史小说的现实主义文学力量

——论房伟"抗战历史"小说兼及当代文学的相关问题

伟大的历史学家和文学家司马迁认为，历史探究的是关于"天人之际"和"古今之变"的秘密，追问的是一个连接着过去和未来的秘密，一个关于人、民族和人类命运的秘密。真正的历史文学写作，应该包含史迁式的庄严品格、超越精神和孜孜不倦的求索意志。房伟的"抗战历史"系列小说，以巧妙而富有现实主义文学力度的方式寻求历史真相，表达朴素、本真而高尚的伦理诉求，这种对历史之真之善的求索，以及关于它的美的艺术想象，共同创造了一个深微而辽阔、苍茫且灿烂的精神和美学世界。

一、"语境"视角下的抗战历史小说

进入房伟的历史小说世界之前，我们有必要思考这些问题：文学文本的意义和价值由何而来？是否产生于能指与所指的二元性结构中？是否存在于语言内部和语言之间的关系？这些建立在符号学、新批评、形式主义和经典叙事学基础上的文学观，让我们获得了对文学本身的理解，但它们又以文本中心主义的偏颇将文本闭锁于它所由产生和存在的社会历史语境中。将文学与语境因素混淆，将文学等同于社会历史，甚至将其视为社会历史和意识形态及其极端化形态的附庸，自然是不可取的，但若将语境彻底排除在文学之外，无疑也是对文学的物化。如本雅明所指出的："在历史唯物主义看来，如果孤立地——即使不是脱离开它们产生的生产过程，也是脱离开它们超越产生时期而得以流传的过程——看待创作物，那么作为创作物总和的文化概念便具有拜物教的特征。文化表现为物化的，文化的历史则完全是由人的意识中未经任何真正的、也就是政治经验触动的纪念物构成的沉淀物。"① 即便文学本身也是历史的产物，更进一步讲，就是被视为语言织体的文本在它被生产出来之后，也在其流通和接受过程中面临被社会化和历史化的宿命。"一切文学作品都被阅读它们的社会所'改写'，即使仅仅是无意识的改写"，这就是伊格尔顿宣称"被当作文学的事物"是"一个极不稳定的事件"② 的原因之一。

具体来看，历史小说因历史因素——作为背景的虚构或真实的历史人物、历史事件和历史发展过程或历史动态——的加入，而更需一种历史的解读。事实上，历史小说作为中西叙事传统中的一个重要文类，其魅力就在虚构和历史的张力之间，在小说与历史、语言和现实的互动之间。

《猎舌师》③ 等抗战史著作具有明显的语境性意义。作者一直关注20世纪中国文学的现实主义宏大叙事问题，并自觉地将语境作为其历史小说创作的不在场的源动力和原因，将真实存在的社会历史语境作为对历史小说的题材选择、人物塑造和叙述形式发生作用的重要因素。所以，在《猎舌师》小说文本与其所处的社会历史语境之间，就有了指意的空间和张力。《猎舌师》的意义即源自小说文本与历史之间的这种既互相区别又紧密联系的张力。更进一步说，这些历史小说书写了一个民族一个国家的抗战历史，这是他们永远难忘的被侵略、被践踏的历史，是屈辱史，也是反抗史、斗争史和民族解放史，是家史、国史，也是民族的心史和精神史。因此，解读它们需要走出文本中心主义情结，将语境因素作为变量纳入叙事分析之中。

对于房伟来说，历史本身不是符号性的，不是文本和语言、话语衍生

---

① 〔德〕本雅明：《经验与贫乏》，王炳均、杨劲译，百花文艺出版社1999年版，第306页。

② 〔英〕特雷·伊格尔顿：《二十世纪西方文学理论》，伍晓明译，陕西师范大学出版社1987年版，第13—14页。

③ 因小说集《猎舌师》取自同名中篇小说，为避免混淆，本文在使用时，如分析对象是单篇小说，则前加"中篇"字样，若不加则指小说集。

的结果。历史固然只有通过文本才能通达，但历史本身不是文本，也不是不稳定的个体意志的投射。在认识论范畴上，《猎舌师》是对历史真实的积极而非消极怠惰的反映，是对特定历史和现实情境下具体的人的生存事件和生命状态的揭示。在实践论范畴上，《猎舌师》呈现出一种面向现实的姿态和表述，用詹姆逊的说法，是对特定社会历史境域的"反应"。尽管这些小说属于历史题材，但其中却有着它所处的、并对之做出"反应"的那种社会历史境域的清晰的影子。这个内在于文本中的影子被詹姆逊称为"潜文本"。潜文本是历史现实在文本中的存在方式。这种存在不仅是传统马克思主义理论批评中的"反映"，更是一种积极的能动的"反应"："文学或审美行为总是拥有与现实的能动关系；然而，为了做到这一点，它不能简单地允许'现实'惰性地保持其自身的存在，在文本之外或与文本保持一定的距离。相反，它必须把现实拉入自身的结构中。"①"潜文本"更为深入地揭示了历史现实与文本之间的内在关系。

语境视角下的《猎舌师》，主要体现为两个层面：现实语境和文学史语境。

首先是现实语境，即小说对现实的处理或将现实纳入叙事结构的方式。具体来说，《猎舌师》把现实纳入文本作为潜文本的方式主要有两种，一是将当下现实作为叙述内容，赋予其形式，使之成为文本化现实。《小太君》对年已九十的老太太金娣的生活状态、心灵状态及其与重孙女雪慧两代人的不同心理的叙述，对济南市井风俗和历史变迁的描写，《鬼子妮》对济南市井平民地缘伦理和血缘伦理关系的表现，《白光》对景睿和马蓉家庭婚姻状况的描述，《指南》对马波、胡宏伟朋友关系及各自工作、生活、家庭等内容的表现，均属于此类。二是不将现实作为直接的纯粹的文本内容，而是将其作为语境，通过对抗战历史进行重述，对现实给予积极回应或反应，将历史现实作为潜文本与抗战历史叙述文本，构成一种当下现实与历史、叙述时间和故事时间的对话关系，当下现实作为"缺席的在场"构成历史叙述形式、结构及价值判断等的根源性因素。在第二类潜

---

① 〔美〕弗雷德里克·詹姆逊：《政治无意识》，王逢振、陈永国译，中国社会科学出版社1999年版。

文本中，社会历史现实往往是以隐匿形态存在于文本中的，需要进行詹姆逊所说的"强力重写"（strong rewriting）才能在读出作为潜文本的社会现实语境的基础上打开文本。关于"强力重写"，詹姆逊解释道："它是对文学文本的重写，从而使文本本身看似先在的历史或意识形态的潜文本（subtext）的重写或重构。总之不言而喻的是，那个'潜文本'并不是作为潜文本而呈现的，并不是人们通常所说的外部现实，甚至不是历史手稿的传统叙事，它本身必须总是根据事实而得到（重新）建构。"[①]按照詹姆逊的理解，马克思主义文学批评应该通过重写文本以重构潜存于文本中的社会历史现实，而后再根据这个现实来重释文本的意义，也就是说，文本的意义由其所产生并予以回应和反应的社会历史现实和文化语境获得。《中国野人》对20世纪50年代至21世纪中国历史与现实的叙述，《鬼子妮》《白光》《指南》对抗战史的叙述，《杀胡》对20世纪30年代末至80年代末近半个世纪的中国史的勾画，《红龙》《阳明山》对现代史和当代史的处理，都是需要进行"强力重写"的语境化很强的文本。因此，阐述《猎舌师》的意义，需要我们去把握潜文本在文本中的在场方式而非停留于作品本身。

其次是与现实语境相比更为内在的文学史语境。《猎舌师》诸篇小说都隐含着作者的文学史或历史小说的潜在视野，与中国现当代历史小说有着突出的互文性和对话性。抗战历史和当代现实，并非以直接的经验式方式完成其形式化，形成一种表现性或再现性文本，而是经由内在的文学史、历史小说等内在装置的转换而成。换句话说，《猎舌师》将文学史语境潜文本化为一种学者的反思，并将这种文学史反思或历史小说反思转化为历史想象的深层内容和形式。

因此，《猎舌师》的语境性意义就呈现为主体/叙事两个相关层面上的反思性品格：一是个体、自我的反思；二是对历史及其叙事的反思。前者体现为主体在历史与现实的深层对话中的重新塑造和生成，后者体现为对日常化诗学、欲望化诗学、戏说戏谑诗学尤其是新历史小说和传统宏大

---

① 〔美〕弗雷德里克·詹姆逊：《政治无意识》，王逢振、陈永国译，中国社会科学出版社1999年版。

叙事模式的反思。

"五四"新文学运动，使文学话语以个人为观照和表现对象，将自己从以社会为言说单位的历史话语中解放出来。在现代历史的渐次展开和推进中，救亡图存的历史意志再次将文学纳入自身，成为历史话语的构成因素。人、人生、生活、个人、人性等曾经被历史话语遮蔽而被新文学话语发现的平凡且隐蔽的经验，重新进入历史大叙事范畴。

20世纪80年代，文学借新启蒙话语之势出现的个人主义／个性主义话语，作为现代历史主义叙事的反动，借由"现代化想象共同体"被赋予了历史性意义。但这一话语也同时成为社会改造话语和民族现代性话语的内在构成。个人承担起了"五四"式的立人与立国、改造个人（国民性）与改造社会的双重旨趣。纵向的传统、历史意义上的世界和横向的国家、社会等意义上的世界，成为个人得以建构必然要废黜却又无法彻底摆脱的"他者"。正如刘禾所指出的："个人主义话语所做的可能远不止把个人从家庭中剥离出来交给国家；它导生了一个为实现解放和民族革命而创造个人的工程。在这个意义上，尽管个人主义话语在表面上与民族国家势不两立，它与国族主义之间却有着千丝万缕的关联。"[①]80年代中期，寻根文学内含个性主义、个人主义和民族文化意识、世界意识之间及现代主义和现实主义之间的复杂逻辑；先锋小说则通过繁复错落的形式和充满反讽意味的诗意抒情修辞，使这一复杂的逻辑更内在化，也更晦涩，表征为一种"个性化叙事"追求、古典诗词意境手法、"超（中国）历史"的世界文学图景等混杂拼贴而产生的"后现代性"[②]。

文学、形式变动的背后，隐藏着更深层的社会历史动因。80年代中期之后，中国现实语境的流动性，使主体／叙事进入了不稳定的"液化"生成状态。日常性被视为历史的本真甚至本质，构成了另一种宏大叙事和另一种真实性话语，并借助后革命时代的时尚潮流和文化惯性，通过逼真

---

① 〔美〕刘禾：《跨语际实践——文学、民族文化与被译介的现代性（中国1900—1937）》，宋伟杰等译，生活·读书·新知三联书店2002年版，第128页。

② 关于先锋文学的后现代性分析，参见陈晓明：《无边的挑战：中国先锋文学的后现代性》，广西师范大学出版社2004年版。

地呈现日常景观和个人故事,将历史大叙事转换为日常小叙事。房伟对此有所反思:"90年代初期,市场经济的探索之中,文学领域的欲望与政治的关系,也是'晦暗不明'。一方面,去政治化导致文学表现领域日益逼仄与苍白;另一方面,去政治化的纯文学,恰是文学'自我保护'的结果。强行割断文学与政治的关系,也导致文学现实指向,以更畸形、隐晦的寓言方式展开。这种'非政治化'文学,将现代体验压缩、删减与控制地植入文学,回避政治问题,遮蔽现实诉求。更重要的是,它割断了鲜活的现代意识经由政治反映到文学的路径。"①将中国特色社会主义市场经济理解为一种"去政治化"的市场实践显然是浅薄的,在某种程度上,文学的"去政治化",是对作为精神生产实践的文学的抛弃和对市场语境中虚拟的大众口味的迎合。市场社会提供了将个人从政治理念和启蒙理性压抑中解放出来、重塑"个性"和"我性"神话的新文化空间,但这一诉求并未在"去政治化"和"多元化"语境中得到有效落实,秉承日常伦理原则的个人有意无意间放弃了社会、政治和伦理的可能性,最终被塑造为以多元人性论为基础的无热情、无信仰、无历史的"无力的主体"。

  塑造人物,是使"无力的主体"显形的便捷方式。《猎舌师》塑造了大量生活于当代现实中的年轻人,如《白光》中的景睿、马蓉,《还乡》中初进报社就被安排到老区采访的"我",《指南》中的马波、胡宏伟,《五三》中以"房伟"之名出现的"我"等。小说通过描述这些植根于现代都市中的人物忙乱、喧闹而又空虚、无聊的生活状态,揭示了后历史时代的人对历史的遗忘,也暗示了所谓注重现场感和生活质感的写作对历史的遗忘和压制。相应地,《猎舌师》也塑造了更多的历史人物形象。其中有以真实历史事件或历史人物为原型的,如《中国野人》中的野人,《花火》中的师参谋长,《起义》中的师长,《五三》中的蔡公时将军;其中也有大量虚拟的人物,如《幽灵军》中的长谷川信彦,《小太君》中的黑木星羽,《地狱变》中的水源清,《七生莲》中的鹤田少尉等;有的则借文献记载中的人物展开演绎和想象,如《杀胡》中的佐藤猛夫和三桥长吉,即由梁漱溟的日记生发而来。

---

① 房伟:《〈黄金时代〉〈废都〉与90年代》,《当代作家评论》2018年第5期。

值得注意的是，这两类人物以内在的有机联系，传达出作者对历史与现实之关联的看法。这些看法，有时借人物之口说出，如《阳明山》中某公的感慨和王博士的忧虑。《猎舌师》中带有寓言性质的"当代生活故事"，表征着文化主体固有身份的缺失：无论是传统文化思想还是当代流行文化，抑或是主流或精英的高级文化辞令，都不能为个体提供确立个人道德和文化身份的框架。作者借当代现实人物的无力感和意义匮乏感，指出这样的现实：被当下生活的柔性暴力结构控制的个体，因历史感的匮乏而只能停留在自己所在的社会生活结构之内，不能以精神超越的方式建立自身的历史感和实体感。历史感的匮乏与现实感的缺位，表里相关；历史的碎片化，现实的溃散和人的内心世界、心理世界的瓦解，因果相关。

从根本上说，《猎舌师》对历史、现实和人之关系的思考是充分语境化的，是与90年代后"去政治化"和社会生活普遍的商业化、私人化联系在一起的。更进一步看，这些历史小说中存在着关于90年代的思考和想象。相应地，小说对人物生活、情感和心理状态的表现，则采用了"个人性""主观性"和"内在性"这样一些时常出没于90年代以来的文学作品中的"关键词"。作为《猎舌师》中的潜文本，90年代作为现场写作、私人写作和需要反思的纯文学写作的代表，被作者征用为创造新型"抗战历史"叙事的反思性材料和与《猎舌师》构成奇妙的对位、对照关系的寄托或对象——作为90年代文学表征的主观性、个人性、私人性、内在性、日常化与作为自身写作诉求的历史性、民族性、文化性、整体性的对位、对照。借助"强力重写"策略，我们可以在《猎舌师》中发现其潜文本：在新的历史敞开之际，曾经风光一时的"90年代文学"的现实观和美学趣味日渐暴露出其褊狭性和压抑性，其对未能进入个人内心的充满暴力的"另一种现实"，采取了一种漠然视之的认同，使之逐渐蜕变为与多数人的现实生活无关的自娱自乐的符号游戏。从总体来看，《猎舌师》的语境性意义在于，小说充分揭示了这种语境生产出来的主体/叙事状态，有的历史写作迷恋于这种不确定性本身，显露出解构以往的确定性的明确意图。启蒙共同体、现代化想象共同体瓦解之后，市场文化逻辑催生出层出不穷的文学现象，文学陷入混沌无序的状态，追求不确定性和反本质化的写作盛行，这是历史意识衰微，个人退出历史，经典宏大叙事遭受质疑的表征。

同时，也要看到，《猎舌师》对现实和文学史语境的潜文本化处理，以及隐含的双重反思性，成为房伟等真诚的写作者进入个人化宏大叙事重构的思想资源，成为他们创造富有历史感和历史想象力的现实主义文学的重要起点。90年代的主流思想和美学，对不断变化的现实和世界的主动妥协及退让，是现实主义和宏大叙事重构的历史前涉；作为一个直接的反思对象，对90年代的不满和对当下平庸生活状态的不满，共同催生了文学的"饥饿感"和"求知欲"。学者南帆指出："迄今为止，历史话语始终没有过时，'宏大叙事'指涉的民族、国家、社会仍然是首屈一指的主题。割弃'宏大叙事'的种种解释通常不可能完整。"[①] 宏大叙事的生命力，从人的本性上说，是一种精神升华、灵魂净化的精神欲望表达形式；从人的社会性维度上说，源自对家国、社会、民族等公共性伦理的系念，个体从中获得生命的归属感。同时，作为现代性的产物和表意形式，宏大叙事尤其是以现实主义小说形式体现出来的史诗性追求，将个人与国族、生活与乌托邦理想、现实与历史紧密地联系和连接起来，整合为有着连贯、完整的历史叙述和文化记忆的"想象的共同体"。

二、"诗意""细节"与现实主义深度

房伟的"抗战历史"小说蕴含着一种内在的深刻的诗意追求，这种追求即便在充满暴力、血腥、心理扭曲、人性变异的战争环境中，也会或隐或显地表现出来。这些诗意，不是后现代文化所热衷的展示意义上的暴力美学景观，也不是传统意义上的东方古典美学。有些小说包含这种诗意因素，比如小说涉及中国和日本的传统文化包括通过人物写出或说出的诗词，以及那些素雅、清冷、干净、悠远的俳句。从创作主体的角度看，《猎舌师》的诗意，与作者的个性、性格、气质类型、精神品质乃至人格有关，房伟是不满足于现实的浪漫主义者，是希望超脱现实的理想主义者。诗意凝聚着作者的主观情感，通过小说人物、场景、景物和事件得以宣抒，流

[①] 南帆：《历史话语与文学话语：重组的形式》，《天津社会科学》2012年第3期。

溢在作品中。从这个意义上看,《猎舌师》可以说是一种特别的诗意写作。

但如果仅从个体意义和东方文化传统意蕴方面来看待诗意,就说明还没有抓住更内在、更根本的东西。无论小说用怎样的手法、技巧,都无法改变其现实主义小说的本质或核心命题:摹写现实和认识现实。对于房伟来说,则是还原历史真实,追索历史真相;还原历史中人的生命、生活、心理和情感状态,并在写作中始终贯穿道德和道义,贯穿民族大义和生命正义。作者对历史之真之善的热情追求,避免了那些充满诗意和抒情色彩的意象、场景沦为意象景观"拼贴画"。《副领事》中的副领事醉心于中国文化艺术,喜欢中国古玩和书法,热爱中国古诗。他在被迫充当棋子自杀之前,写下了五言绝句,将个人的身世之感、家国之思和对中国的情感及对中日之间难以避免的战争的忧惧融入诗中,并为中国警探破案提供了线索,推迟了战争的爆发。《五三》中的蝴蝶是对现实中失意者、失败者的心灵的抚慰,是对尘世中微渺个人的小记忆的拯救,而它在民国二十七年的爷爷眼里和在当下的"我"眼里,则有更深的寄托。按照时间顺序来说,那只奇异的蝴蝶应该是先被爷爷在蔡公时将军被日军残杀的现场看到,后又被"我"看到。但在叙述中,却先是"我"恍惚间看到一只蝴蝶从蔡公时将军的铁塑雕像的眼角钻出,又轻盈地飞向了远方,进而这只蝴蝶又引导"我"看到了历史中的屠杀现场和爷爷对蝴蝶的注视。在这里,蝴蝶与蔡将军紧密联系在了一起,是民族英雄、民族正义和精神的化身,是民族精华和历史的精魂。不仅如此,这只"历史之蝶"还发挥着勾连历史与现实、历史与生命的叙事功能。

《猎舌师》中的意象从一开始就和个体生命密不可分地纠缠在了一起,并暗含着当下主体对历史的体验、感知、困惑和求索。"雾"是多次出现的一个重要意象。它困扰着小说中的人物,营造了一种阴郁压抑的氛围,也是小说人物和叙述者探求历史真相的障碍。从某种程度上说,也意味着作者对历史真相无从解锁。正如作者在《还乡》中借人物之口所说:"难道历史的真相,永远只在那团团雾气和尘埃之中?""难道我一个小小的女记者,就能解开这些重重迷雾笼罩的历史谜团?"[①]但事情并非如

---

① 房伟:《猎舌师》,作家出版社2019年版,第121—122页。

此简单。《五三》也以"雾"开始,严重的雾霾吞没了一切。身患重病、等待死亡的父亲讲述的关于爷爷的故事前后不一,漏洞百出,使"我"感慨道:"也许,我们的历史,就像越来越浓厚的雾霾,永远没有真正的真相。"①但"我"并未因此陷入彻底的虚无,"我"更愿意相信爷爷——一个米饭铺老板、一个小人物——对历史的触摸。结合此后叙述中出现的蔡将军黑铁塑像和铁像旁的大理石纪念碑,以及飞向"有着阳光的远方"的蝴蝶,我们更能感受到房伟的历史意识:历史就在那里,如蔡将军的塑像和纪念碑般无可否认,不可移易,但父亲对历史的讲述是不可靠的,不能令"我"信服。只有穿越"父亲"的话语迷障,持有一种可以坚守的意义,生命才可以获得真切的现实感和辽阔深远的历史感。现实中承担着苦难并承载着希望的普通人和那些历史中受难的民族英雄一样,都可以通过切身的痛苦的生命体验走入历史。

《猎舌师》通过对史料文献的征引和对历史事件、人物、场景与细节的还原,体现出客观、冷静、如实再现的书写态度。但所谓的"还原"实为认识,对曾经的经验性现实即历史的认识,对历史真相的发掘和捕捉。问题是,在后现代历史叙事学盛行的时代,所谓"历史"和"历史真相"被认为是一种叙事的结果和话语的建构。作为一名现当代文学学者,房伟深谙此道,所以其小说既讲究故事性,又注重叙事性,有的小说中还出现了超出历史和现实常规经验的传奇性叙事。但是在这些故事、叙事和传奇背后,我们看到的不是常见于当下历史小说中的虚无和犬儒,而是一种求真——寻找真相、真实的执着和隐秘的快感。《猎舌师》看上去主观色彩浓郁,但深究则有福楼拜的影子。福楼拜曾表示他在创作《包法利夫人》时追求的是一种"难以言传的美",他引用柏拉图的表达,认为"美是真的光辉"——此可谓最能标志现实主义小说诗意蕴涵的艺术箴言。房伟的诗意有一种使其避免虚无和犬儒的内在、结实、热情的"求真"之光。他写历史的迷雾和神秘,并不意味着自己迷失其间并到此为止,得出一个新历史式的结论,新历史小说的历史理念恰恰是他反思和质疑的。当迷雾、神秘被呈现出来并被作为历史的一部分加以端详和审视时,它们成了"求

---

① 房伟:《猎舌师》,作家出版社2019年版,第318页。

真"的一部分。《还乡》即为寻求历史真相未果,却仍在内心保留一份历史敬意的小说。

在达文看来,"巴尔扎克的眼光只须不介意地一瞥就能在律师的办公室里、省城的深处或巴黎一间内室的围帐后面找到全世界所要求的戏剧"①。在平淡生活中"找到戏剧"的诉求和才能,是经典现实主义文学的诗意取之不尽的源泉。那么,现实主义文学的诗意是如何表现的,它与整部作品究竟有何关系?达文接着写道:"这个戏剧,它的激情和它的典型,他在围坐在灶边的家庭中去找,他在平静而一致的外表下摸索,突然会挖掘出一些特点,一些既复杂而又自然的性格,以致使人们会惊奇为什么这些如此熟悉和真实的事物会这么长时间没有被人发现。这是因为在他以前从来还没有过小说家这样深入地观察过细节和琐碎的事情,而这些,解释和选择得恰到好处,用老剪嵌工的艺术和卓越的耐心加以组织,就构成一个统一的、有创造性的和新的整体。"②对历史和现实生活进行耐心细致的体察,通过对细节的捕捉和运用,在客观的表现中,融入作者对人生的严肃审视、对复杂心理的剖析和对善良人性的同情,使平淡的生活内容充满深沉动人的诗意。"用文学触摸历史的褶皱",就是《猎舌师》"找到戏剧"的一种方式。《鬼子妮》写20世纪五六十年代在政治形势紧张、人们生活极端贫困情况下的现实,简洁而有力;对这一形势下人物关系、心理和情感的表现,对人们在政治话语要求和内心道德感之间游移的表现,对人心之善的表现,自然而内在。历史的客观再现,对人心人性之平淡质朴而又韵味无穷的描写,共同构成了作品深广、含蓄的美学意蕴。《鬼子妮》写樱花和萝卜的纯真之爱,写山大爷和颜大娘因国别和政治原因而不得不压抑着的情感,写颜大娘和兆德在特定政治情势下的母子之情。《小太君》写抗战期间中国少女金娣和日本少年黑木跨越国度、超越时间的恋情;《地狱变》写对侵略战争怀有"游戏又悲壮"的心理的日本军官与附

---

① 〔法〕达文:《〈十九世纪风俗研究〉序言》,载《欧美古典作家论现实主义和浪漫主义》(二),中国社会科学出版社1981年版,第150页。
② 〔法〕达文:《〈十九世纪风俗研究〉序言》,载《欧美古典作家论现实主义和浪漫主义》(二),中国社会科学出版社1981年版,第150—151页。

逆的中国"治安军"成员蒋巽之间的乱世爱情；写被俘的八路军高级军官的太太和她刚出生还没来得及吃一口奶的女儿，在即将被杀时惨烈动人的舐犊深情。在这些小说中，诗与真融合在一起，既有对历史和现实生活的还原，又有渗透着作者情思的诗意。我们可以从中感受到韦勒克对现实主义的理解："我们必须承认，在我们最初的定义'当代社会现实的客观再现'中，就已经暗含和隐藏着训谕性。……当作家转而去描绘当代社会现实时，这种行动本身就包含着一种人类的同情，一种社会改良主义和社会批评，并且常常演化为对社会的摒斥和厌恶。"①

进而言之，《猎舌师》的诗意具有历史性特质，它直接关系着作者对人的情感和态度，也从叙事深层关联着历史。或者说，小说中的诗意从未远离历史，其本身就是历史的产物。正如程光炜所说："抒情话语的组织形式与抒情风格最好所要呈现给读者的，绝不应只是一般性的抒情，而应该是历史性的抒情，这是历史的大悲情和大爱。"②《中国野人》写北海道的雪，写缺少提手的壶、两把半截铁锹、柴刀、铁罐子等野人的"老朋友"，写冷杉、白皮松、柏树等植物，写被历史之恶驱逐到荒野的野人对友情的回忆，写野人对自然界生命的发现，尤其是那只被冻死在雪地里的黑颈角百灵，更是一个生命对另一个生命的呼应，只是后者为自然的荒寒所杀，而前者则是被历史之恶放逐。人在世界（自然或历史）中的渺小微茫和悲剧性命运，可见一斑。《七生莲》通过反复出现于日本军官和中国反抗农民梦中的白莲和巨鹤，写残酷历史中的人的不可逃脱的宿命，诗意的背后潜伏着致命的历史力量。

现实主义文学追求一种内在的整体性。这不可避免地涉及对生活细节的捕捉与现实主义总体性诉求的关系。巴尔扎克、狄更斯、福楼拜、列夫·托尔斯泰、肖洛霍夫等伟大的现实主义作家，在深刻洞察时代生活和真实的基础上，创造出了极富洞察力和想象力的世界。这个世界，用达

---

① 〔美〕勒内·韦勒克：《批评的诸种概念》，罗钢、王馨钵、杨德友译，曹雷雨校，上海人民出版社2015年版，第228页。

② 程光炜：《心思细密的小说家——读付秀莹长篇小说〈陌上〉》，《中国当代文学研究》2019年第2期。

文的话说，是个"统一的、有创造性的和新的整体"。李敬泽认为，推动巴尔扎克、福楼拜等现实主义作家创作的或"真正给他们力量的是，他们都有一种'书记员'或者人性与社会的'客观观察者'的信念和伦理"。"科学的、客观的等等，其实在根本上都是承诺着一个更高的真理，柏拉图式的东西，在这个真理面前个人是渺小的。而狄更斯那样的英国传统也叫'经验主义'，但那种'经验主义'不是对个人经验的崇拜，恰恰相反，它预设着对人类经验的宽阔和复杂的公正理解，不一根筋，不追求不死不休的效果。"① 巴尔扎克的小说写作，是以其历史哲学为根基和出发点的，因此，小说被提高到了历史哲学的地位。法国学者阿尔莱特·米歇尔认为"巴尔扎克的现实主义""就是一种绝对的、全面的现实主义"，"事实上，在对社会现实进行如此细致和完整的描绘时，巴尔扎克从来没有把具体事实与阐释事实的抽象理念分开、没有把对细节的观察与对视为整体现实的全面把握分开"。② 他反对司汤达所谓的"沿着马路移动以记录世间万象的镜子"的说法，认为巴尔扎克的小说是"展示不能以其他方式被看到的一切"的聚光镜，"也就是说，要以记录和分解事实的分析力，以及将经过分解的事实组成既真又美之整体的概括力这种双重能力来表现完整的现实"③。现实主义文学的发展活力，就来自这种在摹写中认识历史和现实，对历史与现实进行总体性把握的诗意追求。

细节是现实主义小说营造现实性的重要媒介，细节的典型性往往被看作现实主义文学能否达到真实性、真理性高度的重要标尺。"包容那些无关紧要的细节，是现实主义内容的特殊性得以表达的一种方式，它带来了描写的细腻丰富，但似乎对训诫性主题无甚贡献。"④ 如果只将细节看作再现现实或营造现实感的手段，显然是不够的，正如安敏成所指出的，

---

① 李敬泽、李蔚超：《历史之维中的文学，及现实的历史内涵——对话李敬泽》，《小说评论》2018年第3期。
② 〔法〕阿尔莱特·米歇尔：《谈巴尔扎克的现实主义》，《外国文学》2000年第5期。
③ 〔法〕阿尔莱特·米歇尔：《谈巴尔扎克的现实主义》，《外国文学》2000年第5期。
④ 〔美〕安敏成：《现实主义的限制：革命时代的中国小说》，姜涛译，江苏人民出版社2001年版，第16页。

"但即使是这样的细节（指福楼拜《一颗淳朴的心》中的'气压表'这样的'无关'的细节，引者按），也不纯粹是再现性的，作为一个符号它表露了小说要与'真实'的范畴结盟的冲动"①。细节造成现实主义小说叙述的具体可感性，而这种具体可感性来源于"对意义的抗拒"。安敏成引述罗兰·巴特的话说，"在现代的观念中，'对"具体"的强调——往往成为一支刺向意义的长矛'"，在安敏成看来，"福楼拜小说中'气压表'一类的细节由是构成了我们理解现实主义诉求的关键所在：虽然它们或许显得散漫生硬，但其不透明性却会使我们沉溺于'意象纯粹的惊奇'之中，说服我们接受小说所再现的世界的真实"②。作为现实的模拟物，细节是揭穿现实主义文学叙述之虚构性的"非神秘化因素"，"文本中的'真实'实际上具有强大的形式功能。……非神秘的力量有条不紊地抗拒着对虚构世界的沉迷，它的闯入揭示了无序、偶然和混乱。这种可以辨别的主体，大部分由那些不可消除的自然因素构成，它们挫败了想象力对世界的凌驾，可以看作是现实主义小说非神秘力量的根本所在"③。现实主义小说的魅力或力量在于，它以模仿现实、还原生活本真性和具体性的方式，揭穿了小说的虚构性，确立了自身的文学性神话。在现实主义小说中，所谓"还原"或"模仿外部世界"更像是一种策略性的修辞行为，在看似消极地传达世界图景的修辞背后，现实主义以对真实性的许诺，构筑了自身在世界中的权威地位。"在想象的世界中注入的'真实'，能够有效地使批判的头脑摆脱传统的束缚，从而建构出一个特许的观物视点。"④通过将"真实""真理"内化于"主体""内心"和"想象"，现实主义文学"将

---

① 〔美〕安敏成：《现实主义的限制：革命时代的中国小说》，姜涛译，江苏人民出版社2001年版，第16页。

② 〔美〕安敏成：《现实主义的限制：革命时代的中国小说》，姜涛译，江苏人民出版社2001年版，第16页。

③ 〔美〕安敏成：《现实主义的限制：革命时代的中国小说》，姜涛译，江苏人民出版社2001年版，第16页。

④ 〔美〕安敏成：《现实主义的限制：革命时代的中国小说》，姜涛译，江苏人民出版社2001年版，第17页。

混乱暧昧、充满威胁的'真实'重新抛入外部世界,从而在自身中实现一个稳定的意义结构。如此一来,文本就在世界之上重建了一种语言的权威,'真实'也被重塑为人类劳作的想象性产品、一种明确的语言。事实上,借助这种放逐,文本重新激活了内心的想象世界与真实的外部世界及其冲力间的差异"①。在现实主义文学中,伫立着一位将世界和社会历史置入某种意义结构中的历史主体。

细节是《猎舌师》触摸"历史褶皱"的方式。在历史的深层和隐秘处,埋伏着无数细节,它们是构成历史褶皱的基本元素,是通向历史之途的纤细脉络,因此,通过细节来探讨中国现代历史的深层情感结构,是规避经典宏大叙事对个体生命漠视之短,思考人与历史、生命与历史、文学与历史、生活与历史、自由个体与家国整体等范畴之间既具一致性又充满矛盾性的关系。细节与整体,隐含特殊性与普遍性之关系。特殊性因与普遍性的对立关系,将自身生成为超越原子式存在的更高的特殊性,同样,普遍性因对特殊性的包容,获得了更多的活性,并生成为新的普遍性。在这里,细节和整体都不应该看作一个实体,细节具有自身固有的个性(或特殊性),但我们不能从抽象的意义上把它看作一个固定之物。对于整体,也应作如是观。刘大先在谈到历史写作中的细节问题时说:"在工具性的思维当中,'细节'的现象学式呈现并不能自动生成对于'细节'的理解,更遑论历史感的生成。真实的细节与材料如果没有坚定的历史观做支撑,不仅不会一叶而知秋,反而导向了个人主义的一叶障目不见泰山,这恰恰是现实感的丧失。"而"史观或者说人们意识到的历史性,使得历史不仅仅是一种知识,更是一种情感态度与道德追求"②。细节的表现需要历史观的支持,而后者的作用使得历史表现中的细节包含着"一种情感态度与道德追求"。如何将特殊、个体纳入普遍、整体而又不丧失其个性,是现时代写作面临的一个难题。两者之间的矛盾,往往使主体陷入非此即彼的两难境地:要么细节被界定为纯个人和纯感官的、琐细的、飘散如浮尘或

---

① 〔美〕安敏成:《现实主义的限制:革命时代的中国小说》,姜涛译,江苏人民出版社2001年版,第17页。

② 刘大先:《必须保卫历史》,《文艺报》2017年4月5日。

漂浮如死水表面的败叶，要么被宏大视界所俘获成为其理念逻辑叙述中的装饰与象征。无论以何种方式存在，细节都因缺乏内在的生命感和深沉的历史感而成为僵死之物。如此看来，复活细节的关键在于，破解特殊性与普遍性之间的对立关系，而将其视为一个各自不断通过自我否定，并在保持自身个性的同时，将对方纳入自身，从而确立自身新主体的动态过程。在这个过程中，作为个性表征的细节使自身相对化，成为普遍性和共同体的组成部分；同时，作为共性表征的整体也使自身相对化，成为一种不断自我革新、自我扬弃的历史新主体。

《猎舌师》中的细节，并非堆砌或罗列的日常诗学，而是主体作为一个生命存在的现身方式和言说方式。如果说历史话语有着抽象的符号暴力性，那么经验性历史暴力却是通过身体、生命而显露自身的。"饥饿、暴力、疾病、性和死亡，所有这一切都粗暴将主体俘获，并强烈地直接作用于他或她的物质存在之上。在现实主义的形而上学中，身体总是最为重要的……罪魁祸首是自然世界的形象，它们践踏了作为'真实'象征的身体虚构性的自主。"[①]《猎舌师》中的细节是生命化、感受性和体验性的，也是历史化的，它是作者以此重构总体性的文学形式，将其纳入个体生命、历史生命和家国整体，从而重建新型宏大叙述主体的构设。小说通过当下主体的生命感受和理性思考，将生命在历史中的情态和境遇，以细节的方式加以还原，并通过极富质感的细节，将历史展现为鲜活的生命存在和生命过程（个体的、文化的、民族的、人性的和人类的）。从这个意义上讲，《猎舌师》借助细节进行的抗战叙述，提供的不仅是个体的、人性的和人类的思考，也是作者文化意识和朴素的民族意识及民族情感的表达空间。

值得注意的是，《猎舌师》对细节的处理有其独特性。一方面，它反思日常化诗学修辞，警惕散漫随意的个人记忆对历史叙述和族群文化记忆的覆盖和整合。另一方面，它又具有非历史化的些许特征。如果说在经典现实主义历史叙事那里，历史是阶级斗争、民族解放得以实现的一种时间

[①]〔美〕安敏成：《现实主义的限制：革命时代的中国小说》，姜涛译，江苏人民出版社 2001 年版，第 16—17 页。

力量，那么《猎舌师》则有其所不具备的非历史主义的视野，或者说，有一种对历史的非历史化的处理。在这一点上，它和新历史小说、新写实小说颇为相似，都有一些非事件性、非典型性的细节、场景等描写性成分。但《猎舌师》的不同之处也很明显，即它的细节虽不直接表征某种历史意志和政治理念，但却以人物作为生命个体的形式，关联历史，间接言说历史。《中国野人》中野人的身体体验和意识活动，《起义》中身患重疾而谋划举义的师长的敏感心理，都以关于个体生命的细节勾连历史。《幽灵军》通过川军使用的木头子弹和濒死的年轻川军战士蔑视的笑容，写出了一个民族逆境抗战的艰难和不屈的意志。中篇《猎舌师》的主人公骆宁安，其至亲死于日军屠刀之下，本打算屈辱谋生，却又因复仇而加入了猎舌行动；身为庖厨却以厨艺害人，使之犹疑，而以饮食杀敌，则使之做出义不容辞的决断，这些都是通过人物心理情感的细微波动体现出来的。

《猎舌师》中的细节并非直接表述历史意志和意识形态的符号，但却具有复杂的历史意涵。在脉络清晰的历史进程和固定不移的历史事件之下，潜伏着的却是接踵而至的"小事件"和种种与历史无关却与"历史中的人"有关的"非事件"。因此，历史必然规律固然不可触摸，历史走向固然不可改变，但历史的包罗万象、广阔细腻和浑厚绵密，却不应被文学忽略。在大历史中，人物就是"细节"，《猎舌师》则以这一"细节"的细节，写出了历史中不可磨灭的微小与宏大之辩证。

三、"个体化"历史视野的重构与现实主义文学力量

按照卢卡契的观点，历史小说是一种现实主义文类，其本质是描述人类的历史活动，通过叙述的方式，构想和思考人与社会何去何从的问题。现代意义上的历史小说本身就是一种现实主义宏大叙事，支撑这一叙事的是现代历史哲学。具体到当代中国文学，20 世纪 80 年代中期以后，那种建立在进步史观基础上的乐观主义逐渐消失，黑格尔式的历史哲学及以其为理论基础的进步史观，被视为一种经不起推敲，却以可怕的压抑性力量将人收纳进自己的抽象论辩体系的虚假承诺和蹩脚的欺骗。进步史观轰然倒塌，历史连续性遭到质疑，虚无主义成为现实和文学中的一种普遍存在。

成长、发展、进步被视为现代小说虚构出来的并为现代历史主义哲学推波助澜的"心造的幻影",遭到嘲讽和抛弃。

现实主义在 80 年代中期遭受冷遇,从根本上说,不是因其艺术趣味和手法的保守、落伍。作为曾经有效唤起读者大众的社会历史和意识形态认同的美学范式,现实主义的衰落是与现代历史主义哲学的崩塌同步出现的事件。"在最基本的层面,现实主义小说也设定了同样一种历史进化感:作者与读者都将与文本相关的内容构想为线形时间进程中特殊的、孤立的事件——这种时间进程也同样淹没了所有的生命以及所谓的历史。……通过采纳类型的观念,现实主义小说也致力于普遍事实的传达(比如,意识形态)以及社会万象百科全书式的展现。和所有叙事性艺术一样,现实主义小说因此也具有了某种训诫性和教育性"[1]。因此,80 年代中期现实主义的衰败有其深刻的历史哲学原因。问题是,现实主义在丧失了 50 年代至 70 年代的历史高度之后,如何重建自身的高度和深度视域?

《猎舌师》给我们的启示是,历史小说是一种现实主义文学,而且是一种以个体、生命为价值和表现中心的人的现实主义文学。《猎舌师》以具体历史情境下的人物为重心,贴近体察人的心理、情感、欲望和行为,却又不为具体的人、事、情境所限,投射出一种开阔的历史和社会视野。小说既对世间众生具体的生存状态做了细致的观察和记录,又将其放在中国历史与现实的起伏中,不仅社会动荡中的个体命运得到了充分展现,而且小说又借不同时代和现实的简洁表现,拓展了人的历史景深,为个体生命提供了一种广阔、幽深而苍茫的历史视野。《七生莲》尽写个体生命置身于战争中的荒诞感和无法摆脱的宿命感,而在这背后,则渗透着作家朴素的民族情感,只是这种情感是借神秘诡异的梦境和幻觉形式曲折传达的。如果说战争是现代性历史和现实的极端形式,那么叙事则在人物所经历的超现实幻觉中达到高潮,在鹤田少尉被砍下头颅的那一瞬间,时间与历史猛然停顿下来,现实主义叙事中连贯通畅的语流也随之停顿。小说在结尾处再次彰显了奇异历史想象中的现实主义力量,表达了历史叙述中潜

---

[1] 〔美〕安敏成:《现实主义的限制:革命时代的中国小说》,姜涛译,江苏人民出版社 2001 年版,第 15 页。

藏的人文主义忧思。《杀胡》并未正面描写抗战，而是以抗日战争时期梁漱溟在山东的遭遇和经历开篇，让梁氏以自身的挫折和感慨为现代和当代中国历史的见证，历史又以梁氏经历、狐鬼传说和狐肉羊卖，显现出神秘诡变之面目。《杀胡》以写实文字透出了历史之宏观，也以诡奇笔法延展了想象空间。《地狱变》既有空间延展，又有时间绵续，所有人物在此时间和空间中融为一体，每个人的命运悄然汇聚为民族和人类的命运，小说的个人视野呈现为历史的宏观视野。

从内在看，《猎舌师》的历史视野是对经典现实主义宏大叙事的传承和超越，同时，小说中以个体生命为内核的"人"，也是对新历史小说的传承与超越。房伟汲取两种历史叙事的合理成分——前者的家国情怀和总体性追求，后者的个体化反思立场；又破除各自的偏执——前者的理念化和史诗性空洞，后者固执"内心"和解构历史的虚无，形成了一种个人化现实主义宏大美学。它的叙述者是具有双重反思性和继承性的，以个体生命为核心价值立场的"新个体"主体。这是《猎舌师》作为现代历史小说或现实主义文学最根本和最重要的发现。

接下来的问题是，《猎舌师》"新个体"主体是如何重建的，重建的路径和方式如何。问题的关键还在于现实，即如何以文学方式建立现实感及历史感。关于这一点，吴义勤在谈到现实主义文学的现实性与文学性的关系时说："现实时时在敞开着文学的空间，亦时时在打开我们对文学的理解。对于作家来说，如何理解现实，应该是个文学问题；同样，如何理解文学或文学性，不仅是一个如何表述现实的问题，亦是一个更为内在、更为根本的思考、把握和阐释现实的问题，或者说是一个如何建构和生产现实的问题。"[①] 如何生产和建构现实，一方面关联着文学性或者说作家在直面现实、深入现实的基础上，将现实形式化的能力；一方面关联着现实感的获得，即如何使经验性历史和生活现实获得一种真实性、复杂性和深刻性，这需要作家内在于时代生活并超越时代生活。

在处理现实使之获得现实感和历史感的问题上，《五三》颇具代表性。

[①] 吴义勤：《作为民族精神与美学的现实主义——论陈彦长篇小说〈主角〉》，《扬子江评论》2019年第1期。

小说完整呈现了个体主体"我"即"房伟"如何与历史建立关系的过程。在少年时代的"房伟"眼里，历史是阴郁的，总让人感觉到寒气，他感觉自己"有足够力气摆脱历史那些稀奇古怪的东西"。青年"房伟"迷醉于青春的亮丽理想，虽然知道了"济南惨案"，却觉得这与自己无关。年龄渐长，异地工作，遭遇失业，家庭陷入困顿，回到济南，通过照片看到从没见过的爷爷，却感觉这些"陈年旧事"同样与己无关，并感到在轰轰烈烈的历史过去之后，零碎的个人记忆也终将逝去，"我"作为一个"失败的人"，只能接受日益暗淡乃至弥散的命运。尽管人过中年的"我"对父亲讲述的爷爷那些陈芝麻烂谷子的往事日益感兴趣，但父亲口中的颇有矛盾的故事，却让"我"觉得好笑。同时，"我"又相信作为普通小商人的爷爷曾触摸过大历史；"我"从云南朋友创办希望小学的举措中，找到了走出困境，活得更充实、快乐的力量。至此，"我"通过爷爷接通了历史，通过朋友，接通了现实。小说最后，是点亮现在的时刻，是现在与历史相遇并交汇的时刻。作者让"我"从生活的困顿中挣脱出来，和那只从民族英雄蔡公时将军铁像眼角钻出的蝴蝶一起，在崇高圣洁的体验中向着穿透雾霾的阳光翩然飞升。小说将过去和未来凝聚在现在这一充满魔力的时刻，作者的升华冲动，显示了对时间、历史的执着。"我"借由个体生命的浸润，捕捉"蝶变"的历史，融入爷爷和蔡将军所拥有的历史化生命体验中，获得了深远的历史感，并在重新打开的历史框架中得到了救赎。《指南》《白光》等也通过当代社会生活中的小人物，写真诚的生命对个人生活史的梳理和反思，经过时间的熔炼和生活的历练，以及生命中某一时刻的顿悟，在神秘的天启下，获得进入历史的契机。

历史和现实并非独立于"我"或"我们"的客观事实，其本身就是意识形态或理论的产物与构成物。《猎舌师》并不打算对其进行一种经验主义的历史/文学描述，毋宁说，小说采用一种"想象性的体验"方式来叙述历史现实。一般说来，体验是一种类似于超历史事件的活动，但在作家现今的思想与过去的文化复合体接触时，体验便展示出其历史性。《猎舌师》中的体验具有历史性和文化性，围绕人物的直接感受而展开。但同时，作者又不认同尼采式的反历史的历史观。后者否认作为经验性事实的历史的存在，认为一切历史都是不具有确定性意义的文本，而主体也因被囚禁于当下的意识形态牢笼，无法获得历史感和现实感。换句话说，所谓主体也无非是被意识形态书写的文本。无须否认，主体和文学无法避免意识形态的影响和塑造，但若将二者视为完全的意识形态屈从体，却又是一种彻底悲观和虚无的意识形态。主体和文学都有任何意识形态所无法全面覆盖的潜能，关键是作家需要对各种意识形态尤其是流行性、统治性意识形态，保持必要的清醒。本文开篇对《猎舌师》语境内涵和功能的分析，便揭示了作者对主体和文学两个相关层面的可贵省思。基于此，他将历史、现实和既往各种历史叙述话语语境转化和内置为自身叙述文本的潜文本，通过对作为宏大叙事之否定的"新历史""新写实""日常化""私我化"叙事的再否定，寻找主体和文学在历史中的自我生成力量。

历史的力量，可以借助丰沛的个体主体性，由个人、主观的视角而呈现；历史力量的发现，端赖一个有强悍生命力和强大想象力的人的内在自觉。这一点，不仅体现在《五三》《白光》《指南》等写个人通过将现在转化为现实而进入历史的路径，也体现在《地狱变》《七生莲》《起义》《花火》《去国》《手肴》和中篇《猎舌师》等对人物复杂心理、细腻情感和内心独白的刻画，《中国野人》《幽灵军》《副领事》《肃魂》等对自然风景和社会环境的描绘。虽然在强大的历史洪流中，个人无力改变身处的情境，但他们的意识及感知却得到了作者的尊重：这源自个体主体的勇气和智慧，也是这一主体重构文学和探索现实主义宏大叙事之可能的努力。

如何处理文学的私人经验和普遍性维度的关系，成为今天困扰我们的难题之一。事实上，它始终是现实主义文学的一个持久困惑。无怪乎伊格尔顿感叹道："就文学现实主义而言，它涉及个体性与普遍性之间摇摇欲坠的平衡。由于现实主义文本的宏观态度需要从具体个别中获得血肉，因此在创造具体个别时就必须尽可能逼真。事实上，文学就是对我们所拥有的对现实'最细密'的刻画。然而这样又会产生一种削弱全局式观看方式的效果，将读者的视线引到用于说明整体的细节上。文本需要喻示自身以外的东西，但不能以牺牲特殊性为代价，因为正是这种特殊性为这些寓意提供了令读者信服的依据。具体性是普遍性的媒介，但最后难免成为后者的绊脚石。"① 我们的现实主义文学曾因追求"普遍性""宏观态度"和"文学自身以外的东西"而牺牲"特殊性""具体性";也曾因追逐后者、迷恋细节而丧失了"全局性观看方式"。《猎舌师》以否定之否定的方式,较好地保持了二者的平衡。它将历史小说作为一个想象社会人群和生活整体的媒质,将小说作为一个"记录"时间流程的追求精神与现实相统一、生活与理想相整合的象征系统,重新返回现代小说的本质。正如巴尔扎克小说的真实是一种艺术真实而不是我们通常所认为的现实真实,房伟的历史小说追求的是经过创造性想象和虚构的筛选、过滤、聚焦而呈现出来的内心世界。"文学对于历史而言,正是想象力与追求真实的遇合之处。……历史文学的真实,并非简单的史实再现,而是人类心灵真实的再现。"② 通过"化隐为实"穿透司空见惯的浅层现实,扫除覆盖在现实表层的灰尘,剥去历史的坚硬外壳,摈弃貌似可靠的情节手段,挖掘和表现不为人知的"隐"——错综复杂的历史真相和幽微深邃的生命世界。在现实主义文学品质和现代历史理性方面,《猎舌师》显示出与经典现实主义文学内在精神品质和整体性视野上的相通性。

当代中国的现实主义文学,从"社会主义现实主义""两结合"到"论'文学是人学'""现实主义——广阔的道路",到"批判现实主义""心理现实主义""中国式魔幻现实主义""现实主义冲击波"再到"作为民族精神和美学的现实主义"③ 等,现实主义不断地在大于其自身的历史语境中寻找和建构自身,在与阔大的历史与现实和名目繁多的"主义"的对话中,通过与"他者"的差异找到自己的位置,在大于"文学"的更大关系结构中重新审视对方,也重新审视自我。私人经验和个体精神立场暗含的普遍维度,需要在生命和历史深层被发现和重构,现实指向和现实诉求

---

① 〔英〕特里·伊格尔顿:《文学事件》,阴志科译,陈晓菲校译,河南大学出版社2017年版,第97页。

② 房伟:《在历史的灿烂星空之下》,《长江文艺评论》2017年第4期。

③ 吴义勤对当代中国现实主义文学的本土性、传统性、民族性及其民族共同体建构功能,有翔实的阐述。参见吴义勤:《作为民族精神与美学的现实主义——论陈彦长篇小说〈主角〉》,《扬子江评论》2019年第1期。

建构某种可以共享的情感结构和意义架构，现代体验和现代意识具有激活个体、现实和历史，破解现实主义历史因袭和固定模式的能量。只有重新获得历史视野的主体，才能摆脱浮惑不根的价值立场，才能突破有限的精神向度、平庸的审美品位和陈旧僵化的艺术格局。"现实主义不仅仅是一种创作方法和艺术手段，而是一种包含着永恒的革命和创造的本真的艺术冲动。就此而言，即便是常被看作现实主义的对立面的现代主义，也会承载现实主义的内容……伟大的经典的现实主义文学，通过'典型'的塑造，通过艺术形式的审美救赎，个体的生存和命运获得总体化的再现。因此，现实主义文学时常体现出强烈的历史主义诉求，强调对'生活''世俗'和'个人''生命'的超越。"[1] 现实主义的文学性不是停留在语言、形式和修辞技术层面，而是体现在作家对现实进行赋形和赋意的美学能力及其所达到的艺术高度上。

真正的现实主义文学，在对历史和时代现实的表现上，具有灵魂的深度、精神的高度和人性的温度，并将之形式化为以个人主体生命为精神和价值核心的整体艺术世界。这并非一种预设的概念或神圣却抽象的信仰，而是在现时代文学中已经渐渐生发和聚拢起来的现象。《猎舌师》只是其中之一，更多的现实主义文学力量需要我们去发现、去回应。

---

[1] 王金胜：《现实主义总体性重建与文化中国想象——论陈彦〈主角〉兼及〈白鹿原〉》，《中国当代文学研究》2019年第4期。

时代及其文学的纵深

后 记

肇始于1917年的中国新文学建立了与中国现代历史之间的密切而隐微的关联。其思想与美学上的现代性和历史性品格由此得以建立。新时代以来，中国文学在题材选择、主题设定、人物塑造、美学风格和审美品位等方面发生了全方位的调整和跃动。而小说作为现代性和历史性的典型表征性文体，尤其体现了这一调整和跃动。新时代文学尤其是长篇小说在新的历史和话语情境下发生了哪些调整和变动？置身于这一特定历史时期的中国作家如何理解自身？如何处理自身与时代、历史之间的关系？如何理解他们所在的世界和生活空间？其艺术美学实践与历史及其话语之间究竟有何关联？时代在发展，呈现出了不同于以往的形态和面目，而与之相关的文学也没有故步自封，同样处于历史的实践和动态的建构及生成中。

关注时代现实和文学发展者，无论是作家还是研究者，都不可能无视自己的生活经验和体验，不可能在提供这些经验和体验的时代现实面前无动于衷。捕捉这些经验和体验，使之以艺术的形式呈现出来并积淀为思想和美学经验，是作家和学者的责任。笔者近年来观照纷繁复杂的文学现场，从历史、叙事、美学的视角思考新时代文学。在笔者看来，张平、韩少功、孙甘露、陈彦、胡学文、刘庆邦、邓一光、赵德发、阿莹及更为年轻的作家如房伟、厚圃等的创作，均以鲜明的个性和成熟度，体现出了新时代文学颇具差异性和复杂性的面貌。

文学创作如捕风，文学研究何尝不是如此。无论是现实题材还是历史题材，本书所选取的作家作品，均有着鲜明突出的现实主义品格，蕴含着强大的现实主义文学力量，体现了"无边的现实主义"的开放性和包容性，亦通过其与现代主义的融合展现了现时代现实主义的世界性、前沿性和先锋性。

如果说文学文本是作家从时代浪潮中采撷的朵朵浪花，那么研究者对文本的解读则是一粒沙里看世界、半瓣花里说风情，其目的不仅是"还原"作家言有尽而意无穷之处，更是揭示隐在可见文本后的广阔而浩大的历史与世界。

时代不是静置凝固的，它在历史流脉中测定自身的位置，它是历史的一个阶段、一个部分，或者说其本身便是历史。置身时代、历史中的文学亦由此变动不居，呈现为生生不息的内质和情态。在现时代历史文化语境下，文学便具有了内在于当下时代生活而又试图超越当下的总体性历史品质。这也是本书名为"时代及其文学的纵深"的缘由。通过对新时代文学现场的重建，发掘和呈现当下文学的现实感和历史感，获得对新时代中国文学的切实的历史化的观照。换言之，本书以现实主义、总体性、宏大叙事、史诗美学等为关键词，择取典型文本，尤其关注长篇小说这一典型现代文体在新时代的生长、延展、调整和新变，在总体与个体、历史与叙事、政治与文学、宏大叙事与日常审美、小说文体与史诗美学、历史化与非历史化的结构性关系中，梳理和辨析新时代文学的历史／美学的意识与潜意识。

在此，特别感谢我的博士研究生导师吴义勤先生。自师从先生读博，迄今已整二十年，其间我沦浃师泽。本书能列入"新时代文学批评丛书"，亦缘自恩师约稿。必须要说的是，先生还是我进入新时代文学场域的重要引领者。本书的撰写得到了先生深切的、要言不烦的指导。

本书的全部内容已先期发表于《中国现代文学研究丛刊》《文艺争鸣》《南方文坛》《小说评论》《当代作家评论》《中国当代文学研究》《东吴学术》等专业期刊。感谢编发拙文的李国平、张燕玲、韩春燕、易晖、齐晓红、陈艳、张涛、陈诚、崔庆蕾等师友。